女特工

弗吉妮亚·霍尔

二战中的美国超级女谍

L'ESPIONNE

Vincent Nouzille

(法) 樊尚·努吉伊 著　韩沪麟 译

作家出版社

献给多米尼克

目　录

序　言

沿着弗吉妮亚的足迹

弗吉妮亚·霍尔在2002年5月的一天偶然进入我的生活。其时，我正在美国国家档案馆三楼的一间玻璃大厅里开始搜寻资料，此处离华盛顿市中心只有几百米。我在找到这个“圣地”前迷了一阵路，后来发现那里书架林立，排列了数千个灰色盒子，这使我感到无比惊讶。“不管您研究什么课题，这里肯定有您感兴趣的东西。”我的向导拉里·麦克唐纳在这座迷宫里对我说，他是军事档案研究方面最杰出的专家之一。这个外形瘦弱，长着一头蓬松白发的老头嘴角露出一丝微笑又说道：“您想要的东西总能找到，就看您能待多长时间了：三天，三个星期，还是三个月？”作为一个外国来访者，答案是显而易见的，我嗫嚅着说在华盛顿只有几天时间。不过我自认为还会回来的。

在拉里的帮助下，我粗粗看了看，找出几件有关我研究课题的最新资料，涉及科西嘉黑手党及其在法国网络的情况，这些都是我将要出版的《科西嘉教父》一书的主题。总之，与弗吉妮亚·霍尔毫无关联。有关第二次世界大战的档案很多，特别是有关和CIA[①]

① 美国中央情报局。

的前身 OSS[①] 的资料很多，我在长长的标签上扫了一眼。1944 年诺曼底登陆前科西嘉黑手党曾给联军有过一些帮助，我期望从中能挖掘出点什么。我该先研究 OSS 的来龙去脉及其在法国的使命，才能一步步深入。一张小桌上放着一本 CIA 用铜版纸出版的官方小册子，引起了我的注意。上面简略地介绍了 OSS 的由来。

我突然在小书的中间部位发现了她。尽管是黑白照片，她仍然显得光彩熠熠，正从 OSS 的头头多诺万将军的手中接过奖章。那是在 1945 年 9 月。她那双褐色的眼睛定定地注视着她的上司。她的衣着剪裁考究，褐色的头发上扎着饰带。她那微微上翘的下巴显示她意志坚定，稍带棱角的脸颊上又透露出她的勇敢无畏。她的鼻子呈钩状，使骨棱棱的脸庞平添了桀骜不驯的魅力。

照片旁的一条注释是这样写的：

> 弗吉妮亚·霍尔属于特别行动小组的成员，她的故事可以与间谍小说媲美。她在法国维希政府掌权期间，为英国情报部门在那里做了一年多秘密工作，之后加入 OSS，又在被德国占领的这片土地上欣然接受了第二项使命。霍尔富有献身精神，积极行动，帮助法国爱国小组重新组合，受到英国和美国当局的褒奖。

她的身世可以简述如下：小姑娘出生在美国的巴尔的摩，在欧洲成长，曾在国务院行政部门工作，一次狩猎时不幸遇难，失去了一条小腿。1940 年，她先是在法国军队，后在英国情报部 SOE[②] 和美国情报部 OSS 核心部门工作，与德国纳粹作斗争。由于弗吉妮亚·霍尔工作出色，OSS 的头目亲自在自己的办公室为她个人授予

① 美国战略情报部。

② 英国情报部。

美国军方的最高荣誉——“杰出贡献奖章”。官方文件这样写道：“这是二战期间唯一授予一位女性公民的奖章。”

我合上小书，深深被这位陌生的女性吸引住了，她的假肢、她的冒险精神，还有她那圣母玛利亚般的微笑都使我惊奇不已。

弗吉妮亚·霍尔在她的圣母般的外表后面，一定隐藏着诸多秘密。

首先，在她身上并没有值得大书特书的事情，至少没有什么坚实的材料。OSS 的小册子只是轻描淡写地对她的生平写了几行；CIA 的官方网站对她的经历作了一个简短的介绍，小孩子看看还差不多。搜索引擎上添加的一些参考内容，供对谍报工作感兴趣的网站引用。报刊杂志上偶尔提到几句，有些书上也留下几段相关的文字，都只是粗略地介绍了她的人生轨迹，并无更多的细节。倒是 CIA 的历史学家杰拉德·K. 海恩斯于 1994 年在《美国国家档案》杂志上发表的一篇文章似乎真正具有史料价值。对第二次世界大战期间的一位杰出的女特工，可资佐证的资料如此之少实在是太不公平了。要知道，在这个风云际会的历史时期，以及这个时期出现的有所建树的政治家、军人甚至平民百姓，都在书上、小说和电影里被宣扬得淋漓尽致了。弗吉妮亚·霍尔做了那么多的好事，六十年后，似乎她本人都被遗忘了。

她于 1982 年辞世，没有孩子，她撰写的间谍生涯的回忆录中也没讲述自己的冒险活动，甚至没留下任何痕迹。她恪尽职守，处事低调，在她后来做 CIA 分析员的漫长岁月中，以及与她的丈夫保尔·戈阿罗在马里兰州的家中花园里勤于劳作，过着平静的退休生活期间，她都守口如瓶。只有女历史学家马尔加雷·罗斯迪埃为了撰写《抵抗运动中的女性》（该书于 1986 年出版）一书，在这位老太太临终前才有可能与她深入交谈了几次。法国抵抗运动成员呼贝尔·布迪埃对她说，希望法国给她授予十字荣誉勋章，弗吉妮亚·霍尔回答道：“我不愿意听别人谈论我做过的事情。我所做的一切，只是出于对我的第二祖国——法国的热爱。”

缺失可信的资料来源，却更加激发起我刨根究底的好奇心，于是我开始了漫长的追踪之旅。我偶然读到一本阿尔马丹出版社于1990年出版的法文书，书名是《占领时期的上里尼翁河－尚朋[①](1940～1944)》，副标题是：地方抵抗运动，联军协助，弗吉妮亚·霍尔的行动（OSS）。皮埃尔·法约尔从前是上洛瓦河流域的上里尼翁河－尚朋地区法国抵抗运动基地的一个头目，他在书中讲述了1944年夏季的历次战斗，在此期间，他与弗吉妮亚·霍尔有过接触，她的化名是：戴安娜。丛林的战士们多亏她用电台指挥空降，才能得到武器补给。皮埃尔·法约尔觉得这个美国女人的命运充满谜团，孜孜不倦地花了数年时间企图追踪她行动的路线图。

我在探索过程中，不止一次从这位默默的先行者叙述中得到启发，因为他的著作里留下了太多的细节和疑点需要证实。当时的序言作者是历史学家亨利·诺盖尔，他对为弗吉妮亚·霍尔正名的起始工作十分赞赏，说她“有魅力而富有个性”。他还说道：“本书的价值还在于：数年间，英国和美国的特工把自己最美好的年华奉献给了法国，为法国人输送武器弹药，与他们并肩战斗，却在解放后成了戴高乐狭隘民族主义论调的牺牲者。弗吉妮亚·霍尔为法国、为联军在法国的事业所作出的贡献始终未被法国认可，其实她的功勋应该被彪炳千古。”

倘若从戴高乐分子的观点出发，法国解放过分民族化了，大大影响了战后官方学家的视野，因此经历了那么多年，遗忘便像重重迷雾，慢慢把弗吉妮亚·霍尔从我们的记忆中抹去了。抵抗和流亡史中心（CHRD）设在里昂原先的军事卫生学校，盖世太保的头目克劳斯·巴比曾在那里滥施淫威，我曾多次去那里翻阅资料。有一回我也是偶然发现皮埃尔·法约尔放在那里的文件，那是他多年研

---

① 法国上洛瓦河支流上的一个县城。——译者注

究的结晶，为后来的研究者提供了诸多便利。我边浏览边感觉到我在循着他的脚步前进，在继续他的工作，他写的这本书中有很多内容源自于此。此外，我在CHRD的书库中还看见了许多其他有关战争期间在本地区发生的一些事情。

其他线索在美国也等着我去发掘。在美国国家档案馆，拉里·麦克唐纳在2003年至2006年间看见我在那里往返多次。我对弗吉妮亚·霍尔身世的痴迷与执著感动了他。他真是个大好人，居然带上他的几个同事诚心诚意地帮助我，为让我找到有关这位他称之为“瘸夫人”的资料，在迷宫似的抽屉世界里为我指明方向。“瘸夫人”这个绰号的由来，是因为战争期间她装了假肢，人们称呼她为“Limping Lady”[①] 的缘故。我用了整整几天查阅了数千页国务院和OSS的档案材料。我从中找到了一些难能可贵的文件，涵盖了1930年至二次大战结束这个时期的历史事件。也不知为什么，上面提到的某些记载却无处寻觅，也许被湮没在档案的汪洋大海之中了吧。

于是我以FOIA[②] 的名义，向CIA请求帮助，以便得到一些缺失文件的复印件，我想这些文件也由弗吉尼亚州的美国中央情报局保管着。我收到了其中的几份资料，经我一再查实，仍有部分资料遗失了。幸而在我的请求下，CIA给我提供了弗吉妮亚·霍尔的其他有趣的档案文件，尤其是有关她在OSS执行任务的情况。经过了十五个月的耐心等待之后，我终于首次获得了弗吉妮亚·霍尔在1946年至1966年工作期间个人档案中的解密材料。

我的“搜宝”行动在华盛顿同时展开，国际间谍博物馆更是我经常光顾的地方，这家博物馆的橱窗里陈列着一些属于弗吉妮亚·霍尔的物件——身份证件、勋章、电台等。我也常去国会山图书馆，那里也有无尽的宝藏。我在那里系统地翻阅了由英美历史学

---

① 英语“瘸夫人”的意思。

② 信息与行动自由组织。

家和老特工人员撰写的有关第二次世界大战的许多著作，上面会经常提到弗吉妮亚·霍尔和她效力的抵抗运动情报组织。

就这样，我发现了丹尼斯·瑞克的一段评论，他曾是音乐家，后来成了弗吉妮亚·霍尔的无线电台收发报员："以我的看法——我的其他许多同事也赞成我的观点——弗吉妮亚·霍尔是战争期间最伟大的女特工之一。似乎她的德国敌人也认为她是至关重要的人物。我们从多个渠道中得知，里昂的盖世太保一直在追捕她，在1942年末，他们颁布了一条明白无误的命令：'瘸女人是法国最危险的盟军特工之一，必须找到她，消灭之。'"

在寻找线索的过程中假象多多。有些书提到她时用的是假名，因为那些都是弗吉妮亚·霍尔从事地下工作时用的名字，而这些假象继续迷惑着对她好奇的研究者。我在她过去的同事写的书中不止一次揭开了她的面纱，她以热尔曼娜、布里吉特或其他的名字出现……特工本加明·古布恩在他的回忆录中这样写道："在里昂，我在寻找戈迪埃对我说到过的一个女人。我发现她是一个美国人，高高的个子，长着一头金黄色的头发，很迷人也很干练。她的化名叫玛丽……"一个名叫威廉·辛普森的英国飞行员也追忆到他与一位名叫玛丽的美国马里兰州女记者的见面情景，说她"长长的脸庞气质高贵，眼睛很美，目光沉静，在谈话气氛轻松之后，双眸便闪闪发光。"他指的显然是弗吉妮亚·霍尔。

既然弗吉妮亚·霍尔出生在巴尔的摩，我理所当然该去那里寻找线索。她童年就读罗兰公园国立学校，该校领导允许我翻阅她的档案，我似乎在其中发现了培育她的坚强性格的土壤。随后，我访问了她的侄女，洛娜·凯特林，她与她的兄弟，也就是弗吉妮亚·霍尔的侄子约翰住在一起，这也是她现今活在世上的唯一的一门亲戚了。洛娜·凯特林热情友好、笑容可掬，在她居住的巴尔的摩北面的小楼里接见了我多次。她看见一个法国记者居然跑到她家来找她，与她谈她姑妈的事感到十分惊讶。我向她提出了有关她的家庭的许多问题，她毫无保留地一一作答，并且非常热情。她把家族遗留下的照片和一些文件拿给我看。她对弗吉妮亚·霍尔在战争期间和战后的工作情况也说不清，因此就更加激发了我深入探究的热情。她说道："我是一个乡下小姑娘，我的姑妈对我的影响很大。我仅仅知道她在为政府工作。我们不大谈论战争的事情。她带我去看电影或去纽约度周末时，我总是很开心。"

弗吉妮亚·霍尔的丈夫保尔·戈阿罗原是法国人，后来加入了美国籍，于1987年去世。我去佛罗里达州去找他的妹妹和外甥女了解情况时，更是迷雾重重。她们与洛娜·凯特林一样，对弗吉妮亚·霍尔和保尔·戈阿罗在1939年至1945年间的活动也说不出个究竟。"他们出于谨慎，或是内部有约定，总是有意避开这个话题。"他的一个外甥女杰基·德鲁里对我这样说道。

在弗吉妮亚·霍尔亲人的眼中，她是一位神秘人物，甚至几乎是一个神话，这个神话经年累月编织而成，又一直因多种版本出现而越发离奇。正在我深入调查之际，一个名为朱迪丝·皮尔森的美国作者于2005年9月在美国出版了《门口的群狼》。这本书虚拟的成分很多，并未给探寻工作带来多少帮助，相反，书中有许多错误，又缺乏文献资料的索引，结果使弗吉妮亚·霍尔的行踪更加扑朔迷离。

因此，我的寻踪活动远未完成。活动主要在剑桥和纽约两地展开，因为弗吉妮亚·霍尔在那里的拉克里夫和贝尔纳尔学院学习了多年。《纽约邮报》在1941年至1942年曾招募她作为特派记者去维希政府治下的法国。这些年的旧报仍被保留在微缩胶卷里，使我大饱眼福。我读到了该报发行的由弗吉妮亚·霍尔署名的文章。这就证明了她不仅具有写作天分，而且确确实实从事过记者这个行当，即便为掩护真实身份也罢。

不过，这次造访了《纽约邮报》之后，一个问题困扰着我：为何报社在几个月之中仅仅发表了她的一小部分文章，而弗吉妮亚·

霍尔为蒙骗其时的法国当局，肯定写了更多。报纸上的那几篇文章不足以满足她的良苦用心。

问题终于在伦敦，确切地说在英国首都西北部的基尤找到了答案，那是联合王国的国家档案馆所在地。我多少有点儿走运：SOE封存的大批档案在我咨询前不久开封了。里面当然有许多特工的个人资料，包括弗吉妮亚·霍尔的，她的档案直至2004年才解密。她从1941年4月至1944年3月为SOE整整工作了三年，为她本人，也为英国情报部门。合同上明确写着，在战争期间以及战后，她对她的工作应该只字不提。她一丝不苟地履行了沉默的义务，战后她加入CIA之后更是守口如瓶了。有关档案常年封存，她的工作的保密性，加之她从不露出半点口风，这一切都把往事的大门封死了。

这些发黄的资料已封存了六十年之久，从前还是在绝密的情况下打印出来的，所以当我看着看着，恍如在翻一本古老的天书。我终于揭开了弗吉妮亚·霍尔的神秘面纱，看清了她的真正面目。我越看越感到惊讶。她是第一位被英国人招募的女特工，自1941年8月起，也就是战争之初，是第一个作为潜伏特工被派到法国去的女人。一个身患残疾的美国女人，打头阵被派往敌方的领地，这样的胆识魄力真令人惊叹不已。她曾为《纽约邮报》写过数十篇文章，涉及到敏感的内容，其中大部分都发到了伦敦，但没发表。

弗吉妮亚·霍尔作为特工除了主要的使命而外，在其他方面似乎也颇有建树，她成了SOE在自由区的真正的“女管家”。她为大部分在她的里昂基地做短暂停留的特工提供帮助，如住宿、衣服、金钱、印章以及过境手续等等。SOE的法国总部的头头毛里斯·巴克马斯特在1944年11月的一份秘密报告中说过：“我们许多人的自由乃至生命，都多亏了她的帮助。”

我发现，她向伦敦发送了许多有关法国抵抗运动的重要报告，她也认识这个运动的主要领导人，在这件事情上，她同样功不可没。她做地下工作，环境往往十分紧张、危险，这样的经历已超出了她本人的命运，写进了伟大的历史之中。譬如说，她是法国抵抗运动的经费分配、英国人和戴高乐派的矛盾与分歧、登陆前的军事准备工作的最有说服力的见证人。她的行动是应该公诸天下的。再说，这个个性坚强的女人也不会不给人留下深刻的印象。“她尽管口音很重，外表有特点，且腿有残疾，但她仍然能在敌占区潜伏了三年而没被逮捕。她不会盲目听从指挥，习惯独立思考，对盟军的军事行动作出了难以估量的贡献，她是法国伟大的朋友。”毛里斯·巴克马斯特于1945年6月19日在送往法国情报部门的一份报告中这样写道。

因此，我调查的视野大大开阔了。我一头扎进她曾经接触过的大部分人的资料之中，仔细把历史事件串联起来，把有关SOE的“战报”层层解析，他们的踪迹无处不在，令人印象深刻。经过无数次的剪辑拼凑，拼板图渐渐清晰了。

在一件事情上，英国的档案资料还是含糊不清的：一个行踪诡秘的人究竟扮演什么角色呢？他的身份是神甫，可能是个抵抗分子，于1942年的8月，即弗吉妮亚·霍尔自认为自己即将被捕，匆匆离开法国的前几个月，与她发生了联系。为了解开这个谜，我该回到巴黎去。这个神秘的天主教徒被怀疑是为德国人效力的双重间谍，要对众多抵抗分子及盟军特工被捕一事负责，我即将着手进行调查。

几个月后，我破例被允许查阅有关这个神甫的全部司法档案，他战后在巴黎被捕，塞纳河地区法院对他作出了判决。我用了几个星期的时间详细翻阅了这个厚度达八百六十六页的宗卷。这段时间花得值得：宗卷包含了这个间谍与他称之为“霍尔小姐”交往的重要资料。弗吉妮亚自己也不知道，她已成了由德国军方反间谍部门（Abwehr）组织的大规模渗透行动的目标。我从中也发现了他们的阴谋和被他们杀害的牺牲者。这个美国女人在1942年末活动频繁，而又成功逃过一劫。这就是为什么SOE拒绝把她再次遣返到这个国家。1944 年初，弗吉妮亚·霍尔加入了 OSS，他们又把她送往法国内地执行任务了。我还得知，在战争即将结束时，她是如何协助军方把这个背叛她的神甫绳之以法的。

我追踪弗吉妮亚·霍尔的足迹，搜集到了她在巴黎、梵森、里昂、巴尔和英国的其他资料和证明，从少数在上里尼翁河－尚朋附近认识她的抵抗者的回忆中，我也得到不少信息。她于 1944 年夏天在那儿待过一段时间，身份证上的名字是马塞尔·蒙达涅，OSS 给她的特工代码是戴安娜。我有幸与英国老谍报员罗杰·A. 莱内及让·马莱、加布里埃勒·埃罗、阿尔封斯·斯瓦特布洛克、莱布拉和安德烈·胡的家人进行了交谈。2006 年 2 月，安德烈·胡对我说道："她给人留下深刻印象。她的脸庞透露出力量和意志，但我们对她一无所知。"这位退休的葡萄种植园主，定居在罗西富尔小镇，在预定采取军事行动的日期之后，弗吉妮亚·霍尔策应夜间降落在上洛瓦河的伞兵时，他是对她提供帮助的人之一。然后，他带着少数游击队员，护送她到兰镇继续战斗。"到了那里，队伍解散，我们再也没见着我们称为玛丹娜的女人。"

玛丹娜、戴安娜、马塞尔、玛丽、热尔曼娜、布里吉特……弗吉妮亚·霍尔不停地变换着姓名，神出鬼没，来去无踪。她的身影时隐时现，最后消失在人们的记忆之中。在我跟踪她的足迹一路而去时，总是勉励自己尽量使她重见天日，恢复她本来的面目。我根据我搜集到的资料及证据，尽可能使她接近真实，但绝无人为拔高，或是把她塑造成一个完人的意图。为了保持本书的真实性，我绝没有添油加醋，在我看来，事实足以为我们展现了在历史长河中一位自由女性的命运。

我绝非是唯一一个想为她还以真实的人。经过了几十年的沉默之后，英国和法国当局决定向弗吉妮亚·霍尔公开致敬。2006 年 12 月 12 日，官方在法国驻华盛顿大使馆官邸举行了一个表彰仪式，列席的有她的亲朋、客人和记者，本人忝列其中。早在 1943 年 7 月

13日由英王乔治六世签署正式颁发嘉奖令，授予她的帝国荣誉证书，直到此刻才由英国驻美大使戴维·曼宁阁下交给弗吉妮亚·霍尔的侄女洛娜·凯特林。但在此之前，英国当局从未把这个荣誉证书送到当事人手中。这个文件居然被锁在办公桌里长达六十多年！

同时，法国驻美大使让－戴维·勒维特——此人于2007年5月成为法国国家安全顾问——宣读了法兰西共和国总统雅克·希拉克的一封信，首次表彰了法国这位“美国友人”。信上说：“弗吉妮亚·霍尔是法国抵抗运动真正的英雄。她百折不挠的英雄气概、罕见的献身精神、坚不可摧的意志，以及作为领导人及组织者的优秀品格，为法国的解放作出了杰出的贡献。”一幅油画表现出她于1944年夏天在上洛瓦尔省的一个农庄，坐在抵抗运动成员爱德蒙·莱布拉身旁，发送一份电报时的情景。当天，这幅油画由它的作者杰夫·巴斯揭示，然后再由此举的创意者埃里克·基尔钦格交到位于弗吉尼亚州的CIA博物馆收藏保存。

“弗吉妮亚从未想过会得到这些，”那天，在颁奖仪式上激动不已的洛娜·凯特林对我说道，“真不可思议，她那时殚精竭虑，而我现在却坐享荣誉。”洛娜是由她的儿子布拉特和她的孙女梅冈陪同前来的。她的孙女才十几岁，听着官方人士对她的被遗忘的女祖宗大加赞扬，睁大眼睛看着使馆邀请来的穿制服的老兵，不禁惊得目瞪口呆。

这天晚上，我看着在座位间跳来蹦去的梅冈，思绪万千，不禁想到一个小名叫“小花”的女孩的调皮模样，现在，我将要讲述她的身世了。

第一章
小花，未来的冒险家

小女孩待在桅杆上，右手抓着缆索，望着遥远的地平线。

“小花”三岁时已经远航了，向欧洲驶去，陪伴她的有她的父母和哥哥——七岁的约翰。他们乘的是在两个大陆之间往来的一艘豪华邮轮。

在上层甲板上，两个孩子聚精会神地瞭望着渐渐远去的蔚蓝色的地平线。他俩爬上了鞍马，那是专为旅客在航行时活动筋骨安放的。他们的父亲抓住这一幸福瞬间按下了相机的快门。“小花”紧紧握住鞍马的把手，小脑袋瓜上戴着水兵帽，摆出拍照的姿势。全家人第一次去欧洲，心情十分高兴。霍尔夫妇早就计划游历法国、比利时、瑞士和意大利了。[①] 埃德温·李希望他的妻子芭芭拉和他的两个可爱的小宝宝对古老的大陆留下美好的回忆，那是悠久的文化和远古的祖先所在。他有这个财力。霍尔夫妇住在巴尔的摩，家

---

① 1909 年欧洲之游的确切时间无从考证，不过弗吉妮亚·霍尔的侄女洛娜·凯特林的文件夹里收集的照片证实了这次旅行，我在 2004 年 9 月和 2007 年 2 月与凯特林有过一次交谈。弗吉妮亚·霍尔进入贝尔纳尔学校（1925 年）的登录卡上写明她于 1909 年至 1910 年有两年时间在欧洲，参观了比利时、法国、瑞士和意大利。但依据照片和洛娜·凯特林对姑姑的回忆，他们仅游历过一次，也许是横跨了两个年度吧。

境富裕，那是美国东部马里兰州的一个大城市。

1909 年是一个好年头，美国比以往任何时候都富有朝气。海上交易兴旺发达，城市也跟着滋润起来，张开双臂迎接世界各地的人和货物。大西洋两岸到处都在新建造船厂，相互攀比，竞相打造最豪华的游轮。爱尔兰的哈朗－沃尔夫造船厂在 1909 年建造了举世瞩目的超豪华游轮“巨人”号，人称“永不沉没的巨轮”，它的首航定在 1912 年春天。这些越洋大轮船上豪华舒适的头等舱都被富有的旅客预定一空。欧洲一批批移民挤在货舱里，纷纷去美国那方福地淘金去了。

巴尔的摩是切萨匹克运河的主要商业港口，送来了成千上万的淘金者。火车又把他们送往俄亥俄州山谷、中西部大平原和弗吉尼亚州的种植园。海上和铁路的私人公司纷纷合并，组成了更强大的集团。1904 年巴尔的摩的一场大火并未阻挡商业的扩张，长期以来，这个城市的经济命脉是出口本地区种植的小麦和烟草。如今，到处都是工地，银行遍布城市的大街小巷，商业网点和工厂星罗棋布，雇用了大批廉价劳动力。

埃德温·李·霍尔属于这个城市的精英阶层。他的父亲约翰·韦斯利·霍尔出生在克里斯菲尔德渔港附近的一个烟草种植园世家，他的父亲是船长。这艘五百吨的越洋大船，非常壮观，于 1822 年开航。[①] 约翰·韦斯利·霍尔于 1826 年出生，九岁时就当上了水手，第二任妻子是巴尔的摩的富家女玛格丽特·波普兰。他逐渐爬

---

① 霍尔的祖先于 1661 年定居在美国马里兰州，种植烟草。约翰·霍尔（1773～1847），后来成了船长，于 1813 年娶了原籍英国的女子，生下了八个子女。约翰·韦斯利·霍尔（1826～1904），是他的第五个孩子，即弗吉妮亚·霍尔的祖父。约翰·韦斯利·霍尔与第一任妻子生下四个孩子，与第二任妻子生下三个，其中就有弗吉妮亚的父亲埃德温·霍尔。埃德温生于 1871 年 9 月 28 日，有两个孩子，即约翰·韦斯利·霍尔三世和弗吉妮亚·霍尔。洛娜·凯特林是约翰·韦斯利·霍尔三世的女儿。这个家族族谱是洛娜·凯特林拿给我看的。

上上流社会，在海运、建筑业、金融、能源、商业甚至娱乐界[1]均有建树。他发财之后，开了一家巨大的砖厂，创建了第一国家银行。从1880年至1900年，他是巴尔的摩煤气公司董事会主席，该公司于1906年改建为供电公司，为城市提供照明。约翰经常邀请他的好友会聚在马里兰州的上等骑马俱乐部骑马，这个俱乐部的老板便是他的一个弟弟罗伯特。

埃德温·李·霍尔生于1871年9月28日，他是约翰七个孩子中的一个。父亲于1904年去世后，他继承了这个大家族的部分遗产。他拥有多家影院和财务上的收益。西港公司的总部设在南街，他是该公司的副总裁，又经营着一家很大的家具地毯商店，位于巴尔的摩的市中心，在查理街和法耶特街的交叉口，店名就叫霍尔公司[2]。

埃德温小心翼翼地经营着他的产业，对什么都留有余地。他的身材挺拔，鼻子弯弯的，下巴很有魅力。他无论走到哪儿都修饰得当、穿着整齐，继承了其父的社会形象，也就是善于理财的体面有产者的形象。

在冬天的几个月里，埃德温与他过去的女秘书，即在世纪之交娶她为妻的芭芭拉，以及他们的两个孩子约翰和弗吉妮亚，在位于巴尔的摩富人区之一的皇家山豪华别墅享受天伦之乐。芭芭拉是宾夕法尼亚人，长着一头棕发，很美。等天气转暖，城里的空气过于潮湿了，他们便举家迁往他们的“夏宫”——位于城外四十公里的一个名为鲍克斯赫恩的农庄生活。也就是在那儿，在家禽和马群之中，约翰和他的妹妹茁壮成长。

弗吉妮亚·霍尔于1906年4月6日出生，大家都叫她“小

---

① 这个细节是由洛娜·凯特林提供的。

② 在弗吉妮亚·霍尔入学的登记表上记录着她父亲的商业活动。

花”。小女孩身材匀称，长得很讨人喜欢，头发鲜亮，笑起来也很迷人。她成天乐乐呵呵的，但不乏机智。她喜欢玩具，但更喜欢乡村孩子玩的一套游戏，总是与哥哥一起玩。她整天与她家附近的动物打交道：小狗跳到她的怀里，母鸡在她的脚下咕咕叫唤，兔子追着她乱跑。她特喜欢小猫，喂养山羊，给母牛挤奶，与鹅逗乐。她稍稍长大些，就学着骑马了。她的母亲芭芭拉经常对她说：“学到的东西总有用得着的一天。”[①] “小花”喜欢打扮，自己做了一顶帽子，上面时常停留着鸽子。

即使最凶狠的动物也吓不倒她。有一天，她去学校时，手腕上绕着一条小水蛇当手链玩。“她的同班同学很少见到乡下女孩这么玩，都围着她吵吵嚷嚷，她们看见她当手链玩的小蛇吐出芯子时，又都惨叫不已。”[②] 她住在帕克顿时一位女邻居这样说道。

弗吉妮亚·霍尔的父母总是希望他们的女儿能接受最好的教育。1909 年欧洲之行已经使我们的“小花”受到特殊的教育，也许在大家不知不觉之中，她心中已经培育了向往古老大陆的种子。巴尔的摩的殷实之家都喜欢把他们的女儿送进罗兰公园中学，这是当地的一座私人学校，创建于 1894 年。弗吉妮亚于 1912 年进入该校读书，在整个夏季，她每天都要坐火车从帕克顿赶往巴尔的摩。

这座学校原先坐落在罗兰街的一栋不大的砖房里，1916 年迁至稍大些的建筑，对学校里的学生来说，它就像一个景物宜人的避风港。孩子们从六岁开始经该校女校长汉纳·杜尚小姐面试后就可入学了，她招募了一些女老师负责孩子们的教学。这些小女孩入学前必须“会说话”，举止要“开放”型的。[③] 学校并没有明确的宗教

---

① 以上内容是洛娜·凯特林提供的。

② 洛娜·凯特林私人档案。见弗吉妮亚·霍尔在帕克顿的一位女邻居写给洛娜·凯特林的一封信。

③ 作者于 2004 年 9 月 24 日与该校公关女主任南希有过一次谈话，她如是说。她还介绍说，汉纳·杜尚于 1912 年至 1922 年是该校校长，接下来是伊丽莎白·卡斯特，她从 1922 年至 1950 年一直任该校校长。

导向，但大部分家庭都像霍尔家那样是圣公会教徒。他们都是白人，而该城多数人却是黑人。

弗吉妮亚很活跃又爱说话，很容易在这座条件优越的学校站住脚跟，这座学校既重视拉丁语的语法训练，又重视培养学生的体能。“小花”兼城市与农村的特性于一身，不仅学习不费劲，在运动场上也常见她的身影。她本有语言天赋，很容易便掌握了德语，更精通法语，这是象征文学修养的一门活的语言，授课老师是索邦大学的高才生。她早期接受的语言训练为她日后在国外的生活打下了坚实的基础。她身材高挑，担当学校篮球队的后卫。又因她身体灵活、跑动积极，她很快又成了学校曲棍球队的队长，这支曲棍球队是在 1923 年成立的。①

在弗吉妮亚求学的十二年中，她的领袖本质和独特的个性逐渐形成了。她活动能力强且桀骜不驯，几乎成为这个由十个女孩子组成的班级的灵魂。她身材高挑，脸部特征日渐分明，她的魅力开始显露。她的颧骨很高，颈项优美，眼睛闪出浅褐色的光芒。她的发色更深些，使她看上去有点像天生的戏剧女演员。

再说，她也爱打扮成稀奇古怪的模样。除了动物和运动，戏剧也是她的钟爱，她从九岁起就喜欢戏剧了。罗兰公园中学小小剧团由戏剧艺术教授带领着，每年都演出同样的剧目。1923 年 12 月 15 日，在《浪漫的人》一剧中，弗吉妮亚扮演一个绿林大盗斯塔弗雷尔，他去抢劫女主人公希尔凡特，最后被希尔凡特前来救援的情人一剑刺死。1924 年 5 月 3 日，在《中国灯笼》一剧中，她又扮演了一个悲壮的亚洲英雄迪基布。她的表演天分在很长时间都不为人知。

1923 年至 1924 年是弗吉妮亚中学的最后一个学年，她被任命为班长，并且她还是该校毕业班传统的年刊的主编。她对记者生涯

---

① 源自该校 1923 年至 1924 年的年鉴。

一点儿都不反感，她幻想着像她的当海员的祖父那样越洋远游，过自己愿意的生活。她的人生格言用白纸黑字写在那里。杂志上有她的一张照片，她以坚定的目光注视着镜头，旁边写着一行字：“我需要最大限度的自由。”

她的同班女同学没说错。在同一页上，她们是如此真实地描述了“小花”的鲜明个性：

“班上的小唐·璜形象愈发鲜明了。尽管小花对男人不屑一顾，但她在穿着打扮上再像唐·璜不过了。她自己也承认，她任性而具有强烈的反叛性格，即便如此，我们都不能少了她。她是我们的班长、杂志的主编、篮球队和曲棍球的核心球员。她无疑是我们班上最独特的女孩，任何时候，她都无愧于她的声名。我们对她所能期待的唯一一件事，就是她会出其不意做些什么。”[①]

照片是真实的，预言却未必！弗吉妮亚到了18岁时只与巴尔的摩上层社会家庭的子弟来往，他们有时在她与几个女友和哥哥去父亲开的电影院看免费电影时，陪伴在她的左右。[②] 她的毛茸茸的眼睛勾魂摄魄，当然有众多的追求者，她对其中几个也有好感。但她独立的个性，加之先天的贞操观，使她难以萌生传统的男女之情。她的特立独行在她的女伴中赢得了“女侠”和“斗士”的称号。

倘若她愿意，她会走得更远，直到天涯海角，孤身一人不惜代价去寻求自由的芬芳，她已经熏熏欲醉了。1924年，她在即将离开的学校的刊物上借用预言家之口，毅然决然地写下了几段文字。在她的笔下，幻想中的时光老人讲述了她本人的离奇的命运：

---

① 源自罗兰公园中学1924年年鉴。

② 弗吉妮亚的绰号名叫“鲍比”的同班女友，以运动和发表妇女政见见长，数年后嫁给了她的哥哥约翰·W.霍尔三世，成了她的嫂子。这对夫妇生了两个孩子，即约翰·W.霍尔四世（1928年出生）和洛娜·李·霍尔（1930年出生，凯特林的妻子），也就是弗吉妮亚·霍尔的侄子和侄女，他俩是她唯一现存于世的后代。

弗吉妮亚对冒险的渴望众人皆知。

因此，她毕业后，倘若有一天她登船去法属印度支那和暹罗，大家也不会惊讶。

她在暹罗下船，然后来到扬子江畔，又登船驶向西藏，她想在那里待上几天再去蒙古。可命运总是在作弄人！我们可怜的小花在那里没待上几天就得了伤寒，不久就死了。

她被火化了，骨灰被送到西藏，然后被埋葬在昆仑山下。愿她在那里安息！[①]

弗吉妮亚在写这段想象力丰富又充满伤感的墓志铭式的文字时，似乎融入了她本人向往冒险的志向之中。她仿佛预感到她的梦想就像水晶般脆弱，某天，一个小小的意外便会把它碾得粉碎。

① 源自罗兰公园中学 1924 年年鉴。

第二章
一个玩家横跨欧洲

弗吉妮亚起飞了。她将告别嬉闹的童年、巴尔的摩家庭温暖的小窝、情有独钟的鲍克斯赫恩农庄、罗兰街上喧闹的校园，她感到一切准备就绪了。她该上大学了，这是她向往已久对自己的承诺，比早婚重要得多。1924 年至 1925 年，她报考了马塞诸萨州的剑桥学院，这是美国东部负有盛名的女子大学，始建于 1879 年，距与其有合作关系的哈佛大学校园仅一步之遥。这所学校以思想开放、民主政治的传统精神培养造就女孩子。这些正合霍尔家的心意，他们很赞成这所学校的教学理念。

弗吉妮亚的入学申请表格里有她在罗兰公园中学最后一学年的优异成绩，她在班上名列第二。1922 年起任职罗兰公园中学校长的伊丽莎白·卡斯特支持她的得意弟子报考这所学校，并且对她评价甚高：

> 弗吉妮亚酷爱学习，对什么都感兴趣。她喜欢户外生活，热爱室外运动。她喜欢戏剧，尤其喜欢扮演男性角色。她思想独立。她是同班同学中的佼佼者。她对同学们

的影响是正面的。从各个方面来看，弗吉妮亚都很优秀。[①]

除了证明材料而外，弗吉妮亚还得回答几个问题。譬如说，她喜爱的运动是什么？她脱口而出：曲棍球、篮球、马术和游泳。她希望学习什么课程呢？她说道，几何、物理，特别希望强化法语和拉丁语及英语。她还说，她希望在经济学和外语领域的知识得到完善。那么她将来希望从事什么职业呢？“国际贸易。”她喃喃地说道。至于选择这所学校，她是觉得这所学校教学内容广泛，且声名卓著。“我想，在这里，我能为我未来的工作打下坚实的基础。”[②]

自1924年9月份起，弗吉妮亚住在剑桥学院如茵绿草映衬的学生宿舍里，周围环境非常迷人。巴尔的摩少女专心致志地加强法语学习，同时又开始学习德语。但她对拉丁语不感兴趣。在大学度过了将近一年，她想换个城市住住。剑桥学院地处波士顿郊外，非她所爱。纽约充满活力，向世界开放，有着丰富的夜生活，在上世纪20年代中叶思想也极其活跃，这些都更加吸引她。她在巴尔的摩的约翰·霍普金斯大学度过了短暂的夏天之后，于1925年9月进入贝尔纳尔学院，这是一座与纽约的哥伦比亚大学联姻的学府。贝尔纳尔学院地处纽约百老汇北面的曼哈顿，那里剧院林立，正符合这位业余女演员的心意。她在那儿能满足对文化的渴求。

弗吉妮亚又要提出新的入学申请了。她仍然喜欢体育和戏剧艺术。她将选修的课程确定了：首先是法语，然后是数学，她承认不喜欢学习拉丁语和《圣经》。至于她将来的就业打算，她写道：“外交和国际贸易。”从而首次披露了她想当外交官的心愿。不过，归根到底，从事外交或者贸易都无所谓，按照她的说法，“这两种职业都可以使我认识许多有趣的人，强化我的外语能力，更好地认

① 源自该校档案。

② 源自该校档案。

识国与国之间的关系。”[①]

不管她未来的职业是什么，在她看来，重要的是出发，去发现广袤的世界，脱离一成不变的生活。然而她此刻尚不知晓，她有朝一日将会改变自己的身份，用上代码，隐姓埋名，秘密生活在被蹂躏的欧洲。此刻，这只是一个遥远而神秘的梦。

她有什么消遣呢？她在纽约是如何过的？有男朋友吗？一无所知。不过，在 1925 年至 1926 年间，她在贝尔纳尔学院的学习成绩并不理想。即便她喜欢的课程，成绩也平平，也就是 C 吧。[②] 不合常理的是她没有参加体育课，因此没有成绩。不过，她又自修了意大利语，并且去听雷蒙·莫莱教授上的管理艺术课程，教授日后成了 1929 年当选的纽约市长的法律顾问，而这位市长便是富兰克林·罗斯福先生。这位钻研政治科学的专家追随民主党领导人一路攀升，后来专为 1933 年成为美国总统的人物修改演讲稿。原来弗吉妮亚不知不觉地与未来新思想的创造者还有一面之交呢。

1926 年的夏天来临了。这位心不在焉的女大学生来纽约才刚刚一年，就又想动了。有好几个月，她试图说服她的父亲埃德温把她送往欧洲继续她的学业，强化她的外语。她的父母亲在她小不点儿时就带她去发现古老大陆的魅力了，他们又如何能拒绝她的这个愿望呢？他们的大儿子约翰在艾奥瓦大学化学系毕业之后，回到其父在巴尔的摩开的公司工作，辅佐他的父亲了。

弗吉妮亚可不怎么喜欢待在家中，她已经展开想象的翅膀翱翔在欧洲大陆之上。埃德温和芭芭拉犹豫再三，因为女儿在那里将孤身一人，既无朋友，又无依靠。不过，夫妇俩对成熟的女儿倒是蛮信得过的。她的神情坚定而充满向往，他们知道什么也阻挡不住女儿“放飞”的意愿。他们有能力支付她在大洋彼岸长久的求学费

① 源自贝尔纳尔学院档案材料。

② 同上。

用。事情就这样定下来了。她想去哪儿呢？当然，首先是巴黎。对这个早就精通法语的女孩来说，这是不二的选择。然后是维也纳，因为她希望能补充她对日耳曼文化的欠缺。

巴黎，1926年秋。弗吉妮亚刚下船便感到仿佛回到了自己的家。空气清新，建筑物高耸，塞纳河宁静优美，码头上一片繁荣。第一次世界大战的硝烟似乎已经散尽。1924年法国左翼联盟垮台和法郎贬值之后，救世主雷蒙·庞加莱[①]重新取得政权，重整了法国经济。法国也进入"疯狂年代"，无忧无虑，充满了商机。巴黎吸引了从它的殖民帝国前来的旅游者。巴黎蒙马特游乐场所多多，身材丰腴的贝克[②]，原籍美国密苏里州，在女神游乐厅表演《黑人活报剧》中的舞蹈。装饰艺术画家在画展上大获其胜。短裙、愈开愈低的领口、华丽的皮衣成了时尚。巴黎的作家和大学生在圣-日耳曼大街的咖啡馆里重新改造着世界。

年轻的美国女人既然决心日后从事跨国工作，也很赞赏眼下的时尚穿着，便报考政治学院的外交专业，该校地处圣-基洛姆大街，离左岸文人会聚的咖啡馆仅几步之遥。在这个提倡精英主义的殿堂里，上流官员和高级知识分子比比皆是，人们意趣盎然地闲聊着《凡尔赛和约》的后果，有些人认为眼下的和平局面随时会被打破。

战争的乌云已在地平线上升起。在意大利，法西斯分子墨索里尼已经拥有政府的最高权力，把政治运动转化为国家的独裁政党，向民主宣战。在德国，1926年7月在魏玛举行的国家社会主义工人党的第一次大会上，他们的领袖希特勒检阅了军人，他们一个个都

---

① 庞加莱（1860~1934），法国政治人物。在1922年至1924年和1926年至1929年，他两度担任总理，在稳定法郎以解决法国政治危机方面作出了卓越贡献，使法国出现了一段新的繁荣时期。

② 贝克（1906~1975），美裔法国艺人。1925年来巴黎，在《黑人活报剧》中表演舞蹈，成为巴黎最受欢迎的女明星。

举起臂膀，大声疾呼建立所谓的“新秩序”，希特勒在前一年出版的《我的奋斗》一书中已经对这个口号做了详尽的注解。法国当时的外交部长阿里斯迪特·白里安[①]对这些危险的先兆视而不见，还尽力安抚公众。1926 年 9 月 8 日，他居然投票赞同德国进入国际联盟，依据是：“别让机枪大炮相向而对，首先是谈判与和平。”在当时的政治背景下，对这种盲目的乐观情绪，只有深谋远虑的人才不能苟同。

1926 年的最后几个月，弗吉妮亚去圣－基洛姆大街上课。她在接下来的几个季度横跨法国，参观了与政治学院有合作关系的几所大学，在斯特拉斯堡待了几个月之后，她去了格勒诺布尔，得到了一张语音学的资格证书，然后又去了图卢兹。[②] 她学会了坐火车周游法国，并且学会了在这个国家如何生活，她十分欣赏它的文化和热情好客的居民。尽管她说话的美国口音很重，但她毕竟能流利地说一口法语了。她的欧洲之行的下一站是维也纳。1927 年夏末，她乘坐一辆从慕尼黑开来的火车到了维也纳。她以一个天真无瑕年轻人的目光，脱口说出了对维也纳的最初印象：“夏日，所有的咖啡馆都挤满了人，维也纳让那些即将回到美国的游客吃饱喝足了。维也纳是音乐和咖啡之都，维也纳到处都是金发女郎。”[③] 她初来乍到，便表达了以上的感叹。

弗吉妮亚惊叹维也纳街道的整齐划一和熙熙攘攘的商店。她用几天时间游览了奥地利的首都，参观博物馆，学会了乘电车代步。第一个星期，她很高兴能参加大剧院的一次晚会，有几个美国医生

---

① 白里安（1862～1932），法国政治家。1909 年至 1929 年当过十一次法国总理。又担任过二十六个内阁职务。1926 年获得诺贝尔和平奖。

② 弗吉妮亚是在 1927 年 6 月在格勒诺布尔得到语音学资格证书的，上面写着“授予外国大学生霍尔小姐”。弗吉妮亚·霍尔在法国斯特拉斯堡、图卢兹和格勒诺布尔的经历是在她本人的 CIA 档案材料中发现的。

③ 洛娜·凯特林私人档案。大约写于 1927 年秋，共四页纸，是用打字机打的，没有注明日期。

家庭与她同住一个饭店，她是与这些游客一起去的。接着，她又找到了一个更便宜的房间，常去城里的美国女子俱乐部，渐渐适应了维也纳的风俗人情，特别是周末在乡间的生活：“休息时间最通常的生活方式是爬山下山。我也这么做。”在她眼中，维也纳的妇女很开放，常在咖啡馆聚会、打牌、逛商店、打高尔夫球、跳探戈和查尔斯顿舞①。在年轻的美国女子看来，这些活动都有伤大雅。她写道：“我想，我的父亲宁愿放弃他的事业也不会让他的妻子与另一个男人跳舞……每个国家都有自己的特色。”不过最使她惊讶的，还是“那里的人不爱学习”。她写道：“我知道，在英国，读书没什么可称道的；在美国，一年中仅需集中几个月读书就行了；而在这里，没有人能告诉我如何读书上进。他们对我说，只需上几堂课便能顺利通过考试。倘若我这样去做，我担心我的父母亲恐怕不会为我自豪的，我也怀疑我是否能在未来的美国成为一个成功的榜样。”②

弗吉妮亚不是单单为旅游来维也纳的。她进入了康苏拉尔科学院，这是一所在政治学和国际关系学方面声名卓著的大学，始建于1745年。大学用德文授课，涵盖了她感兴趣的各门课程：外交、政治、经济、地理、商务、新闻，以及进修英文、法文课程。③她对这些学科已是轻车熟路，于是她又开始学俄语和西班牙语。她本已掌握了意大利语，又强化了德语，因而她已能熟练掌握五种外语，表现出非同凡响的语言能力。

弗吉妮亚很高兴能在奥地利首都度过两年大学生涯。经过了一段适应期之后，她也享受到了大学放松的氛围。冬天，一群群大学

---

① 1920年至1925年流行欧洲的美国舞蹈。

② 源自洛娜·凯特林的私人档案。

③ 源自奥地利国务院档案馆有关弗吉妮亚·霍尔入学康苏拉尔科学院的记录。

生滑雪、冰山运动，或参加狂欢节。调调情是可以的，“且很有分寸。”她写道。可以肯定地说，维也纳与巴黎一样，都使她十分迷恋。就在那里，她爱上了一位驻扎在奥地利的波兰年轻军官[①]。他俩在多瑙河畔漫步，军官在这位身材修长、杏眼深沉的美国女青年自然大方的魅力诱惑下，彻底被俘了。

然而，这段恋情没有维持多久。弗吉妮亚的父亲常与她通信，对女儿与一个萍水相逢的波兰青年谈恋爱一事不大赞同。女儿在国外读一阵子书尚可，但要说在那里成家立业，可不是埃德温·霍尔的本意。再说，波兰军官很快就要回到自己的国家，这与弗吉妮亚的计划也有冲突。这对恋人对婚姻的前景根本不抱希望，因此交往了几个月之后就分手了。弗吉妮亚表面上没什么后悔的，但在她的私人物品中，她把她的这位波兰朋友的照片珍藏了很长时间，仿佛她还深深眷恋着这段无疾而终的恋情。从此她再也没见到她的男友，也许他在第二次世界大战的战场上牺牲了；也许在1940年春，他在斯摩棱斯克附近的丛林中与数千名波兰军官一起被苏军枪杀了。

1929年7月，弗吉妮亚·霍尔口袋里揣着康苏拉尔科学院的毕业文凭，带着优良的成绩单回到了美国。[②] 她万分欣喜地与鲍克斯赫恩农庄的父母亲、哥哥和动物重逢。夏天就这样喜滋滋地过去了。弗吉妮亚开心地向大家讲述在维也纳的往事。她从事体育运动，又骑马，又远足，参加所有的户外活动。她焕发出青春的美丽，心中怀着无数的幻想。她已二十三岁，觉得自己该在外交生涯中一展身手了。她关心国际事务，爱研究欧洲，对外语情有独钟，

---

① 关于这段恋情的细节是洛娜·凯特林提供的，她认为这段恋情以及弗吉妮亚的父亲的否定态度都发生在她在奥地利求学期间。

② 根据弗吉妮亚在1951年正式加入CIA时所填的表格，1929年6月，她确实拿到了这张毕业证书。见CIA保存的弗吉妮亚·霍尔档案。

尤其是她十分向往在欧洲生活，这些都使她情不自禁、蠢蠢欲动。她只需在美国再过几道坎就万事大吉了。她希望在联邦首都的美国大学跳跃式地完成学业。

然而1929年秋天到来了。10月24日，华尔街遭遇到“黑色星期四”。最近几个月银行投机泡沫粉碎了。行情陡然滑落下来。投资者破产了，惊慌万状。破产户与日俱增，失业率直线上升。仅仅几个月，大萧条蔓延了整个美洲大陆，后又蔓延到欧洲。巴尔的摩没能幸免，企业和工厂停工了。

弗吉妮亚的父亲，埃德温·霍尔已介入到商业、建筑和金融之中，眼见自己的生意摇摇欲坠。他的家业顷刻间垮下来。他的儿子约翰在家族企业里工作，成天无精打采。弗吉妮亚虽然在学校继续学业，但也爱去不去的，是否能顺利毕业没有把握。① 同时，她报考参加外交单位的考试，考得不错，但没被录取。显然，她是女性，欲进非常男性化的国家机构确有难度。② 她很失望，但并不泄气，这时，她更多的时间待在父母亲身边，等待着机会来临。

经济危机让弗吉妮亚的父亲整日惶恐不安，1930年他的眼睛没离开过他的账本，就像海员在暴风雨中为他的船帆担心一样。随着经济形势日趋恶化，他的神经愈来愈紧张。股市一路下跌，企业纷纷倒闭，街头上失业的队伍愈拉愈长。1931年1月22日，埃德温·霍尔从位于巴尔的摩市中心的办公室出来，身心比以往更加疲惫，他的心脏病发作，一头栽倒在人行道上。他遭到致命一击，几小时后，他命赴黄泉，时年仅五十岁。

霍尔一家不啻遭到了一场大地震，在狂风暴雨中，家庭的支柱轰然倒下。这位聪明的企业家也没能抵挡住风险，他仅仅留下一点

---

① 根据弗吉妮亚1951年正式加入CIA时所填写的资料，她在1929年至1930年进入华盛顿美国大学，但没有结业证书。

② 弗吉妮亚于1930年参加外交机构考试一事，见马尔加雷·罗斯迪埃的《抵抗运动中的女性》一书。

微薄的遗产。全家人以泪洗面。弗吉妮亚失去了慈祥的父亲，他生前永远无保留地支持她谋求自立自强的抱负。父亲过早地去世在她的心中留下的创伤，一生都未真正愈合。

鲍克斯赫恩农庄变成了悲伤的一家人的遁身之地。经济大萧条严重打击了市民阶层，最可行的办法是留在乡下，因为在那里至少容易找到吃的。1931 年冬天，埃德温的遗孀芭芭拉在她的两个子女的陪伴和慰抚下，度过了漫长的几个月。约翰与他的妻子洛娜——弗吉妮亚的校友，带着他们的两个孩子，在农庄拼命干活。他们起初只是打算在农庄待几个月，想不到从此就定居了。[①] 家庭的财产大大缩水，仅仅够他们陪伴着母亲芭芭拉在乡下过体面的日子。

弗吉妮亚在母亲和哥哥身边待了几个月。她并不反感干农活，她照看母牛和马匹得心应手，闲时打打猎、钓钓鱼又可丰富餐桌上的菜肴。不过，她很清楚，她的志向不在那里。父亲之死使她少了一位生活中的导师，在悲伤之余，她并没有沉沦，相反，却砥砺了她的意志。她的信心比以往任何时候都坚定，到国外去发展！她只是在等待一个机会为她打开通往未来的大门罢了。

---

① 作者与洛娜·凯特林的谈话记录。

第三章

伊兹密尔山的枪声

1931年6月29日，一封公函寄至马里兰州巴尔的摩市西39街103号弗吉妮亚·霍尔小姐。弗吉妮亚已经在服丧的母亲身边度过了夏季的最初几天，她看见信封封面上有国家机构的标志印戳，全身一阵战栗。她抖抖颤颤地展开等待已久的信纸，一眼扫了过去[①]：

> 您申请谋求外交使团秘书或美国驻外领事馆一职，我们经过研究，现在很高兴正式向您确认，聘用您为美国驻波兰华沙大使馆的秘书，年薪两千美元，自上岗之日起支付。

弗吉妮亚简直不敢相信自己的眼睛。然而白纸黑字没有什么可怀疑的。她的愿望终于实现了：在使馆工作。啊，当然啦，她还不是外交官，只是一名秘书。几个月之前，由于外交使团的就职考试失利，她写了一份申请书，希望在外交机构驻外使团里谋求一个

① 这封信是在1931年6月29日由美国国务院助理秘书发给弗吉妮亚的。美国国务院1930～1939存档。

秘书职位。后来，她对她的朋友——埃尔布里奇·多布罗大使这样说道："既然国家机构的高位似乎不欢迎女性，我就从小门进入吧。"[①]

能去华沙已经是一个胜利了。在此之前，她已经作好了准备，在国外度假，学习外语；她还在华盛顿为下一个学年向一所大学提出了入学申请，以备外交使团拒绝后为自己留一条出路……不过，她再也回不到巴尔的摩了，因为有关部门的官员作了例行调查，想知道霍尔小姐是否合适从事美国外交工作，她的几个家人也被接受调查，结果是肯定的，她被录用了。

1931 年 6 月 29 日的这封信长达四页纸，特别向她交待了旅途的细节。她的旅费由国家负担，还能享受其他的出差费用，在美国最多七美元一天，国外八美元一天。这是通常的补贴。此外，她应准备护照，填写最后几张表格，尽快准备出发。

倘若弗吉妮亚接受所有这些工作条件，政府部门希望她尽快答复。她在 1931 年 7 月 1 日就回信了。她的字大气而轻盈，表示她"很高兴"接受这个岗位，同意作为单身女性在这个岗位就职至少两年的要求。她写道："我在填申请表格时没有结婚，并且近期也不打算结婚。"[②] 她的这些话使华盛顿的官员们吃了一颗定心丸……

两个星期后，一张船票送到了她的家中。7 月 29 日，乔治·华盛顿号轮船将离开纽约去德国的汉堡。弗吉妮亚登上轮船。曼哈顿港启程的汽笛声响起，这意味着她的新生活从此开始了。六个月前，她的父亲去世，意味着她告别了童年。她已经不再是无忧无虑的大学生了。这一次，她将开始书写自己新的人生。

---

① 源自 1984 年 10 月埃尔布里奇·多布罗的谈话。见《抵抗运动中的女性》一书。埃尔布里奇·多布罗先后在东欧等国就职，后在罗马和越南担任大使。

② 源自华盛顿美国国务院档案馆。

她一到汉堡，就坐火车去了华沙。她就职的美国公使团不久前，即1931年8月10日才晋级为大使馆。该馆坐落在波兰首都的一条名叫乌佳斯杜夫斯卡街的主干线上。华沙是一个喧闹的城市，那里聚集着天主教的中产阶级、德国和乌克兰商人、各种身份的俄国和犹太移民。老元帅约瑟夫·毕苏斯基以铁腕领导着这个国家。他是1918年波兰宣告独立之父，1926年发动政变，作为国防部长重新夺取政权。这位温和的社会主义者意识到自己的国家正面临的危险，它一方面来自纳粹德国，另一方面来自苏联的共产主义压力。毕苏斯基是公民推举出的领导人，他希望能捍卫自己的国家和他的尚不成熟的民主制度。

弗吉妮亚逐渐熟悉秘书的工作，她负责一些政治性不那么强的事务工作。此时，美国大使约翰·N.威利斯已经与前使团下榻地的不通人情的前房东打了几个月官司，案卷多多，但弗吉妮亚对此丝毫不感兴趣。不过她不会偷懒。她负责信件来往、外交签证、发密码电报和解密电报，把无数报告发往华盛顿。她的上司对她在工作中所表现的忠诚十分满意，再说她并没有受过专门训练。

她是一个很称职的秘书，有时也免不了会思念她以前在维也纳认识的“未婚夫”，如今音信全无。不过，她尽力不去想这件事。使馆的工作十分繁琐，她几乎没有时间出去消遣。弗吉妮亚始终忘不了她的志向。她可不愿意长时间干一些打字之类的工作。1932年3月，她请求在华沙再进行一次外交使团的就职考试，先前她在华盛顿落选了。考试应该在当年的9月26日至28日进行。他们答应她应试材料会按时送到她手上，让她及早作准备。不幸的是，到了考试那天，她还没收到任何资料，于是她没有去应考。①

弗吉妮亚很失望，不过她在华沙也没像她预期的那样待了两年。1933年2月，她得知她将要被调往土耳其的伊兹密尔，那里正

① 源自华盛顿美国国务院档案馆保存的来往信件。

缺少一名秘书。她欣然接受了这份新的工作，那里面临地中海，且更加富有异国情调。

1933年3月末，她横跨整个中欧，坐火车从华沙去了伊兹密尔。她在布加勒斯特作了暂短停留。在罗马尼亚的首都，她又见到了美国领事埃尔布里奇·多布罗，数月前，他在华沙担任副领事。埃尔布里奇·多布罗请她在自己的寓所共进晚餐。这位和蔼可亲的外交家日后将在国务院大展宏图，眼下，他在布加勒斯特喜欢邀请当地的温和派人士吃饭。

这天晚上，一位二十五岁的姑娘坐在弗吉妮亚身边。她长着一头棕发，下巴很有个性，目光深沉。她自报家门，名叫薇拉·罗森伯格，是马克斯·罗森伯格的女儿。她的父亲是犹太裔的罗马尼亚商人，几个月前去世了；她的母亲名叫希尔达·阿特金斯，英国富有的女财产继承人。薇拉在罗马尼亚的克拉斯纳长大，然后在洛桑、巴黎、伦敦、牛津求学。她也对旅游和语言感兴趣，自然而然地与弗吉妮亚拉近了距离。漂亮的罗马尼亚姑娘与母亲定居在布加勒斯特，不久前，作为美国一家石油小公司驻罗马尼亚的代表，工作了一段时间。她也喜欢跳舞、滑雪，与外交家交朋友，英国、德国、美国的都有。还有一个巧合，薇拉的哥哥拉尔夫长期在伊兹密尔工作，后来在伊斯坦布尔其家族开的一家运输公司当经理。

这天晚上，这两个无忧无虑的姑娘餐间相谈甚欢，根本就想象不到往后不到十年，她俩会在战争期间的伦敦英国情报部特别行动小组的办公室里重逢，那时，弗吉妮亚·霍尔已经被派往被占领的法国；而薇拉·罗森伯格也已是英国情报部法国支部的骨干，作为弗吉妮亚的女友，协调她的工作。1933年在布加勒斯特的一顿晚饭对她俩日后都是遥远的记忆……

伊兹密尔从前叫士麦那。1933年4月的最初几天，弗吉妮亚·

霍尔发现这个城市很可爱。四周丘陵散发出的春天温馨的气息，与爱琴海沿岸码头上待运的香料和罂粟仔散发出的香味混合在一起。伊兹密尔是土耳其第二大港，成为这个国家农作物的天然出口地，其中有烟草、干果、橄榄油、鸦片。美国领事馆坐落在一条大街的一幢舒适的大楼里，对面便是美国银行和标准石油公司的办公室，它的活动主要局限于经济往来。美国烟草和石油公司都设在本地区，那里还有英国新教徒开设的公益性学校。[①]

这座商业城市在1922年的一场大火中遭到损坏，它与政治并无太多关联。驻扎在那里的外国团体成员的社会活动很少，然而，城市的周围都是郁郁葱葱的丘林，罗马人的遗址随处可见，爱琴海孕育着这个半岛，气候又是那么温和湿润，这些都弥补了它的不足，特别适合那些习惯于在户外工作的人们。高尔夫球、网球、马术、游泳、出游和打猎，这些娱乐活动都是可能的，领事馆的工作原本就不紧张嘛。弗吉妮亚对这个生活节奏很满意，认为比在华沙要放松多了。此时的美国，新任总统罗斯福为摆脱困境，正在致力推行他的“新理想”，她置身度外，充分享受着这令人心旷神怡的生活。

冬天到了。伊兹密尔的上空澄蓝澄蓝的。1933年12月8日是星期五。在伊斯兰国家，每星期的这一天，人们不办公。弗吉妮亚与几个朋友一起出发去几公里的郊外打猎。她把猎枪斜背在身上，枪口朝下，双手攀岩，沿着崎岖的山路往上爬。周围一片寂静，美好的一天开始了。

在攀登时，她的脚扭了一下，身体失去平衡，枪从她的肩膀滑落。弗吉妮亚伸出手想扶正猎枪，不小心触动了扳机。

子弹穿进她的左脚。她痛苦地倒下来。伤口很深，流着鲜血。

---

① 参见伊兹密尔的介绍，1930年初美国领事馆的活动见当年该领事馆的工作报告，华盛顿美国国务院档案馆存档。

必须赶紧把她送往医院。汽车在返回的路上飞驰。一次意外的事故将彻底改变弗吉妮亚的人生轨迹。

在领事馆，大家急成一团。次日，也就是12月9日，总领事威廉姆斯·乔治给华盛顿发了一封电报：

> 霍尔意外受伤，也许两月内无法工作。拟请病假。[①]

最初的治疗似乎尚可。女病人躺在病床上几个星期，心平气和多了。然而，到了1933年12月末，病情恶化，伤口发炎。病毒在感染。外科医生罗琳·谢泼德已有四十多岁，担任伊斯坦布尔美国医院[②]的院长已有五年时间，他得知自己的同胞的病情之后，迅速赶去。伊斯坦布尔到伊兹密尔有四百公里的行程，几乎要坐二十四小时的火车。医生查看了病情之后，认定为时已晚。弗吉妮亚的生命危在旦夕。应该尽快给她做左腿截肢手术，膝下部分均得切除，这样才能保住她的生命。手术进行了几个小时，那天正巧是12月24日下午，即圣诞节前夕。[③]

这年，弗吉妮亚在完全失去知觉的情况下，过了一个最奇特的圣诞之夜。

1933年12月25日清晨，当她醒来时，弗吉妮亚的医生与两名他从伊斯坦布尔带来的美国女护士站在她的病床前。弗吉妮亚得知这个结果之后，内心的痛苦不言而喻。她要防止再次感染，身体虚弱，噩梦不断。她的左小腿被截断了，她无法动弹。

她还能像她喜欢做的那样散步、奔跑、骑马、远足吗？她总是

---

① 华盛顿美国国务院档案馆存档。

② 伊斯坦布尔的美国医院包括一座护士学校，始建于1920年，是土耳其第一家使用当代外科手术的医院。罗琳·谢泼德大夫毕业于耶鲁大学，从1927年至1957年一直领导这家医院。

③ 事故及截肢时间均见1933年12月25日从伊兹密尔领事馆发出的电报。材料源自华盛顿美国国务院档案馆。

一阵阵昏眩，全身疼痛不已。她在医院里对所有在她身边的人强颜欢笑。罗琳·谢泼德医生尽力安慰她。手术是成功的，她将度过漫长的治愈期，还将安装假肢。

她的心灵蒙上了阴影，此时她只想着一件事情：

母亲。应该告诉母亲。

第四章

截肢后的考验

1933年12月25日下午，总领事威廉姆斯·乔治来到伊兹密尔市中心的办公室。这位美国外交官看见自己的下属，二十六岁的女雇员动了如此大的手术，也吓坏了，不知如何起草这份电报，他以最缓和的口气把这个消息告知万里之外美国马里兰州弗吉妮亚·霍尔的家人。自弗吉妮亚·霍尔12月8日发生意外之后，她一直不想把这件事情告诉她的妈妈芭芭拉，心想没有必要在圣诞前告诉她，再说，她的伤口似乎也在逐渐愈合。

截肢改变了一切。弗吉妮亚·霍尔残废了。再隐瞒这次手术已毫无意义。1933年圣诞节那天，领事拿起笔小心翼翼给华盛顿起草了一封电报：

> 12月8日，霍尔小姐的猎枪走火，意外伤着自己的左腿。为了保住她的腿，该做的都做了，但伤口发炎，危及生命。昨天下午，伊斯坦布尔美国医院院长罗琳·谢泼德在她的左下膝实施了截肢手术。今天清晨，患者睡得很安静，有两名美国护士在照看她，不会再发生什么意外病情，休息两三个星期，患者有望康复。但康复还有待时

日，请求延长病假期。总部有可能委托一位负责人把这个消息去告知她在马里兰州帕克顿的母亲埃德温·霍尔夫人吗？我推荐威尔逊总领事。①

在华盛顿，果真是那个叫威尔逊的人去完成这件棘手的使命。12 月 26 日午后，这位高官接通了帕克顿分部办公室主任的电话，他们与霍尔一家很熟。总领事认真地向他朗读了从伊兹密尔发来的电报。这起事故的消息尚未送达帕克顿，邮递员保证尽快送到霍尔夫人手中，并且“说话尽可能地缓和”。②

圣诞节的次日，芭芭拉·霍尔从邮递员的口中得知这个不幸的消息之后，如五雷轰顶：她的女儿弗吉妮亚在万里之外失去了一条腿！她无能为力，不知如何是好，泪水不断往下淌。自从她的丈夫埃德温·霍尔去世后，将近三年来，整个家庭似乎噩梦不断。邮递员尽可能安慰她，眼下，她对她的女儿的病情也只知道这么多了。

几天后，从伊斯坦布尔传来了媒体的报道，巴尔的摩的一家报纸对这位美国驻伊兹密尔领事馆的年轻女秘书截肢一事也作了相应的报道，在题名为《土耳其意外事故的当事人》的文章旁边还刊登了弗吉妮亚的一张照片，弗吉妮亚的形象光彩照人。

要等待最新的消息。芭芭拉期盼着邮递员的到来，她注意外面的动静且心急如焚。她担心传来更坏的消息。1934 年 1 月 9 日，她收到了国务院驻外机构行政领导寄来的一份公函，通知她说，根据 6 日从伊兹密尔发来的电报，弗吉妮亚身体恢复得很快，“没有任何理由担心”。③ 她应该还会收到女儿和领事寄来的更详尽的信件。

乐观的时日并未持续多久。弗吉妮亚躺在伊兹密尔医院的一间

---

① 源自华盛顿美国国务院档案馆的档案资料。

② 见特工领导威尔逊 1933 年 12 月 26 日日记。华盛顿美国国务院档案馆存档。

③ 源自华盛顿美国国务院档案馆保存的档案。

房间里，经历着第二个艰难考验期。截肢后，她的身体很虚弱，麻烦又来了：尚未结疤的腿再次受到感染。败血症袭来，影响到膝盖，患者可能遭到致命的打击。

1 月 17 日，领事的电报这样写道：

> 紧急。霍尔小姐生命垂危。[①]

这个消息像烟雾似的在国务院散开，还传到外面。当天，芭芭拉·霍尔从费城的一位朋友那里听到从伊兹密尔发来了一份紧急电报，说她女儿的病情大大恶化了。“做母亲的当然万分焦虑。”1 月 17 日当天，一位官员听说霍尔夫人极为焦虑时这样说道。[②]

在伊兹密尔，医治弗吉妮亚的医生们用尽一切方法进行抢救。他们为她注射了大剂量的血清，阻止细菌蔓延。他们切开患者膝下的伤口。从 1 月 17 日夜间到 18 日，在医生精心的治疗下，败血症状消退了。弗吉妮亚再次从死神的手中逃脱。

罗琳·谢泼德医生又回到伊斯坦布尔美国医院工作了，但每小时都要了解弗吉妮亚病情的进展，他得知新的情况后很着急，答应尽快返回，治疗他在三个星期前为其动手术的女病人。美国领事威廉姆斯·乔治常常陪伴着弗吉妮亚。他亲眼看见她发烧，浑身发抖，与死神斗争。1 月 18 日白天，弗吉妮亚的病情似乎有所好转。他在给华盛顿发出的一封电报中这样写道：

> 在抗败血症的血清作用下，血液被激活。手术的伤口被切开，左膝的毒液被引流，膝关节完好。总的情况不坏，只是患者在穿衣时非常痛苦，我每天都帮助她。我与

---

① 源自华盛顿美国国务院档案馆保存的档案。

② 同上。

几个医生和他们的助手保持经常联系。患者得到很好的照料，一时不会出现险情。[1]

这封电报在1月19日通过邮局送到芭芭拉·霍尔及他们家的一个朋友克拉伦斯·珀金斯手上。巴尔的摩的这位律师早先以弗吉妮亚母亲的名义已与国务院的一位负责人打过招呼，望他尽快转告弗吉妮亚的病情进展。[2]

19日当晚，罗琳·谢泼德大夫就赶到伊兹密尔。次日清晨，他已来到弗吉妮亚病床前。他的诊断是乐观的。照他的说法，弗吉妮亚生命无虑。他只是担心患者再次受到感染，决定把她送到他领导的伊斯坦布尔的美国医院，"为了她的康复"。他说道。[3] 事实上，情况还相当严重。伤口切开后，结果差点儿导致悲剧发生。伊兹密尔医院的卫生状况不理想，罗琳·谢泼德大夫希望在未来的几个星期亲自照看这位年轻的姑娘。

这个决定使大家放心了。1934年1月20日，在华盛顿，国务院人事部门的负责人又给芭芭拉·霍尔和克拉伦斯·珀金斯去信，把罗琳·谢泼德大夫的决定转告他们。此时，弗吉妮亚的母亲已紧张到极点，收到此信才稍稍放心。她希望自己的女儿到伊斯坦布尔的美国医院接受到更好的治疗。[4]

康复是一个漫长而折磨人的过程。弗吉妮亚以前是那么快乐，眼下正在度过一个晦暗的时期。她在这个城市一个熟人也没有，孤零零地待在市中心的医院里倍感孤独，而且每天都要忍受伤痛的折磨。她的身边没有她所需要的一切：母亲、故乡的温情、可爱的小动物，什么都不在身边。她的父亲已经去世三年了，有好几次，她

---

① 源自华盛顿美国国务院档案馆保存的档案。

② 同上。

③ 同上。

④ 同上。

在睡梦中依稀看见父亲站在她的床前，慈祥的面容，灿烂的微笑。在她的床前，埃德温倾身向她说着悄悄话，他说他会回来的，一如既往地支持她。她应该坚持，康复，继续战斗！站起来，重新迈开步伐！母亲需要她，她应该帮助母亲！

这些幻觉真的是梦吗？不管怎么说，弗吉妮亚在医院的房间里，确实感觉到父亲来过了，相信父亲会帮助她渡过难关。过了几个星期，她感到自身又积聚了新的力量，找回了自信。她的侄女兼密友洛娜概括道："那是她勇敢的源泉。"①

弗吉妮亚在伊斯坦布尔住了几星期医院之后，回到伊兹密尔。她的伤口结痂了。她的左腿上初步安装了假肢。她借着拐杖，试着慢慢移动脚步。她走得很艰难。她的同事为了尽量避免使她多走路，把她安排在美国领事馆底层副领事的套间里住下，那是在1934年4月初。这个套间的客厅和卧室直接通向走廊上的各个办公室，这样就大大缩短了距离。弗吉妮亚觉得方便多了。她希望能恢复工作，但领事馆的工作确实受到了影响。她的伤口未痊愈，身体尚很虚弱，假肢也没很好就位。她度日如年。情况始终没有好转。5月中旬，领事馆作出了一个决定：她该回到美国接受治疗。美国领事威廉姆斯·乔治说服她请长病假，等彻底康复后再说。1934年5月16日，他给华盛顿发了一封电报，宣布弗吉妮亚将回美国。他这样写道：

> 弗吉妮亚·霍尔小姐的假肢没有安装就位，也没能得到应有的医治。我试图避免这种情况发生，但霍尔小姐低估了病情，坚持要一出院便恢复工作。因此，她的体力过分疲劳，精神过分紧张，这样对我们所有人的影响很

① 以上是弗吉妮亚亲口对洛娜说的，洛娜在与作者交谈时告诉了作者。

大……[①]

1934年5月9日，弗吉妮亚在伊兹密尔港登船前往纽约。早先，领事已经请求纽约的有关部门派人在这位身残女乘客下船时送她回到她在巴尔的摩的家。在长达几个星期的航海途中，弗吉妮亚一直在想回到美国将是什么情景。她的母亲和哥哥与她分别几乎有三年之久了，一定会着急见到她。治愈的过程也会非常艰苦，前景很不明确，她的职业生涯也许会打上一个问号。她的国家此刻正陷于严重的经济危机，一千五百万失业者把希望寄托在罗斯福总统“新理想”之中了。

1934年6月21日的下午，轮船停靠在曼哈顿码头。弗吉妮亚感到心跳加速。她的家人及上级部门的几名官员前来欢迎她，大家都注视着她下船，目光都自然而然地集中在她的左腿上。她的腿瘸了。她认出了熟悉的人，嘴角露出了微笑。久别重逢的一幕总是感人的，人们把她的行李装进汽车，一家人向巴尔的摩进发。

她在帕克顿的家乡才休息几天，很快就被送到巴尔的摩医院接受会诊。六个月来，伤口没有完全长好，她继续忍受着巨大的痛苦。医生建议再做一次手术。他们把患者送往费城的圣鲁克医院，那里的矫形外科专家为她治疗。她在该医院又待了几天，做了一次手术，然后回到她家的世交、住在费城的一个名叫约翰·O.黑肯伯格的朋友那里休息。这位朋友认识弗吉妮亚和她的家人，当时他在帕克顿车站监管宾夕法尼亚铁路系统的运输。如今，他是费城一个重要铁路运输公司的领导。

黑肯伯格对这个年轻姑娘关怀备至。他特别认真地处理弗吉妮亚因伤而带来的一些待遇上的问题。事实上，有关部门在计算伊兹

---

① 见华盛顿美国国务院档案馆1934年5月16日美国驻伊兹密尔领事发出的电报。

密尔领事馆这位女秘书病假期间的工资伤透了脑筋。他们很难计算出自 1933 年 12 月 8 日以来她究竟该领多少钱。他们借口说打猎与工作无关，认为不能给予弗吉妮亚长病假工资。她的朋友黑肯伯格把他的申诉信件寄给当权的人。他积极沟通与民主党上层人士的关系，1934 年 8 月初，他甚至写信给罗斯福总统的左右手——国务秘书柯戴尔 · 哈尔，为他的年轻的被保护人申诉。[①] 经过几个回合，弗吉妮亚至少在 1934 年 9 月初之前，拿到了正常工资。[②]

圣鲁克医院的手术成功了，弗吉妮亚的左腿开始痊愈。新装的假肢比以前那个强多了，残肢连接处的摩擦也轻多了。弗吉妮亚渐渐适应了装假肢的生活，她一早装上去，晚上拿下来。她起先用拐杖，后来用一根简单手杖支撑着也能慢慢走路了。她选择了一条长裙、深色袜子、定制的鞋子，走路时也不会那么显眼。她终于在美国得到了良好的治疗。过了 8 月，她请求延长假期。她这样写道：

> 我希望在 11 月 1 日前后坐船离开美国。当然，在我能够出行、重新恢复工作之后，我会征得领导的同意，但眼下医生尚不能给出一个确切的日期。[③]

弗吉妮亚信上说的日期到了，她自己也感到完全痊愈了。她在家乡，在母亲身边得到完全康复。她一连好几个月接受治疗，又要适应装假肢后的生活，但这些都没能改变她的初衷。她一如既往，有可能，她还是希望能在国外工作，加入驻外使团。但经过这几个月，她不再想回到伊兹密尔工作，担心再次遭遇不测。她一想到那

---

① 约翰 · O. 黑肯伯格于 1934 年 8 月 2 日给国务秘书柯戴尔 · 哈尔的信。源自华盛顿美国国务院档案馆。

② 1934 年 7 月至 9 月间，外交机构行政部门、美国驻伊兹密尔领事馆和弗吉娅亚之间通过多次信件，研究支付工资的细节。源自华盛顿美国国务院档案馆。

③ 1934 年 8 月 19 日，弗吉娅亚致国务秘书的信。源自华盛顿美国国务院档案馆。

次意外，想到伊兹密尔凄凉的病房，想到差点儿要她的命的糟糕的卫生状况就不寒而栗。1934 年 11 月 3 日，弗吉妮亚在给她的上司的一封信中明白无误地写道：

> 我已康复，有可能希望能立即恢复工作。在未来的两星期之内，我时刻准备登船出发。我不希望再回到伊兹密尔，只要生活条件比土耳其强，去哪儿都行。我希望在一个港口城市的领事馆工作。我听候领导的调遣。[①]

她很快就得到了答复。如她所愿，上级部门把她调至另一个城市——威尼斯。

---

① 1934 年 11 月 3 日弗吉尼亚致国务秘书的信。源自华盛顿美国国务院档案馆。

第五章

“您不能成为外交官……”

总督之都[①]自有它神奇的魅力。

1934 年 12 月 9 日，弗吉妮亚在美国待了六个月之后，将要在那里下船。她再次拥抱了妈妈，离开了她的马里兰州故乡，整理行李前赴欧洲。11 月底，邮轮把她从纽约送往马赛，然后她坐火车去威尼斯——她憧憬的又一个港口城市。她的另一些行李则由伊兹密尔直接运来，因为她在 5 月份离开这个城市时，以为还会回来。意大利取代了土耳其，她并不反感。美国驻威尼斯领事馆领事热烈欢迎这位新的女秘书到来。

城市很庄严，但工作很单调。弗吉妮亚还是拿着 1931 年起始在华沙时的基本工资，每年两千美元，毫无变化。美国驻威尼斯领事馆离圣马可广场只有五分钟的路程，是一座灰色的宫殿。领事馆主要为过往的旅客服务：护照、签证、旅行和住宿问题、与商人和海关打交道、来船登记及返回等事项。这些事情都由领事约翰·考里甘、副领事查尔斯·特里外加三个秘书和跑腿的来完成，工作相当刻板。

① 中世纪威尼斯实行督治制。——译者注

弗吉妮亚很快就接手了工作，经历了1934艰难的一年，她又活跃起来，内心感到无比兴奋。日子就这样缓缓地流过。弗吉妮亚很关心国内发生的事情。移民潮席卷纳粹德国，使它制定了新的极端的法律，并且愈演愈烈。罗斯福总统的“新理想”设想在经济上初现成果。美国长期经济衰退，影响到威尼斯潟湖的湖岸。从大西洋彼岸每年前来这个城市参观的旅客通常在3万人上下，眼下减半。[①] 美国领事馆的活动因而也大大受到影响。

威尼斯的政治生活受到地区的限制，也无需外交官们做更多的事情。在1935年夏天，领事馆仅仅给华盛顿发了几封信件，有关意大利派往东非的部队准备登陆威尼斯港的情况汇报。1935年末，国际上针对墨索里尼入侵埃塞俄比亚所作出的惩罚骤然压缩了意大利商品的出口量。华盛顿发来的外交指令十分明确：停止扩大所有经济活动。

弗吉妮亚负责信件往来、美国人的护照和签证，以及一些公证事务，工作不是很多。她可以去里多海滩玩、看戏或是去听音乐。该城市孤岛式的生活方式使她很快就感到窒息。1936年3月，她请了一个星期的假。[②] 她从瑞士到达巴黎，那是她钟爱的城市，在那里，她体会到大选的气氛，结果是人民阵线取得政权。接着她去了德国，首相希特勒违背“洛加诺公约”[③]，然后又重新武装占领莱茵河地区。得势的法西斯政党在民族主义的狂热下扩张，弗吉妮亚就在这样一个类型的国家工作，因此她目睹了正在席卷整个德国的亲纳粹的狂潮并不感到惊讶。她明显感觉到，纳粹的铁蹄声愈来愈重了，很可能震撼整个欧洲。

3月15日，弗吉妮亚回到威尼斯。她对这次旅游很满意，她那

---

① 华盛顿美国国务院档案馆保存的资料。根据当年美国驻威尼斯领事馆提供的有关威尼斯的综合报道。

② 她请假日期从1936年3月8日至15日，以及她的行程都记录在1936年威尼斯领事馆的请假登记报告里。华盛顿美国国务院档案馆保存。

③ 德、法、比、英、意等国互相保证西欧和平的一系列协定的总称。——译者注

残废的左腿也不妨碍她出游。她感到很欣慰。财务部门寄来的一封信放在她的办公桌上，要她退还一笔多收的钱，两个多美元；她立即回了一张支票给对方——她的一个朋友，并且附上了几句话：

> 威尼斯是一个适合生活的城市，我曾在巴黎待过，在那里我像动画片里的乡巴佬，在车水马龙的大街上，每天我都险些被撞死。在忍受了大城市的喧闹和忙忙碌碌的生活之后，威尼斯正是世外桃源。①

1936 年整个夏天，弗吉妮亚琢磨着这几年的生活。她在美国外交机构的行政部门作为秘书已经工作了五年，她始终在想着一件事情：当职业外交官。1929 年，她笔试失败，不得不采用迂回战术实现她的理想。1932 年，由于邮递时间延误痛失时机，她实在不想重蹈覆辙了。在医院的病床上，在威尼斯的办公桌前，弗吉妮亚又认真读了一遍做职业外交家须经过的种种考试及有关章程，按有关文件所说，她已经有过当五年秘书的经验，无须再通过笔试。她只需通过面试。理论上，面试每年 11 月份在华盛顿进行。1936 年 9 月 10 日，她写了一封信给国务秘书，希望自己能参加在 12 月开始的面试。② 此时，美国驻威尼斯领事弗朗西斯 · R. 斯图尔特已经取代了约翰 · 考里甘，他觉得弗吉妮亚的申请没有任何问题。他已安排好工作，让弗吉妮亚去华盛顿几个星期。

9 月 29 日，某行政部门负责人以国务秘书的名义，作出了官方的答复。此信件是直接给斯图尔特领事的，并请他转交给弗吉妮亚：

---

① 1936 年 3 月 17 日，弗吉妮亚给美国副领事怀德 · 布莱克哈德的信，现存于华盛顿美国国务院档案馆。

② 该信现存于华盛顿美国国务院档案馆。

进入外交领域，对体格的要求有明确的规定：申请者除了手指和和脚趾而外，身体任何部位的残缺或掉换关节，都不能报考。根据这项规定，霍尔小姐不能进入国务院。很遗憾，她的申请没能通过。请您告知霍尔小姐，我们仅仅是根据进入国务院对体格方面的条文规定才作出这个决定，但毫不影响对她为我们做出的工作成绩的肯定。[①]

弗吉妮亚很快被叫进领事办公室，斯图尔特面带难色地对她说道："您不能成为外交官。"

弗吉妮亚如坠落深渊。她什么都想到了，就是没想到她的残肢居然成为她做一名职业外交官的障碍。在此之前，任何人也没向她提到这个问题。相反，从华沙到威尼斯，她的上级总是在支持她，不停地表扬她忠诚、能力强、脾气好、工作认真。在她康复期间，行政领导也一直在支持她。自她开始学习高等课程以后，她就经常在掐算日子，估计自己何时能干上她所喜爱的职业。

这份官方来函让她彻底失去了希望。他们把这个结果归咎于她的意外遭遇、她的伤残、为抗病毒感染、学会用拐杖走路而度过的那些日日夜夜！她又读了一遍那封终身判决书：身体任何部位的残缺，都不能进入职业外交领域。

歧视是显而易见的。她只是一名普通的秘书，每天戴着假肢在领事馆工作，从没有人责备过她的工作。她忠心耿耿忘我地效力，她的残疾也从未影响到她的工作效率。更加令人费解的是，她在威尼斯做的事情，在她上岗之前，却是一名职业外交官做的。在日常事务中，现任的副领事不在时，是她替代他完成任务的。换句话说，她完全具有作为职业外交官的能力和资质，根本无需先入为主，认定她由于肢体残缺而不能胜任！

---

① 此信现存于华盛顿美国国务院档案馆。

弗吉妮亚的精神垮了。她刚满三十岁，她对自己未来的憧憬顷刻间化为乌有。

她真的不知所措了。

接下的几天，威尼斯在她的心中就像一座监狱，而领事馆就像一座坟墓。整个秋天，她的心情坏透了。后来，她声称自己要去美国待几个星期。她酝酿这个想法已久，现在才作出决定。不管怎么说，她得离开这个城市，她住在那里已不再感到神定气闲了。暑天的热气让她的假肢很不舒服。领事不反对她请两个月的假。她在办公室很勤奋，周末下午、周日上午甚至节假日，她不都在上班吗？弗吉妮亚甚至直截了当地向斯图尔特领事道出她这次出行的动机。

“这样我就有更多的机会锻炼身体了。”她坚定地说道。

“可您的腿呢？”领事迷惑不解地问道。

“我的腿妨碍我游泳和打网球，而在威尼斯，似乎只有这两项运动。”

“可是您走路都感到困难……您想从事什么运动呢？”

弗吉妮亚直愣愣地看着外交官的眼睛大声说道：

“我要一匹马，我想骑马！”[①]

领事惊呆了。他面对这位女秘书的决心束手无策。弗吉妮亚答应领事提出的唯一一个条件：倘若华盛顿方面迟迟未把她调往别处，在一段时间内也没人接替她，她的假期结束就回到威尼斯。接着，这位外交官把他与弗吉妮亚的谈话向华盛顿作了汇报，并且明确指出，在确定弗吉妮亚·霍尔离开此岗位之后，他希望她的接替者是一位职业外交官、副领事，会说意大利语。

1937 年 1 月 6 日清晨，弗吉妮亚搭上一艘意大利游轮。一个星

---

① 见 1937 年 1 月 7 日美国驻威尼斯领事斯图尔特先生致国务秘书的一封信，其中有与弗吉妮亚·霍尔关于请假一事的谈话记录。现存于华盛顿美国国务院档案馆。

期的航程之后，她将到达纽约。她打算在纽约住上一段时间，以便向有关部门申诉。她请求调往一个能骑马的国家，这个想法对那些借口伤残原因阻止她进入外交圈的人来说，简直是一种顶撞，甚至是一种挑衅。

其实，弗吉妮亚真正的想法是，找到一种方法回避愚蠢的条条框框，以达到自己的目的。她会有一条出路吗？至少她希望能说服行政当局接受她参加面试的申请。

一切都是徒劳。在华盛顿，她约见了几个人，他们都说行不通。外交圈子应该属于身心完美的年轻人，即所谓精英俱乐部。很少有女性能进入，这一点弗吉妮亚已经吃亏了，更何况她还身有残疾，这是一道不可逾越的障碍。弗吉妮亚在故居鲍克斯赫恩农庄与母亲一起等待时来运转。几个星期后，她不得不在1937年3月初重新乘船回到威尼斯。他们早先对她说，有关部门已经把她的调动申请记录在案，然而，眼下，没有一个领事馆或一个大使馆为她腾出一个秘书岗位。

弗吉妮亚又在威尼斯度日如年了。1937年末，机会来了。她家的世交，生活在纽约的韦伯夫妇对她说，罗斯福总统的一个亲信是他们多年的老朋友，他们建议通过他介入此事。他们指的是一位老德克萨斯人——爱德华·曼德尔·豪斯上校，他在1919年《凡尔赛条约》签定期间，是当时的威尔逊总统的外交顾问。爱德华·曼德尔·豪斯已是七十九岁的老人，如今生活在纽约。他在1932年总统选举时，始终站在现任总统罗斯福一边，积极支持他。[①] 虽说爱德华·曼德尔·豪斯先生退出了政治舞台，但对白宫的现主人还是具有很大的影响力，后者在1936年11月的大选中，击败弱势的共和党人阿尔弗雷德·兰登，荣获连任。

---

① 材料源自2006年耶鲁大学出版社出版的《爱德华·曼德尔·豪斯上校》一书。

弗兰克·韦伯在爱德华·曼德尔·豪斯面前陈述了弗吉妮亚·霍尔的情况后，又于1938年1月25日书面陈述了一遍，望他有机会在罗斯福总统面前代为求情。信是这样写的：

> 亲爱的朋友：
>
> 自我们上次谈话之后，今天我冒昧再写一封信谈谈弗吉妮亚·霍尔小姐的问题。她是一个年轻女子，在外交机构工作。霍尔小姐智力超群、工作认真，目前在威尼斯领事馆做雇员。
>
> 韦伯夫人和我本人，我们已认识她多年了。她先后在驻波兰和土耳其的领事馆工作过，在土耳其的领事馆，她在一次狩猎时枪伤了左腿。医院尽管已经作了积极的治疗，但病毒感染严重，不得不做了截肢手术。后来她完全康复，借助假肢，她现在能够正常走路、划船、游泳和骑马了。
>
> 她继续在工作，而且在积极准备上一级资格考试。有人对她说，由于她失去了一条腿，她将永远不可能在这个领域晋升了。她品德高尚，对祖国忠诚，有关部门不能为她破一次例，且堵住了她在这个领域发展的任何可能，她觉得是一种羞耻。
>
> 倘若您能做点什么纠正这种不合理的做法，韦伯夫人和我本人将对您无限感激。[①]

爱德华·曼德尔·豪斯深受感动，于1938年1月31日把该信转交给他的朋友罗斯福，并且附了一段话：

---

① 见1938年1月25日，弗兰克·韦伯致爱德华·曼德尔·豪斯的信。现存于华盛顿美国国务院档案馆。

随上附有我的老朋友弗兰克·韦伯的信的复印件。倘若发生了有利于霍尔小姐的事情，他与我都会十分高兴。借上述理由，把霍尔小姐晋升的任何路都堵死，似乎是不公正的。

请接受我最良好的祝愿。

爱德华·曼德尔·豪斯[①]

1938 年 2 月 4 日，富兰克林·罗斯福在白宫椭圆形办公室里读到这封信时，他一时不知如何作答。爱德华·曼德尔·豪斯是他非常尊重的朋友，他的请求又颇为殷切，他不愿意有拂这个亲信的心意。然而，他也不愿意违反他的属下制定的规章制度。他不认识这个名叫弗吉妮亚·霍尔的人，于是他在说出自己的意见之前，提请有关部门重新审视她的个案。他让人把这封信转给国务秘书柯戴尔·哈尔，并且附上了一张有白宫抬头的小纸片：

我如何回答豪斯上校？F. D. R.[②]

总统的问题立即引起有关部门领导的重视，他们似乎不太欣赏这一类介入。国务秘书助理乔治·S. 梅瑟史密斯是个职业外交官，曾任驻维也纳大使馆大使，要求下属起草一份备忘录上呈总统，说这个霍尔小姐无视规章在走后门。照他的说法，这个女雇员的申请材料并不准确。从威尼斯领事馆送来的报告及斯图尔特领事最近传给华盛顿的对她的评语来看，在他的记忆中，似乎他们对这位女秘书印象不是很好：

---

① 该信现存于华盛顿美国国务院档案馆。

② 1938 年 2 月 4 日，罗斯福总统致国务秘书备忘录。现存于华盛顿美国国务院档案馆。

我想，我们应该对总统说出真实的情况。霍尔小姐除了身体残疾影响领事馆的工作外，按我的理解，还有其他更为重要的因素，即对她工作的评价不高。[①]

乔治·S. 梅瑟史密斯的这段语焉不详的话真正想说的是，弗吉妮亚不能进入外交领域，不仅是身体上的原因，也有精神上的问题。他的结论是道听途说得出的，有人说这个女秘书不仅能力差，而且不成熟。这些言论有歧视残疾妇女之嫌，完全没有根据。再说了，自从弗吉妮亚走上这个岗位之后，斯图尔特领事对她的工作从没吝惜过赞美之辞。而人事部门也立即否定了这位国务秘书助理的潜台词，他们的评价是：

梅瑟史密斯先生：根据汇报，霍尔小姐的秘书工作是完全令人满意的。

事实上，封杀这位姑娘前途的理由也不完全在于她的残疾，因为尽管有上峰介入，这些官员也不想改变立场。考试规则的制定是为了得到执行的。仅凭这一条理由就足够了。国务秘书柯戴尔·哈尔把这个意见转达给罗斯福总统，以便后者对他的朋友爱德华·曼德尔·豪斯有个交待。1938 年 2 月 7 日，美国驻意大利威尼斯领事馆就女秘书弗吉妮亚·霍尔小姐一事致总统的备忘录又有了不同的解释。国务秘书柯戴尔·哈尔根据做职业外交官的考试规定，于 1936 年 9 月 29 日给威尼斯方面作出了书面回答，指出：残疾人不能参加考试有明文规定，因此她的请求不被批准。备忘录还指出：

---

① 国务秘书助理乔治·S. 梅瑟史密斯于 1938 年 2 月 5 日致 M. 肖备忘录。现存于华盛顿美国国务院档案馆。

请明确转告霍尔小姐，这个决定完全根据进入外交界对健康标准的规定，与她作为秘书的工作毫无关系。霍尔小姐像其他工作令人满意的女秘书一样，只要有可能，完全有资格在外交机构所属部门的秘书岗位上晋级。[①]

有关部门闪烁其词的文字背后，他们的立场是非常清楚的。他们的意见由罗斯福总统转达给了为弗吉妮亚·霍尔求情的她身边的人：对她没有任何例外可言，甚至给白宫写信也无济于事。

一锤定音。弗吉妮亚永远也不能成为职业外交官了。

---

① 该备忘录现存于华盛顿美国国务院档案馆。

第六章

溃退中的救护车女司机

国务院固执己见，冷若冰霜。弗吉妮亚感到自己被抛弃，受到侮辱。她的最后希望破灭了。她的忠诚，为克服残疾带来的痛苦以表明她可以像其他所有人一样工作而作出的所有努力都无济于事。她钻研国际关系且精通法语、德语、意大利语、俄语和西班牙语，她对欧洲国家有很高的认知程度，但所有这些都没给她带来任何帮助。

她仍然是秘书，这是华盛顿男性上司们的决定。她当然期望自己能被调动到另一个工作岗位上，但并不抱幻想。因为调动意味着去更差的地方，一个没人愿意去的地方。她不愿意看见自己一生都坐在办公桌后面接受指令，打打签证文件，被困住手脚，从一个首都被调往另一个首都。既然在外交领域没有前途，她如想使自己变得更有活力、更能发挥作用、更自由些，就得另辟蹊径。1938 年 5 月 4 日，一份电报送达领事馆。上层领导要把她调往波罗的海沿岸的爱沙尼亚首都塔林工作。这并非是弗吉妮亚向往的地方。“这次调动并非她本人提出的，也不是为了照顾她。”[①] 倒更像是一种惩

① 见 1938 年 5 月 4 日国务院致威尼斯方面的电报。现存于华盛顿美国国务院档案馆。

罚，尤其是塔林的女秘书将与她对调。她曾经要求调动，于是他们把她看成是一枚在欧洲棋盘上可以任意摆布的棋子，这又仿佛是上峰对她的一种变相惩罚，他们不能原谅她过分的晋升要求、她叛逆的性格、她的家庭的介入。

不过弗吉妮亚·霍尔是不会这样令人摆布的，她要表现出自己的性格，并且常常是十分诡异的。她不是因残肢而不能成为外交官吗？她就要利用这点，在去塔林之前玩一把。她对她的上司说，她的假肢急需矫正，而这只能在巴黎进行……[1]她希望在那里待上几天，将在6月底赴爱沙尼亚上任。在她看来，请几天假自费旅游没什么了不起的；至于斤斤计较的财务部门以从威尼斯到塔林无需绕道巴黎为理由仅仅贴补她一点点旅差费，她更不放在心上。

她决定一意孤行。

1938年5月31日白天，她坐火车离开威尼斯。她在瑞士的巴尔停留几天去看牙医。数天后，她搭上了另一列火车到达巴黎。她将利用这段时间充分享受巴黎的魅力，每次见到巴黎她都会喜不自禁。春末夏初时节，巴黎每家咖啡馆的平台上都坐满了人。大家都赶着去看米歇尔·加尔内[2]的最后一部电影《雾港》，合作者有大名鼎鼎的演员让·加班、米歇尔·摩根。巴黎无忧无虑的氛围与欧洲日甚一日的紧张气氛成为鲜明的对比。在西班牙，共和党人与弗朗哥将军的军队打得火热。另一方面，希特勒刚刚兼并了奥地利，并对捷克虎视眈眈，民主力量却对此熟视无睹。德国元首还建议与墨索里尼的意大利结为同盟。在德国，他还建议在西线铺设齐格弗里格铁路。在他的心腹希姆莱的指挥下，种族清洗暴行有增无减。

巴尔干半岛诸国都为自己的主权提心吊胆。一方面，德国要求

---

① 见美国驻威尼斯领事于1938年5月13日和6月1日发的电报。现存于华盛顿美国国务院档案馆。

② 米歇尔·加尔内，法国导演，生于巴黎，1938年拍摄的《雾港》是他的成名作之一。——译者注

收回梅梅尔城，这是加入汉萨同盟[①]的港口，日耳曼人居多，自《凡尔赛条约》签定之后，并入立陶宛。另一方面，伟大的邻居俄国始终在觊觎爱沙尼亚，这个国家被德国占领了一段时期之后，1920年宣布独立，脱离了布尔什维克军队的控制。该国的统治者君士丹丁·帕兹是一个民族主义者，1934年发动政变取得政权，莫斯科对他很恼火，斯大林一心想重新占领这个地处波罗的海和芬兰湾的要冲。

弗吉妮亚·霍尔到达塔林时，帕兹刚刚颁布紧急状态法，争取爱沙尼亚民族自治。他取缔了政党，组成爱国统一战线，实行报禁，家族的姓氏都得“爱沙尼亚化”。弗吉妮亚是转道意大利去那里的，在意大利，墨索里尼政权强行颁布了法西斯法律，所以她多少也有点习惯了。自1931年她在华沙首次踏上工作岗位起，她就不断看见极权主义的威胁甚嚣尘上。她出生在一个崇尚自由的家庭里，崇拜罗斯福总统，在她看来，民主的核心价值是民族独立的先决条件，她本能地接受它。她天生对极权很反感，对限制言行——尤其是限制她本人言行的一切都十分厌恶。她预感到，蔓延欧洲的民族主义的狂热不是一个好兆头。

她很不适应塔林美国使团的日常工作，无非就是打打经济往来的信件、政治报告、签证文件之类。经过八年勤勤恳恳的工作，她的工资仍然是每年两千美元。这个汉萨同盟的缔结城市，气氛压抑，更使她灰心丧气。在爱沙尼亚待了六个月之后，她实在受不了了。长期以来，她的生活动力是对理想工作的渴望，1936年9月的一封公函，堵住了她在国务院晋升的任何出路，她对未来的憧憬烟消云散了。既然这份工作不会给她带来任何希望，那么再一心一意做这日复一日的秘书工作又有何益？她想重新获得独立，哪怕在未知的路途上铤而走险也在所不惜。

---

① 中世纪北欧诸城结成的商业、政治同盟。——译者注

1939 年 1 月 20 日，经过成熟思考之后，弗吉妮亚通过塔林使团，给负责外交事务的蒙哥马利·柯莱戴先生写了一份辞职信：

> 为了证实我们今天上午的谈话，我冒昧正式向您确认，我希望辞退外交机构的服务工作，塔林使团的工作在 1939 年 3 月 31 日止。[①]

有什么打算吗？什么都没确定。她希望能给自己一点时间认真思考。反正美国方面承担她的回程机票，回国前，她想先放松三四个月。于是她请假在欧洲逗留到 1939 年 8 月 1 日。[②] 乔治·S. 梅瑟史密斯先生以国务秘书的名义，回信接受她的辞呈。[③] 也就是说，弗吉妮亚从 4 月 1 日开始，可以在塔林停止工作了。她有两个月的带薪假，将于 1939 年 5 月 1 日正式离开外交机构。公函明确指示："在她提出辞呈的有效期一年之内，可以回到美国。" 根据规定，她的旅费，以及从塔林运回巴尔的摩家中的行李费均由外交部门负担。

1939 年 4 月 1 日，弗吉妮亚·霍尔无怨无悔地离开了美国使团的办公室。陡然，一股清新的气息向她迎面扑来。她作为最基层的秘书，在大使馆、领事馆忠心耿耿地效力了八年，后因可怕的意外事故毁了她的一切。如今，她生命的这一页翻过去了。前途扑朔迷离，她感到很迷茫。她的行李已先期运至哥本哈根，然后再运往美国。她本人的归程尚未明确，眼下，她在塔林先待着。从 1939 年

---

① 该信现存于华盛顿美国国务院档案馆。

② 见弗吉妮亚·霍尔于 1939 年 1 月 20 日致蒙哥马利·柯莱戴的信，以及蒙哥马利·柯莱戴于 1939 年 1 月 21 日致国务秘书的信。现存于华盛顿美国国务院档案馆。

③ 乔治·S. 梅瑟史密斯于 1939 年 2 月 14 日以国务秘书名义致蒙哥马利·柯莱戴的信。现存于华盛顿美国国务院档案馆。

春天至秋天，弗吉妮亚在爱沙尼亚首都度过的漫长时光，没有留下什么痕迹。她时不时地即兴为美国几家报纸写文章，过过记者瘾。总之，她懂得如何打发时光，她时常利用打字机写点什么。她由此积累了经验，为日后做记者打下了基础。同时，她也可以有些额外收入，抵上在塔林的大半开销。也许，弗吉妮亚发往美国的是几篇政论性文章吧，其时欧洲的政治局势已愈来愈紧张。爱沙尼亚在随时都会兵戎相见的几个大国之间艰难喘息着。

1939 年 9 月 1 日清晨，德军攻击波兰。法国和英国是波兰的军事盟国，当天向纳粹德国发出最后通牒。元首毫不买账。1939 年 8 月 23 日，他与斯大林统治下的苏联签订了互不侵犯条约，从而减轻了他在东线的压力。这样，他可以放手入侵波兰，而不必担心俄国有所反应了。他并不害怕来自英国和法国方面的威胁。希特勒在重新占领莱茵河地区、吞并奥地利、兼并捷克斯洛伐克时，伦敦和巴黎并未在军事上有什么作为。他们不会为“但泽去死”。[①] 9 月 3 日，他们对德国宣战，在希特勒的眼里不过是吓唬人罢了，那时，他的坦克已经撞开了波兰的大门。波兰士兵进行了顽强而绝望的抵抗，受到英法媒体的大肆宣扬，但却于事无补。

弗吉妮亚虽然身在塔林，但感到很不安全。她在 1930 年初就在波兰待过，眼见它被蹂躏，心里很不是滋味。没有任何一个西方大国前来援助它。苏联军队利用这个形势占领了它的部分领土。她以前的波兰朋友，特别是在波兰军队服役的年轻情人都曾担心过他们祖国的主权会丧失，看来是有根据的。斯大林对巴尔干半岛和他的邻国的野心更使她不安。再这样下去，她很可能被卡在这个四面楚歌的国家里而回不去了。

---

① 波兰国王统治时期，它是一个半自治城市，后被法国占领。1939 年被德国占领，二次世界大战后，成为波兰的一个城市。——译者注

1939年10月25日，一艘海轮把弗吉妮亚从塔林带到伦敦。[①]她离开爱沙尼亚正是时候，因为几个星期后，苏联进攻芬兰，践踏了巴尔干大地……然而，她离开绝不意味着逃跑，她早已拿定主意，不会立即回到美国去。她希望能加入盟军与法西斯分子作斗争，因为她亲眼看见几个星期之内这片土地是如何沦陷的。在伦敦，她报名参加某个军事部门的分支，那里可以接受女性。然而，她的美国国籍成了障碍。[②]她很失望，这才去了巴黎，期望在那里有一扇门向她打开。

1940年1月18日，法国正处于一个微妙时刻，她是见证人。此时，法国已经向德国宣战了，冲突随时有可能发生。这个国家领导人自以为凭借马其诺防线可以抵御德国有可能在东线的进犯。其实自1939年秋以来，这里既无战斗又无显而易见的敌人，真是一场“滑稽的战争”。每个人都希望举行一次和平谈判，就像1938年9月德国入侵捷克斯洛伐克后的次日，法国的达拉第、英国的张伯伦、德国的希特勒签订《慕尼黑协定》那样。

1940年的冬天奇冷，人都被冻僵了。每个人都深居简出。士兵们被动员待在地堡里，渐渐由懒散变为麻木了。前线吃紧的消息接二连三传来，但风声大却不见下雨。巴黎人纷纷询问德国人何时进攻，但内心并不当真。弗吉妮亚与他们一样，感到焦虑不安。她时不时地为美国报纸写一些政论文章，同时很希望能在这场冲突中做一点什么，战事危在旦夕。她喜欢法兰西这片乐土，担心它垮下来。她不愿意听天由命、任人摆布。法兰西的自由就是她本人的自由。

2月，这个美国女人走进法国军队的招兵办公室。她已作好准

---

① 1939年10月25日弗吉妮亚从爱沙尼亚出发的日子是由SOE在1941年2月写的一份备忘录中提到的，备忘录同时提到了她于1940年1月18日到达巴黎的时间。

② 见《抵抗运动中的女性》一书。

备，要么投入战斗，要么在部队卫生所（SSA）救治伤员。这个卫生所类似红十字会的志愿者团体，是少数几个对妇女开放的军事机构之一。弗吉妮亚虽不能看病，但她有驾照，战斗打响后兴许还有用。于是她成了救护车的一名女驾驶员。这一次，国籍和残疾都没有成为招慕者拒绝的理由。

培训了几个月之后，弗吉妮亚被派往迈兹附近的马奇诺防线一带。她开着印有红十字标记的小面包车，看见许多无精打采的士兵，在一个个驻军小分队之间穿梭，气氛虽平静，但暗藏杀机。在她所在的单位，她结识了加布里埃勒·皮卡维亚（又名：葛洛丽亚）。她芳龄二十七，长着一头棕发，性格冲动，神色坚定，是著名的达达主义派画家弗兰西·皮卡维亚几个女儿中的一个。她是西班牙和古巴人的后裔，已加入法国籍，她的母亲是一名记者，离异后带着她在巴黎、戛纳和布尚松等地接受教育。这位热情的爱国女性也是作为志愿者加入了 SSA，而她的两个兄弟则是意大利的阿尔卑斯山的猎步兵。弗吉妮亚觉得她“忠诚而正直”，尽管有时有点儿离经叛道[1]，她俩相处得十分融洽。这两个女人共同生活了几个星期，而后就失去了联系。她们哪能预见到，两年后，她们居然又在抵抗组织的情报站不期而遇。

最终，德军还是从北面发起了进攻。比利时和阿登山区相继沦陷。德军师团以迅雷不及掩耳之势，长驱直入，入侵法国东北部，其速度超出想象。法国参谋部惊恐莫名，他们确信自己的防御体系，对闪电战毫无思想准备。德军发动狂风暴雨式的闪电战，占领色当之后，横扫兰姆，摧毁阿贝维尔，直逼巴黎。三色旗的军队虽然动员了五百万士兵，但腹背受敌，又缺乏组织，简直像一盘

---

① 见 1943 年 2 月 24 日弗吉妮亚·霍尔的汇报记录，现存英国国家档案馆（Kew）的秘密情报机构（SIS）档案柜。

散沙。

比利时人和北方居民害怕轰炸和镇压，在一片慌乱之中抛弃家园，逃离战火焚烧的城市，坐上超重的汽车或卡车，但不知往哪儿去。溃不成军的士兵和流离失所的市民把道路堵得水泄不通。大家相互踩踏，彼此谩骂。走散的士兵惊恐万状，有的在寻找他们的队伍，有的干脆开了小差。水、粮食、药品、汽油，一切都匮乏。长长的车队穿过死一般的村庄，村里很快就被抢劫一空。一切都混乱无序，人们只想着逃命。德国飞机在上空呼啸而过，空中打击引起一片恐慌。平民和动物的尸体填满了沟壑。

弗吉妮亚见证了这兵荒马乱的日日夜夜。5 月 10 日，即德国进攻的那天，她给母亲写了一封信，说自己在四天前已应征，她“很脏，累极了”，但身体很好。她住在一个仓库里，食物丰富。短短的这几句话，本意是想安慰家人，但仍然会引起他们的不安。战火已经蔓延到她所在的地区，通信往来断绝了。

直到 6 月 11 日，芭芭拉 · 霍尔仍然没有女儿的消息，就去巴尔的摩报社倾诉了她的焦虑；该报在次日发表了一篇长文，说本国有这么一个女孩，在战火纷飞的欧洲失踪。标题是《马里兰州的一位女性，为法国军队驾驶一辆救护车》。报上还附有弗吉妮亚的两张照片，注明文字是：弗吉妮亚 · 霍尔小姐瞒着家人，于 2 月加入联军。

文章还说道：

> 总之在法国的某个地方，也许在战火纷飞的地区，马里兰州的一位女性弗吉妮亚 · 霍尔为法国的后勤部队驾驶一辆救护车。她以前是罗兰公园中学的学生。她的母亲住在帕克顿，自 5 月份后，就没收到女儿的信，焦虑万分。她说：“她信中的最后几句话是故意写给我看的，但更使我不放心，因为我知道，她总是把最好的一面展示给我

看，这是她的性格。”[①]

弗吉妮亚·霍尔被调到迈兹附近的第九军需团当救护车的驾驶员，把尽可能多的伤员送往少数尚在运转的医院。1940年6月中旬，德国坦克突破防线，从迈兹直驱埃皮那和凡尔登。法国参谋部命令从马奇诺防线撤退，因为该防线从背部被突破，已经毫无意义。[②] 德国飞机反复轰炸，难民流源源不断，大大影响了军事调动。救援用车企图驶往南方救援，但很快因战斗而受阻。弗吉妮亚不得不把车子开到低洼处，她不无惊恐地看见本部门有些军官吓破了胆，抛弃伤员和病人而不顾。

1940年6月16日晚，仓皇躲到波尔多的政府总理保尔·雷诺向总统阿尔贝·勒布仑提出辞呈，后者任命菲利普·贝当元帅接替他。贝当是1914年至1918年战争的传奇英雄，竭力主张与德国人进行谈判。六天后，停火协定在贡比涅签字，于6月25日生效。

法国彻底失败了。法国已孱弱得不成样子，形成一条明显的分界岭，被切割成两块，即所谓的“占领区”和“自由区”。7月10日，两院召开紧急会议，一致推选八旬老人贝当执掌全部权力。新的国家元首在德国首肯之下，把他的政府迁至维希。

停火协议签订的次日，弗吉妮亚来到维希附近的姆兰地区，加入了属于费朗上校领导的卫生小分队。[③] 之后不久，费朗上校又调防至瓦朗赛附近的兰德尔。她在那儿又开了几个星期的救护车，把士兵从瓦朗赛送往二百三十公里之外的巴黎。为此，她需要得到德国军方的允许才能定期去加油，办一些必要的通行证。

7月末，她退伍了。长时间在公路上来回跑，她已筋疲力尽，

---

① 见1940年6月12日《巴尔的摩报》。洛娜·凯特林私人收藏。

② 见2003年普龙出版社出版的《逃难——1940年5月10日至6月20日》。作者：皮埃尔·米盖。

③ 引自皮埃尔·法约尔《占领时期的上里尼翁河－尚朋》一书。

在一位女友家休息几天，她的这位女友家住在巴黎的布勒豆依大街。德国人经常上门盘查，严格的宵禁令，以及首批逮捕行动，都使她非常气愤。她不想放弃战斗。她是美国人，美国其时尚未与德国交战，她完全可以方便地离开法国领土。她的护照可以保证她行动自由，这回派上用场了。

1940 年 8 月 25 日，她登上一列开往西班牙的火车。在漫长的旅途中，她记录下了自己的所见所闻。在法西边境的以隆车站，希特勒、弗朗哥将军及墨索里尼的大幅肖像高高挂起。这是强加给欧洲新秩序的象征，她看了非常惊恐。

在西班牙，她四处打听经葡萄牙去英国的办法。在以隆，她邂逅了一位头脑冷静的英国人，她很信任他，他名叫乔治·贝洛斯，以商人的身份出现，实际上在为英国情报部门工作。[①] 这个模样俏丽的三十四岁美国女性向他讲述了她在法国的经历，他听了很感兴趣。他告诉她说，一旦她到了英国，可以与他在那里的几个朋友取得联系，并且给了她几个联系方式。

1940 年 9 月 1 日，弗吉妮亚从里斯本来到伦敦。那里的气氛紧张极了。首相温斯顿·丘吉尔拒绝与德国进行任何和平谈判。居民们都担心入侵在即。8 月 13 日是德军宣布的所谓“鹰日”行动日，那天，德国数百架轰炸机与英国皇家空军的战斗机展开战斗，皇家空军损失惨重，飞机和驾驶员不够用了。于是德军开始疯狂轰炸。

9 月 7 日，伦敦变成了猛烈轰炸的靶心。这也是一种闪电战，持续了几个月。一百五十架至两百架德国飞机夜间轮番轰炸，对英国各大城市投下数千枚炸弹。每当警报响起，居民迅速躲进地下掩体、地窖或地铁里。伦敦东面的居民区燃起了熊熊大火。

弗吉妮亚甫到伦敦，便与设在市中心的美国大使馆取得联系。

---

① 引自皮埃尔·法约尔《占领时期的上里尼翁河－尚朋》一书。

她向美国外交官提供了自德国入侵以来有关法国的许多确切的消息。她的报告成了使馆向国内即时汇报的内容之一。[①] 她向他们讲述了食品的匮乏、定量卡，巴黎极为严格的宵禁。雷诺汽车工厂的工人们受到镇压，他们的代表因抗议恶劣的工作条件被枪决。新的政权警告说：若一个德国人被暗杀，作为报复，将会有十名法国警察被枪毙。照弗吉妮亚的看法，德国人与法国人的关系“极为紧张”，而“法国民众保持了尊严，只有妓女仍操持她们的皮肉生意。”以她的观察，经过战争的肆虐和大流亡之后，民众普遍的情绪对入侵者很不利，她说道：

“法国民众一开始以为，停战协议签定之后，生活会恢复正常，战俘能回家。因此他们能接受这样的局面。但事情的演变并非如此，他们觉醒了，准备反抗。这种情绪的变化在被占领区尤为明显。”

在美国大使馆，弗吉妮亚是以原雇员的身份自报家门的。她要是能申请一个临时性的位置，有可能就回美国去。美国官员们研究了她的情况。她不是向美国驻塔林使团提出辞呈了吗？从理论上说，她从1939年5月起，就已不再是美国外交部门雇用的人了。不过，她提供的情报十分重要，工作记录不错，语言和笔录能力超强，此外，军事专员雷蒙·李将军正临时需要一名秘书。于是自1940年9月中旬起，弗吉妮亚又重新被雇用。

轰炸在继续。每天上午，从被纷纷落下的炸弹击中的大楼废墟里，总能拖出几百具尸体，白金汉宫和圣保罗教堂也受到损坏。成千上万的市民逃离首都，联合王国在喘息、在挣扎，面对强大无比的德国军队，这可是欧洲最后的安全之地啊！

弗吉妮亚每天在这乱糟糟的氛围中生活，感到迷失了方向。她之所以离开法国，是因为那里已无魅力可言，给她留下的只有痛

---

① 引自皮埃尔·法约尔《占领时期的上里尼翁河－尚朋》一书。

苦。她与病人一起颤抖，亲眼看见法国溃不成军，整天生活在恐惧之中。她很想再回到法国看看，哪怕是几星期也好，但不知如何去。伦敦也不安全。她住在离工作地不远的皇后大街4号，白天，她用电台往华盛顿发送有关军事形势的紧急报告；夜晚，警报声经常把她从睡梦中惊起，她不得不躲进掩体。回美国，回到自己的家，离开这个哀鸿遍野的欧洲不是更好吗？

1941年1月初，她书面提出了这个要求。[①] 她希望能用上在她提出辞呈后官方曾答应为她提供的回程船票。一切都进展顺利的话，她打算春天坐船回国。与家庭重逢，开始新的生活！

她的美好憧憬既然都已变成梦魇，那就让这一页翻过去吧！

① 见美国国务院外事机构关于1941年1月25日弗吉妮亚·霍尔申请回美国的文字记录。现存于华盛顿美国国务院档案馆。

第七章

英国人中多了一个特殊新兵

可以肯定地说，弗吉妮亚再次与规章制度发生了抵触。

每天，她步行去大使馆时，总希望就她在 1941 年 1 月提出的回程票问题得到一个正面答复。

弗吉妮亚不走运：有关部门告诉她说，她的归程不被批准，因为她提出辞呈之后十二个月的有效期已过，只有在有效期之内，国务院才能负担她的回程旅费。她是 1939 年 5 月离开塔林使团的，是自愿逗留在欧洲的，并且没有任何公务在身。现在，十二个月已大大超过了，在她的前上司眼中，她没有任何理由延期。她在伦敦大使馆虽做了一点事情，但只是临时帮忙性质。“我们对她爱莫能助。”她的上司这样说。[①]

于是她被困在英国首都，一边等着自费购船票回国。倘若能重返法国，她也乐意，她在考虑多种途径离开英国。

轰炸期间，弗吉妮亚也想着自找乐子。1941 年 1 月 14 日是星期三，她受邀去乔治・贝洛斯的一位朋友家吃晚饭，乔治・贝洛斯

---

① 美国国务院外事部门关于弗吉妮亚・霍尔于 1941 年 1 月 25 日提出回美国申请的原始批件现存华盛顿美国国务院档案馆。

就是她去英国途中在西班牙邂逅的那个英国人。那家的主人名叫尼克拉斯·博丁顿，弗吉妮亚觉得他非常可爱：时年三十六岁，比她大两岁，脸圆圆的，笑容可掬，戴着一副硕大的眼镜，留着一排小胡子。他的童年在巴黎度过，父亲是英国人，母亲原籍是美国费城人。尼克拉斯在牛津大学完成学业后，娶了一位年轻的美国女子为妻。他喜爱戏剧，常常开玩笑不动声色。他的这些特点大大拉进了他与弗吉妮亚的距离。

更为可贵的是，尼克拉斯·博丁顿从事记者职业，是英国几家报纸，如《每日快讯》《晚报》的特约编辑，此外，他还是路透社政治版的负责人。战争初期，即1939年9月至1940年5月间，他就对法国军队产生好感，像弗吉妮亚一样，目睹了法军溃退。这个英国人的职业以及他对法国的深情，与年轻的美国女子不谋而合，因此她与他在一起感到很亲近。

在尼克拉斯·博丁顿与他的妻子伊莎贝尔在伦敦查理街家中，两人交谈甚欢，关系进一步密切。弗吉妮亚讲述了她一路的行程，说到了她在美国使馆的经历，并且透露了她的想法：

“我很想再回法国几个星期做一些事情。”

尼克拉斯·博丁顿对她下意识透露的这个想法感到困惑，问道：

“可您需要签证啊，如何才能得到呢？”

“没问题，”弗吉妮亚答道，“我在美国大使馆的老上司会给我办的。”

“您如何到达法国呢？”

“啊，我想借道里斯本、巴塞罗那。在那里逗留个把月左右。我与那里的公谊会组织有联系，他们有援法的任务。我在法国可以写通讯，帮他们的忙。”①

---

① SOE法国支部副手FB致法国支部领导F的备忘录。见SOE档案弗吉妮亚·霍尔卷。现存法国国家档案馆。

尼克拉斯·博丁顿对这个大个子棕发女子很感兴趣：她居然想在纳粹占领下的法国待一段时间，手上拿着美国护照，把自己装扮成一个旅游者！于是他提议帮助她完成这次旅行，说自己可以给她介绍一些人。弗吉妮亚见他堪称同行，又如此温文尔雅，因而没有拒绝他的好意。

次日清晨，也就是1941年1月15日，尼克拉斯·博丁顿钻进贝克街六十四号的一幢大楼里，伦敦的这条街因福尔摩斯的频频光顾而闻名于世。在墙面上，只有一块铜牌，刻着：跨国研究办公室。他爬上三楼，沿着走廊，走进他的办公室。他坐下，立即起草一封电报给他的老板：

> 弗吉妮亚·霍尔小姐曾在美国大使馆工作，昨天晚上在我家吃饭，谈到她想途经里斯本和巴塞罗那去法国待一个月……我没有问她更多的问题，但她自己说，她想与公谊会组织取得联系，作为旅法的借口。
>
> 我觉得，这个出生在巴尔的摩的美国女人，对完成我们的任务有所帮助，所以我建议：一，为她去里斯本来回提供便利；二，作为她帮助我们的条件，我们负担她的开销。
>
> 我将对她进行更深入的了解，继续与她接近，争取她加入我们的行列。①

这个备忘录是由FB发给F的。这几个神秘的大写字母隐含了英国刚建立不久的一个秘密组织的法国支部的两个头头的身份。这个组织的真实名称是特别行动组，即：SOE。表面的名称是跨国研

---

① SOE法国支部副手FB致法国支部领导F的备忘录。见SOE档案弗吉妮亚·霍尔卷。现存英国国家档案馆（Kew）。

究办公室。丘吉尔本人于 1940 年 7 月在极为保密的情况下决定成立秘密情报部门的一个新支部，负责在德国占领区组织“破坏和颠覆”。在一次战时内阁会议上，丘吉尔把这个消息透露给了战时经济大臣休·达尔顿，并且把这个分部的工作任务总结为：“让欧洲燃烧起来!”

SOE 的办公室找不到合适的地址，于是就安扎在贝克街的一幢大楼里，其领导人是老保守党议员弗兰克·内尔森。[①] SOE 又成立了若干部门：SO1 负责宣传，SO2 负责行动，SO3 负责规划。下面又按国别设立几个部门：法国分部、波兰分部、比利时分部、荷兰分部、挪威分部和南斯拉夫分部。

SOE 成立之初举步维艰。英国的其他秘密组织，如负责内部安全的 MI-5；负责国外反间谍的 MI-6（又名 SIS，即秘密联络机构）；负责犯人逃亡的 MI-9，他们都对 SOE 评价不高，认为它侵犯了他们的权限。[②] 在他们看来，SOE 至多是一个非嫡系的竞争者，更糟糕的是，认为它是一些业余票友组成的乌合之众，对他们要加以防范。

招募专业的联络人员和武装人员的工作很难做。领导层也没有明确的指示。没有任何特工被送到德国占领区去。与上述国家抵抗组织的联系几乎全无。戴高乐于 1940 年 6 月 18 日在伦敦发表宣言，在法国几乎没什么反响。1941 年 3 月至 5 月间空降的特工一时也没什么大的作为。让·姆兰[③]直至 1941 年才到伦敦，把法国地下情报网的情报带来，显然，他们缺乏支持。

---

① 弗兰克·内尔森在 SOE 从 1940 年 8 月至 1942 年 5 月担任领导，后由他的左右手、银行家查尔斯·汉布罗接替。1943 年 9 月，由于内部矛盾，汉布罗辞职，又由他的助手科林·麦克维恩·古宾斯接替，直至战争结束。

② 关于 SOE 的由来，详见《SOE 在法国》等书。现存 Kew 的 SOE 档案。

③ 让·姆兰（1899~1943），法国抵抗运动英雄。1943 年从英国回法国领导抵抗运动，遭叛徒出卖被捕。在被押往德国途中去世。其骨灰于 1964 年在巴黎先贤祠安葬。——译者注

此外，英国人和“自由法国”领导人之间的分歧也影响了秘密组织的迅速发展壮大。戴高乐以不健康的心理看待这个SOE组织迈出的第一步，认为这个具有竞争性质的机构会直接脱离他的控制在法国领土上行动。于是他委托安德烈·达尔文（又名：帕西上校）发展他自己的情报组织，全名为情报与行动中央办公室(BCRA)。这个创意让英国人不高兴了，他们对所有不受他们控制的机构都抱保留态度。[①] 首相温斯顿·丘吉尔对援助BCRA一事不太热心，照他的看法，他们主要是为了“加强戴高乐将军的个人地位”，而他本人对戴高乐评价不高。

不信任是相互的。在帕西上校的眼中，SOE的法国分部与BCRA存在“理论上的根本分歧”。英国谍报机构希望根据他们的参谋部的计划，统一指挥跨国小分队的行动，在法国开展活动。戴高乐派另有想法，他们打算在政治上集中所有抵抗运动，促进全国团结，并且统一在法国人的指挥下，组织秘密武装，与占领者作斗争。[②]

其结果是：BCRA和SOE的关系基本上处于紧张状态，相互较量、讨价还价。[③] 他们表面的合作蒙骗不了任何人。戴高乐派总是埋怨许诺的飞机和物资延误时间，反过来，大部分登陆英国的法国抵抗者被BCRA招募进秘密组织，从而削减了SOE原籍法国的大批特工。这两个机构仍然一致同意在小范围之内加强合作，由SOE内部的一个特殊机构与戴高乐派难以驾驭的“自由法国”分子负责进行沟通。这个特殊机构的代号为RF。但温和的RF总不被SOE的法国分部和贝克街的头头脑脑看好。此外，SOE的第一任领导弗兰

---

① 见1941年1月7日SOE法国分部的汇报。他们认为，这些行动应该处于他们的控制之下，因为两个组织不可能在同一片土地上同时展开行动。照他们看，戴高乐派单干有可能对英国政府和维希政权的关系带来不利的影响。该资料现存Kew的SOE档案。

② 见帕西上校的《自由法国秘密组织头头回忆录》一书。

③ 关于BCRA与SOE的关系，详见《SOE在法国》等书。

克·内尔森于1940年10月对他的下属已有言在先，不许向戴高乐披露任何在法国的秘密计划和情报站。他是这样说的："我们总部下属的任何组织和机构都要完全向法国人保密。"[①]

1941年1月，SOE藏藏掖掖的做法只是初露端倪。他们与其像一个训练有素的军事组织，不如说更像一个正在筹建的手工作坊。法国支部的首任头目莱斯利·汉弗里斯少校，代号为F，干了一个月就被一位文官替代，他名叫哈利·马里奥特，从前是驻法国的纺织行业的代表。他挑选了尼克拉斯·博丁顿做他的副手，后者在巴黎当记者时，曾为情报部门工作过。

他俩联手为他们非常特殊的行动寻找特工。丘吉尔下达的"破坏和颠覆"命令，计划很宏伟，任务却异常艰险。SOE的招募者希望能找到强有力的人选。他俩向招募者警示道：两个人中就会有一人做出牺牲。这种警告让人听了都毛骨悚然。他们招进的人需要会说法语，有收集情报和打游击战的能力，组织能力和即兴反应能力要强，在任何情况下都要头脑冷静，有不怕牺牲的精神。总之，此人要有三头六臂，还要有上刀山下火海的勇气。这些人还必须完全意识到，自己随时有可能被逮捕、受酷刑、遭到处决。

弗吉妮亚·霍尔正具备这样的素质。她甚至是SOE首批招募去被占领国做特工的人选之一。在1941年初，这可是大胆的选择。其他秘密机构对利用女性执行任务一事向来是讳莫如深的。军队也不会把女兵派往前线。在丘吉尔战时总部开会时，总参谋部的高官们遇到这个问题都一致持反对意见，他们认为太危险了。国际法的专家们甚至认为，女性被逮捕后，从法律上更易受到伤害，因为根据战争法，他们作为女战士是不受保护的。[②] 因此，她们会被派至办公室工作，或者从事一些诸如辅助、培训、收发、情报解码、卫

---

① 见《SOE秘史》一书，作者威廉·麦克泽。

② 详见《SOE在法国》等书。

生保健等方面的事情。

SOE 的军事行动头目科林·麦克维恩·古宾斯（又名 M）却不赞同这个看法。这个强有力的苏格兰人在第一次世界大战期间得过勋章，1943 年 9 月走上 SOE 的领导岗位。他认为，秘密工作需要兼收并蓄。在他工作的机构尤其需要如此。在他看来，SOE 不仅要在所有部门招募女性从事传统的工作，诸如秘书、助理什么的，而且没有理由认为女性做间谍工作比男性差。相反，她们还更容易迷惑敌人，而她们传送信件、操纵电台、改头换面的本领更是无可替代。直到 1942 年 4 月，SOE 才正式获批可以派妇女渗透到敌人后方去，人数约占总数的百分之十[①]，其中的大部分归一个军事运输系统管辖，简称 FANY，负责对她们进行培训。“某些工作，她们比男人更强，而且我们惊讶地发现，甚至男人做的传统性工作，她们也表现出更高的热情，更多的业绩。”1941 年末接任的 SOE 法国分部头头毛里斯·巴克马斯特（又名：巴克）后来这样说道。[②] 但眼下，即 1941 年 1 月，指派女特工去敌占区是严令禁止的。SOE 的头头们越过这个雷区只是极少的破例，而弗吉妮亚·霍尔就是其中的一个。

尼克拉斯·博丁顿下班后再次会见了这位美国女秘书，不过这一次，他问得更详细了，问到了她的过去、所上的学校、原先的工作岗位、她的语言能力、她的打算。当他提到了她的残疾时，她立即向他讲述了在土耳其打猎时遭遇的意外，由于残疾而面临的职业

---

① 1941 年 5 月至 1944 年 8 月间，SOE 的法国分部总共派了 400 多名特工去法国，其中有 39 名女性。共有 91 名男性和 13 名女性死亡，其中大部分是被捕后处死的。死亡人数不少，尽管比 SOE 原先的估计（50%）要低些。1991 年 6 月 6 日，人们树立了一座纪念碑，缅怀 SOE 法国分部在法国瓦朗赛执行任务而牺牲的特工们。

② 毛里斯·巴克马斯特上校于 1941 年 3 月 19 日加入 SOE，于 1941 年 9 月任 SOE 法国分部头头。见他撰写的《法国分部史》。

上的问题。她指着套上白袜子的假肢又说道：

“幸而古特贝没有给我带来更大的麻烦。”

“古特贝？”

“请原谅！这是我给我的假肢取的名字。我们共同生活相安无事。它不妨碍我走路、骑自行车，甚至骑马。”

博丁顿笑了。古特贝不久之后将像它那须臾不离的美国女伴一样对 SOE 总部了如指掌了。

谈话在继续。当这位“记者”的话题一转，谈到她如去法国，可能为政府“效力”时，弗吉妮亚听出言外之意了。她觉得以任何一种方式帮助英国当局向纳粹德国作斗争都是可以接受的。她在英国逗留了几个月，总是做着美国外交官让她做的秘书工作，她早就厌烦了。她始终没有从美国国务院得到一份如她所愿的工作。现在，英国人似乎准备发挥她的才干了。她的对话者还有些犹豫，他提到了在法国的一项长期的使命。

这个想法正合弗吉妮亚的心意。

入行的组织程序花了几星期的时间。1941 年 2 月 14 日，尼克拉斯·博丁顿给他的上司哈利·马里奥特起草了一份报告，上面说到了“弗吉妮亚·霍尔小姐”简历：她出生在美国的巴尔的摩，父母亲是美国人。在维也纳住过两年，在伊兹密尔、威尼斯领事馆及塔林使团工作过。她于 1939 年 10 月 25 日离开塔林，1940 年在法国军队待过一阵，1940 年 9 月 1 日到达伦敦，在美国大使馆的军事专员身边工作了一阵之后，又到大使馆的财务部门上班。她对国际商务法和签证之类的事情了如指掌。“她会说一点法语，德语和意大利语说得很好。”博丁顿确切地说道。他的报告最后是这样写的：“建议录用，作为 A 级联络特工，以记者身份派往非占领区。”[1]

---

① 1941 年 2 月 14 日 FB（SOE 法国分部副手）致 F（SOE 法国分部领导）的备忘录。备忘录下面有 NB 两个大写字母。见 Kew（法国国家档案馆）的 SOE 档案弗吉妮亚·霍尔卷。

博丁顿过去也是记者，把一个美国人派往法国的想法既单纯又大胆，因为美国尚未参战嘛。这样，从理论上说，弗吉妮亚·霍尔就可以以美国报刊的通讯记者身份在自由法国工作而不会引起怀疑。她甚至可以用她的真实身份前往。她的国籍是一个无价法宝。她的美国口音，特别在她说法语时的腔调正符合她的身份。她走路有点儿跛，一眼就能认出，对她也没什么坏处。相反，这些特点更能证明她是阅历丰富的美国记者。她是女性，不易引起怀疑，而她对这个国家十分了解，使她如虎添翼。

弗吉妮亚肯定是一名特殊的应征者，她与 SOE 欲派往法国搞破坏的特工完全不同。1941 年第一季度，SOE 挑选了二十余名应征者，其中大部分是拥有法英双重国籍的军人。他们首先该接受训练中心的强化训练，学会跳伞、发报、解密码，直接投入战斗。[①] 这些特工将以假身份秘密到达法国，说一口流利的法语，融入到社会之中。弗吉妮亚完全是另一种情况，即便是她同样也要过双重生活：一面是公开在维希政权周围进行采访的记者身份，另一面是为 SOE 效力的地下联络特工。这个赌注非常冒险。尼克拉斯·博丁顿潜意识中坚信，这个女人有着一切必要的素质，可以在两者之间维持平衡。

应招的特工都要接受例行的调查，博丁顿委托 MI－5 的头目斯特朗实施。1941 年 2 月 17 日，少校得出的结论是："调查材料与候选人所说的内容没有出入。"SOE 彻底放心了。

弗吉妮亚原则上同意博丁顿的建议。她对他的计划很感兴趣。在法国既当记者又当盟军特工能完成她的夙愿。面临危险，她无所畏惧。她不是在敌人的轰炸下开过救护车吗？她不是在陌生的土地上扮演过多重角色，知道如何独自生活、建立人际关系、经受考

---

① 整个训练大约需要三个月的时间，有可能还得接受其他特殊训练。见弗雷德里克·波伊斯和道格拉斯·埃弗雷特合写并于 2003 年出版的《SOE 的训练秘籍》等书。

验吗？

弗吉妮亚的任务需要细致入微的准备工作。首先，她的上司得为她找一家美国报社给她提供一个虚拟的职位。于是他们找到了一位朋友，此人名叫本·罗伯森，他是美国一家带插图的报纸《PM》驻伦敦的通讯记者。这家报纸于1940年6月由原先的《新纽约报》《财富报》和《时代报》的著名主编拉尔夫·英格索尔创办，成为一家反法西斯的独立报社，政治倾向鲜明，吸引了诸如海明威等伟大的摄影师、漫画家、作家在它的旗下。[①]

本·罗伯森会见了弗吉妮亚，许愿为她效劳。不过弗吉妮亚需要报社社长拉尔夫·英格索尔开绿灯。于是SOE给在纽约的一名特工发了一封电报，以便正式向《PM》的老板提出请求。1941年4月初，博丁顿的一位助手在电报上这样写到："弗吉妮亚·霍尔小姐是美国公民，现住伦敦，我们希望她以一家报纸记者的名义在维希政府治下的法国为我们做联络和情报工作。"

SOE指示驻纽约的特工小心接近拉尔夫·英格索尔，并且告诉那个特工，为了让他放心，要特别指出：英国人将负担弗吉妮亚·霍尔小姐的"一切费用"，她已经具有当记者的"丰富经验"。"请明确地告诉他，我们只需要霍尔小姐在当地睁开眼睛、张大耳朵，而无需做其他任何事情。"[②]

是英格索尔婉言拒绝了，还是SOE担心如此公开反希特勒的报纸会引起维希政权对他们的特工格外注意而放弃了？我们不得而知。总而言之，英国间谍机构决定改换门庭，最后设在西街的另一家报纸《纽约邮报》同意玩儿一把了。多萝西·希夫是本城一位大银行家家族的女遗产继承人，于1939年买下了这家创建于1801年

---

① 《PM》得到自由银行家马歇尔·菲尔德三世（1893～1956）的大力支持，此人于1941年创办了《芝加哥太阳报》，1948年创办《芝加哥太阳时代报》。《PM》于1948年6月22日停办。

② 见Kew（英国国家档案馆）的SOE档案弗吉妮亚·霍尔卷。

的自由派老报纸。她的第二任丈夫乔治·贝克尔是老州议员，眼下是《纽约邮报》的掌门人。他是一个狂热的民主党人，在他的报纸上发表过罗斯福总统的夫人埃莉诺·罗斯福有影响的评论，他本人支持她在欧洲冲突中所抱的中立立场。①

乔治·贝克尔途经伦敦时，显得“异常亲切”，对弗吉妮亚·霍尔小姐的真正使命也没多问什么，爽快地答应了尼克拉斯·博丁顿的请求。②《纽约邮报》的老板将提供弗吉妮亚·霍尔小姐在法国作为通讯记者所必需的证件，并且汇钱给她。SOE 将秘密向报社转账，偿还这笔开销。

第一关过去之后，在通向维希的路上还有不少障碍在等着她。弗吉妮亚将首先坐飞机从伦敦出发去葡萄牙，然后再坐火车去西班牙，最后是法国。她应该得到她旅途中的所有签证。驻伦敦的西班牙大使馆很配合，而葡萄牙大使馆就不那么爽快了，他们要求弗吉妮亚首先提供法国签证再说。于是她又去了法国领事馆，那里的人告诉她说，通讯记者的签证只能由维希政府签发，而这至少需要“十天时间”。在4月至5月间，我们的“女记者”就为办手续等琐事来回奔跑。

在贝克街的 SOE 办公室，尼克拉斯·博丁顿——法国分部的二号头目，非常关心事情的进展。他必须脚踏实地地一步步实现他的计划。关于弗吉妮亚未来使命的范围，他的上司们的意见有分歧。譬如，SOE 的一位领导人在与他的上司和其他部门谈到这件事情时，在 1941 年 4 月 5 日是这样写的：

“我不认为她有能力成为一名情报特工。她将被派到维希去，

---

① 乔治·贝克尔作为《纽约邮报》的掌门人至 1942 年 3 月。由于身体原因，他辞职后由他的夫人多萝西·希夫接管报纸。1976 年，多萝西·希夫又把这家报纸卖给了默多克传媒集团。她于 1989 年去世。

② 1941 年 5 月 21 日 FB 致 F 的备忘录，上面汇报了乔治·贝克尔与尼克拉斯·博丁顿达成的协议。见 Kew（英国国家档案馆）的 SOE 档案弗吉妮亚·霍尔卷。

主要任务是为SO2（行动组）做些联络和宣传工作。在工作中，她也可能会得到一些有用的情报，再发给我们好了。不过，她的主要活动是为SO2服务。"[①]

这段话的弦外之音让尼克拉斯·博丁顿大为不满，他一再肯定弗吉妮亚的能力，坚持派她去执行"联络与情报"的任务。博丁顿对弗吉妮亚的信任也许还得到了一个女同行的支持，她刚被招募进法国支部，后来慢慢成为伦敦总部不可或缺的骨干。此人名叫薇拉·阿特金斯（又名薇拉·罗森伯格）。

这位通晓多种语言的女士于1937年从布加勒斯特流亡到伦敦，在1941年2月末，SOE的人把她招进来做"秘书"工作。[②] 4月初，薇拉·阿特金斯以秘书身份进入贝克街的总部。当她得知弗吉妮亚是派往法国的首批名单上的一个，兴奋极了。法国分部的领导定时要安排下属聚会，这两个女人在聚会时再次重逢，都喜不自禁。弗吉妮亚想起了1933年3月的一个夜晚，在布加勒斯特美国领事埃尔布里奇·多布罗的家中与这位热情的罗马尼亚年轻女子邂逅的情景。薇拉是从多布罗的口中得知弗吉妮亚在土耳其狩猎时发生意外被截肢的。

伦敦的这次相逢之后，她俩结下了深厚的友谊，关系非常默契。薇拉深知她的美国女友勇气过人，信心坚定。她在英国首都尽可能地帮助弗吉妮亚了却心愿。1941年底，薇拉成为法国分部新的领导毛里斯·巴克马斯特（又名：巴克）的左右手，成为"情报部官员"，专门负责被派往被占领区特工的最后准备工作，特别是女特工。

1941年5月19日，弗吉妮亚·霍尔签署了一份文件，宣誓遵

---

① 由SOE领导层成员之一，化名为EEC签署的备忘录，时间是1941年4月5日。见Kew（英国国家档案馆）的SOE档案弗吉妮亚·霍尔卷。

② 1941年2月22日，SOE安全部门向MI-5申请招进薇拉·阿特金斯当"备用秘书"，1941年2月25日被批准。见Kew（英国国家档案馆）的SOE档案薇拉·阿特金斯卷。

守英国秘密部门极为严格的规章制度，这些条文制定于1911年，1930年修改完善。签约人必须遵从条文上的种种规定，否则将会受到极其严厉的处罚。她必须对她可能得到的一切信息绝对保密，包括密码、暗号、报告、计划，以及其他一切记录。[①] 在她的签名旁边，尼克拉斯·博丁顿作为官方证人，也签上了自己的名字。

两天之后，尼克拉斯·博丁顿向他的上司汇报了弗吉妮亚出发前的准备情况。他希望尚未领到法国签证的他的被保护人在6月初能顺利出境。在这段时间，他建议她接受反间谍专家的培训，特别是接受汉普郡的SOE技术中心的专家的培训。他说道：

"我希望这些日子让她有准备时间，并且讨教特雷弗·威尔逊，把密码定下来，这样，她在发往纽约报纸的文章中就能用这些密码递送情报了。我提前告诉您，是因为她也需要两三天的时间等SOE的官员们到来，而且这样我也有时间向她提供一些信息。等弗吉妮亚·霍尔作好出发前的充分准备之后，我想我们就可以及时了解当前政治事件的种种反响了。"[②]

法国的签证姗姗来迟。弗吉妮亚·霍尔常去美国大使馆打交道，希望他们支持她向维希当局提出的签证申请，但毫无结果。美国国务院的回答不能对她提供任何帮助。弗吉妮亚有理由对这个行政机构耿耿于怀，因为它总是给她的生活带来不便。

签证下不来，她只能无事逍遥。在F的命令下，由SOE的官员对弗吉妮亚·霍尔的培训工作也推迟了。在5月27日的备忘录中，尼克拉斯·博丁顿惊讶地问道："您始终认为弗吉妮亚·霍尔在得到法国签证之前，不该接受任何训示吗？"[③]

---

① 1941年5月19日，弗吉妮亚·霍尔签署了这份保密协议，现存Kew（英国国家档案馆）的SOE档案弗吉妮亚·霍尔卷。

② FB于1941年5月21日致F的备忘录。见Kew（英国国家档案馆）的SOE档案弗吉妮亚·霍尔卷。

③ FB于1941年5月27日致F的备忘录。见Kew（英国国家档案馆）的SOE档案弗吉妮亚·霍尔卷。

等待在继续。看来美国人想得到法国的签证是难上加难。7 月中旬，弗吉妮亚似乎想放弃她的计划了。SOE 告诉她说，由于她也懂俄文，她将被调到俄国分部去。

7 月的最后几天，形势明朗了。法国签证终于下来了。[①] 弗吉妮亚·霍尔已经等了几个星期，心烦意乱，不过她也正好利用这段时间在蒙塔居勋爵领地的 SOE 中心上了几堂培训课程。她因残疾不用练习跳伞了，但这倒是未来特工的必修课。反之，她却接受了严峻的审问训练课：她被关进一个黑黢黢的房间里，两个审讯人员——一个穿着德军反间谍部门的制服，另一个穿着法国警察制服——不时朝她的脸上摔东西，想尽办法瓦解她的意志。她必须重复说她名叫弗吉妮亚·霍尔，只是一个美国记者，只是做她的一份工作，与所谓的间谍活动毫无关系。

电台专家教她联络的基础知识。另几名发报员将会帮助她，她发往伦敦的情报应该署名为玛丽。她的行动代码是 Geologist5。她在敌占区将有几个名字：玛丽·霍尔，热尔曼娜，或者叫布里吉特·勒贡特尔。她也知道了，所有国家都有一个代号：她的祖国——美国是 48；自己执行任务的所在国——法国是 27。

出发的日子临近了。法国分部的负责人希望首个被派往常驻法国的特工多少能得到些帮助。吉里亚纳·巴尔马塞达是 SOE 招募的另一名女特工。她原来是智利的一名演员，嫁给了英国纺织商哈伊姆·维克多·吉尔森（又名：勒内或维克），此人是犹太人，亦是法国分部的一号头目莱斯利·汉弗里斯的知交好友。1941 年 5 月至 6 月间，吉里亚纳·巴尔马塞达以真名被派往法国，首次执行收集情报的任务。[②] 吉里亚纳是作为旅游者的身份去旅游的，肩负的任

① 1941 年 7 月 15 至 16 日确实准备把她调至俄国分部，但在 1941 年 7 月 27 至 29 日她的签证下来了。见 Kew（英国国家档案馆）的 SOE 档案。

② 关于吉里亚纳·巴尔马塞达的任务和未来 SOE 在法国情报网骨干维克多·吉尔森的作用，请看 M. R. D. 福特的《六张勇敢的面孔》等书。

务是收集日常生活的一般信息，以及有用的官方证件，以便为特工复制假身份证、假购物证之类。可是，这个智利女人在返回途中被困在葡萄牙了，直到8月底才到伦敦，弗吉妮亚等不及了，也得不到她的任何帮助。

8月6日夜，SOE隐藏得最深的小头目雅克·古艾利[①]带着一名谍报员吉尔贝·特克[②]在阿里艾空降。在他们被称之为“椴树”的任务中，重要的一项便是“为弗吉妮亚以及SOE即将渗入的特工作落脚的准备”。在整个8月份，雅克·古艾利横跨整个非占领区，从安迪普到里昂，一路上招募志愿者加入SOE。在夏多胡附近，从5月份开始，活跃着SOE的一批骨干分子，他们之中有乔治·贝盖、菲利普·德·弗梅古尔（又名：戈迪埃或安托瓦纳）、皮埃尔·德·弗梅古尔（又名：吕卡斯或希勒万）等人。[③] 古艾利秘密会见了让·皮埃尔·布洛赫，他曾是法国社会党的议员，与党内头面人物仍保持联系，他们的活动是被明令禁止的。多亏这次见面，法国社会党的领导人才能通过电台与伦敦取得联系。1941年9月4日夜晚，雅克·古艾利从离夏多胡十五公里远的一块平地登上一架小飞机，飞往英国。[④]

与此同时，在8月中旬，SOE的专家们为弗吉妮亚·霍尔制定了一份“里昂联络点”的初步名单。[⑤] 其中有城里一家工厂的几位负责人，厂址是共和国街四号，厂主名叫阿尔封斯·戴斯古尔，他从母亲那儿传承了英国血统。还有一些人物，弗吉妮亚可以从他们那里打听到消息，如纺织业大亨吉莱家族的一门亲戚；老议员加斯

---

① 雅克·古艾利生于1907年4月6日，父亲是法国人，母亲是英国人。1940年被俘逃脱，1941年加入SOE，负责与在法国的SOE特工联系。见Kew（英国国家档案馆）的SOE档案雅克·古艾利卷。

② 吉尔贝·特克在落地时受了伤，次日被捕。后经人调停，被维希政府安全局释放，去了马赛，继续为SOE做了一段时间的情报工作。引自马塞尔·卢比的《秘密战》等书。

③ 源自Kew（英国国家档案馆）的SOE档案菲利普·德·弗梅古尔、皮埃尔·德·弗梅古尔卷。

④ 引自马塞尔·卢比的《秘密战》等书。

⑤ 见Kew（英国国家档案馆）的SOE档案弗吉妮亚·霍尔卷。

东·利伍，他的妻子是加拿大人；拜永的老市长戴尔尚格尔先生；一个名叫马克斯·索普的人，是他把她介绍给拉乌尔·多特里，后者是达拉第和雷诺内阁的军需部长。

名单肯定不详尽，再说，这些联络人究竟有多可靠也是未知数，所以SOE请求MI-6对名单上的这些人进行甄别，其中有些人是“亲维希的，其他人不是”。他们写道：“有关这些人的政治倾向的所有信息，对我们，对我们的3844号特工都极为有用，只要有可能，她将于8月15日后出发。”[①]

弗吉妮亚·霍尔于1941年8月23日（星期六）离开英国。她接受了最后的训示之后，尼克拉斯·博丁顿，以及法国分部的其他负责人终于让她飞往里斯本，她得从那里到达维希。他们绝不愿意流露出内心的惶恐不安。他们至今仅仅向法国渗透了一小部分特工，而三十五岁的弗吉妮亚是第一个派往这个国家的女性，而且要长期潜伏下来。法国总部只是在一年之后才又派女性特工执行同样的任务。[②]这是“勇敢的女性”所做的“第一次尝试”。毛里斯·巴克马斯特冷峻地总结道。[③]

这次赌博是冒着高风险的。弗吉妮亚·霍尔出发了，她不知道自己何时能返回。甚至不知道自己是否还能生还。

---

① 见3844号特工弗吉妮亚·霍尔的表格，是FB（尼克拉斯·博丁顿）书写的，上面记录着她入伍的时间，以及1941年8月11日向MI-6头头C的请求报告。见Kew（英国国家档案馆）的SOE档案弗吉妮亚·霍尔卷。

② 伊夫娜·鲁戴拉是自弗吉妮亚·霍尔之后第一个被SOE派往法国的女特工，她于1942年7月登陆象牙海岸，于1945年4月死于德国集中营。见M. R. D. 福特的《SOE在法国》。

③ 见毛里斯·巴克马斯特的《法国分部史》。现存Kew（英国国家档案馆）的SOE档案。

第八章

女记者发自维希的报道

维希的公园树木参天、绿草如茵，喷泉处处令人心旷神怡，旅馆饭店略显陈旧。在 1941 年夏末之际，这个法国中部的省城似乎还留有明信片上的形象。弗吉妮亚是乘火车从西班牙来的。她立即下榻在和平饭店，然后去警署和信息部登记。她是以《纽约邮报》特派记者的身份，用真名登记的。

法国当局善意接待了这位被委派来的女记者。菲利浦·贝当元帅尽管与纳粹德国签订了协议，但宣称在冲突中保持中立的美国还是承认他的政府的。美国总统富兰克林·罗斯福委派了他的一位老友威廉·莱希作为驻维希的大使。这位大使与元帅本人和由议会副主席弗朗索瓦·达尔朗海军上将领导的政府保持着非常亲密的关系。罗斯福和莱希一心一意想说服贝当反对德国侵占法国殖民地，因为这将损害美国的利益。[①] 与此同时，他们也密切关注元帅周围发生的事情。此外，美国的军事专员罗贝尔·肖也注意在敌视德国

① 1941 年 8 月 21 日，罗斯福给贝当写了一封密信，声称："美国政府承认法国在停火协议中的条款，但法国在法属北非及其所有殖民地保持完全的主权对美国至关重要。"源自华盛顿美国国务院档案馆。

的法国军队上层人物中收集情报，并且与抵抗组织建立联系。[①]

1941 年的这个夏天，政治形势仍然剑拔弩张。在被占领区，从 5 月份开始，犹太人被强迫戴上黄色星的标记。6 月 2 日，维希政权对犹太人颁布新的法律，禁止他们从事某些职业，并且不能在大学任教。自德国人在 6 月 22 日入侵苏联以来，共产党人就号召人民起义抗击入侵者，他们被到处通缉。尽管四处风声鹤唳，戴高乐派的电台和英国 BBC 广播电台还是愈来愈受欢迎。商品匮乏现象日甚一日。

8 月 12 日，贝当在电台广播了一篇演说，禁止“民族革命”，强烈谴责在全国范围内刮起的“不正之风”；他说：“人们心灵不安，疑虑重重，我的政府的权威受到挑衅。”他宣称要强化治安，取消政党和工会活动，惩罚共济会成员，加强警力，立即颁发禁止罢工的工作条例，起诉导致 1940 年 6 月“失败的负责人”……在巴黎，镇压愈演愈烈。在 8 月 20 日至 24 日之间，四千多名犹太人被捕，并被送进了集中营。21 日，一个共产党积极分子在巴尔贝斯火车站杀了一名德国军官。八天后，自由法国密使奥诺雷・戴斯吉埃纳・道尔夫在瓦莱里山被处决。

弗吉妮亚・霍尔在维希初来乍到，首要的任务是完成记者的本分工作。这是她对自己精心包装的必要手段，并且对她在政府机构内收集情报也有帮助。出于谨慎起见，她也去美国大使馆自报了家门。不管怎么说，国务院的这位老雇员对他们的外交机构还是了如指掌的。美国外交官对这位外表独立不羁的女记者也有礼相待。他们很快便得知，她事实上在为英国情报机构服务，承诺将给她提供很宝贵的支持，但眼下，他们只能在她的报道范围之内尽可能提供方便。

自 1940 年 9 月初，弗吉妮亚・霍尔写了第一篇署名文章，发

① 见理查德・哈里斯・史密斯的《美国中央情报局秘史》等书。

表在《纽约邮报》当月 4 日的专栏里，通栏标题是：《记者发现首都人满为患》。

文章的题目很吸引人：《维希的浴室成了办公室》。弗吉妮亚·霍尔以敏锐的观察力，坦述了她作为初来之人的种种印象：

> 乍到维希，似乎感觉倒退了好几年。车站没有出租车方便旅客，有半打左右的巴士懒洋洋地把下站的人送往城里的不同方向。几辆马车在空等。我搭乘了一辆用煤气而不是用汽油发动的巴士，一路颠簸，到了临近的街道。
>
> 维希是一个小城市，阿里艾河的沿岸遍布饭店和精巧的小花园，是前来度夏的游客休憩养生的理想之地，但它作为法国政府和法国帝王的所在地未免太袖珍了。饭店无论大小，都被政府征用来办公了。简直难以想象。各部门占据着大饭店，附属部门或者不太重要的办公部门搬进了小饭店。至于人员安排，能在那儿安身就凑合了，他们往往在卧室里办公，有时浴室也充作临时办公之地。
>
> 人们纷纷涌来，小城人满为患，然而它似乎成功地安排了那么多人的食宿。不过，来此温泉疗养的人却不多，因为只有带医生诊断书的病人才能过来，饭店也只能让他们住一两天。

接着，弗吉妮亚谈到了食品和衣着等敏感话题：

> 我在市政府领到了 9 月份的粮证。我发现，我每天只能配有十盎司[①]面包，每星期两盎司奶酪、二十五盎司油、二十盎司糖，每月六盎司咖啡（二盎司咖啡加四盎司替代

① 英国计量单位，一盎司约合 28.35 克。——译者注

品)，每星期十盎司的肉。这个月不配大米、面和巧克力，这些食物将留在冬天配发。

在最豪华的饭店，或是点最昂贵的菜肴，分配的食品仍然这些。每次你吃饭，饭店的小头目或是服务生会剪下你的配发证上的票据，撕掉就完事了。

法国如有许多牛奶、奶酪和牛油，它就是素食主义者的天堂，可我没看见牛油，牛奶也很稀罕。

往昔，花一点儿钱就能美食一顿的遍布所有乡镇的小酒店消失了。眼下百元法郎大钞顷刻间就会用罄。

购衣卡下星期才能发下来。不过，我在商店里看不见几件衣服，而且贵得惊人。鞋子倒是很多且漂亮，面料、环扣和尖尖的木底很诱人，踏在人行道上发出咯咯的声响听了很舒服。

女人不准买香烟，男人每星期分配两包二十支装的香烟。葡萄酒很难见到。

直到今天，这座温泉城市还是病人的心仪之地，法国政府在这里似乎在行使他们的职权。饭店挂起旗帜，钉上了各部委的牌子。官方或是外交用的临时性汽车飞快地驶过街道；到处都是自行车，沿着温泉花园，排列着旧时的马车，它们在耐心地等待乘客。

维希曾是法国的首都，这个时期的日日夜夜将永远留存在人们的记忆之中……[①]

弗吉妮亚以流畅的笔触，如实地描绘了这个城市的现实，毫不夸张地叙述了法国人缺衣少食的状况。女记者将要利用这条发文的

---

① 源自《维希的浴室成了办公室》一文，1941 年 9 月 4 日发表于《纽约邮报》。现存《纽约邮报》资料室。

通道，在她下榻的几个月中，以轶闻趣事及带讽刺意味的现实主义手法让美国公众了解贝当及其德国主子治下的法国。

1941年10月，她写了一篇长文，道出了战争带来的悲剧性后果：

> 如今，法国人经常读英国的书，当然不是读原文，而是翻译过来的。事实上，法国作者当下是写不出什么有意义的东西了，读者有意识地把目光转向英国读本和美国读本。因此，自去年开始，《飘》就成为一本畅销书了。法国读者从中能发现锥心刺骨的事情，与当前的现实遥相呼应。他们也欣赏对美国国内战争时期民众生活状况的描述，海尔曼·梅尔维尔[①]的作品着实让他们迷恋，虽然稍晚了点，但也让公众大开眼界。天哪！倘若哪一天，译本的库存书卖光了，那么书市上只能找到1870年之前的旧书了。[②]

1941年11月27日，《纽约邮报》发表了她邮寄的一篇文章，介绍维希政权的贫困状况，标题颇耐人寻味：《如今法国人抽树叶》。

> 秋天的每个周末，法国城里人纷纷出门到乡下去活动，目的是寻找或是购买烧火用的几片木材、一个鸡蛋、一只蜗牛、一公斤土豆、几个核桃，有时走运能买到一只母鸡……嗨，城里人经过七十至九十公里的折腾，傍晚常常坐火车返回，带回一点东西以解燃眉之急，脸色发红，

---

① 海尔曼·梅尔维尔（1819～1893），美国后期浪漫主义小说家，作品多而庞杂。

② 源自弗吉妮亚·霍尔写的文章《一点点选择》，日期是1941年10月，没有发表。见SOE档案弗吉妮亚·霍尔卷。现存英国国家档案馆（Kew）。

双腿抽筋……

秋天还有一个景致是燃烧树叶，且愈演愈烈。在美国，秋日天高气爽，田野里长满蘑菇，玉米穗成熟发黄了，栗子叶堆在公园里待焚烧。这里，在法国，眼前的景象触目惊心，在市中心，秋天居然会产生这样的现象：你坐在汽车里，时而能闻到一股树叶燃烧的味道……你调转身子，可以看见一个男人正在抽烟斗。你停车想在报亭里买一份报纸，刚才的味道又传过来，因为抽“香烟”的那个人也停下了。抽树叶的现象比比皆是，在车里、街角、咖啡馆，当人们习以为常之后，这个景致倒也别具一格。因为你在没有暖气的咖啡馆里手指冻僵了，关节被冻得麻木了，抽树叶可以烘托气氛、产生热量。尽管这样做不足以安慰那些烟民，至少他们可以用烟斗取暖。但有时在咖啡馆，空气呛人，眼睛很不舒服，有点受不了……

在同一篇文章中，女记者继续讲述日常生活的艰辛，说了一件更加可悲的事情：

有一样东西是没有替代品的，而没有就会致人于死地，那就是胰岛素。按照可信的估计，在非占领区的法国，胰岛素的存量仅够维持两个月，还是去年春天从美国运来的，自由区大约有三万个病人依靠这种药维持生命，而法国无法生产，又没有替代品。也就是说，这三万人只能苟活两个月了！[①]

---

① 源自弗吉妮亚·霍尔写的文章《如今法国人抽树叶》，发表日期是 1941 年 11 月 27 日。现存于《纽约邮报》资料室。

几个星期后，弗吉妮亚又写了一篇文章，内容具体而令人莞尔。譬如说，犯罪现象发生了天翻地覆的变化：

传统意义上的打打杀杀已过时，取而代之的是小偷小摸，偷点儿吃的什么的，此类案件层出不穷。食品柜里空空如也，酒窖里没有酒，汽油奇缺……

更为离奇的是，她发现公兔也“罢工”了：

专职或是业余饲养兔子的人陷入困惑。成千上万个小兔子的父亲们似乎对雌兔子失去了兴趣，对它们旺盛的繁殖能力不再自豪。它们既无能力也无欲望。问题的本质是没有吃的。公兔只能吃到一点儿绿菜、青草，没有荞麦、牛奶和调制的饲料，维生素吸收太少，不足以维持生理平衡……

女记者转而谈到了人类，从而补充了她对卫生状况的全景介绍：

法国人数减少了，但性质与他们的“小伙伴”有所不同。他们不断消瘦，腰围也不断缩小。依照去年里昂的一位著名医生采集的数据，在这段时期里，人们的体重平均减轻了十二磅十二盎司（约五点八千克）……但医生强调，食物不足并非是体重减轻的唯一原因。还有两个因素起着重要作用：一是体力活增加，二是精神压力增大，心情欠佳……以前，人们习惯乘出租车或是自驾车，如今代之以步行或是骑自行车。而家庭妇女买东西排队一站就是几个小时，这些都是消瘦的原因……

其次，有太多的人突然之间被隔开了，有的生活在占领区，有的生活在非占领区，无法保持联系，除非写信。可在信上，谁也不愿意公开倾诉自己的痛苦。还有许多人的儿子、兄弟、父亲、未婚夫被关在德国的集中营。不言而喻，与爱人天各一方，或是亲人成了俘虏，他们在生活中神经始终是紧张的，他们的物质生活自然也受到影响……[①]

弗吉妮亚热衷于描述占领的后果，但她并不对维希治下法国的政治背景多做文章。1941 年 11 月 24 日发表的一篇文章中，她提到了维希政府颁发的法令，禁止犹太人在不被允许的情况下购买股票。美国女记者让人们别忘了，他们也禁止犹太人从事许多职业，如银行、金融、出版、经营不动产和游戏厅，而戏剧、电影和新闻也都在禁止之列。她写道：

也许有一天，新的法令颁布，禁止犹太人领导知名企业，由此在经济上会蒙受影响。

1942 年 1 月 3 日，女记者宣布：殖民军中一万名法国士兵从战俘营中被释放了。

他们被关押期间，遭受了非人的待遇，特别被关押在法国北方战俘营里的人，他们很不适应严寒，并且缺衣少食。[②]

---

① 弗吉妮亚·霍尔的这篇文章于 1942 年 1 月 22 日发表在《纽约邮报》上。现存于《纽约邮报》资料室。

② 源自弗吉妮亚·霍尔写的文章《一万名法国士兵被释放，殖民军遭受非人待遇》，发表日期是 1942 年 1 月 3 日。现存《纽约邮报》资料室。

她在文章中没有添加上本人的任何观点，更谈不上以生花妙笔吸引公众注意，因为这样可能会引起官方的怀疑。因为无论怎么解释，这也是在美国的报刊上白纸黑字写着的东西啊。不过她用电报向《纽约邮报》发去的稿件只有少数几篇被发表了，其他被搁置在一边，其中的大多数涉及眼下的政治形势，许多是从法国报纸上下载的，还有就是一些被认为是敏感的内容。多亏日报的老板乔治·贝克尔的合作，她的文章又都转往伦敦的SOE总部了，他们倒会认真推敲其内容。

1941年9月10日，弗吉妮亚报告说，法国志愿者反布尔什维克主义兵团中央委员会在这天宣布，在自由区的兵团成员应该去上阿里埃河－姆兰或是上索纳河－夏龙报到接受考试，并且公布了兵团成员的工资标准：已婚士兵的月薪为1250法郎，家庭月贴为1800法郎，对未满十六周岁儿童的月贴为350法郎，从出发之日起支付……

几天后，弗吉妮亚在另一份电报稿上说：

> 最近的几个星期中，反共产主义的镇压行动加强了，有六十一人被捕，警方活动及起诉增加，在巴黎另有一百二十名犹太人以维护治安的名义被捕。

此外，与地下交易的斗争也在加剧，有十来个人被捕。弗吉妮亚还写道，1941年8月27日在一次为表彰首个军团开往俄国前线的仪式中，谋杀贝当元帅左右手皮埃尔·拉瓦尔的事件引起“同情”。这位政治领袖伤口治愈后，在德国人的支持下，“重申了对法国未来的信念，强调为一个和平美好的未来而合作的必要性。”[①]

---

① 这份为《纽约邮报》发的专稿没有署名，没有日期，很可能发于1941年9月20日左右。见Kew（英国国家档案馆）的SOE档案弗吉妮亚·霍尔卷。

显然，弗吉妮亚很重视分析报刊上的文章，并通过电文，传达了这个国家的现状、物质的匮乏、司法的不公正和官方的言论。电文的口气没有文章中那么辛辣，但内容是绝对真实的。她收集的情报引起英国有关部门的高度重视。

9月末，女记者汇报说，有成千遭德国人关押的法国士兵被送到农庄，在武装监督下劳动，看管不太严。在集中营里，法国军官负责行政管理，他们要对愈演愈烈的逃跑现象负责。6月份之后，德军被动员入侵俄国，“在俄国前线，德国军队死亡的比例很大。”她补充道。[①]

1941年10月8日，她在法国中部地区直至马赛作了短暂停留，写了一篇游记。照她的说法，是“看看这个国家”。火车、公交车等的运载条件十分可怕：

> 对体弱者是灾难，即便对壮实的人也够累的。火车挤得难以想象，好似迪士尼乐园里的动画片。旅客从窗口跳出，都挤在过道和接口处，以至车门都关不上了。
>
> 至于公交车，被称为是第二条联运通道，也是噩梦一场：间隔时间太长，不准时，经常抛锚，人满为患，道路坑坑洼洼。
>
> 您可以想象这种状况是如何导致这个国家的社会生活瘫痪的，为何人们总是找借口拒绝任何旅行，无论它重不重要。[②]

---

① 这份发自维希的电文没有日期。很可能发于1941年9月底。见Kew（英国国家档案馆）的SOE档案弗吉妮亚·霍尔卷。

② 这份发自维希的电文没有发表，日期是1941年10月8日。见Kew（英国国家档案馆）的SOE档案弗吉妮亚·霍尔卷。

弗吉妮亚·霍尔在维希的政界颇受欢迎，她决定去里昂小住一段时间。里昂位于索纳河与罗纳河的交汇处，亦是自由区离维希最近的大都市。她发现这个城市已不堪重负，它原本就有五十七万居民，加上二十万难民涌进，其中大部分来自法国东部。城市臃肿到这个地步，“简直找不到一个自由呼吸的地方”，所有旅馆都声称客满了。

弗吉妮亚·霍尔走运，受到一个修女院的接待，住了几天。该院建筑在林木葱茏的小山上，俯瞰着索纳河。她住在方塔顶部一个很小的房间里，从那儿看，朝北方向的整个城市尽收眼底。弗吉妮亚必须严格遵守作息制度：“十点午餐，下午五点晚餐，晚上六点半关门，这与战前我在法国的生活差异很大。”她写道。

女记者住得很简陋，倒可以重新提笔写她的政治生活方面的通讯了。她说德国人在罗纳河畔设了一个办公室，他们庆幸自己在法国的里昂参与了首次商业活动，即里昂集市。在这份电报里，她也提到了保尔·马里昂在里昂的演说。此人原先是共产党人，如今成了维希政府的新闻副总管，他希望与德国加强合作。“马里昂对新秩序与法国传统习俗，或是与法西斯主义的思想倾向之间的对立视而不见。”[①] 她补充道。

10 月底，她把在里昂小住时收集到的信息加以汇编，这样描述了国家的形势：

> 冬天将至，国家动员了像国家救济总署这样的机构进行救助，但他们的库存很快缩水了。
>
> 公共食堂为工薪阶层和困难户开始供应的衣服和粥，由于物价飞涨，他们难以满足最基本的需要。

---

① 这份发自维希的电文发表在 1941 年 10 月 6 日《纽约时报》上。见 Kew（英国国家档案馆）的 SOE 档案弗吉妮亚·霍尔卷。

大批难民涌进里昂城，引起难以解决的物资供应问题。

营养不良引起严重的后果，特别在天堂医院更为明显。医生们证实，有三十来个孩子因饥饿而出现了浮肿现象。[①]

弗吉妮亚同样也留心收集官方发表的消息。11 月 17 日，她提到了首都的《德国日报》上登载的消息。[②] 他们说，在德国技术专家的集中指导下，电力生产正在快速发展。煤矿和洛林的金属冶炼厂将要置于国家的掌控之下。在此期间，国家将强制实行对电和家庭用煤的节约计划。

女记者在 1941 年秋对法国的描述惊心动魄。在强调合作的言论下，法国所谓的精英人士纷纷被招安；经济形势糟糕透了；镇压行动无处不在。弗吉妮亚作为一名小心谨慎的记者，就事论事，从不加上自己的观点。

自她来到非占领区之后，她就不停地写，充分展现了她的写作才华。《纽约邮报》老板乔治·贝克尔禁不住对这位驻维希的女记者的工作赞不绝口。11 月间，他给她寄去一千美元的支票，作为伦敦 SOE 总部支付的等价划款。[③]

弗吉妮亚成功地包装了自己。

现在，她可以完成她真正的使命了。

---

① 这份发自维希的电文署名日期是 1941 年 10 月 29 日左右。见 Kew（英国国家档案馆）的 SOE 档案弗吉妮亚·霍尔卷。

② 这份发自维希的电文署名日期是 1941 年 11 月 17 日。见 Kew（英国国家档案馆）的 SOE 档案弗吉妮亚·霍尔卷。

③ 源自 1941 年 11 月 21 日至 23 日 SOE 的《战报》。见 Kew（英国国家档案馆）的 SOE 档案。

第九章

里昂妓院的女友们

自 1941 年 10 月起，里昂便是弗吉妮亚的常住地。她可以自由出入修女院，在格若莱街 11 号一家大旅馆终于订到了一个房间，离罗纳河码头几步远。她以布里吉特·勒贡特尔的名字登记，SOE 是以这个名字给她办身份证件的。

她迅速形成了自己的作息时间。一大早她就出门，晚上六点返回。她先在酒吧喝上一杯，一边看她感兴趣的消息。她常常在离旅馆不远的一家希腊小饭馆用晚餐。老板在黑市能买到一些紧俏食物，对这位仪表堂堂的美国女人很友善，每顿饭后，她会给他一张饭票。此外，老板会经常为她提供通心粉做的主食、一杯葡萄酒甚至美国香烟，这在市场上是很难找到的。

弗吉妮亚开始着手她的双面生活了。这个任务不简单，因为眼下她还没有发报员在身边可以向伦敦发送情报。她的唯一通讯方式既不直接也不固定：送往《纽约邮报》的文章不可能包含很多秘密的内容，而向英国发出的邮件随时可能被法国警方查阅。更为糟糕的是，她在里昂的抵抗组织里没有任何可靠的联络人。在 1941 年秋天，那里的抵抗组织还相当封闭，只有少数几个勇敢的人秘密散发传单和地下报刊，如在维勒巴讷和里昂印出的《法国双翼》《鸡鸣报》等。谁也不信任谁，整个城市成了从被占领地区逃跑出来的人和受迫害的人的栖身之地。而且这个城市仍然潜伏着许多德国武装人员、可疑的人和密探。弗吉妮亚事先不经过几个可靠的人介绍，就不能贸然招进“通讯员”、组织秘密据点或是建立邮箱。伦敦方面是给她提供了几个地址，但要满足SOE的要求，建立常设机构，这几个地址是远远不够的。

> 一次偶然的机会，在一个“满脸伤疤”的人的帮助下，问题迎刃而解了。在里昂，弗吉妮亚经常去证券广场二号的美国领事馆，她自称是《纽约邮报》的记者。领事马歇尔·万斯、他的副手——副领事康斯坦斯·哈维及在本城代表英国利益的他的年轻同事乔治·维廷格希尔，总是热情地欢迎她到来。几乎每天，乔治·维廷格希尔总要接待英国皇家空军的军官威廉·辛普森的来访。此人在战争中受伤，脸上布满了伤疤。1940年5月，在法国上空，他的轰炸机起火，他被严重烧伤，在医院躺了好长时间，身上缠满了油膏纱布，转辗了好几家医院，最后在马赛和里昂休养康复。

弗吉妮亚在副领事维廷格希尔的家中与威廉·辛普森有一面之交，那时他正准备回到英国进一步作康复治疗。弗吉妮亚对这位手指被截、严重烧伤的人充满了同情。他用一根拐杖，走路艰难；尽管破相，但丝毫没有丧失像正常人那样生活的勇气。飞行员也对“身材苗条、举止轻盈、面部轮廓坚毅”的女子印象深刻。她身穿粗呢上装，梳着发髻，假肢不方便时，走路微微有些跛。[①]

这两个人事无巨细地闲聊着。辛普森急于想尽快回到英国去。

---

① 摘自威廉·辛普森《我烧着了我的手指》一书。

弗吉妮亚说着说着，向他道出了自己英国特工的身份，她眼下正缺少沟通渠道。飞行员安排她会见了他在里昂的一个女友，此人名叫热尔曼娜·盖兰，“一个热情洋溢、颇具魅力的棕发年轻人”，他有点爱上她了。他定期去她的寓所，在一家妓院的顶层，她拥有该妓院的一半股份。

热尔曼娜穿着暴露，喜爱丝绸和毛皮，成天乐呵呵的，机灵而随意，十分诱人。她身边总伴有好几只猫。她在里昂的住所肆无忌惮地接待前来取乐的上层宾客，有德国军官、法国警官、官员和企业家……在温暖的隔间里，她的妓女们在与客人私下交谈时，不仅能挣到钱，而且能听到许多内部消息。只要能付得起钱，她可以向任何人提供苏格兰威士忌或慕尼黑香肠。不过，这位“黑市王后”在里昂租用的几处住所里，也藏匿着从占领区来的犹太人、过路的波兰人、在被送往南方途中逃跑的犯人。她不怕为此带来的巨大风险，相反还乐此不疲。

面对英国飞行员威廉·辛普森，热尔曼娜·盖兰丝毫也不掩饰她那爱国的信念，她愿意帮助“对抗德国占领者的革命”，并说自己已经准备为盟国派来的特工提供粮食、衣服和藏身之地。[1] 她说她有一个很硬的关系，此人是上层社会的工程师，在巴黎已潜伏下来，充当占领区与自由区之间的联络人。这样既有情报来源，又有秘密通讯渠道了。

妓院女老板猜出这位古怪的美国记者还有其他半官方的任务在身。不过，这两个女人无需过多交流便心领神会了。尽管她俩的个性和作风不同，但她们很快便融洽默契了，按照辛普森的说法，她俩在许多方面是一致的：“喜欢冒险，对所有考验持欢迎的态度，

---

① 见 1941 年 11 月 7 日 FB 致 F 的备忘录。现存 Kew（英国国家档案馆）的 SOE 档案弗吉妮亚·霍尔卷。

对自身的恐惧感一笑带过，有着创造奇迹的禀赋。”[1]

热尔曼娜另有一个朋友，也把他介绍给辛普森和弗吉妮亚。此人就是让·胡塞（又名：贝班或贝）大夫，著名的皮肤病兼性病学家，他定期到热尔曼娜·盖兰的妓院来为妓女检查身体。他经常去里昂的几家妓院巡回医疗，使他有可能得到机密消息，然后再认真推敲，去伪存真。

让·胡塞长着圆圆的脸，蓄着一排深色小胡子，身材修长，头发呈灰色，在这个英国男人和这个美国女人的眼中是一个“热情的戴高乐分子，愿意不惜一切手段帮助盟国的事业”[2]。他先天是个乐观主义者，头脑冷静，已经保护过许多犹太人和逃跑的人。他还经常开出假医疗证明，使他的“病人”免于被送往德国。弗吉妮亚对这个谨慎细心的男人很有好感，对他绝对信任。

这个代号为贝班或贝的让·胡塞大夫，很快就成为弗吉妮亚的左右手，是她即将取名为“海克勒情报网”里昂基地的主要骨干。让·胡塞的诊所在安托南－本赛广场7号，离贝尔古广场几步远，成了行动总指挥部。弗吉妮亚向他建议，在诊所里腾出几间房作为所谓的精神病患者的看护室，这样，她就可以临时安排飞行员和过路的英国特工居住，而不致引起敌人过多的怀疑。

威廉·辛普森在10月底回英国之前，还有时间向弗吉妮亚介绍他的另一个联系人：罗伯特·莱普罗佛斯特。这个里昂人已经为法国情报部门效力了十五个年头，曾帮助过英国飞行员通过马赛离开法国。他善于伪造证件、为特工提供假身份证等。此外，莱普罗佛斯特还与一个常去瑞士的人保持联系，“可以方便地把情报带出法国”。[3]

---

① 摘自威廉·辛普森《我烧着了我的手指》一书。

② 1941年11月7日的工作汇报。现存Kew（英国国家档案馆）的SOE档案弗吉妮亚·霍尔卷。

③ 同上。

多亏这个伟大的残疾人的意外帮助，弗吉妮亚在里昂不再是孤身一人了。1941 年 11 月初，威廉·辛普森刚回英国就住院治疗了，SOE 的负责人很快就与他取得联系。尼克拉斯·博丁顿，即在 1941 年 1 月把弗吉妮亚招募进来的那个军官，马上来到辛普森的病床前。他终于获得了那个受他保护的女人的确切消息，感到非常高兴。他知道了许多里昂——戴高乐分子"临时首都"——的情况。"里昂城里到处是骗子，他们逢人便说自己是参与抵抗运动的。"辛普森向他说道。这个飞行员甚至怀疑美国副领事乔治·维廷格希尔和他的助手也是亲德国分子，"有可能与我们作对"。[①]

弗吉妮亚在这片危机四伏的土地上开始工作了。为了掩护自己的真实身份，她一面继续为《纽约邮报》发通讯稿，一面在完成自己的使命。她与美国驻里昂的领事关系密切，得到不少方便。辛普森对维廷格希尔的怀疑被证实没有根据。事实上，这位副领事帮助了上百个英国皇家空军飞行员和二十来个英国和比利时特工通过西班牙秘密出境。他定时向弗吉妮亚介绍周边发生的事情。领事本人也帮助国内抵抗运动的领导人之一亨利·福勒内把情报送往国外，并向他提供经济援助。此外，他还把在罗纳河停泊船只的活动，特别为地中海的意大利船舰提供补给的船只活动，打报告送交美国军事专员。[②]

美国外交家们很快便得知《纽约邮报》的这位女记者在为英国人服务，于是为她提供了很多帮助，特别告知她如何借助外交邮包和美国驻伯尔尼和日内瓦领事馆通过瑞士传送文件资料。在当地，英国人也有传送情报的特工人员。

---

① 1941 年 11 月 7 日的工作汇报。现存 Kew（英国国家档案馆）的 SOE 档案弗吉妮亚·霍尔卷。

② 见 1942 年 8 月 24 日美国驻维希大使图科致美国国务院外交部人事司负责人约翰·艾哈特的备忘录，涉及乔治·维廷格希尔及他对英国皇家空军所提供的帮助。现存华盛顿美国国务院档案馆。另见亨利·福勒内的《黑夜终将结束》一书。

一开始，弗吉妮亚应该先接近几名英国希望在伦敦接待的法国政界人士。对戴高乐自许担当自由法国唯一领袖的做法，首相丘吉尔不怎么苟同。他希望原先的大臣和第三共和国的头面人物，无论属于社会党、极端派或是保守派，都将穿越英吉利海峡，宣称他们效忠于英国人。这样，他与法国朋友的对话将会更广泛，对戴高乐回旋的余地也将会更大，但他没有顾及到他的这些言论对收听 BBC 广播电台夜间新闻的法国听众会产生什么影响。

1941 年 5 月，在夏多胡附近，SOE 的首批代表与有意与英国合作的原社会党议员马克斯·海曼斯和让·皮埃尔－布洛克建立了联系，前景看好。但旨在与强大的法国工会总书记莱翁·儒奥联合的计划却破产了。SOE 在促使这位老工会领导人出境的行动上迟了一步。在他们行动之前，莱翁·儒奥被维希政权逮捕了，并被关在自己靠近加奥的家中，由二十余名警察看守着。丘吉尔的左右手——内阁部长休·达尔顿是 SOE 的后台老板，他对法国分部的头头哈利·马里奥特怒不可遏，因为后者并不太欢迎儒奥到来。[①] 接下来的几个月，弗吉妮亚·霍尔和英国其他特工试图接近这位工会领导人，想了解他的意图何在，但他出不了被严加看守的家门，并且也不愿意置于伦敦的权威之下。

另一个类似行动最终同样以失败而告终。1941 年 9 月 6 日，SOE 的英国特工乔治·朗基拉（又名：兰东）是过去《纽约时报》驻巴黎的记者，与另外五名次要人物降落在夏多胡的南面。他的任务是会见原议会主席、里昂市市长爱杜阿·艾里奥，说服他去英国。这位极端派领导人于 1940 年 9 月 20 日颁布的一纸法令，在市政府被剥夺了实权，表面上仍是影子议会办公室主任，于是他退隐到自己在乡间的宅地，不过仍然公开抗议维希政权做出的种种决议。共和党人艾里奥公开声称是反对维希政府的，尽管丘吉尔在

---

① 源自《SOE 在法国》一书。

1941 年初就邀请他去英国，他还是不考虑离开他的国家。[①]

SOE 的特派员在弗吉妮亚·霍尔的帮助下，在 9 月间拜访了爱杜阿·艾里奥，想促使他改变主意。七旬老人“没有任何离开、来我们这里的意思”，朗基拉抱怨说。[②] 他本人在回夏多胡去找特工乔治·贝盖准备飞回伦敦时，于 10 月 6 日在火车站前的野猪咖啡馆的平台上被捕了，并被送往贝里格监狱。[③]

弗吉妮亚看见没能说动爱杜阿·艾里奥，便去另一个政治人物那边碰碰运气。此人名叫拉乌尔·多特里，在她出发之前，伦敦方面就已经向她介绍说这是个“靶子”，他是法国 1939 年 9 月至 1940 年 6 月间的军备部长。这位杰出的技术专家是达拉第的亲信，在与德国停战前，他就秘密下令把法国重油运往英国，德国为了研究制造原子弹，始终觊觎着这个东西。

弗吉妮亚·霍尔于 1941 年 10 月终于拜访了他。此人似乎在摇摆不定：他是有意去美国的，但必须得到诸如大学或洛克菲尔基金会这样的美国权威机构的正式邀请。“倘若他途经英国去美国，我们就有机会与他商谈了。”SOE 的法国支部领导人在读到弗吉妮亚·霍尔关于这方面的汇报后这样预言道。按他的说法，弗吉妮亚·霍尔仍然希望多特里“对法国民众具有影响力和人格魅力”。他如能离开法国，将会产生“巨大的宣传效果”。可是这个计划也成了泡影。拉乌尔·多特里还是留在了老家，他在等待着 1944 年 11 月被戴高乐将军任命为复兴部部长。

一连串的失败没能使弗吉妮亚灰心丧气。在让·胡塞大夫的帮助下，1941 年秋，她在办地下报刊的抵抗组织之间活动。里昂变成

---

① 爱杜阿·艾里奥倒是托人往美国驻维希大使馆送去秘密政治资料，注意与罗斯福建立良好的关系。源自华盛顿美国国务院档案馆。

② 见《SOE 在法国》一书。

③ 源自乔治·朗基拉的《一个叫朗基拉的人》，罗贝尔·拉封出版社，1950 年版。

了正在兴起的抵抗运动的温床之一。里昂在罗纳河畔，又处于自由区，离瑞士很近，良好的地理位置有利于这样的选择。这个城市楼梯和长廊多，小巷曲曲弯弯，方便藏身；而毗邻的江河平原又适合空降；工人、企业家、商人、知识分子、军人，多种成分的组合也有利于政党活动和提升合作精神。

天主教徒德·弗朗索瓦·蒙东同情地下自由网，他出版一份报纸已有一个年头了。出生在里昂的亨利·福勒内军官与他的女友马赛人伯蒂·阿尔布莱希特共同组建的民族自由运动（MLN），也办起了自己的报纸《法兰西双翼》。海军学校的老毕业生阿斯迪埃在整个自由区扩展了他的南方自由网。里昂历史学家马克·布洛赫辅佐让·皮埃尔·莱维，参与了游击运动的创建工作，让·皮埃尔·莱维是阿尔萨斯人，是潜逃到里昂来的。其他都是《鸡鸣报》的外围组织，这份报纸是由让·福斯雷博士创建的，里昂未来市长路易·普拉戴勒显然也参与了此事。[①]

在这个乱哄哄的城市里，弗吉妮亚继续在组建她的“海克勒情报网”里昂基地。这个基地一开始在里昂地区建立，后来蔓延至外面。弗吉妮亚招募“通讯员”和造假者，在几位志愿者的家中安装“邮箱”。如约瑟夫·马尔尚，一个五旬瘦子，出生在加吕厄[②]，在皮埃尔·高乃依街开了一家化妆品实验室。妓院女老板热尔曼娜·盖兰又把她介绍给欧也纳·热内，他是里昂一位富有的企业家，本城警察局长的亲戚。此外，美国女特工还认识一位探长，他在国土安全局工作，名叫马塞尔·莱恰（又名：路易），是一个积极的抵抗者，后来成为弗吉妮亚重要情报来源的提供者之一。

弗吉妮亚凭着记者这一公开身份，可以名正言顺地旅行。维希便是她常去的地方之一，她在那里可以得到贝当元帅身边最新的政

---

① 请看《抵抗运动：1940～1944》等书。

② 里昂北面的一个镇。——译者注

治动态。除了随时搭乘便利的交通工具外，她也去里昂火车站搭乘火车去阿维尼翁、马赛、里莫热、布依做短暂停留。在那些地方，她能找到接线人、可靠的地点、隐藏处和同道者。

譬如说，在布依，弗吉妮亚可以借口帮助被遗弃的儿童去政府大楼；她还收集饭票援助地下特工。她在那里会见了工业家让·朱利安和他的妻子玛丽－路易斯·朱利安，这对夫妻以前常住波士顿，在里昂拥有一家工厂。在布依的运输业主欧也纳·拉布里埃的帮助下，他们将组建一个情报网。欧也纳·拉布里埃把卡车提供给一个他认识的名叫玛丽（即弗吉妮亚）的女人使用，以备运输空降物资的需要。[①] 在阿维尼翁地区，弗吉妮亚在热尔曼娜·盖兰的一个女友阿黛勒·米歇尔家中安置了一个发报点，时机到了，可以通过电台发送情报。

眼下，这个美国女人既无发报员也无电台与伦敦方面联系。在1941年秋天，这方面顶用的特工真是少之又少。SOE在法国自由区只有两名电台发报员：一名叫乔治·贝盖，5月份空降至夏多胡，其时，奥多吉罗·德·皮埃尔和菲利普·德·弗梅古尔（又名：戈迪埃或安托瓦纳）的情报网正处在上升势头上，十分需要他；另一名名叫吉尔贝·特克，8月份被派送过来，被捕过一段时间，现在一时还派不上用场。在占领区，情况更加糟糕：自11月12日以后，SOE就与他们唯一的一个发报员乔治·布罗赫失去了联系，因为他在曼斯地区被盖世太保逮捕，并被处决了。[②]

SOE的负责人很明白，一个情报网少了电台就形同虚设。但他们想招募收发报员又谈何容易，他们之中的一个人称之为“难上加难”。这是因为：

---

① 请看皮埃尔·法约尔的《占领时期的上里尼翁河－尚朋》等书。

② 见M. R. D. 福特《SOE在法国》一书。

> 政府的政策是把来到英国的法国人置于戴高乐将军的领导之下，我们不能招募法国籍人士进行培训，参与电台工作。因此，我们就得在茫茫人海中寻找那些既能说一口流利法语，又愿意成为电台收发报员，并且愿意担当这个极为艰巨、极为危险任务的英国人，或是法国以外国家的人。[①]

SOE 的机构实力上升得很慢。经过了几个月的准备，它成功地把更多的特工渗透进法国领土。乔治·朗基拉（又名：兰东），我们前面已经提到过，于 1941 年 9 月 6 日空降至夏多胡地区，这里是英国秘密机构的第一个据点，他还带上了另外五名特工。在这五人之中，有本加明·古布恩[②]，他负责对战略石油基地的重新认识；还有哈伊姆·维克多·吉尔森（又名：勒内或维克），一个四十多岁的英国人，在法国生活了二十年，他负责在里昂和马赛为空降勘察地形，做标记。这两个男人在他们执行任务时，将与弗吉妮亚·霍尔不期相遇。

9 月 19 日夜，其他四名特工行走在贝尔比尼安的巴尔加雷斯海滩上。他们冒着碰上德军鱼雷的危险，已经在波涛汹涌的海上度过了十七天。在夜间登陆的每一个人都有明确的任务。在他们登陆前，在直布罗陀海峡，尼克拉斯·博丁顿——法国分部的二号头目，给他们下达了最后的指令：罗伯特·勒罗应该去波尔多，在那儿建立未来科学网的基地；雷蒙·罗歇去马赛；弗兰西·巴桑（又名：奥利弗），一个出生在格拉斯的三十八岁的英法混血儿，负责组建一个名为“乌尔幸”的庞大组织，其范围包括整个象牙海岸。[③]

---

① 请看毛里斯·巴克马斯特的《法国分部史》一书。现存 Kew（英国国家档案馆）的 SOE 档案。

② 请看本加明·古布恩的《没有外套没有匕首》一书。

③ 弗兰西·巴桑，1903 年 8 月 6 日出生在格拉斯，长期生活在尼斯，是个企业家。1939 年任英法联军的军官，于 1941 年 2 月被 SOE 吸纳。见 Kew（英国国家档案馆）的 SOE 档案弗兰西·巴桑卷。

至于与他同渡大海的伙伴乔治·杜博丁（又名：阿兰），是个三十四岁的法国人，他去里昂是为了建立一个名为“斯普鲁士”的专事破坏的特工网。他战前是驻伦敦的里昂信贷银行的银行家，妻子是英国人，SOE 是把他作为未来的“领导人”培养的。他头脑灵活，枪法出众，善于操纵爆炸装置，给他的上司留下了深刻印象。[①]

多亏弗吉妮亚·霍尔，杜博丁才能与出版《鸡鸣报》的里昂抵抗者们取得联系，并开始物色武器的藏匿地点，制造假证件。SOE 关于武装行动的指令是十分明确的：致力于组建谍报网，千万别勉强进行不合时宜的破坏或是暗杀德国人，这样可能会引起他们对平民疯狂的镇压。[②] 法国分部的头头这样写道：“法国抵抗者过早的行动给我们带来的危险最大，由于还谈不上登陆的准备，因此这样的行为缺乏后续性。”

这种做法确实太冒险了。弗兰西·巴桑（又名：奥利弗）刚在戛纳落脚，就遭到警方的传讯，随后被关进马赛的圣尼古拉监狱。幸而，他向审判官表示了他的忠诚信念，被“暂时释放”。[③] 于是，奥利弗就致力于建立他的“乌尔幸”情报网，同时开始与另一个正在壮大的抵抗运动组织进行联系。安德烈·热拉尔是安蒂普的画家，坚定的反戴高乐分子，与贝当周围的人很熟悉。在他的帮助下，弗兰西·巴桑在热拉尔一个朋友的私邸——伊莎贝尔别墅，建立了他的总部，接待了许多抵抗运动的领导人，其中有亨利·福勒

---

① 乔治·杜博丁出生于 1907 年 5 月 7 日。在巴黎求学，于 1931 年至 1939 年间在伦敦的里昂信贷银行工作。他的上司尼克拉斯·博丁顿称他“杰出、有教养、活跃而具有敏锐的观察力”。他的教官们说他“非常聪明。是个优秀的人才。他的班上最好的学生”。见 Kew（英国国家档案馆）的 SOE 档案乔治·杜博丁卷。

② 在巴黎、南特和波尔多由共产党发起的暗杀活动在 1941 年 10 月引起德国人对人质的疯狂屠杀，舆论大哗。戴高乐和丘吉尔都反对这种做法，认为非常有害。在这个问题上，他们俩对共产党军事策略的反对立场始终没变。请见帕西上校的《自由法国情报机构领导回忆录》一书。

③ 见“乌尔幸”关于执行任务的总结，以及 1944 年 4 月 28 日弗兰西·巴桑的汇报。现存 Kew（英国国家档案馆）的 SOE 档案弗兰西·巴桑卷。

内、阿斯迪埃等人。这个据点也是乘秘密渡船而来的战士的理想之地。

由 SOE 派遣过来的其他特工就没有巴桑和杜博丁那么幸运了。1941 年 10 月 11 日，他们之中的四名特工为实施代号为“科尔西岗”任务，空降至贝尔热拉克附近，落入原议员让·皮埃尔－布洛克的手中。首先着地的特工达尼埃勒·特伯维尔离其他人稍远些，于次日被警察逮捕。另外三人让·勒哈利维尔、克雷芒·朱莫和杰克·海耶斯经历千辛万苦到了马赛，准备在大家熟知的地址——森林别墅与电台收发报员吉尔贝·特克会合，但国土安全部的警察闻风而动，早就埋伏在他们在马赛的会合地点，并将其一网打尽。而吉尔贝·特克得知警方在通缉他，躲进了他在巴黎的未婚妻家中。

几天后，他们另外几个同志对森林别墅毫无提防，连续接到催促的电话后前去报到，也落入同样的陷阱。他们是：罗伯特·里昂、雷蒙·罗歇、乔治·贝盖——1941 年 5 月来到法国的 SOE 第一人，以及让·皮埃尔－布洛克本人和他的妻子加皮·皮埃尔－布洛克，当时他们俩提着一只塞满百万法郎的皮箱。他们在马赛的一位朋友——记者让·巴尔达讷试图救出他们，不料自己也被关了进去。只有哈伊姆·维克多·吉尔森（又名：勒内或维克）听了催促他去森林别墅的可疑电话，迅速逃离了法国。接下来的几天，警方凭借一个犯人提供的地址，又拘捕了一些人。汽车维修工让·福勒雷和迈克尔·特罗托巴斯在夏多胡被捕，菲利普·利沃在安蒂普被传讯。

1941 年 10 月间，SOE 的工作业绩实在令人沮丧：他们队伍中有一打左右最优秀的同志，还未来得及开展他们在巴黎的地下活动，就被敌人捕获了。他们的部分联络点从此暴露，几个隐藏点被破坏。形势相当严峻。

在贝克街的总部，特工接二连三被捕的消息使大家很难堪。特工们似乎早有心理准备。他们秘密约会的地点知道的人太多了，这是事情的关键。怀疑有内奸的说法愈传愈广。SOE 和法国分部的有关官员受到广泛的批评，人们不禁要问，他们的人怎么会刚上岸就被捕了呢？历史学家 M. R. D. 福特总结道："如此失误无托词可言，简直就是大溃败。"[1] 自此之后，SOE 的头目就下令，为行程的安全起见，被送往法国的法国分部的特工，每组最多三个人。

由于把工会领导人莱翁·儒奥秘密送出国外的行动宣告失败，上层人物争吵不休，伦敦方面似乎要重振旗鼓了。哈利·马里奥特，法国分部的头目，于 1941 年 11 月即将辞职。他的接班人将是他的一个副手——毛里斯·巴克马斯特，几个星期来，他已着手领导 SOE 的比利时分部了。他以前是在法国的福特集团的领导人，面庞瘦长，光脑袋，通晓数国语言。这位三十九岁的旅行家在伊顿公学和牛津大学深造过，直至 1939 年才加入军事情报组织。[2] 不过他对法国十分了解，又有杰出的组织才能，因此很快站稳了脚跟，他的手下也很快把自己的组织称之为"巴克马斯特情报网"。

在这个历史时期，毛里斯为了扭转局势，有许多事情要做。分部的第二号头目尼克拉斯·博丁顿继续留任，从此由升为毛里斯左右手的薇拉·阿特金斯助其一臂之力，专门负责特工的派遣工作。

法国的逮捕浪潮大大削减了特工的实力。1941 年 11 月间，SOE 成立十八个月以后，在自由区仅仅掌握了数得过来的几个人：皮埃尔·德·弗梅古尔、他的两个兄弟让·德·弗梅古尔和菲利普·德·弗梅古尔、蔚蓝海岸的弗兰西·巴桑（又名：奥利弗）、里昂的乔治·杜博丁和弗吉妮亚·霍尔。

情报小组形同虚设，洞察秋毫的毛里斯·巴克马斯特本人也承认这一点。他说："1941 年末，SOE 与吕卡和他的小组再无电台联

---

① 见 M. R. D. 福特的《SOE 在法国》一书。

② 毛里斯·巴克马斯特生于 1902 年 1 月 11 日。他在法国分部的领导岗位上工作至 1945 年 6 月。源自 Kew（英国国家档案馆）的 SOE 档案毛里斯·巴克马斯特卷。

系，他的手下在当地也没什么作为，除了弗吉妮亚·霍尔，她在美国领事馆的帮助下，在里昂深深扎下了根，为法国分部的特工们多多少少提供了藏匿之地。”①

这个美国女人的到来是SOE的战略选择，也构成了他们生死攸关的避风港。

① 请见毛里斯·巴克马斯特的《法国分部史》。现存Kew（英国国家档案馆）的SOE档案。

第十章

关于抵抗运动的绝密报告

弗吉妮亚在罗纳河畔确实站稳了脚跟。

更为可贵的是，她作为“海克勒情报网”的头目，可以放手大胆地去干了，既无对手可以让她分心，又无伦敦方面的干扰，因为她很少能听到那里的风声。她要做的事情可多了，每天都安排得满满的。她跳下一节火车又上另一趟，从维希到里昂，从藏匿地到寓所，她的假肢丝毫也没有妨碍她的行动。她以布里吉特·勒贡特尔的名字在大饭店长期定了一个房间，往《纽约邮报》发送文章，以确保她作为通讯记者的身份。不过，她没有收发报员，不能直接与伦敦方面联系。1941 年 11 月 25 日，在发往英国的尼克（即 SOE 她的推荐人和朋友尼克拉斯·博丁顿的缩名）的私人信件中，她用辞十分小心，因为她担心邮件会被检查。贝当元帅刚刚解除了马克西姆·魏格兰将军在北非的职务[①]，她这样写道：“不幸的是，老先生这样做对所有尊贵的大臣们造成的可怕影响并不敏感。”接着，她给了尼克以下的信息：

---

① 1941 年 11 月 20 日，在德国人的压力下，维希政府解除了马克西姆·魏格兰将军在法属非洲的职务。

我搬到里昂来了，这是个好主意。我可以从这里四处走动，比之维希，这里出行要方便得多。我在这里有许多朋友，医生、商人、报界人士（他们都没头脑，我不怎么看重他们）、逃难者和教授。有一位医生，人很好，脸色红润，常在附近打猎，我也可以小试枪法，当然要注意我的假肢了。我希望我能很快搭乘红十字会的车去马赛，再去布列塔里，这些行程并非没有意义。我袖手旁观，像往常一样，我始终关心形势的变化。

她接着又附加了一句，充分反映了经常光顾她的朋友热尔曼娜·盖兰在里昂开的妓院的那些德国人的焦虑：

我有一些低级趣味的朋友，她们对我说，她们的德国客人没从前那么开心了，其中有许多人甚至很悲观。原谅我广交朋友，不过这些女人确实知道得很多。[①]

确实，世界阴霾密布。1941 年 12 月 7 日，日本飞机突袭太平洋上的美国基地珍珠港。次日，美国总统罗斯福庄严宣布对日本宣战。英国紧随其后。12 月 11 日，德国和意大利对美国宣战。美国的中立地位宣告结束。弗吉妮亚·霍尔的护照在维希政权面前一直是个护身符，突然间失去了意义。她的记者身份也不能使她通行无阻了。即便罗斯福通过美国大使威廉·莱希还与维希政府保持联系，弗吉妮亚仍然被认为是敌对国的公民，也就是说，她随时随地都会被赶走。

根据伦敦方面的建议，《纽约邮报》的老板乔治·贝克尔在 12

---

① 弗吉妮亚·霍尔在 1941 年 11 月 25 日致尼克的信。见 SOE 档案弗吉妮亚·霍尔卷。现存英国国家档案馆（Kew）。

月中旬发了一封电报给派往法国的女记者，指示她“尽可能注意自身的安全”，“有必要”就回来。[①]

弗吉妮亚并不担心。据SOE派往法国南部的少数仍在积极活动的特工之一奥利弗说，她仍然定期去马赛与弗兰西·巴桑（又名奥利弗）策划活动。他们依据众多的关系网，制定了法国抵抗运动的总体规划。完成这个任务很艰难，因为各组织分散，联络困难重重，而警方无处不在监视。共同行动是由盟国特工机构制定的，可他们不能确切知道如何与法国方面配合行动，各情报网站的协调工作虽困难重重，但始终在进行中。

老省长让·姆兰会见了向他请求提供金钱和武器的主要秘密组织的领导人之后，于1941年10月20日到达伦敦。他与英国人的谈判没有取得实质性的进展。于是在10月25日，他会见了戴高乐将军，说服他接受自己的计划，支持这支影子部队，他们将展开真正的“游击战”。自由法国的领袖任命让·姆兰为他的私人代表，他希望把所有的情报组织置于他的控制之下。

英国政府不赞同这位法国领导人关于国内抵抗运动的做法，他们希望把抵抗运动统一由SOE指挥。[②] 虽然戴高乐于1941年9月24日组建了法国民族委员会，相当于法国流亡政府，但英国的高参们仍怀疑他对法国本土究竟能产生多大影响，不过他们凭自己的力量也难以作出精确判断。

玛丽和奥利弗，也就是弗吉妮亚·霍尔和弗兰西·巴桑的化名，他们在1941年12月23日介绍的当地的情况十分详尽，对伦敦和华盛顿而言是珍贵的情报来源。这份绝密情报的标题是《抵抗小组的背景》，在一名美国特工的帮助下，于1942年2月2日送达

---

① SOE担心弗吉妮亚·霍尔的钱不够用，请求乔治·贝克尔寄一千美元补助她。后者答应有可能就寄五百美元，但弗吉妮亚认为眼下不需要这笔钱。见Kew（英国国家档案馆）的SOE档案。

② 请见戴高乐的《战争回忆录》等书。

瑞士。此人又将该情报的复印件传至在华盛顿的上司和英国驻伯尔尼情报机构的代表，由后者再发往伦敦。[①] 这位特工显然对玛丽的印象很深，他还加上了一句话："她是杰出而可信任的工作人员。"

事实上，由玛丽和奥利弗署名的文件是他们的一位朋友阿斯迪埃写出的报告的翻版。他是法国三大抵抗运动组织之一的自由网的头头。[②] 他喜欢接近英国人，交友广泛，乐意向英国人介绍当地的情况，而不刻意把情报送给与之保持距离的戴高乐分子。通过一位尼斯抵抗分子的介绍，弗兰西·巴桑在 1941 年 11 月首次会见了阿斯迪埃。他说道："我对阿斯迪埃的人格印象很深，他在确信我与英国的情报组织有联系之后，吐露了他的想法，以及他想来英国的愿望。"[③]

SOE 的这位特工对抵抗运动的分歧一直所知甚少，直到会见阿斯迪埃之前才得悉这一切。他建议阿斯迪埃把国内三大组织融合成一体，至少建立一个"中央委员会"。他还同意向他打开伦敦方面的种种渠道，帮助他启程。奥利弗也支持自由网，甚至可以说有点过分了。他把它看成是自己的组织，他是这样说的："我一开始就在财力上支持它，我们分发他们出版的报纸，为他们办假证件。我们的组织，也只有我们的组织才能帮助其迅速发展壮大。"[④]

对这个自由网的头头而言，他很高兴得到 SOE 这位特工的支持，因为他已成为自己的同盟了。奥利弗不仅在《抵抗小组的背景》文件上转达了他的立场，而且玛丽和奥利弗显然也同意他的

---

① 《抵抗小组的背景》转发过程见 Kew（英国国家档案馆）的 SOE 档案弗吉妮亚·霍尔卷。

② 以上事实请见达尼埃勒·科尔迪埃的《让·姆兰》和《先贤祠的陌生人》，以及戴高乐的《抵抗运动的首都》等书。

③ 见 Kew（英国国家档案馆）的 SOE 档案弗兰西·巴桑卷。

④ 同上。

分析，因为他们俩在 1941 年 12 月 23 日的这份文件上签署了自己的大名。

弗吉妮亚的报告回顾了抵抗运动在 1940 年 12 月已初见雏形之后，又解释说阿斯迪埃的自由组织网很快便受到了“警方的考验”，并且在 1941 年夏“毫无保留”地开始得到左派工会的支持。其他两大组织相继组成，他们都有自己的地下报纸：

《自由报》由德·弗朗索瓦·蒙东教授领导，他将特别在“民主天主教和中间偏左”的人群中吸收成员；

《民族解放报》，或曰 MLN（《法兰西双翼报》的前身），由亨利·福勒内掌舵，他似乎着重在军界和“右翼有产者和中右”人士中吸收成员。

报告上提到，这三大主要组织的头头在 1941 年 8 至 9 月间会见过，他们达成了“政治宣传和行动的最低纲领”，决定建立“统一中央机构”，强调“承认发展迅猛的戴高乐派作为形象代表的绝对必要性，同意国内外的抵抗组织组成统一战线”。

由玛丽和奥利弗签发的这份文件指出：在 1941 年 10 月至 11 月间，“抵抗组织已经在三个头头的统一领导下达成协议”，自由小组和民族解放小组在 11 月初甚至已经合而为一，打出了“战斗”的旗号。由阿斯迪埃领导的工会解放小组认为，“出于安全和政治倾向的原因，完全联合的时机尚不成熟。”

这两位特工继续说道，1941 年 10 月末，自由组织“在大规模的逮捕行动中受到打击”。他们的头头弗朗索瓦·蒙东在假释之前，在承受“很大压力下”，被达尔兰海军上将①的安全部门头目亨利·罗兰上校召见，可能向他保证“抵抗组织会受到达尔兰海军上将的关照，有必要要两面派。”

---

① 达尔兰（1881～1942），第二次世界大战期间，是贝当元帅的维希政权中的主要人物。盟军在北非的法属殖民地登陆后，他与盟军签订休战协定，后被暗杀。——译者注

在谈到阿斯迪埃诉求时，玛丽和奥利弗同样指出了抵抗组织和英国当权者之间的协调问题：

> 尽管英国方面给出了原则性的答复，总是好话连篇，但对直接的破坏行动计划、建议组团去英国等问题始终没有明确的答复。尽管双方互换了密码和信号，对抵抗组织的无线电发出的文件也不作任何回答。伦敦方面答应的财政支持也只是空头支票。

文件接着写道：抵抗组织的领导人对英国人颇为失望，转而同意会见答应支持他们的美国人。亨利·福勒内与贝当元帅的亲信们私交甚广，其中反德的拉劳朗西埃·布诺伊·德·富尔奈勒将军已经支持过他们的活动了。[①] 福勒内于11月末在里昂会见了他，会面地点是在贝勒古尔广场附近的一位工业家的家中。在场的还有美国驻伯尔尼使馆的武官巴恩韦尔·莱吉上校，肯定还有艾伦·杜勒斯，美国负责欧洲情报机构的主要领导之一，该机构即OSS系统的前身——COI－OSS。[②] 德·富尔奈勒将军得到美国人的支持，后者答应为法国抵抗运动支付巨款，把他们联合起来。他自任各抵抗小组的总指挥，可以给钱，但拒绝承认戴高乐为领导。尽管亨利·福勒内的态度有所保留，将军还是“让美国人，当然也让伦敦知道，他是抵抗运动各小组的后台老板”，这样，伦敦方面就终止了对解放小组的财政支持，引起了一场误会。

1941年12月15日，在法国多姆地区的瓦朗斯举行了一次会

---

① 德·富尔奈勒将军曾经作为贝当政府的代表被派驻被占领区，后与驻维希的美国大使、坚定的反戴高乐分子威廉·莱希取得联系。罗斯福总统希望能在贝当与戴高乐之间找到第三者，最好是一名法国将军，能代表法国成为抵抗组织的领袖。

② 关于与福勒内的首次会见，巴恩韦尔·莱吉上校于1941年12月初记录下一段文字。艾伦·杜勒斯后被任命为CIA的领导人（1953～1961）。

议，有拉劳朗西埃·布诺伊·德·富尔奈勒将军参加，福勒内代表战斗小组，阿斯迪埃代表解放小组。他们一致同意以下三条：尊重每个小组的独立建制；建立一个扩大的指导委员会；与戴高乐派达成协议，在法国公众面前承认他们是抵抗运动的主要代表。

拉劳朗西埃将军可能会反对这个路线。他早已有言在先，在美国资助下，他将着手建立一个“戴高乐主义以外”的政府，除非华盛顿和伦敦给他下明确指令，在戴高乐的旗帜下行动，但这在他看来可能性不大。

弗吉妮亚·霍尔以里昂联络特工的身份，在抵抗小组头头之间激烈争吵时始终在场，他们也在美国人、英国人和戴高乐派各自的庇护下备受煎熬。1941 年 12 月起草的这份绝密报告充分反映了这一点。解放小组头头阿斯迪埃的想法，也就是文件最后的建议，意图很明确，那就是英国人该伸出援助之手了：

> 有必要与伦敦建立行之有效的联系，首先是个人之间的联系（让他们三个人之中的一位领导人先来伦敦），然后由伦敦指定一个能力强的特工具体联络，最后绝对有必要用电台保持经常性的联系；
>
> 有必要研究和解决财务上面临的问题，并且具体实施；
>
> 抵抗运动各小组经过摸索之后，组织已相当健全，他们的内部结构就总体而言，与英国情报组织的运作大致相当；
>
> 戴高乐派作为象征是必要的，但他们对抵抗组织不能给予足够的财政支持，因此，抵抗小组特别希望能与英国政府建立直接的联系和默契，依靠它来发展他们的组织，

以达到期望的效果。

我们不能肯定，这份绝密文件在1942年2月的最初几天，即美国人和英国人收到之后是否就立即逐字逐句地作了认真研究。但在这期间，有拉劳朗西埃·布诺伊·德·富尔奈勒将军参与的、由美国主宰法国抵抗运动的设想迟迟没有落实，原因是遭到了各抵抗小组头头的拒绝。[1] 让·姆兰作为戴高乐将军的特使，于1942年1月2日空降法国重新组织法国南方的抵抗运动。他将会见战斗网的头目亨利·福勒内，后者有保留地与自由法国组织联合，但强调他的组织的独立自主性。

玛丽和奥利弗签发的这份文件，即便英国方面早已知道了其中的部分内容，但还是对1941年底法国抵抗运动的总体情况作了详尽的概述。我们从而知道，在是否与戴高乐将军合作的问题上，各抵抗小组的意见有分歧，同时也知道了SOE的特工希望能绕过自由法国的头头——戴高乐将军以取悦丘吉尔的内阁。文件叙述了美国方面插入的企图之后，警告伦敦要重视这件事，别让他们的同盟在法国抢占先机。在谈到在法国建立自己的情报网的战略时，该文件最后也让英国秘密机构放心：SOE将尽一切可能与阿斯迪埃搞好关系，并将于1942年4月末安排他访问伦敦。

在贝克街，毛里斯·巴克马斯特和他的法国分部的成员们对玛丽和奥利弗发给他们的这份文件之所以很感兴趣，因为另有其他堪称战略性的情报。12月23日的这份文件资料附有的“补充材料”，都涉及到敏感的内容。

---

① 与拉劳朗西埃的讨论一直延续到1942年春，后因皮埃尔·拉瓦尔重新掌权而终止。亨利·福勒内在《战斗报》发表了几篇文章，阻止拉劳朗西埃继续招募抵抗分子。另见克洛德·巴依阿的《美国战争中的法国》一书。

在这些情报中，有一份涉及到工会组织 CGT 总书记莱翁·儒奥，他被维希政府警方软禁在自己的家中，他本人希望“引渡到英国”。英国人早就有这个打算，就是不知道是否能如愿以偿。按照弗吉妮亚·霍尔的看法，儒奥的自由将是 CGT 能否完全站在解放小组头头阿斯迪埃一边的一个条件。不过，这次商谈最后也不了了之。[①]

附件中还提到了一件事情，说一个发明家发明了一个重油燃烧方面的专利，发明家要给英国海军部，德国人却觊觎这个发明，要夺取这个专利，“我们可以方便地找到此人”。但经过海军方面的专家研究之后，这个建议未被采纳。[②]

最后，玛丽和奥利弗汇报说，他们已经组织了一个政治情报网络，参与者都是贝当元帅周围的人和以往的政治头面人物。这两个特工还希望能得到“自主经费”，使情报网能“高效率”地开展工作，并要求得到自 8 月份就提出的无线电台。不管怎么说，他们俩得到的答复还是令人鼓舞的：

> 这个情报网已经给我们提供了一定数量的情报，而且百分之百正确，特别关于贝当和戈林、吉阿诺和达尔兰的会晤的情报很重要。[③] 此外，他们还告诉我们，在西班牙的默许下，德国近期将通过西班牙进攻葡萄牙，葡萄牙可能不会抵抗。

---

① 关于自己离开法国一事，CGT 总书记莱翁·儒奥在 1942 年夏与尼克拉斯·博丁顿进行了长时间的商谈，他拒绝接受盟国的命令。见《SOE 在法国》一书。战后，莱翁·儒奥继续任 CGT 总书记，直至与法共产生分歧为止。

② 见 Kew（英国国家档案馆）的 SOE 档案弗兰西·巴桑卷。

③ 1941 年 12 月 1 日，贝当元帅带着达尔兰海军上将等人会见戈林元帅，谈到法国主权的回归问题，戈林大怒。几天后，达尔兰海军上将会见墨索里尼的女婿、意大利外交部长吉阿诺伯爵。

1941年的最后几天，弗吉妮亚·霍尔千方百计开展工作。尽管她工作的条件糟透了，但在短短的几个月内，她仍然建立起很有效的特工基地。

这些成果所付出的代价十分巨大。事实上，弗吉妮亚不能相信任何人。在她执行任务期间，她没有任何个人的感情生活可言。她得不断改变自己，在身份上玩花样，把她的语言变成密码，对所有人都不敢掉以轻心。她窥视着、竖起耳朵听着、等待着，孤独成天伴随着她。有时，她整整几天在里昂不迈出旅馆房门一步，写文章、起草报告，再在一架过时的打字机上打出来。

她不时感到自己闷得发慌。

从她住的房间窗口放眼望去，冬天凛冽的寒风在格洛莱街的人行道上狂扫着。她在1942年1月5日写的一封私人信件上，向她的朋友尼克，即尚在伦敦的SOE的举荐人尼克拉斯·博丁顿倾诉了她心灵的茫然。她这样写道：

像往常一样，三重痛苦接踵而来：头脑晕乎乎的，胸部疼痛，室外严寒、风雪交加。这是里昂典型的天气。毫无疑问，这里的气候出了名的糟糕不是没有根据的。

弗吉妮亚开始抱怨了。自从美国参战以来，信件不再通过大西洋走，她不能得到家中的任何消息。1942年的圣诞和新年过得太没意思了。她又写道：

我的母亲给我寄来的水果蛋糕迟迟未到，我请求朋友们给她捎几封信，我人微言轻，也许这些信都在路上丢失了。没有信件往来，生活在这寒冷的荒漠之中，我感到非常难受。天哪，我难受极了。

一切都不顺利，甚至连即将想去的瑞士之行也困难重重：“我憎恨战争、政治、国境线、签证、领馆。我真的很失望。”

不过，在信的末尾，她还是提起了精神：“我希望我的烦恼和痛苦一旦消失，一切都会好起来。”[①]

① 弗吉妮亚·霍尔于1942年1月5日致尼克的信。见SOE档案弗吉妮亚·霍尔卷。现存于英国国家档案馆（Kew）。

第十一章
特派员米切尔巡视

天空乌云密布，夜里寒气逼人，室外滴水成冰。

1942 年 1 月 15 日晚，将近七点左右。一个金属怪物发光的身影在晦暗中出现在地平线上。P－36 潜艇从直布罗陀海峡出发，经过九天航行，接近陡峭的海岸。在离巨岩八百米处，它停下了。几个水手从船身上放下一条单人艇在海水中。一个体格健壮、椭圆脸型、一头栗发向后梳的男子沿着缆绳下落进入单人艇。他寂静无声地划了长长的几分钟。

海浪冲击着小艇，往一个宽宽的海湾飘去，不远处一家饭店的灯火照亮了海湾的全貌。那人攀上了沿着巨石落进水中的扶栏，紧紧拿着一只手提箱。他爬上地面后，取下圆圆的玳瑁眼镜，换了鞋子，喝了一口朗姆酒，点燃了一支烟。

化名为米切尔的彼得·莫兰德·丘吉尔军官是 SOE 的一名有经验的特工，他顺利地在法国登陆了。他握有一张假身份证，名叫皮埃尔·肖费，1909 年出生在布宜诺斯艾利斯，是职业的出版家，从前在法国军队里当联络官。事实上，彼得·莫兰德·丘吉尔出生在阿姆斯特丹，战前是英国驻海牙的副领事，精通法语，这次他被 SOE 派往法国执行一项被命名为“威路”的特殊任务。“威路”是生长在水边一种植物——杨柳的别称。[①] 他将视察当地的各主要抵抗小组，评估他们的实力和不足之处，了解他们的所需、提供经费并给出指导意见。对 SOE 而言，特工米切尔这次使命意义非凡，因为他们正在艰苦地扩大在法国的地下行动范围。[②]

1 月里深夜的严寒麻木了英国军官的四肢，他在路途上不能入睡。一阵冰雹从天而降，彼得·莫兰德·丘吉尔浑身被淋得透湿，他决定先徒步去戛纳。他的一位老友将会安顿他，让他暖暖身，振作精神。老友家离维根特将军家仅几步远，此人现在被维希政府软禁在家中。接着，一辆巴士将把他带到安蒂普，次日，他按响了地处福煦大街上的莱维大夫家的门铃，说了一句约定的暗号："里昂的瑞内向您问好。"

医生放心了，向伦敦来的不速之客说道：他所属的由弗兰西·巴桑领导的"乌尔幸"情报网已有十七个支部，每个支部都有五六名成员，分散在蔚蓝海岸和意大利。他们极端缺乏经费和电台。

彼得·莫兰德·丘吉尔答应尽快派来一位发送莫尔斯电码的能手。此外，他的腰间扎满了大捆的钞票，专为增强 SOE 属下的组织所用。他交给莱维大夫四十五万法郎[③]，后者以浇着上等调料的节日午餐和一局纸牌游戏表示感谢。

米切尔又从安蒂普登上了去里昂的火车，南方解放抵抗组织的重要情报网头头阿斯迪埃陪同在侧，他是由莱维大夫介绍给丘吉尔的。眼下，阿斯迪埃拒绝与其他在戴高乐将军佑护下的组织融合。他非常乐意与英国人接近，这个立场在他最近由弗兰西·巴桑和弗吉妮亚·霍尔转交伦敦的报告中再次得到证实。在漫长的旅途中，这两个人有时间再次谈论这件事。

---

① 见 SOE 档案彼得·莫兰德·丘吉尔卷。现存英国国家档案馆（Kew）。另见彼得·莫兰德·丘吉尔的《在法国的秘密使命：1941～1943》一书。

② 见 SOE 档案彼得·莫兰德·丘吉尔卷。现存英国国家档案馆（Kew）。

③ 在 1942 年，法国工人的月均收入为一万两千法郎。

他俩在拜路西车站走下火车时，里昂覆盖了皑皑白雪。彼得·莫兰德·丘吉尔按照伦敦方面的指示，在法兰西饭店租了一个房间，然后去几条街远的大新饭店与布里吉特·勒贡特尔即弗吉妮亚·霍尔接头。接待员告诉他，她不在。特工留下了一张字条，上面写上了约定的暗号："我想见到您，打听玛丽的消息。"署名为拉乌尔，这三个字下面画了一条杠。[①]

彼得·莫兰德·丘吉尔没有饭票，在没有暖气、没有热水的房间里待了整整一天，没吃一口东西。晚上，布里吉特·勒贡特尔来了，建议带他去她的希腊朋友开的一家饭馆吃饭，她常去那里。其实，他所掌握的有关霍尔的情况十分有限，只知道她是美国记者，又名为热尔曼娜，三十三岁左右，因一次打猎发生事故，装了假肢。后来，彼得·莫兰德·丘吉尔这样追忆道：

> 她的假肢看不出来，也不怎么影响她走路，并不能作为特征认出她。她不太好惹。[②]

不过，他知道她是法国自由区地下网的主要牵线人，应该是他这次巡视的向导。总之一坐到餐桌前，米切尔就向他称之为热尔曼娜的女人吐苦水了：

"见到您真是太高兴啦，因为我已有二十六个小时没有进食了。我希望老板有足够的食物喂饱一群大象，我真的很饿。您如能提供饭票，有多少我买多少。"

"别担心，您会吃饱肚子的，"热尔曼娜开玩笑说道，"饭票嘛，我有一个朋友在粮食供应处工作，能满足我们的需要。可您为

---

① 见 SOE 档案彼得·莫兰德·丘吉尔卷及弗吉妮亚·霍尔卷。他们早就约定，倘若丘吉尔见不到霍尔，就去找里昂信托银行的马塞尔·福克斯，问他是否有"维罗尼克的消息"。

② 见彼得·莫兰德·丘吉尔的《在法国的秘密使命：1941 ~ 1943》一书。

什么没带饭票来呢?”

米切尔答道，他是1月份以来SOE派到法国的第一个英国特工，他们不能为他提供颜色一致的假饭票，因为饭票每年都在换。他甚至有任务在身，要把几种饭票的样本带回伦敦，让贝克街的仿造者规模生产……

在丘吉尔品尝美味的晚餐之前，弗吉妮亚·霍尔先给他上了一课，告诉他每种饭票的价值：标号20的购买油和奶酪，标号25的买面包，标号90的买肉……他们重点谈到了丘吉尔此次来访的目的：与里昂小组的头头又名阿兰的乔治·杜博丁接头，他在9月已经到了，也急需经费。弗吉妮亚并不掩饰她对乔治·杜博丁的看法，她几乎天天与他在一起工作。在她看来，此人组织性不强，与她配合得不太好。这个看法与SOE对他很高的评价大相径庭——他们认为这位银行家是个很有活力的年轻人，给他们留下了深刻印象。

次日早晨，丘吉尔在一家咖啡馆又会见了霍尔。阿兰得到霍尔的通知也来了。美国女人悄悄隐退。乔治·杜博丁向伦敦特使逐项谈到了他的组织的活动。他特别提到了有可能在铁路上进行破坏。阿兰要求与里昂的无业游民建立联系，他们能为他提供假证件、确定空降地点、组织策应，还可为他干体力活。英国人对这种交往不大感兴趣，他怀疑这些人的诚意：他们这样做是否为了得到社会更多的认可呢?[①] 不过英国特使没有流露出他的疑虑。SOE为强化他们在里昂地区的渗透工作，对里昂小组抱有很大希望。

阿兰要求给予大笔经费。丘吉尔避开了众人的目光，给了他一个装有五十万法郎的信封。之后，他向阿兰给出了SOE的指令。阿兰必须在里昂的北面、索纳河沿岸，尽快确定半打左右长一千六百米、宽八百米的秘密空降的地点。自行车手届时必须等在秘密着陆

---

① 见SOE档案彼得·莫兰德·丘吉尔卷。

地点，并一字排开，为飞机驾驶员指明方向。每天晚上 BBC 电台通过密码信息把飞机在夜间着陆的时间通知抵抗者。丘吉尔最后担保说，无线电台不久将会送到里昂。

经费到手，并且接到指令之后，米切尔在小饭馆的后包间与他在里昂的一帮朋友用晚餐了。他们是乔治·杜博丁、在里昂信贷银行上班的马塞尔·福克斯、随后跟进的弗吉妮亚·霍尔，以及过路来里昂的弗兰西·巴桑。按保密条例规定，SOE 的特工们欢聚一堂是很不谨慎的行为，他们该分散行动，严格禁止任何不必要的聚会。特工们与伦敦方面失去联系已经好几个月了，1942 年 1 月的一个晚上，能在里昂的一家小店里边聊边谈，品尝着名酒，都感到无比兴奋。米切尔这时才体会到性格阴沉、不善言辞的阿兰与他的伙伴之间的关系确实有些紧张。

彼得·莫兰德·丘吉尔拿到假饭票之后，在接下的日子里继续巡回。这次他搭火车去马赛。弗吉妮亚·霍尔提前几个小时到达为他准备行程。她在圣查理车站的月台上等他，那里挤满了旅客和法国警察、盖世太保特工，他们监视着出口处。这两个特工靠着假证件蒙混过关了。他们俩不慌不忙地到达拉加纳比埃尔。一路上，米切尔问热尔曼娜，她是否真的安装了假肢。弗吉妮亚作了肯定的答复，并说她的假肢在脚跟处有一个开口。

“天哪！”英国人惊呼道，“这简直是一个流动信箱，任何人也发现不了。您用不着嫉妒赫尔墨斯了。[①]”

“没错！您看见里面装着什么定会大吃一惊。”[②]

在弗吉妮亚的安排下，彼得·莫兰德·丘吉尔在不远处的联合冰库很快约见了德普雷将军，他从前是法国军官，是 SOE 的雅克·古艾利在去年 8 月份招募进来的。米切尔完全信任他，提出用钱打

---

① 希腊神，宙斯的儿子。他又是旅行者的保护神。——译者注

② 摘自彼得·莫兰德·丘吉尔的《在法国的秘密使命：1941～1943》一书。

点，赎出在10月“木屋别墅大搜捕”中被逮捕的十来个特工，他们很可能被关押在马赛的圣尼古拉监狱。丘吉尔身上带着一百万法郎，他打算用这笔巨款完成这次SOE很重视的行动。德普雷思考良久，表示不能完成如此艰险的任务。他说道：“我太出名了，立即就会被发现。”谈话中止，他仅仅答应试着解救其中他认识的一个被关押者。

走出冰库，彼得·莫兰德·丘吉尔琢磨自己是否犯下了一个严重的错误：他把内情透露给了一个法国上校却又毫无结果，心里感到很不安，于是去找弗吉妮亚，后者正在一家咖啡馆里写明信片。美国女人立即意识到米切尔有心事。彼得·莫兰德·丘吉尔犹豫了一阵之后，把这次失利原原本本告诉了她。

热尔曼娜让他放心，说此事只需找她办就行了。她在里昂经常用小钱收买警察，让他们别对她盯得太紧，或是放掉一个犯人、搞一张证明和行政资料什么的。

“小事一件，”她说道，“你们能想象得到我们在这里干什么吗？我们是在出入王宫和上流社会吗？我们之中哪个人手上没有两个以上的说情者，他们遇到情况就会出来为我们说情。倘若这些犯人在马赛，奥利维埃就能搞定，他在与对方打交道方面是行家。至于我，如在里昂，包下来没问题。”[①]

几小时后，SOE在马赛的一个特工奥利维埃接受了这项任务。彼得·莫兰德·丘吉尔送出的百万法郎，事实就是他从伦敦带来的赎金。但这次营救行动可能会失败，因为弗吉妮亚·霍尔的一个朋友使他们大为失望，他说这十位被逮捕的特工不在马赛，几周前从马赛转到贝利格监狱了。从他得到的情报看，他们将在2月份被判刑，但不会被判死刑。[②] 这件事情后来就交给安蒂普地区网的头头

---

① 摘自彼得·莫兰德·丘吉尔的《在法国的秘密使命：1941～1943》一书。

② 见SOE档案彼得·莫兰德·丘吉尔卷。

安德烈·热拉尔来办了，他肯定法庭会放过他们。弗吉妮亚为了及早准备，已经考虑在他们释放后为他们安排住处了。

彼得·莫兰德·丘吉尔的巡视结束后，现在可以离开马赛、离开法国了。热尔曼娜与老港口的黑社会头头取得联系，不幸的是这个黑老大带着他的渔船专做走私生意，拒绝偷渡英国特工。于是彼得·莫兰德·丘吉尔决定去贝尔比尼安，想徒步穿越比利牛斯山脉。弗吉妮亚提议与他同行，他们可以装成正在度假的夫妇。她说："这是最好的伪装。"

到了贝尔比尼安车站，米切尔和热尔曼娜在一个朋友开的钟楼饭店各自定了一个房间。米切尔随意得到一个地址找向导，没成功，于是他找到一个中介，此人是俄籍犹太人，他不太喜欢，中介答应帮米切尔尽快越过比利牛斯山。三天过去了，他没得到对方任何消息，到了第四天，英国特工狠狠骂了这个俄国人，弗吉妮亚也在场。他们很快达成协议，美国女记者应该迅速返回里昂，通知巴塞罗那方面米切尔将要到达。他们俩在贝尔比尼安车站站台上分手时，米切尔对弗吉妮亚一再表示感谢。

"请向我们的朋友致意，对他们说，每年的这个季节，含羞草美极啦。"弗吉妮亚对他说道。

"这是一个暗号吗?"米切尔问道。

"不，只是临别时的即兴赠言!"[①] 弗吉妮亚答道。火车启动了。

次日，英国特工正准备穿越1月份比利牛斯山冰封雪飘的山岭时，他接到弗吉妮亚的一封紧急电文，署名是勒贡特尔，请他取消所有日程："头头希望明天见到您。完。"

彼得·莫兰德·丘吉尔又登上了去里昂的火车。在贝拉希车站旁的小报亭，他找到了热尔曼娜。她对他说，奥凡涅的一个重要特工坚决要求次日清晨五点在克莱蒙－费朗车站的候车室见他。

---

① 摘自彼得·莫兰德·丘吉尔的《在法国的秘密使命：1941～1943》一书。

经过一夜的奔波，英国军官在里昂网的头目乔治·杜博丁的陪同下，在约定时间来到约定地点，冻成冰棍似的。那个特工已在恭候。他约请这次会面的唯一目的是对彼得·莫兰德·丘吉尔没有在他的地盘转转感到非常惊讶……米切尔气不打一处来。在这个时间，他原本已经到达西班牙了。计划之外的克莱蒙－费朗之行无谓地耽误了他的行程。这样，他不得不在里昂多待几天了。

幸而弗吉妮亚·霍尔与美国大使馆早就建立了良好的关系，特别是副领事乔治·维廷格希尔总是愿意为她效劳。美国外交官们有一套穿越比利牛斯山的办法，英国皇家空军已经实践过了。彼得·莫兰德·丘吉尔接受了他们的盛情。他再次离开里昂，来到贝尔比尼安。他答应热尔曼娜，一到巴塞罗那就给她发一个明信片。他还告诉她退掉大新饭店的单间，在城里租一个套间，住起来会舒服些。

“我保证会让法国分部同意您换住所。”他说道。[①]

在美国领事馆指定的向导的帮助下，彼得·莫兰德·丘吉尔在1942年2月4日至5日夜穿越了比利牛斯山，接着到了马德里和直布罗陀海峡，并从那里直飞伦敦。在为SOE特工提供的寓所里，彼得·莫兰德·丘吉尔受邀洗了一次澡。他赤身裸体泡在浴缸里，手上拿着一杯葡萄酒，详尽地向雅克·古艾利长官和法国分部的头头毛里斯·巴克马斯特叙述了他这次“威路使命”。

接下的几天，他起草了许多文件，为日后SOE的行动计划奠定了基础。譬如说，作为弗吉妮亚·霍尔和弗兰西·巴桑写的报告的补充，彼得·莫兰德·丘吉尔分析了他所见到的几个抵抗小组头目的思想状况，特别是了解到阿斯迪埃和安德烈·热拉尔的想法。他说：“他们是愿意与英国人合作的”，但又担心战后在法国内部事

---

① 摘自彼得·莫兰德·丘吉尔的《在法国的秘密使命：1941～1943》一书。

务上被兼并。[1] 在彼得·莫兰德·丘吉尔的支持下，解放小组领导人阿斯迪埃于1942年4月坐潜艇来到伦敦，与英方展开政治会谈。而安德烈·热拉尔得到了SOE的盲目资助，直至他们发现他的组织斗争不力且不可靠才停止。

米切尔同时也介绍了美国驻里昂领事馆的情况，说他们如何帮助英国皇家空军飞行员潜逃的。他还指出，在国境线上的德国士兵是“可以贿赂的”，帮助穿越比利牛斯山的价格在六千到一万五千法郎之间。他列出了可信任的饭店和住所的清单，但不赞成使用电话，并告诫特工避免随身携带小手提箱和大量现金，以免引起怀疑。

他建议用潜艇或皮艇尽快把电台运往法国，上岸可借助在昂蒂布莱维大夫家附近的入海水泥阶梯。彼得·莫兰德·丘吉尔的上司们听了他的讲述都很满意。他本人在以后的几个月里也亲自按原路返回，指引有关人员把电台从海上运至蔚蓝海岸。

说到弗吉妮亚·霍尔，这位伦敦使者也赞扬有加。他对他的上司们说，她用一切办法帮助他。头头们写道：“弗吉妮亚·霍尔看来工作很出色……她的关系很广，工厂、铁路上都有她的朋友，她也认识一些重要人物。她懂得的东西特多。”[2] 至于她在里昂搬进套间一事，SOE并不觉得有什么不妥。

弗吉妮亚向彼得·莫兰德·丘吉尔具体建议说，以后给她的活动经费可以通过美国驻伯尔尼大使馆武官莱吉上校，或美国驻里昂领事馆中转，只需写上：“致玛丽，里昂C/C.”[3]

---

① 见SOE档案彼得·莫兰德·丘吉尔卷。起初，彼得·莫兰德·丘吉尔对安德烈·热拉尔的政治观点和在军界的关系颇为赏识，也给他提供了不少帮助。但渐渐他们发觉安德烈·热拉尔言过其实，便与他疏远了。热拉尔自他的家人被捕后，来到伦敦，后去美国，再没回到法国。见毛里斯·巴克马斯特的《法国分部史》。现存于英国国家档案馆（Kew）。

② 见SOE档案彼得·莫兰德·丘吉尔卷。现存于英国国家档案馆（Kew）。

③ 同上。

她也同意伦敦方面定期让她的同伴热尔曼娜·盖兰转账，此人就是那位开妓院的可信任的女老板，她在她的客厅经常接待德国军官，秘密经费融进妓院女老板的收入之中是再稳妥不过了。雅克·勒格兰的财务部门不反对这个建议，他们每月定时汇出四千英镑到修女街三十一号，那是热尔曼娜·盖兰在里昂的地址之一，然后由盖兰再把相同数目的钱款转交给她的朋友弗吉妮亚·霍尔。[1]

美国女人靠了这笔钱，很快找到了一个合适的住所：一幢大楼里的一个三居室，地点在罗纳河码头边奥利爱广场三号。

此处将是她的圣殿。

---

① 法国分部财务部门致法国分部领导的备忘录。见SOE档案彼得·莫兰德·丘吉尔卷。现存于英国国家档案馆（Kew）。

第十二章
SOE的“枢纽”

在1942年的最初几个月中，弗吉妮亚·霍尔在里昂所做的工作远远超过了SOE要她完成的作为联络特工的比较简单的任务。这个代名为热尔曼娜或玛丽的美国女人已经成为英国在法国秘密机构的关键人物。她是一个不可或缺的台柱子。在这段时间，SOE的一份报告中这样写道：“她哪儿都有路子。”写报告的人这样描述她扮演的角色：“事实上，她在弗兰西·巴桑的配合下，已成为非占领区的总负责人了。”[①] 历史学家M. R. D. 福特用以下的语言赞扬弗吉妮亚·霍尔的贡献：

> 她的工作，就其危险程度，与具体搞破坏的人所遇到的危险不相上下，却更加隐蔽；没有她的效力，可以说，SOE在法国的开局有一半将会遭遇挫折。[②]

弗吉妮亚在担负这份沉重工作的同时，也没少表达自己的见

① 毛里斯·巴克马斯特和奈洛尔的汇报材料。现存SOE档案。

② 见《SOE在法国》一书。

解，她的性格决定她口无遮拦。她在实地的战斗经验又佐证了她的判断。譬如说，她认为在里昂抵抗小组之间存在着某种程度上的混乱，机构重叠，其主要原因是乔治·杜博丁协调不力，过于胆小怕事。3 月初，她又向她的上司陈述了她的疑虑，彼得·莫兰德·丘吉尔 1 月份在法国巡视时，她已经向他表达过这个看法了：

> 一个好的领导人将会使局面大为改观。关系人很多，因此他们的工作需要有连贯性和组织性。而以我的看法，这些工作尚未展开。这里有许多工作要做，我们可以从多方面入手，但需要对形势有充分的估计，需要一个工作勤奋、始终如一的人。

她的报告很难再以更加尖刻的语言指出她对周围人的不满情绪了……报告接下来介绍了所有特工的情况，哪些人被捕了，哪些人想去英国。弗吉妮亚要求把十来个空降在本地区的戴高乐分子的名单告诉她，以便他们一到就为他们提供里昂的联系人，避免犯“悲剧性的错误”。她还分析了法国民众的思想状况，说他们愈来愈倾向支持英国人了，希望他们获得胜利，同时抱怨 BBC 的法语广播“太少了”。最后，报告仍然重复老话，希望派一个“组织能力强”的领导人来里昂。她在报告的最后，充满诗意地写道：“倘若你们能再寄一块肥皂来，我就更加高兴了，也会变得更加清洁。”[①]

弗吉妮亚知道的事情太多了。她不断起草报告，在美国领事馆的帮助下，通过瑞士发出去。[②] 这些文件详尽介绍了法国的政治形

---

① 1942 年 3 月 3 日，玛丽（弗吉妮亚·霍尔）致尼克的报告。见 Kew（英国国家档案馆）SOE 档案弗吉妮亚·霍尔卷。

② SOE 似乎不太愿意美国人保留经他们帮助传送出去的材料，吩咐道：“由玛丽和 SOE 其他法国特工中转至伦敦的信件不应被任何人打开或复印。”见 Kew（英国国家档案馆）SOE 档案。

势、官方电台的宣传内容、德方向北非运输的状况、整个法国军队的活动，以及抵抗运动成员有可能破坏的地点。譬如说，在3月底，亲德国的法国人民党（PPF）尽一切努力通过报刊宣传或联合行动"维护德国人的利益"。此外，按她的看法，法国农民对维希政权的抱怨声日甚一日，甚至指责政府不给他们良种。她写道：

> 乡下人对政府愈来愈反感，愈来愈倾向英国人，尽管他们并不爱英国人。

她的报告还附有一张由乔治·杜博丁提供的在法国北部轰炸的战略地点的清单，其中有在巴黎北部"为法国大部分被占领区提供汽油的仓库"；希特勒、戈林、里宾特洛夫来法国的专列经过的铁路线；通往弹药库秘密通道的铁路支线等等。[①] 随后几天，她又传来新的情报，指明火药库在赛弗兰－里弗雷的具体位置，以及在贝杜那的发电厂位置和秘密飞机库等等。

玛丽还写道：在里尔附近机场塞满了木质假飞机，用来欺骗在空中拍照的英国人……她的报告中还提到为德国人生产卡车和坦克的雷诺工厂被炸后的损失情况。报告明确指出：

> 雷诺工厂被炸后，两队防空兵来到巴黎。中央库房在奥贝尔维利埃。工厂有伪装保护。所有的屋顶上都架起大炮或机枪。[②]

这些精确的情报立即被法国分部头头毛里斯·巴克马斯特送往

---

① 见1942年3月20日至31日玛丽的报告。现存Kew（英国国家档案馆）的SOE档案弗吉妮亚·霍尔卷。

② 1942年4月15日，由玛丽署名的笔记。见SOE档案弗吉妮亚·霍尔卷。现存英国国家档案馆（Kew）。

他在SOE的同事，以及其他英国秘密机构。

弗吉妮亚总是利用她的美国记者身份在维希扩大关系网。1942年4月18日，与纳粹德国积极合作的鼓吹者皮埃尔·拉瓦尔重新主管政府，这是法国政局的一个转折点，当然逃不过弗吉妮亚·霍尔的眼睛。这个SOE特工判断法国民众愈来愈看清了贝当的真实面目：

> 拉瓦尔的回归激起巨大的仇恨浪潮，元帅的威信彻底崩溃了。军队对他们的新领导人很反感。但在全国范围内，麻木与恐惧仍占上风，反抗的声音仍很微弱。

在她看来，法国民众对政府的愤怒形不成气候，因为他们太能克制了：

> 他们默默接受愈来愈少的供应，葡萄酒、面包、白酒和啤酒愈来愈少，以至晚餐有时只能吃野菜，用泉水洗脸，晚餐（如果有的话）再没有葡萄酒和啤酒了。一切都很被动，默默忍受。真是不可思议，但却是事实。[①]

弗吉妮亚在思索政治局势的变化将会对她本人的命运产生什么样的影响。美国已与维希政权的关系愈来愈疏远，倘若突然与它断绝外交关系，她该怎么办？SOE回答道："如有必要，她可以与她的最后一批同胞离开法国，回到伦敦。"

另一位特工大约在5月份空降到法国的非占领区，在她匆匆离开之际，可以取代她。[②] 另一方面，美国大使馆也在准备可能发生

---

① 1942年4月22日由玛丽署名的笔记。见SOE档案弗吉妮亚·霍尔卷。现存英国国家档案馆（Kew）。

② 伦敦方面1942年4月27日的答复。见Kew（英国国家档案馆）SOE档案。

的突如其来的变化。因此，在4月底，驻维希外交官向华盛顿建议向马赛和里昂领事馆提供特殊经费，准备支付给法国的眼线，以便在外交关系切断后，“能继续得到有价值的情报”。[①]

皮埃尔·拉瓦尔被重新任命在政府担任要职，确实使政治气候变得更加恶劣了。德国人命令十几万名法国劳工到莱茵河对面去工作。对犹太人和共产党人的镇压愈演愈烈。军队参谋部遭受一次次清洗。弗吉妮亚·霍尔很信任的一个眼线，名叫米歇尔·布罗[②]，原是美国大使馆驻巴黎、后驻维希的律师，是战斗抵抗小组的骨干。他告诉弗吉妮亚，二办（情报组）的某些成员很失望，他们对英国人很反感，认为英国人没有能力与他们协调制定任何一个登陆计划。其他在维希政府任职的军官似乎也倾向让戴高乐担当法国抵抗行动独一无二的领袖。照米歇尔·布罗的说法，战斗小组的头头亨利·福勒内正在切断与维希的一切联系，准备去伦敦商讨与戴高乐联合一事。[③]

SOE的骨干们可不喜欢这个立场。弗吉妮亚·霍尔几星期后也转达了亨利·福勒内同样的愿望，她的上司吩咐她要与福勒内保持距离。在伦敦，战斗小组负责人被认为“不可靠”，与阿斯迪埃（解放小组）完全相反，他却受到英国人的热烈欢迎。于是弗吉妮亚提高了警惕，她知道亨利·福勒内的情报网是“虚幻的”、“有害的”。[④] SOE甚至在1942年7月中旬给他们在里昂的特工下达命

---

① 1942年4月20日，美国驻维希办事处主任致华盛顿美国副国务卿威尔斯的绝密报告。经过研究，美国国务院于1942年7月为里昂和马赛领事馆的三千六百美元“特别经费”信贷解冻。资料现存于华盛顿美国国务院档案馆。

② 米歇尔·布罗是亲美的律师，自由小组的领导人，后与战斗小组联合。他认识法国军队内部二办的高层，见过马克西姆·魏格兰将军和亨利·福勒内。

③ 1942年4月22日署名为玛丽的笔记。让·姆兰作为戴高乐将军的私人代表，自1942年1月起就在法国工作，他试图把法国所有抵抗运动成员统一在戴高乐的旗帜之下。

④ 1942年5月18日伦敦给弗吉妮亚的信件。见Kew（英国国家档案馆）的SOE档案。

令说："要不惜一切"阻止福勒内来英国，他是不受伦敦欢迎的。[①]

英国的这个态度特别表现在他们对试图与自由法国的领袖联合的所有人都有所保留。不过，亨利·福勒内的战斗组织手下有四万人马，又有美国的支持，1942 年 9 月末，他还是到达英国首都会见了第二次来访的阿斯迪埃。[②] 他俩与戴高乐将军达成协议，将组建抵抗组织国民议会，并于几个月后正式成立。这样，抵抗组织内部虽矛盾重重，英国人也懂得如何在其中搞平衡，自由法国的领袖仍然将联合法国所有抵抗力量组成统一战线。

另一方面，美国人在法国第一线的上层人士之间继续扮演中间人的角色，而英国人总是想把他们拉过去。三十六岁的法籍英国人让·姆奈松（又名：亨利），于 1942 年 4 月中旬坐潜艇登陆戛纳海岸，准备去里昂。这位伦敦法兰西学院的原教授在唯一的关系人弗吉妮亚的帮助下，好不容易见到了乔治·杜博丁、路易·普拉戴勒和《鸡鸣报》的其他抵抗运动成员。让·姆奈松再次劝说老市长爱杜阿·艾里奥离开法国。[③] 同样，在贝当的命令下被软禁在法国某地的前议会主席保尔·雷诺也拒绝了类似的邀请。让·姆奈松对政治人物无所作为，转而关心起《鸡鸣报》，在国际救援组织里担任了一个职位，这样，他就可以经常坐车去维希，在那里收集情报。[④] 工会组织总书记莱翁·儒奥被软禁了，弗吉妮亚与他的亲信仍然保持着联系。他们试图说动他离开法国。这位老工会领导人似乎准备通过巴塞罗那流亡国外，但这一次，英国当局却提出种种含糊的理

---

① 1942 年 7 月 16 日伦敦发出的指示。见 Kew（英国国家档案馆）的 SOE 档案。

② 阿斯迪埃在英国会见戴高乐将军后于 6 月回到法国。1942 年 9 月底他在亨利·福勒内的陪同下又返回英国，于 10 月与戴高乐达成协议，抵抗运动统一战线于 1943 年 1 月成立。

③ 后来罗斯福总统通过另一个特工对他发出邀请，爱杜阿·艾里奥仍然拒绝流亡国外。

④ 让·姆奈松生于 1916 年 4 月 27 日，他同时也组织逃亡西班牙的线路，之后往返于法国和英国之间，于 1945 年 3 月 29 日被捕并被枪决。见 Kew（英国国家档案馆）的 SOE 档案让·姆奈松卷。

由横加阻挠，推迟出发日期。[①]

最终，弗吉妮亚·霍尔向原议会主席艾杜阿尔·达拉第周围的人靠拢了。在维希的命令下，1942 年 2 月 19 日，达拉第与其他几位第三共和的政治领导人出庭受审，理由是为 1940 年的失败负责。[②] 达拉第的朋友们准备一有可能即想办法解救他，尽管英国人对此并无信心。[③] 消息传到伦敦，SOE 在 4 月份把他们的特使空降到法国，任务是营救达拉第，但后者拒绝出国。可以肯定地说，英国人在这条战线没交上好运。

弗吉妮亚除了非常棘手的任务之外，还要为过路特工提供藏身之所。彼得·莫兰德·丘吉尔绝非唯一一个专门从伦敦来向她要饭票、寻求藏身之地、拿假护照、找关系穿越比利牛斯山的 SOE 特工。奥利埃广场附近的寓所变成了一个常被人造访的热闹之地。造访者明白，在玛丽的窗台上放着一瓶花时，他们就可以叩响她家的门了，因为这个摆饰说明她在里昂。弗吉妮亚在 SOE 的忠实朋友之一本加明·古布恩说道："倘若您在厨房里多待一会儿，就会看见她家里宾客特多，每个人都带着问题来，她立马便解决了。"[④] SOE 法国分部的当家人毛里斯·巴克马斯特在战争结束时，也这样总结道：

> 她所冒的危险是常人难以忍受也是难以想象的。她成了一位与她往来，甚至没与她往来的人的真正的母亲。她

---

① 见弗吉妮亚·霍尔 1942 年 3 月 23 日发出的信息，以及 3 月 24 日、27 日、29 日马德里发出的信息。见 Kew（英国国家档案馆）的 SOE 档案。

② 达拉第在法庭竭力为自己辩护，于是德国给维希政府施加压力，1942 年 4 月 24 日审判中止，达拉第被交到德国人手中，1943 年流放国外。

③ 关于达拉第，见尼克拉斯·博丁顿于 1942 年 4 月 3 日致科林·麦克维恩·古宾斯的备忘录。见 SOE 档案弗吉妮亚·霍尔卷。现存英国国家档案馆（Kew）。

④ 见《SOE 在法国》一书。摘自 SOE 档案本加明·古布恩卷。现存英国国家档案馆（Kew）。

是我们组织至少四十个人的银行家、向导、哲学家和朋友，他们在提到她的活动能力时，无不赞不绝口。[①]

她的工作十分艰苦，有时让人非常沮丧。弗吉妮亚救援过一个发报人，他于4月份与另一个代号为乔治35的发报员空降至离预定地点三十公里远的一个地方。“乔治落在两排尖桩内的葡萄园里，他原以为自己会在众目睽睽之下被刺穿而死，一时万念俱灰。”弗吉妮亚这样描述道。

这两个人没有接应，只能自己解决问题。他们先后去图尔、巴黎、拜尔比尼昂寻找关系均无果，最后来到马赛，弗吉妮亚于2月24日接待了他们，她对地下组织的安排不周提出了自己的看法：

这两个人素质不错，与我们接上头高兴万分，因为他俩已在绝望中流浪多日，没有目标，没有办法得到口粮，心情十分沮丧。他们落在了很糟糕的地方，几乎被金属尖桩刺穿。说实话，倘若组织工作做得好些，情况不至于那么糟。[②]

在1942年3月的最初几天里，弗吉妮亚在奥利埃广场的寓所为一个来访者开门时，他一下倒在她的怀里了。他一手捂着肚子，神色痛苦不堪。他说自己的化名叫热拉尔，真名叫热拉尔·亨利·莫莱（又名：莫莱尔·热拉尔），是SOE最重要的特工之一，他现在要寻求帮助。

伤者自报家门之后，开始讲述了他的不幸遭遇。莫莱尔·热拉尔的职业是做保险的，精通英语、法语、葡萄牙语，9月4日来到

① 见毛里斯·巴克马斯特的《法国分部史》。现存Kew（英国国家档案馆）的SOE档案。

② 1942年3月3日玛丽致尼克的报告。

法国，与乔治·朗基拉和哈伊姆·维克多·吉尔森同期到达，他们的目的是与几个抵抗小组取得联系。地下工作进行到六个星期之后，莫莱尔·热拉尔被一个情报网成员密告被捕。警察把他送进监狱，他在那里见到了他的朋友乔治·朗基拉，后者在几个星期前被警方传讯。

热拉尔在监狱得了重病。1 月份，他在里莫日接受胃部手术。伤口拆线后，他就在一个大雪天逃脱了。几个朋友为他提供了换洗衣服和藏身之所，但他的伤口又复发了，他得想办法尽快去伦敦接受治疗，一路蹒跚来到里昂，菲利普·德·弗梅古尔劝他与热尔曼娜取得联系。后者接待了他几天，让他得以喘口气，然后陪伴他去图卢兹，这时他的腹部又受到感染，身体虚弱不堪，最后终于到达比利牛斯山。

莫莱尔·热拉尔来到伦敦后就地治疗，后来重新担任法国分部的领导工作直至 1944 年。[①]

1942 年初春，弗吉妮亚和她的朋友们的工作有了明显进展。抵抗组织经过长期的磨合开始结出硕果。彼得·莫兰德·丘吉尔 1 月份的巡访也取得了成效。SOE 的运转加速了。

首先，通过英国情报机构运往里昂地区抵抗组织的军火已畅通。事前已有约定，斯普鲁士情报网的特工和《鸡鸣报》的抵抗成员在周围地区确定方位。第一次空降成功。接收小组的成员有乔治·杜博丁、马塞尔·克拉艾斯和路易·普拉戴勒。在整个里昂地区，后来陆续还有其他人参与。弗吉妮亚就近照应这些准备工作。眼下，还谈不上直接组织武装起义对抗德国人，只是在非占领区储备武器弹药。

其次，抵抗小组千呼万唤姗姗来迟的“钢琴家”——收发报

---

① 见《SOE 在法国》一书。

员就位了，大大方便了由彼得·莫兰德·丘吉尔组织的在直布罗陀海峡与蔚蓝海岸之间通过小型舰艇与伦敦方面取得联系。第一个到达里昂的人名叫爱德华·塞夫（又名：欧也纳或马蒂厄或乔治或艾波尼）。他是犹太人，后加入英国籍，三十八岁，瘦小个子，曾在巴黎做小生意。他于 1942 年 4 月 16 日黎明，在彼得·莫兰德·丘吉尔的大力帮助下，乘小艇在昂蒂布登陆。[①] 他自称名为欧也纳或马蒂厄，有些人知道他的代号为乔治 53。他带着藏在手提箱里的无线电台来到里昂，并且迅速与弗吉妮亚·霍尔取得联系。弗吉妮亚事前得知这位朝思暮想的贵客要来，很快把他引见给乔治·杜博丁和让·胡塞，并且为他在加米依街以基拉尔的名义租下了一个安全的住所。

无线电台很快就运转起来，主要从医生家收发，他家是海克勒和斯普鲁士情报网的活动基地。用莫尔斯电码发出的电报在伦敦解码。电报的进码和解码工作异常艰辛，爱德华·塞夫有时得连续工作六个小时不停息。他在几个月中，发出上百份电报，成为一个不可或缺的人，在这特定的时刻，保证了非占领区与 SOE 联络的所有电报畅通往来。多亏他的工作，弗吉妮亚可以及时把各个情报网发生的情况向伦敦汇报。她同时也能接收到空降的时间、要接待的特工及经费分配方面的指令。这条通讯线路简直成了与母体内婴儿脐带同等重要的生命线。

爱德华·塞夫的冷静沉着受到一次次严峻考验，因为外界对秘密电台的监控很严，他不得不时时刻刻保持高度警惕。此外，他与 SOE 驻里昂的同僚之间的关系也出现了裂痕，工作环境受到影响。乔治·杜博丁和弗吉妮亚·霍尔，这两个人都极其敏感，发生了严重分歧。上面提到过，美国女人不能忍受斯普鲁士情报网头头办事

---

① 这次航行因缺乏小艇拖后了几个星期，后由彼得·莫兰德·丘吉尔一手解决了。见彼得·莫兰德·丘吉尔的《在法国的秘密使命：1941～1943》一书。

不认真的态度，她已多次向伦敦方面提醒过。而乔治·杜博丁却狠狠地批评了玛丽，说她报复心太强。1942 年 5 月 17 日，他在给尼克即尼克拉斯·博丁顿的一封信中这样说道：

> 我对生玛丽的气感到很遗憾，但我对她的所作所为实在不满意。我不怀疑她对您有用，不过我的工作并未得到她的帮助。毫无疑问，她是唯一与你们联系的人，这是她的优势，因此给你们的印象是只有她一个人在努力工作。倘若您觉得可信，那么您亲自来这里看看，自己实事求是地对她作个判断吧……
>
> 乔治（即爱德华·塞夫）来到这里之后，她甚至狂妄地要求我的所有信息都要通过她过目。我很失望，我有自己的私人信件，因此我拒绝她了。我了解我的工作，玛丽对我一点用处也没有。倘若有人可以发出命令，那该是我，而不是她。当然，这不是我们不能成为好朋友的理由，不过她有她的工作，我有我的……[①]

到了这个份儿上，特工们的友谊已变成了暗斗，而且事态并无改观。发报员爱德华·塞夫也对他的同事们表现了强烈的不满，指责他们俩各自都有缺点。照他的说法，乔治·杜博丁太年轻，作为领导具体行动，“个性魅力不足”；而弗吉妮亚·霍尔管理经费，想“成为非占领区的太上皇”。他觉得她“太武断”，他希望能派一个“有权威”的人来里昂主持工作。[②]

在贝克街的法国分部，头头们也对里昂地区特工们的争吵十分

---

① 1942 年 5 月 17 日，阿兰（乔治·杜博丁）给尼克（尼克拉斯·博丁顿）的信。摘自 SOE 档案乔治·杜博丁卷。现存英国国家档案馆（Kew）。

② 1942 年 6 月 11 日，爱德华·塞夫的信，现存英国国家档案馆（Kew）SOE 档案。

不满。1942 年 6 月 12 日，伦敦方面给爱德华·塞夫、乔治·杜博丁和弗吉妮亚·霍尔发出同一封信，安慰他们说，他们三人都在“第一线工作”，他们“不是为争吵在那里的”。[①] 塞夫愈来愈受不了了，继续对弗吉妮亚的独断专行喋喋不休，引起伦敦方面强烈不满，说他的攻击“毫无根据”，希望他能“平静地工作”。[②]

幸而另一名收发报员皮埃尔·勒谢纳于 5 月初空降到法国，帮助爱德华·塞夫工作。这个四十来岁、脸庞瘦长的健壮的英国人，在第一次世界大战期间曾是飞行员，后做蔚蓝海岸的一家美国公司的雇员，他先被安排住在让·胡塞医生家。在长达七个月的时间里，他为斯普鲁士情报网辛勤工作，在里昂地区十来个不同地点收发情报，其中包括在让·胡塞的朋友——里昂化妆品生产商约瑟夫·马尔尚的家中工作。[③]

医生处事一贯谨慎，行动坚决，他劝说他的年轻同事安德烈·古尔乌瓦西埃留在他的身边，以他的能力为弗吉妮亚·霍尔效力。他原先是法军谍报员，后参与战斗小组的工作，他想去非洲加入自由法国力量组织（FFL）。为了说动他，医生从藏匿地拿出放发报机的小手提箱。他把伦敦方面交待的暗号、密码和波长透露给他。从此，安德烈·古尔乌瓦西埃就变成了一只夜鸟，把他那重达十五公斤的手提箱放在自行车的车筐里，凭着他上班的钢铁厂老板给他发放的通行证，从一地转移到另一地，来回穿梭。他是这样形容自己的：“我整日惶恐不安，生活在恐惧之中，神经极为紧张，随时随地会被警方抓捕。”[④]

英国方面力量增强的第三个标志是：SOE 着手建立逃往西班牙

---

① 1942 年 6 月 12 日，伦敦给爱德华·塞夫的信。现存英国国家档案馆（Kew）SOE 档案。

② 1942 年 7 月初，伦敦给爱德华·塞夫的信。现存英国国家档案馆（Kew）SOE 档案。

③ 见安德烈·古尔乌瓦西埃《海克勒情报网》一书。另见英国国家档案馆（Kew）SOE 档案皮埃尔·勒谢纳卷。

④ 见安德烈·古尔乌瓦西埃的《海克勒情报网》一书。

的更加可靠的输送线。这个任务交给了健壮的哈伊姆·维克多·吉尔森（又名：勒内或维克）去办。在不可替代的彼得·莫兰德·丘吉尔的安排下，他于1942年4月21日坐小艇在安吉湾登陆。维克来里昂的目的是招募特工人员建立一条穿越比利牛斯山的通道。他将要与数名抵抗组织的成员建立联系，如里昂的拉扎尔·哈希利纳、乔治·莱文、戴莱斯·米特拉尼；马赛的勒内·费拉吉、巴黎的雅克·密特朗（弗朗索瓦·密特朗的兄弟）。在加泰罗尼亚人、蒙彼里埃驻军将领佩珀的参与下，他们将共同建立一条穿越比利牛斯山的高效出逃通道，从贝尔比尼安直达巴塞罗那。这条通道简称为维克线。[①]

弗吉妮亚·霍尔把不少去伦敦的特工带进这个通道，她却不知道自己是否有一天也能用上。

英国特工在法国领土上的网络终于撒开了。4月份，莫里斯·珀茨恰克，一个二十岁的年轻人，在戛纳登陆，欲在图卢兹建立普鲁纽斯特工站。皮埃尔的哥哥，五十岁的亨利·保尔·勒谢纳与他同往，将在克莱门－费朗和贝里格尔地区建立名叫普拉那的特工站。勒谢纳需要经费、假证件、饭票，弗吉妮亚·霍尔一一满足了他的要求。[②] 此外，美国女人在马赛也与王族抵抗分子建立了联系，这些人与《法国行动战线》有不同政见，他们答应与英国人合作，为他们提供情报，在好几个古堡为他们安排藏身之所。弗吉妮亚直接指导他们行动，她说道："奥利弗为指导他们，有太多的事情要做。我也尽量利用不多的时间尽力而为，但我毕竟时间、知识、能

---

① 见M. R. D. 福特的《六个勇敢的人》《法国抵抗运动史》等书，以及SOE关于"维克线"的报告。现存英国国家档案馆（Kew）的SOE档案。

② 亨利·保尔·勒谢纳生于1891年8月13日，起初扎根在里昂，后在克莱门－费朗和贝里格尔地区建立名叫"普拉那"的特工站，从事破坏与宣传活动。1942年9月起，他的妻子玛丽－戴雷兹也被派来作为他的助手。1943年5月，勒谢纳返回伦敦，他的妻子玛丽－戴雷兹于8月份与他在伦敦会合。见SOE档案亨利·保尔·勒谢纳卷。

力有限，很难再做得更多了。”[①]

SOE 的工作虽渐次在展开，但还是很有限：非占领区的“全部家底”，在 1942 年夏，也不过是拥有二十五个“组织者”、十九个地方“招募人员”、六部无线电台（只有四部能用）。总共仅有六十四个集装箱空降至当地。[②] 然而他们计划宏大，包括增多空降次数、准备更大的破坏活动、更加严密地监视德国军队在法国的动向等，所以说，SOE 才初露端倪。他们认为时机尚不成熟，并不想立即就发动他们的特工站在法国全方位地开展游击战，而是倾向于部署一个更具进攻性的准军事战略，大规模的行动定于 1943 年初，即在德军进攻法国南部地区的几个星期之后。

1942 年整个春天，弗吉妮亚·霍尔在里昂地区作为穿针引线的主要人物，为有条不紊地逐步完成这个宏伟计划作出了杰出的贡献。4 月底，哈伊姆·维克多·吉尔森在发报员马塞尔·克莱克（又名：巴士迪埃或乔治 60）的陪伴下，领命建立通向西班牙的输送线来到法国，受到弗吉妮亚·霍尔的接待。马塞尔·克莱克原先是开出租车的，布列塔尼人，三十六岁，满脸胡子拉碴，身材肥胖但很健康，很热情但缺乏自信，他在图尔没有拿到他的电台。于是弗吉妮亚立即派他去夏多胡寻找另一部电台，也就是乔治·贝盖原先拥有的那台。贝盖是 SOE 派往法国的第一名特工，于 1941 年 10 月被捕。后来，巴士迪埃来到中央高原，为飞行着陆地定位，之后又去了梭罗涅，与一个名叫芒金 - 普兹勒的地下组织共同行动。[③]

---

① 引自 1942 年 4 月 22 日玛丽署名的备忘录。见 1944 年 4 月 28 日弗兰西·巴桑（又名：奥利弗）的报告。《法国行动战线》是民族主义的一份日报，后来这个组织的头头成为维希政权的支持者。

② 以上材料来自毛里斯·巴克马斯特的《法国分部史》，现存 Kew（英国国家档案馆）的 SOE 档案。

③ 马塞尔·克莱克于 1943 年 5 月来到伦敦，9 月 9 日又回到法国。他大约在 1943 年 9 月 19 日被捕，1944 年 3 月 24 日被枪决。见 M. R. D. 福特的《SOE 在法国》一书，以及 Kew（英国国家档案馆）的 SOE 档案马塞尔·克莱克卷。

弗吉妮亚也同时关照着查尔斯·海耶斯，他是另一名英国特工，于1942年5月14日坐小艇在蔚蓝海岸登陆。她让他与菲利普·德·弗梅古尔取得联系。海耶斯是受过正规训练的机械工程师，他负责确定实施破坏的地点，特别是在莫利埃纳山谷法国与意大利边境线一侧的电厂位置。然而，这些目标很快被严加看守了，不宜采取过激的行动。因此，弗吉妮亚便立即通知查尔斯·海耶斯，敌人正在搜捕他。这名特工不得不立马离开法国去了西班牙。他是这样说的："7月初，玛丽告诉我，我的一张逼真的画像正在警察局传阅，我得跑掉。"[①]

法国警方和德国情报机构也紧张起来了。SOE的壮大导致了他们更加系统的镇压，全面打击英国特工站。皮埃尔·德·弗梅古尔（又名：吕卡斯或希勒万），是SOE的骨干之一，4月初来到法国，其任务是为了在巴黎地区重新组织安托基洛特工站的，几个星期后不幸被捕。

早在几个月之前，他就被双重间谍马蒂尔特·加来出卖了，因此他的行动一直在德军反间谍机构（Abwehr）的监控之下。这个神秘的女人又名叫维克多或雌猫，曾被介绍给米歇尔·布罗律师，皮埃尔·德·弗梅古尔很不谨慎，把她招募来作为巴黎波兰抵抗组织的临时发报员。SOE特工发觉她的双重身份之后，就利用她刺探她的上司——翻译官雨果·布莱谢（又名：让）的情报。之后，在2月末，马蒂尔特·加来被用船送往伦敦，先是就地跟踪她，后再把她逮捕归案。[②]

尽管皮埃尔·德·弗梅古尔知道自己已被德国人"铆上了"，他还是在1942年4月1日空降至他的兄弟菲利普在里姆热附近的私

---

① 见Kew（英国国家档案馆）的SOE档案查尔斯·海耶斯卷。

② 关于马蒂尔特·加来的叛变行为，记录的文字很多。详情请见《SOE在法国》一书，以及马蒂尔特·加来本人于1959年出版的《我曾是雌猫》一书。

宅里，化名为希勒万。他又重新担当起抵抗组织内部的组织工作。他与伦敦方面联系的唯一渠道是把情报送交弗吉妮亚·霍尔。他的情报站已经削弱不少。他的一个“信使”在通往分界线去里昂时被逮捕了。德国人从而得到了希勒万手写的文件。那个“信使”被折磨了几天，但还是一口否认认识希勒万。雨果·布莱谢从未停止跟踪皮埃尔·德·弗梅古尔，认出希勒万的手迹即是他本人的。皮埃尔·德·弗梅古尔手下好几个人被逮捕了，他本人于1942年4月25日在巴黎的棕榈咖啡馆被德国警方逮捕。后来他被关进弗雷斯勒监狱，想用吗啡结束自己的生命未果。雨果·布莱谢审问了他很长时间，从他那里的到的情报少之又少。①

弗吉妮亚得知这些情况后，也行动起来了。她在1942年5月告诉伦敦方面皮埃尔·德·弗梅古尔及他的手下被逮捕的消息。②这个损失大大削弱了SOE的力量，因为“皮埃尔子爵”的个人魅力对占领区最优秀特工们的凝聚力实在是太大了。SOE的头头深知，奥托基洛特工站基本上已被破坏，危机四伏，就像毒药已经渗透进血管似的，于是他们不得不实施第二套计划，把地下组织切分成一个个小组分别行动。

弗吉妮亚·霍尔处于各个通道的交叉点，从里尔到马赛，所有地区“信使”的信件都要通过她中转。遭受酷刑的特工们很有可能交待出她的名字。4月份，伦敦早已告诫她要当心那些“不可靠的特工”，他们的人数愈来愈多了。皮埃尔·德·弗梅古尔的结局证明了再信得过的人也不是万无一失的。

6月初，糟糕的事情接踵而来。一架英国飞机把集装箱扔到了距预定地点三公里远的一个地方。里昂抵抗组织成员在斯普鲁士特

---

① 皮埃尔·德·弗梅古尔于1943年10月被送进集中营，于1945年4月回到巴黎；让·德·弗梅古尔被送进另一个集中营，在那里死去。见《SOE在法国》一书，以及Kew（英国国家档案馆）的SOE档案皮埃尔·德·弗梅古尔卷等。

② 1942年5月9日、12日、14日玛丽的汇报材料。见Kew（英国国家档案馆）的SOE档案。

工站的头头乔治·杜博丁（又名：阿兰）的带领下跑去接收物资，遭到了警察伏击。阿兰成功逃脱，但他的手下好几个人在围剿中被捕，其中有他的情妇，他曾把武器隐藏的秘密据点告诉了她。这个疏忽陡然间就把整个斯普鲁士特工站暴露在光天化日之下。SOE 总部立即要求乔治·杜博丁撤离，然后再安排建立可靠的情报站。其时，斯普鲁士特工站的头头已经转移到城里，安全有了保障。他受命变换暗号，寻找另一个空降点，重新开展活动。

与此同时，即 1942 年 6 月初，法国分部的领导人毛里斯·巴克马斯特和尼克拉斯·博丁顿希望弗吉妮亚来伦敦与他们一起研究在非占领区如何开展工作。他们对这位驻里昂的女特工非常信任，她的工作效率已经被证实了。大部分从自由区发来的情报经过她的手，伦敦发放的经费由她来分配，这是她从美国驻维希大使馆的军事专员那里拿到的。尽管严令禁止与戴高乐派地下站发生联系，在 6 月 10 日，她还是把信息转送给了他们。[①] 此外，她一如既往地给《纽约邮报》发通讯稿，以便继续伪装自己的记者身份。例如，在 6 月，她发回消息说，波兰的犹太人受到愈来愈大的威胁，在法国的犹太人被迫戴上黄星标志。[②]

在此期间，弗吉妮亚在特工的岗位上已待了九个多月，SOE 的负责人非常担心她的安全问题。此外，她与发报员爱德华·塞夫[③]、乔治·杜博丁之间的争吵始终没有解决。6 月初又派去两位新特工帮助他们，但毫无所获。第一个特工名叫阿兰·杰克尔（又名：古

---

① 1942 年 6 月 10 日，伦敦给玛丽的信件。现存 Kew（英国国家档案馆）的 SOE 档案。

② 1942 年 6 月 22 日，弗吉妮亚·霍尔给《纽约邮报》的快讯。见 Kew（英国国家档案馆）的 SOE 档案弗吉妮亚·霍尔卷。

③ 弗吉妮亚向伦敦解释道，塞夫向她要两万法郎作为每月开销，而她已经给了他两万四千法郎，其他特工转而也向她要活动经费。“我又为何要给他呢?” 1942 年 7 月 3 日，玛丽向伯尔尼发出的电文。见 Kew（英国国家档案馆）的 SOE 档案。

斯塔夫），他希望能在圣－埃迪艾纳地区培训爆破手。第二位名叫罗贝尔·布尔戴特（又名：尼可拉或瘸腿罗贝尔或瘸腿尼可拉或瘸腿），三十五岁，以前是寻找金矿的，又是拳击冠军、理发师，他来是专门辅佐杜博丁的。然而，他很快又与他产生了矛盾。

美国女人接到上司的命令，很快便同意离开法国，但表示十分遗憾。[①] 几天后，传来了更坏的消息。美国驻里昂领事马歇尔·万斯得知，SOE 的一名特工被逮捕后，法国警方已经知道弗吉妮亚这个名字了。美国安全部的官员们也询问外交官他是否认识这个美国女人。领事一口否认了。不过，马歇尔·万斯早就怀疑弗吉妮亚和她的朋友们处事不慎，“太多嘴多舌”，他经常出差瑞士，也把他们的情况告知了 SOE 驻伯尔尼的特工。

法国分部的领导人得知这个说法之后，认为弗吉妮亚确实应该离开里昂了。1942 年 6 月 28 日，一封电报发至乔治·贝克尔和《纽约邮报》的领导，希望他们正式召回这位驻法国的女记者，因为有急事要在纽约商量。美国国务院方面也被请求准备签证。这位假记者的返程应该先从维希到里斯本，再从那里绕道去伦敦。

次日，弗吉妮亚从电台得知这个消息：“为安全起见”，伦敦请求《纽约邮报》把弗吉妮亚召回国，这个做法是谨慎的，以免她突然失踪牵连到她在里昂的朋友们。

“我们高度评价您来法国之后的工作，我们希望讨论有关您的未来的一些事情。”[②] 这份干巴巴的电文像匕首似的刺痛了弗吉妮亚。她简直不敢往下想，她觉得这条撤离指令来得过早了。在她看来，伦敦方面的不安是多余的，她认为只有自己才能判断是否安全。自 1941 年 8 月以来，她不是始终一个人在波涛汹涌的大海中游

---

① 1942 年 6 月 11 日，伦敦致玛丽的电文。6 月 16 日，玛丽致伦敦的电文。见 Kew（英国国家档案馆）的 SOE 档案。

② 见 Kew（英国国家档案馆）的 SOE 档案。

泳，谁也没告诉她怎么做吗？她不是在里昂警察局有内线，一旦险情发生，就会及时通知她吗？一旦遇到麻烦，她不是有多种办法可以解脱吗？她从没有像现在这样起过作用。她希望能留在里昂。为了不与她的上司直接顶撞，她决定按照接收到的指令，有步骤地撤离这座城市。①

与此同时，她也在她的上司面前据理力争。不，她并没有觉得受到什么威胁，这个担心是多余的；不，她可不会那么简简单单把与她联系的人员名单转交给她的接替者。再则，倘若她匆匆忙忙离开法国，她也不可能很快回到维希。她在SOE的一个朋友眼下在瑞士，在同一时间向伦敦打了一份报告，指出弗吉妮亚的工作是无法替代的。②

幸运的是她的签证迟迟没有下来。她借口说里昂的7月份气候条件太差，她发送电文很不方便。总之，她启程的日期被推迟了。这时，尼克拉斯·博丁顿正准备登陆法国巡视工作——这件事情已议论很久了——所以，弗吉妮亚的事情还是由他来决定吧。③尼克拉斯·博丁顿早就想去里昂解决特工们之间的矛盾，评估情报站的安全情况。他始终是弗吉妮亚忠实的保护人，肯定要与她见面。

弗吉妮亚在等待尼克拉斯·博丁顿到来期间，仍然在做工作，毫不顾及自己所面临的危险确实日益迫近了。她把发报员丹尼斯·瑞克（又名：贾斯汀）安排在自己的住所里。他是5月份乘船来的，原是一名室内音乐家，个性洒脱胆大。白天，他与也是5月份到达的发报员爱德华·塞夫在一起工作，晚上，他在里昂的一家名叫“天鹅”的酒店演唱。后来，弗吉妮亚在热尔曼娜·盖兰的女友，一位应征女郎的家里为他安排了一个房间。丹尼斯·瑞克是一

---

① 1942年7月18日，弗吉妮亚·霍尔致伦敦的电文。见Kew（英国国家档案馆）的SOE档案。

② 1942年7月17日，伯尔尼发至伦敦的电文。见Kew（英国国家档案馆）的SOE档案。

③ 1942年7月18日，伦敦发至伯尔尼的电文。见Kew（英国国家档案馆）的SOE档案。

个坚定的同性恋者，他对女房东的意图很是不安，因为女房东建议按他的习惯免费与他试试。这个特工不无调侃地说道："我说服了她，因为无论她本人或是其他女人，都无法给我安慰。"[①]

6 月底，弗吉妮亚警告贾斯汀应该尽快离开里昂，因为盖世太保已经知道他的名字了。丹尼斯·瑞克得到上司的认可，宁愿去巴黎也不回伦敦。弗吉妮亚曾给丹尼斯·瑞克介绍过另外两名特工——本加明·古布恩和欧内斯特·威尔金森，他们已先期到达首都。7 月初，丹尼斯·瑞克在穿越边境线时被传讯。盖世太保的军官审问他，但一无所获。艺术家成功地贿赂了一名看守。他从带他去第戎的火车上跳下，在巴黎小住了一段时间，然后去了里昂，住在弗吉妮亚的家里，重新取回装电台的手提箱。他当时正患痢疾，美国女人暂时收留了他。发报员病愈之后，罔顾指令，又回到巴黎。8 月中旬，他在里莫热的一家咖啡馆的平台上再次被捕，身边还有另两名特工——欧内斯特·威尔金森和理查德·海斯洛普，他们的口袋里装着弗吉妮亚给他们的假证件和大把钞票。幸而一名警察允许他们毁掉了机密文件，不过他们还是被送往卡斯特监狱。[②]

而弗吉妮亚本人总是奇迹般地逃过了一劫又一劫。

更加难能可贵的是，她一直在试图营救落网的特工。她逗留在法国的另一个理由是：在 7 月份，她将带着人数不多的特工，去完成一件战争期间具有历史意义的劫狱行动，她已经认真细致地酝酿好几个月了。

---

① 源自丹尼斯·瑞克的《瑞克在进步》一书。

② 见 Kew（英国国家档案馆）的 SOE 档案弗吉妮亚·霍尔卷，以及 Kew（英国国家档案馆）的 SOE 档案丹尼斯·瑞克卷。

第十三章

木扎克集中营大逃亡

贝里格附近的不来米贝莱姆监狱事实上是一个阴暗的工事。进口穹顶处横栏着一道硕大的铁栅栏门。犯人们挤在一个个阴冷潮湿、害虫肆虐、臭气熏天的牢房里。1942 年冬末，SOE 的十来个特工自 10 月被捕后就被关进这个令人恶心的地方，忍受着囚犯非人的待遇。每天中午，有人给他们一盒油腻腻的面糊，上面飘着几根蔬菜，还有二百五十克面包。被俘者饥寒交迫。他们每天有十分钟的放风时间，但院子里的水龙头都冻坏了，个人卫生完全无法进行。

在押期间，他们不断地接受审讯，审判官理解力很差。他们戴着手铐脚镣，在两排守卫的押送下，走进办公室。在这些被控犯有威胁国家安全罪的犯人之中，有老议员让・皮埃尔－布洛克、发报员乔治・贝盖、前记者乔治・朗基拉和菲利普・利沃；其他英国人有让・勒哈利维尔、迈克尔・特罗托巴斯、杰克・海耶斯，以及夏多胡的车库主让・福勒雷。这些犯人中的大部分是英法混血儿，10 月中旬，是在木屋落入法国警方的陷阱被捕的，那里是 SOE 特工在马赛的联络点。他们都被关押在贝里格，在牢中苦苦等待家里寄来的邮包，或是迟迟不来的开庭审讯。他们没有书看，于是组建了一个“不来米共和国”以打发时间，并且推选让·皮埃尔－布洛克为总统。他们的画报《不来米快讯》在监狱内部盛传，而他们制造的假币叫“不来米币”，其价值按烟头计算，在犯人间流通。[①]

所有人只有一个念头：逃跑。乔治·朗基拉悄悄自制了木质玩具手枪，这是一件象征性的武器。不来米监狱没有出口。幸而加皮·皮埃尔－布洛克经常带食物到会见室，采取各种措施营救她的朋友们；她是老议员的妻子，她与丈夫同时被捕，圣诞节前被释放了。她就住在维希，频频走访各部门请求释放他们或改善他们的生活条件。一些政治人物，如过去参议院主席爱杜阿·艾里奥本人也被软禁在家，他们都公开抗议对一个议员实行监禁。在里昂，加皮·皮埃尔－布洛克也与弗吉妮亚·霍尔有联系，准备为弗吉妮亚提供特工隐藏点和去西班牙的交通工具。

SOE 法国分部也千方百计想把他们的特工从地狱般的牢笼里解救出来。在伦敦的贝克街总部，让他们能返回祖国是首要任务，他们被捕对总部来说是一种屈辱，所以解救行动几乎成了一个尊严问题。1942 年 1 月，特使彼得·莫兰德·丘吉尔带钱来到法国，一是为了贿赂有关人员，二是请律师。特工站的多名头头从安蒂布到巴塞罗那，都在积极行动，希望帮助他们开释或是逃脱。美国驻维希大使威廉·莱希将军也出面与法国政府打交道。[②]

弗吉妮亚密切关注着他们的命运。她很赏识加皮·皮埃尔－布洛克，认为她虽然是个家庭主妇，已经三十四岁，个头又小，但精力无限。美国女人在 3 月份这样写道：“她是自由的，尽力帮助她的伙伴们，给人印象深刻。律师们很乐观，认为他们会被释放。”她收到乔治·贝盖从监狱发出的一封信之后，对犯人们的情况很放心，说他们“受到很好的待遇”，而发报员也认为他们的“精神状

---

① 见让·皮埃尔－布洛克的《岁月历历在目》和乔治·朗基拉的《有个人名叫乔治·朗基拉》。

② 见 M. R. D. 福特的《无畏的六张面孔》一书。

态良好”。

然而一天天过去，他们迟迟未被释放。1942 年 3 月的一个晚上，犯人们被告知他们必须立即去南方的道尔道尼省。这是多方干预的结果，包括美国大使馆和加皮的朋友们。次日清晨六点，他们拖着虚弱之躯，离开贝里格监狱，去少夫布夫集中营，离木扎克村四公里远。押送他们的士兵都已接到命令，如有人在路上企图逃跑，格杀勿论。这个集中营四周围着带蒺藜的铁丝网，竖着好几个瞭望台，但他们在监狱被囚禁了五个月之后，觉得这里已经是天堂了。乔治·朗基拉这样说道：“空气清新，木棚宽敞，有卫生间，好极了。”[①]

集中营挤着大约一千二百名犯人，其中有高官、议员、开小差的、共产党人、一般的犯人。特工们被安排在同一个宿舍里，逐渐萌生了希望。集中营对普通罪犯极为严格，其中有些人饿得只能吃草，为一点儿汤大打出手。看守们给他们一人一马鞭。至于政治犯，他们能享受到稍人道些的待遇。他们可以淋浴，做一点儿饭，玩纸牌，谈谈他们那个“不来米共和国”，甚至能收到红十字会寄来的包裹。迈克尔·特罗托巴斯利用一小时的锻炼时间，恢复在监狱时下降的体能。犯人们在规定的时间内锻炼自己的攀爬能力。下午，他们没完没了地玩滚球游戏，以便目测集中营内部的布局，测定瞭望亭的角度，记下巡逻的间隔时间。

他们从没放弃逃跑的念头。木扎克村的集中营比贝里格监狱的高墙提供了更多的可能性。看守也没那么尽忠职守，而四周的田野更加便于藏身。每天犯人们都在完善自己的逃跑计划。加皮·皮埃尔－布洛克是个不知疲倦的女人，她每星期有三次去探望她的丈夫。在她下榻的木扎克饭店，她认识好几位集中营的看守，慢慢把他们争取过来。她从丈夫那里得知他们逃跑的计划，自己也把从里

---

① 见乔治·朗基拉的《有个人名叫乔治·朗基拉》一书。

昂的弗吉妮亚·霍尔听到的消息告诉他。她还给他换洗衣服和书籍，以及他的朋友们所需的食品。

加皮·皮埃尔－布洛克在罐头里放着锉刀和钳子。乔治·贝盖的动手能力极强，他利用这些工具做出V字形的利器，可以掀起围栏。后来，他又磨出了钥匙，届时可以打开牢房的门，值夜班的看守每天晚上必把这道门上锁。他又通过食堂的内应，用面包先做出钥匙的模型。每当这位业余的锁匠玩弄他的工具时，他的同伴则大声喧闹、唱歌。

更令人惊奇的是，乔治·贝盖在一位身患残疾的神甫帮助下，把他藏在轮椅里的一部发报机修好了。[①] 操作能手把机器安装在木棚的屋顶上，试着向伦敦发报。1942年5月的最初几天，他们建立了联系。[②] 毛里斯·巴克马斯特和尼克拉斯·博丁顿读着乔治·贝盖的电文，简直不相信自己的眼睛，而后者确认，他是从贝里格南面的集中营发出的，他与他的伙伴共十余人被关押在那里。贝盖说："我们没问题，希望很快出逃。"他提议出逃后仍与特工们留在自由区，恢复"工作"。法国分部的头头们迟疑良久之后，相信这不是一个圈套。这正是乔治·贝盖用莫尔斯电码从木扎克集中营发出的。其他电文接踵而来。[③] SOE满怀希望能收回自己的人马。

从1942年5月18日起，几条指令陆续传向法国，要求为即将出逃的人准备后路。一旦他们逃出集中营，一个特工必须立即与化名为玛丽的弗吉妮亚取得联系，就在通常的接头地点大新饭店，接头暗号为："请问该给您留下几个鸡蛋?"回答是："留十个吧，除非您又多出四个。"

---

① 源自马尔古斯·比尼的《秘密战》一书。

② 乔治·贝盖致伦敦的电文。见Kew（英国国家档案馆）的SOE档案。

③ 1942年6月底，伦敦收到4月15日乔治·贝盖中转发出的电文，向SOE表示他想与十个伙伴一起出逃的愿望，希望飞机届时来接他们，并告知每月15日、30日的电台频率，以便与他们取得联系。见Kew（英国国家档案馆）的SOE档案。

1909年弗吉妮亚·霍尔三岁时在开往欧洲的轮船上（凯特林档案）。

1920年左右，弗吉妮亚与鸽子嬉戏（凯特林档案）。

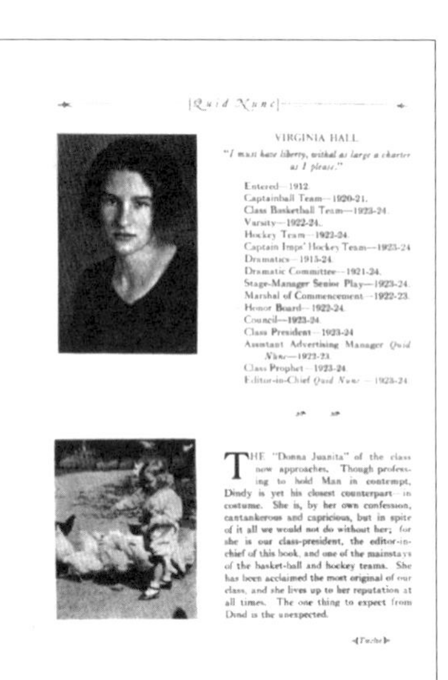

[Quid Nunc]

VIRGINIA HALL

"I must have liberty, withal as large a charter as I please."

Entered—1912.
Captainball Team—1920-21.
Class Basketball Team—1923-24.
Varsity—1922-24.
Hockey Team—1922-24.
Captain Imps' Hockey Team—1923-24
Dramatics—1915-24.
Dramatic Committee—1921-24.
Stage-Manager Senior Play—1923-24.
Marshal of Commencement—1922-23.
Honor Board—1922-24.
Council—1923-24.
Class President—1923-24
Assistant Advertising Manager *Quid Nunc*—1922-23.
Class Prophet—1923-24.
Editor-in-Chief *Quid Nunc*—1923-24.

THE "Donna Juanita" of the class now approaches. Though professing to hold Man in contempt, Dindy is yet his closest counterpart—in costume. She is, by her own confession, cantankerous and capricious, but in spite of it all we would not do without her; for she is our class-president, the editor-in-chief of this book, and one of the mainstays of the basket-ball and hockey teams. She has been acclaimed the most original of our class, and she lives up to her reputation at all times. The one thing to expect from Dind is the unexpected.

1924年罗兰公园中学的校报介绍弗吉妮亚·霍尔的版面。

在马里兰州帕克顿霍尔的一家。父亲埃德温·霍尔、母亲弗吉妮亚·芭芭拉·霍尔、哥哥约翰（凯特林档案）。

家庭照。自左至右：芭芭拉和埃德温·霍尔、弗吉妮亚（在做鬼脸）、陌生人、约翰、陌生人。没有注明日期（凯特林档案）。

1927年左右的弗吉妮亚。也许此时她在欧洲学习（凯特林档案）。

自拍照。没有注明日期（凯特林档案）。

弗吉妮亚在乡村（凯特林档案）。

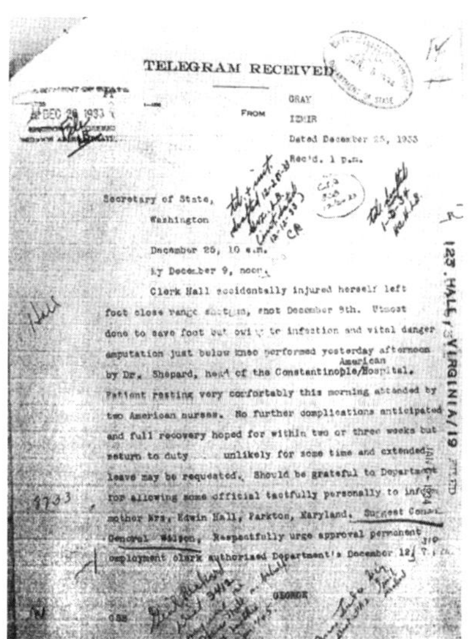

TELEGRAM RECEIVED

FROM GRAY
IZMIR
Dated December 25, 1933
Rec'd. 1 p.m.

Secretary of State,
Washington

December 25, 10 a.m.
My December 9, noon.

Clerk Hall accidentally injured herself left foot close range shotgun, shot December 9th. Utmost done to save foot but owing to infection and vital danger amputation just below knee performed yesterday afternoon by Dr. Shepard, head of the Constantinople American Hospital. Patient resting very comfortably this morning attended by two American nurses. No further complications anticipated and full recovery hoped for within two or three weeks but return to duty unlikely for some time and extended leave may be requested. Should be grateful to Department for allowing some official tactfully personally to inform mother Mrs. Edwin Hall, Parkton, Maryland. Suggest Consul General Wilson. Respectfully urge approval permanent employment clerk authorized Department's December 12

GEORGE

CSB

弗吉妮亚截肢及身体状况惊动美国国务院。1933年圣诞的电文（美国国务院档案，NARA）。

Vic[illegible]m Of Accident In Turkey

VIRGINIA HALL

A Baltimorean and graduate of e Roland Park Country School, iss Hall underwent the amputation a leg at Smyrna, dispatches from urkey said yesterday. She shot herlf accidentally on a hunting trip. blood poisoning developed and surgeon rushed to Smyrna from Istanbul to save her life, the dispatches said. She is secretary to the American consulate at Smyrna.

1934年1月，巴尔的摩报纸登载弗吉妮亚打猎受伤的消息（凯特林档案）。

DEPARTMENT OF STATE

February 7, 1938.

Memorandum for the President regarding Miss Virginia Hall, Clerk in the American Consulate at Venice, Italy.

Miss Virginia Hall was appointed a clerk in the American Embassy at Warsaw, Poland, July 9, 1931; transferred to the Consulate at Izmir, Turkey, in 1933, and to Venice, her present post, in 1934.

Under date of September 13, 1936, Miss Hall applied for exemption from the written part of the Foreign Service examination and for designation to take an oral examination for appointment as a Foreign Service officer of career. In its instruction of September 29, 1936, the Department informed Miss Hall that the regulations governing physical examinations for the Foreign Service prescribe that "amputation of any portion of a limb, except fingers or toes, or resection of a joint" is a cause for rejection, that it would not be possible for her to qualify for entry into the career service under those regulations, and that her application for designation to take an examination could not be approved. It was pointed out to Miss Hall that this action was based solely upon the regulations governing the physical requirements for entry into the career service and was not to be construed as a reflection upon her work as a clerk in the service. Miss Hall, along with other clerks whose records are satisfactory, is eligible for advancement in the classified grades of the clerical branch of the

1938年2月7日，致罗斯福总统备忘录，说明弗吉妮亚因残疾不能进入外交系统（国务院档案，NARA）。

FB/YR/38 15th January, 1941.

To: F. From: FB.

Miss Virginia HALL - (34)

who works at the U.S. Embassy, talked in my house last night of wanting to go for about a month to France via Lisbon/Barcelona. In the latter place she said her old chief would give her a visa for France.

I did not press the question too far at the time, although she talked also of joining hands with the Quaker organisation as an excuse.

It strikes me that this lady, a native of Baltimore, might well be used for a mission and that we might :

a) facilitate her voyage to Lisbon and back; and

b) stand her expenses while on her trip in exchange for what service she could render us.

I am getting fuller details on her and will put her through the cards, at the same time continuing approaches with the same end in view.

弗吉妮亚首次与SOE接触。1941年1月15日内部备忘录（国家档案馆中的SOE档案）。

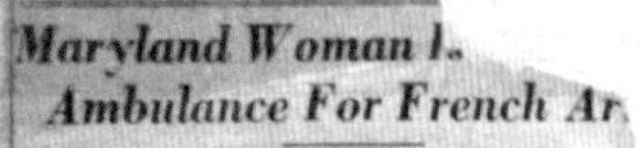

Maryland Woman [illegible] Ambulance For French Ar[illegible]

Miss Virginia Hall Joined Allies Last February [illegible]out Telling Family Of Intentions

Somewhere in France, possibly in the farflung battle zone, there is a Maryland woman, an alumna of the Roland Park Country School, driving an ambulance for the French artillery.

She is Miss Virginia Hall, 33, whose grandfather was Capt. John W. Hall, president of the Gas and Electric Company and president of the First National Bank; and whose great-uncle, Robert C. Hall, was president of the Maryland Jockey Club.

Miss Hall's mother, Mrs. Edwin L. Hall, of Box Horn Farm, Parkton, Baltimore county, last night disclosed her daughter's whereabouts. The mo[illegible] revealed that she was anxiously a[illegible]ing word from her daughter, [illegible] has had no letter since one [illegible] that said only that Miss Hall was [illegible] the front, "weary and grubby" b[illegible] "well taken care of."

"These words were well-intentioned," Mrs. Hall said, "but they afford me little consolation, for in her characteristic manner she is trying to make things sound better for me."

Mrs. Hall said that her daughter joined the French ambulance unit—

(Continued on Page 5, Column 2)

THE SU[illegible]

Maryland Woman Is Driving Ambulance For French Army

Miss Virginia Hall Joined Allies Last February Without Telling Family Of Intentions

(Continued from Page 25)

one attached to the Ninth Artillery Regiment—in February without telling her family about it until afterward.

Miss Hall, a graduate of Barnard College, as well as of the local school, lost a leg in a hunting accident in [illegible]. As she remained active despite her handicap, she apparently was accepted by the French army without reservation.

She went up to the front on May 6 and wrote her mother four days later from a cottage in which she was living and where there still was "plenty of good food." That was the last letter, and the Germans have been moving fast since then.

A Veteran Traveler

Miss Hall is a veteran European traveler. Shortly after graduating from college, she went on a summer tour of the Continent and remained in Paris to study at the Academy of Arts and Sciences.

She came home, but was back in Vienna in a short while, studying for two years at the Consular Academy with the hope of entering the diplomatic service. To further her studies she returned again to the States and took some courses at a school in Washington.

Back she went to Vienna, then [illegible]

MISS VIRGINIA HALL.

again for more studying, this time in Baltimore. This was in 1931, and she soon received notice she had been selected as secretary to the American Embassy in Warsaw.

In the service of the State Department she spent three years at Venice and some while at Tallin, Estonia. She was in Tallin during the Russo-Finnish war. She left the State Department in November of last year.

1940年6月12日，《巴尔的摩太阳报》报道弗吉妮亚加入法国军队的消息（凯特林档案）。

1941年SOE人事档案里的弗吉妮亚照片（国家档案馆中的SOE档案）。

图示

- 分界线
- 自由区
- 被占区
- 禁地
- 意大利人控制区
- 被并入德国的阿尔萨斯和洛林地区

1941年的法国

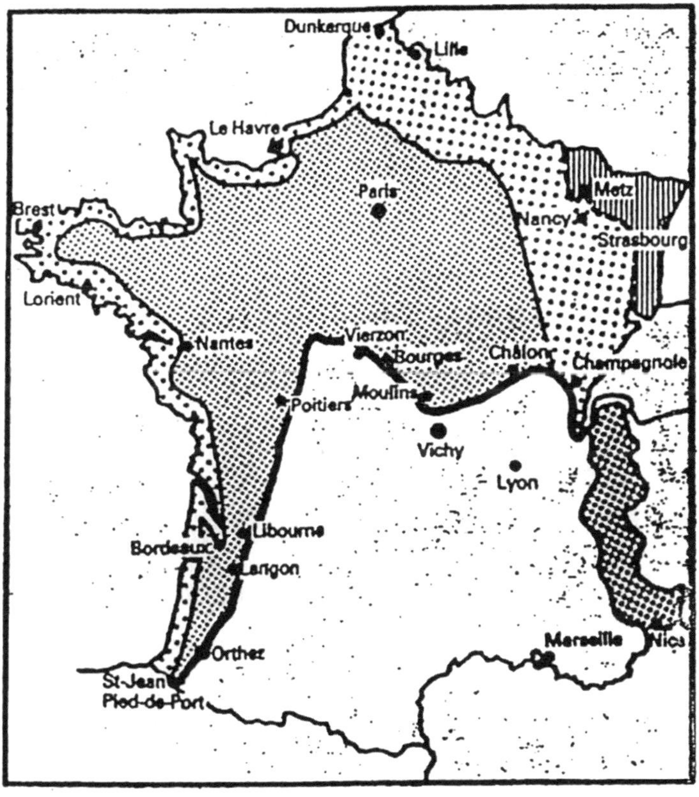

1941年被分裂的法国——被占区和自由区（南部）。

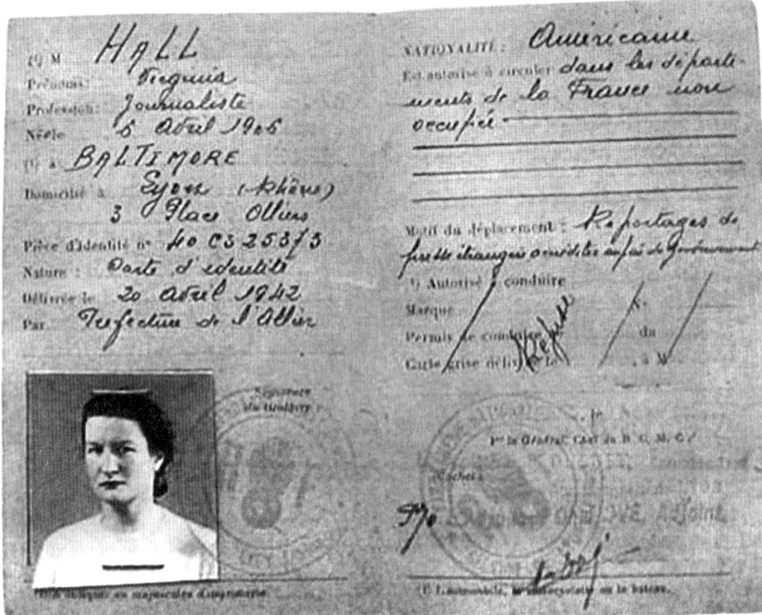

NOM: HALL
Prénoms: Virginia
Profession: Journaliste
Née le 5 Avril 1906
à BALTIMORE
Domicilié à Lyon (Rhône)
3 Place Ollier
Pièce d'identité n° 40 CS 253/3
Nature: Carte d'identité
Délivrée le 20 Avril 1942
Par Préfecture de l'Allier

NATIONALITÉ: Américaine
Est autorisé à circuler dans les départements de la France non occupée

Motif du déplacement: Reportages de presse étrangère autorisée

1942年4月弗吉妮亚·霍尔领到的驾照（凯特林档案）。

1942年1月22日，弗吉妮亚在《纽约邮报》上发表的另一篇文章（《纽约邮报》档案）。

layed plans for a railway linking the Syrian port of Beirut ing the new military organization planned for the region.

Bathroom Offices in Vichy

Reporter Finds Capital Crowded

By VIRGINIA HALL
Special Radio to The Post

VICHY, Sept. 4.—When you arrive in Vichy, it seems that the years have been rolled back. There are no taxis at the station for the incoming guest, but half a dozen buses are waiting there stolidly to trundle new arrivals to various destinations in town. A few one-horse shays are hopefully dawdling about—mostly in vain. I took a bus—a "gazogene" which uses charcoal instead of gasoline

EXCLUSIVE

all have their scissors to cut your coupons and scrupulously take their toll, snipping tickets off your cards each time you have a meal.

No Butter, Little Milk

France would be a paradise for vegetarians if there were plenty of milk and cheese and butter, but I haven't yet seen any butter and there is little milk.

The innumerable little bistros of any French town of former days, where one could eat cheaply and well, have disap-

《维希的浴室成了办公室》，1941年9月4日弗吉妮亚在《纽约邮报》上发表的文章（《纽约邮报》档案）。

10 TRAVEL · INTERNATION

France's Rabbits 'On

Fail to Breed for Lack of Proper

By VIRGINIA HALL
New York Post
Staff Correspondent

Copyright, 1942, New York Post

SOMEWHERE IN FRANCE (by airmail).—This wartime regime becomes curiouser and curiouser with the passing days. Strange occurrences take place and strange conditions arise. Take crime, for instance.

EXCLUSIVE

Blood crime, good old "crime passionnel", is on the decrease, but petty larceny, theft of food and means of transportation have assumed undreamed-of proportions.

Food disappears out of the larder (a policewoman confided that a piece of meat had been stolen out of her market basket twice during her shopping round not long ago—she retrieved it both times. Wine disappears from cellars and fuel from any

have gone on strike. Consternation reigns among rabbit fanciers and the more material rabbit ranchers. The prospective fathers of thousands of rabbits have apparently lost interest in their wives and their pride in numerous progeny. They are listless and disinterested.

The rabbits' unbalanced diet is at the root of the trouble. The buck rabbit has been living on a sparse diet of green and a little hay, but no lacings of meal, oats, milk or prepared foods, and his vitamin intake is insufficient and unbalanced.

Pigeons haven't gone on strike, but they are being eaten up rapidly. Bordeaux, for example, used to pride herself on its friendly pigeons, estimated at 5,000, and always proved of great tourist value.

But now it is reported that the latest pigeon census in Bordeaux puts the population at only 91.

尼克拉斯·博丁顿，SOE法国分部的二号人物（国家档案馆中的SOE档案）。

毛里斯·巴克马斯特，SOE法国分部的头目（国家档案馆中的SOE档案）。

薇拉·阿特金斯，巴克马斯特的助手，弗吉妮亚的女友（国家档案馆中的SOE档案）。

彼得·莫兰德·丘吉尔，他在1942年1月被派往法国视察工作（国家档案馆中的SOE档案）。

弗兰西·巴桑（又名：奥利弗），乌尔幸特工站头头，曾与弗吉妮亚共同签署汇报材料（国家档案馆中的SOE档案）。

乔治·杜博丁（又名：阿兰），里昂斯普鲁士特工站头头，曾与弗吉妮亚关系紧张（国家档案馆中的SOE档案）。

爱德华·塞夫（又名：欧也纳或马蒂厄或乔治或艾波尼），被派往弗吉妮亚身边的第一位收发报员（国家档案馆中的SOE档案）。

让·胡塞大夫（又名：贝班或贝），在海克勒特工站内部是弗吉妮亚的左右手（源自安德烈·古尔乌瓦西埃的《海克勒情报网》一书）。

丹尼斯·瑞克（又名：贾斯汀），曾被弗吉妮亚收留住下（国家档案馆中的SOE档案）。

布赖恩·斯通豪斯（又名：塞莱斯廷），弗吉妮亚的收发报员。1942年10月弗吉妮亚刚离开时就被捕了（国家档案馆中的SOE档案）。

皮埃尔·勒谢纳，弗吉妮亚的收发报员。在弗吉妮亚于1942年11月离开时被捕（国家档案馆中的SOE档案）。

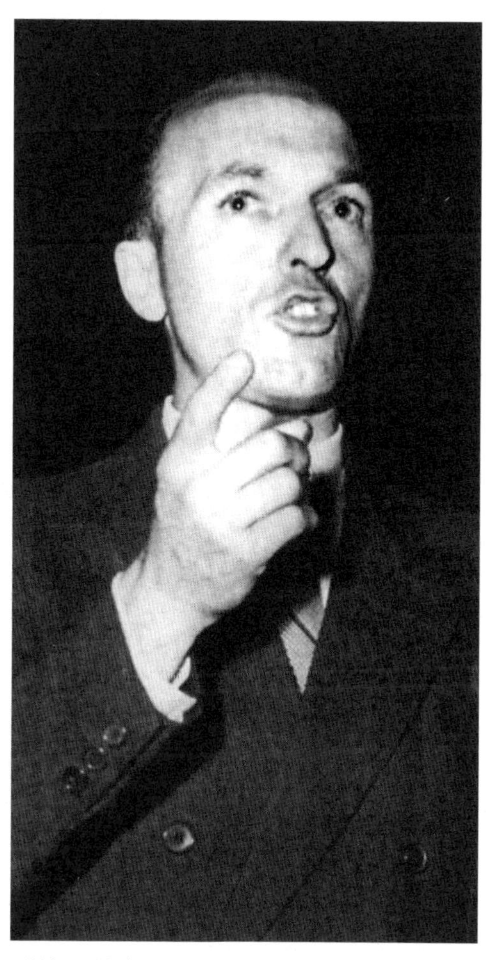

罗贝尔·阿来希（又名：让·阿古安或阿古安或阿克塞勒或勒内·马尔丹或比肖普或富兰克林），打入弗吉妮亚特工站的双重间谍（见1994年冬NARA杂志）。

弗吉妮亚·霍尔在西班牙的巴塞罗那，时间可能是在1942年岁末（杰基·德鲁里档案）。

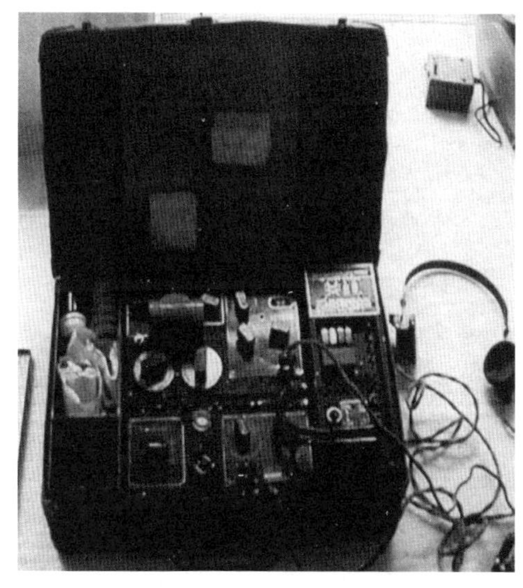

1944年，弗吉妮亚的手提无线电台（凯特林档案）。

1944年8月法国被解放的领土地图（里昂CHRD收藏）。

1944年9月，弗吉妮亚与戴安娜独立团的战友们在一起（让·纳莱档案）。

1944年9月，亨利·莱利（又名：拉斐尔）、弗吉妮亚、艾玛特（中尉）、保尔·戈阿罗（又名：海门或亨利）合影。

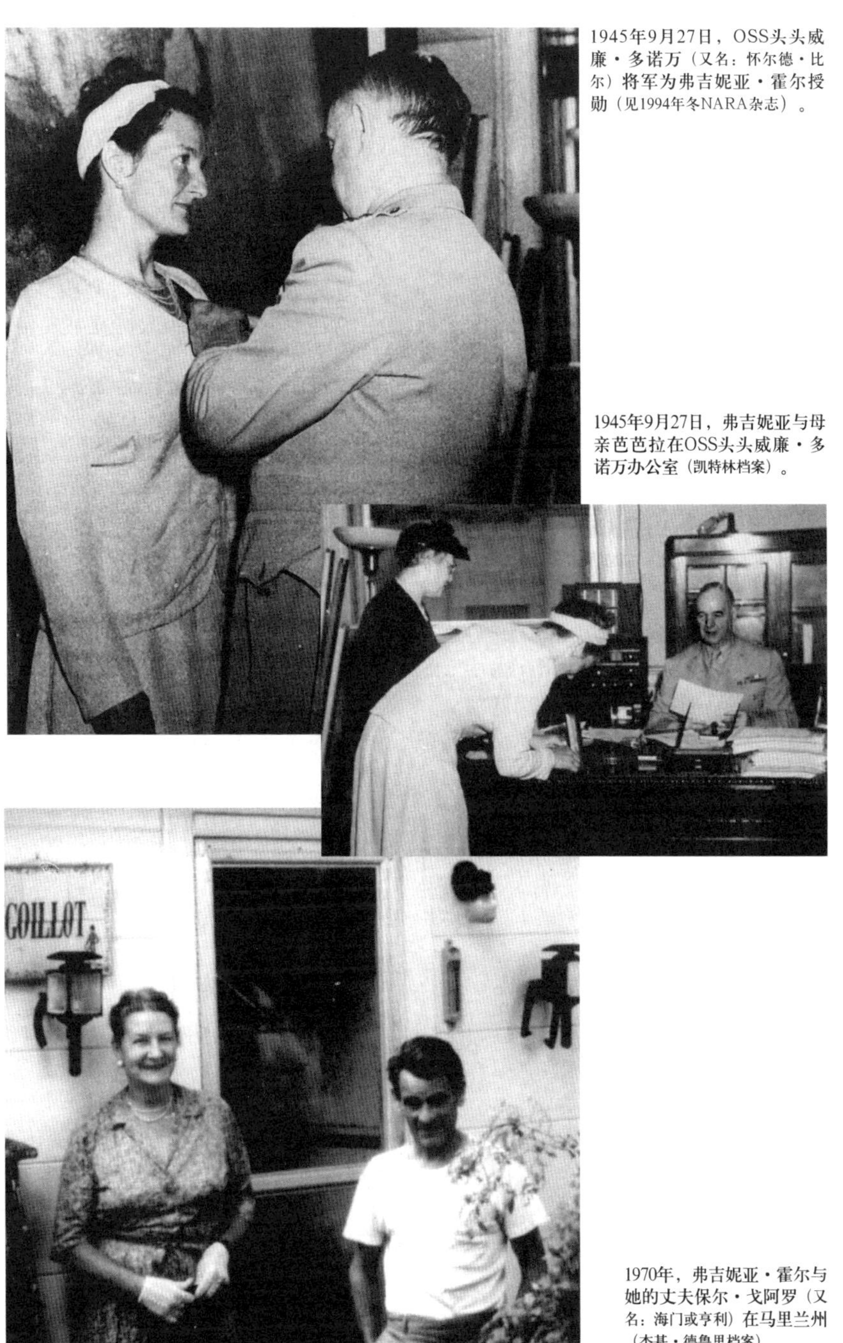

1945年9月27日，OSS头头威廉·多诺万（又名：怀尔德·比尔）将军为弗吉妮亚·霍尔授勋（见1994年冬NARA杂志）。

1945年9月27日，弗吉妮亚与母亲芭芭拉在OSS头头威廉·多诺万办公室（凯特林档案）。

1970年，弗吉妮亚·霍尔与她的丈夫保尔·戈阿罗（又名：海门或亨利）在马里兰州（杰基·德鲁里档案）。

2006年12月12日，洛娜·凯特林（弗吉妮亚的侄女）在法国驻美大使让-戴维·勒维特（站立者）、英国大使戴维·曼宁共同举办的追思会上（作者档案）。

1944年7月，弗吉妮亚在爱德蒙·莱布拉辅佐下发报。作者杰夫·巴斯。此画于2006年12月12日在华盛顿揭幕，后由CIA博物馆收藏（作者档案）。

弗吉妮亚同时得到这个发报员将到的消息及暗号。[①] 她还收到了几个被俘者的照片，但她出于谨慎，又通过其他渠道以证实其身份。[②] 她同时请化名为勒内或维克的哈伊姆·维克多·吉尔森——偷渡至西班牙的接头人，准备特工们的偷渡行动。6月23日伦敦致维克的电文是这样写的：

> 两个特工在里昂将与您联系，研究我们在木扎克集中营的人出逃一事。与他们和玛丽合作。帮助他们，千万别泄露具体组织计划。[③]

维克多·吉尔森与他的朋友们负责在木扎克附近的森林里寻找一个农场，为逃脱者在等待出境时的藏身之所。

加皮·皮埃尔－布洛克也在当地完成了准备工作。她有一次在集中营的会见室看她的丈夫时，告诉他整个行动的细节。一个阿尔萨斯看守同意帮助犯人。另一个把一封信塞在阿司匹林的药管里，也同意帮忙，条件是要五千法郎，并且与逃犯一起离开这个鬼地方。他答应放哨，用打火机确定是否能通行。

一切都准备就绪，行动定在1942年7月15日至16日的夜间。国庆节前夜[④]，让·皮埃尔－布洛克扬起了带有红十字的三色旗，结果是他被剥夺了会见权。隔着铁丝网，他看见他的妻子哭成泪人儿似的，之后他的妻子再去维希，次日她要去皮埃尔·拉瓦尔的办公室，请求释放她的作为议员的丈夫。这是她不在现场的绝妙

---

① 1942年5月21日，伦敦给玛丽的电文。见Kew（英国国家档案馆）的SOE档案。

② 1942年6月27日，玛丽致伦敦的电文。见Kew（英国国家档案馆）的SOE档案。

③ 1942年6月23日，伦敦致维克的电文。见Kew（英国国家档案馆）的SOE档案。

④ 法国国庆节是7月14日。——译者注

证据。[①]

7 月 15 日晚对这十一个准备逃跑的人来说，简直是漫漫长夜。[②]夏多胡的车库主反对这次行动，误吃了茶缸里的安眠药躺倒了。犯人的床被伪装成有人在睡觉的假象。其他犯人早就有所察觉，隔着木屋的窗口，静静地注视着他们的伙伴的夜间行动。

他们一直等到凌晨三点。一个被争取过来的卫兵从瞭望塔上挥动着点燃的打火机。

这是行动的信号。

他们用乔治·贝盖特制的钥匙打开了牢门。探照灯横扫着集中营的各个通道，犯人们用一块布挡着出口。迈克尔·特罗托巴斯赶紧向铁丝网奔去。他扫清了通道。

这一行人用了十来分钟就一个接一个钻出了双层铁丝网，后面跟着与他们一起出逃的看守。有一个看守感到有情况，走近铁丝网旁的巡逻小路。

“是英国人吗?”他问道。

“是的。”迈克尔·特罗托巴斯说道，准备向他发起攻击。

“那好，声音轻些。”[③]

出逃者在漆黑的夜里乘上一辆隐藏在森林里的雪铁龙小卡车。维克特工网的拉扎尔·哈希利纳、阿尔贝·里古莱（又名：勒弗里塞)、拉乌勒·朗贝尔迎接他们。拥抱庆祝只延续了短短几分钟。他们应该迅速躲进隐蔽处。

时间是 1942 年 7 月 16 日的早上六点三十分。SOE 刚刚完成了第一阶段的壮举。逃跑者在欢庆他们获得自由的同时，并不知道巴

---

① 摘自让·皮埃尔－布洛克《岁月历历在目》一书。

② 他们是：乔治·贝盖、乔治·朗基拉、让·皮埃尔－布洛克、雷蒙·罗歇、迈克尔·特罗托巴斯、杰克·海耶斯、克雷芒·朱莫、让·勒哈利维尔、罗伯特·里昂、菲利普·利沃、弗兰西·加雷尔，以及与他们同行的集中营看守。

③ 源自乔治·朗基拉的《有个人名叫乔治·朗基拉》一书。

黎警方刚刚开始对在法国的犹太人发动最大的一次清扫行动，把一万两千个人关起来，然后再送进其他集中营……

逃跑者被带到森林中的一座废弃的房子，那里已准备了肥皂、剃须刀和食物。他们将在那里待上两个星期左右，哪儿也不能去。

在木扎克集中营，7 月 16 日大清早，当局发现十二名犯人人不知鬼不觉地消失了，愤怒到极点。好几名看守受到严厉盘问，有的受到制裁。周围的道路全被封闭。维希的警方展开调查，搜寻逃跑者。加皮·皮埃尔－布洛克被捕，她拿出其时在维希的证据，诉说自己不知情，因而很快被释放了。为犯人提供服务的不怎么受信任的看守被威胁说，倘若再有犯人逃跑，就要受到惩罚。哈伊姆·维克多·吉尔森得知他在弗吉妮亚·霍尔的参与下，自己精心准备的这次行动大获成功之后，于 7 月 18 日向伦敦发出一份密码电报：

> 我很高兴地告诉您，7 月 18 日之后度假的孩子们身体健康。致以真挚的友谊。[①]

他而后收到 SOE 最热烈的祝贺。在直布罗陀海峡，尼克拉斯·博丁顿正准备出发去法国，得知这个消息后，对所有他将看望的特工就另眼看待了。

不过维克还得把这些逃亡者撤离法国。他把这些人命名为“喀麦隆部落”。他的情报站的两个女人定期来到密林中的这座房子。她们为其中的六个英国人送去由弗吉妮亚转交的假证件。于是这些人就可以登上火车，不必担心受到盘查了。他们来到里昂市郊，又住进一个同情抵抗运动的朋友安排的藏匿地。他们用照相机拍下其他法籍逃跑者的照片，在警方的一个内线的协助下，以他们的名字仿制了假身份证。这些特工后来也找到几个可靠的藏身之地。在逃

---

① 见 Kew（英国国家档案馆）的 SOE 档案。

亡者分成小组最终启程之前，弗吉妮亚·霍尔为他们提供了饭票。

在整个八月份，这些“喀麦隆人”将按照哈伊姆·维克多·吉尔森的出境计划行事，他先把他们带向贝尔比尼安，然后再去西班牙。其中大部分人被佛朗哥的警方逮捕，送进米兰达集中营，后来他们又被释放，通过直布罗陀海峡抵达伦敦。11 月初，所有“喀麦隆人”历尽磨难，终于安全返回。[①] 让·皮埃尔－布洛克立即加入到戴高乐派的阵营之中，成为自由法国秘密机构（BCRA）的重要成员之一，他的妻子加皮·皮埃尔－布洛克几个月后也来到伦敦，与他并肩战斗。[②]

多亏这次伟大的出逃行动，SOE 终于救出了他们最优秀的几名特工，这些人将立即执行新的任务。维希警方对此事十分恼火，他们加紧了镇压行动。

弗吉妮亚·霍尔在这次成功的行动中作出了巨大贡献，但她没时间庆祝一番，因为 1942 年夏，伦敦方面又命令她立马去执行新的任务了。她绝不会想到，她的命运从此将被掌握在一个前来与她会晤的怪异的“上帝仆人”手中了。

---

① 见 Kew（英国国家档案馆）的 SOE 档案。

② 加皮·皮埃尔－布洛克得知她参与抵抗行动、被法国当局判处二十年徒刑后，也逃离祖国，于 1943 年 7 月来到伦敦。源自让·皮埃尔－布洛克的《直到最后一天》一书，及 2005 年 12 月 15 日作者对他们儿子的电话采访。

第十四章
古怪神甫来访

1942 年 8 月 25 日的下午，弗吉妮亚在里昂奥利埃广场的寓所响起阵阵敲门声。美国女人早已习惯谨慎从事，仍保持一贯的镇定。她立马听出是她的左右手让·胡塞医生的声音，他请她开门。

“巴黎的信使来了,”他致礼后轻声说道，“这次，他一定要见到您。您能带着钱立即与他见一面吗?”

弗吉妮亚明白她的助手想说什么。

她抓了一个放在橱柜里的大信封，随着大夫下楼，一直跟着他经过罗纳河上的桥，走进他在安托南－本赛广场的寓所。

在诊所的候见室里，弗吉妮亚遇见几位候诊的病人。她走进让·胡塞医生的私人房间，迎面看见一个人。此人约有三十五岁，穿着神甫袍，身材粗壮，脸圆圆的，尖鼻子，下巴前倾，棕色头发已很稀疏。在他红润的脸上，一对眼睛亮闪闪的，注视着周围的动静，非常警惕。

“是玛丽吗？见到您很高兴。”那人带着很重的日耳曼口音的法语说道。

弗吉妮亚突然愣住了，因为她很不喜欢德国口音。那个用她的假名称呼她的人笑了，立即明白对方的反应。

“作个自我介绍吧。我名叫罗贝尔·阿来希（又名：让·阿古安或阿古安或阿克塞勒或勒内·马尔丹或比肖普或富兰克林），原籍阿尔萨斯，所以口音很重。我是拉瓦雷纳－圣－伊莱尔的副本堂神甫，是您的SMH网站的朋友们让我来的。他们大约已经告知您了。”

美国女人以目光表示没错。来访者继续说道：

“在地下活动中，大家叫我让·阿古安。上几次，我没待多久，所以没来得及拿东西。我放下信件就回巴黎去了。这一次，时间充裕，我有事要对您说。”

弗吉妮亚的精神松弛了。穿教袍的男人刚才提到SMH，那是建立在巴黎地区的抵抗组织代号。4月底，他们派遣了一个信使，代号就是SMH。此人三十岁左右，身材轻盈，棕色眼睛，蓄着细细的小胡子，声音坚定。SMH每到一个地方，都会带来资料和胶卷，都涉及德军的机密情报，是由从拉洛海纳到波尔多广大被占领区大城市的地下组织成员收集起来的。

雅克·勒格兰是居里研究所的年轻化学工程师，有着非常广泛的人际关系，从著名画家的女儿、优雅动人的加布里埃勒·皮卡维亚（又名：葛洛丽亚）到用法语写作的爱尔兰大作家萨缪尔·贝克特，以及他的朋友阿尔弗雷德·佩隆，他都认识。其中还有乔治·贝利，他是原内阁成员弗朗索瓦·达尔朗将军的儿子，要不就是马塞尔·莫斯的弟子——年轻美学家热曼纳·迪里翁，他住在圣芒代区。这个情报网与在巴黎的波兰和比利时的抵抗分子，以及与英国情报组织（SIS）的特工的联系更加紧密。雅克·勒格兰在一次次的打击下，与伦敦失去了联系。皮埃尔·德·弗梅古尔是巴黎地区极为活跃的SOE特工。1942年4月末他在被捕前，曾劝说雅克·勒格兰把情报送至里昂的一位医生和一位名叫玛丽的美国女人手中，他们可以帮他逃到英国首都。他的兄弟菲利普·德·弗梅古尔一直活跃在自由区，也能把他带去见他们。

于是SMH定期去安托南－本赛广场胡塞大夫的寓所。这个地址已经变成了里昂的专用信箱了。弗吉妮亚决定赌一把。SMH还在她面前提到过葛洛丽亚，这使她想起了加布里埃勒·皮卡维亚，就是那个在圣克鲁出生的棕发年轻女子，她是在1940年认识她的，她们曾在同一个法军救护队工作过。加布里埃勒·皮卡维亚是SMH身边的人，让美国女人宽心不少，不过她为避免过多的风险，并不想再与这个女友见面。

弗吉妮亚通过无线电台告知她的上司，SMH来找过她了。伦敦方面提醒她说，“不必冒不必要的风险”，因为这个特工毕竟不是SOE的人。[①] 这道指令看似谨慎，实际反映了英国情报组织各自为政的传统分歧。然而弗吉妮亚不是一个受人摆布的人。她没有按伦敦方面的指令办，于是雅克·勒格兰继续穿梭于巴黎和里昂之间。7月1日，他再次到来，带来了德军调动的情报和微缩胶卷。这下伦敦方面开始对他感兴趣了。他过去的代号已经被盖世太保发现，从此他改名为WOL。

既然SOE和SIS开了绿灯，弗吉妮亚给了雅克·勒格兰十万法郎的现钞。她要求BBC电台反复播报这样的信息：“啊！森林之猴，回老家去吧。”那是发给SMH－WOL的成员听的。[②] 7月24日，雅克·勒格兰最后一次来访，给他的里昂女联络员带来了109张照片底片以及行动计划。他告诉她说，出于安全原因，他不能再来了，不过另一名“信使”将会替代他，是个值得信任的人，他主要是来取回伦敦方面同意支付给他们组织的余额。

几天后，也就是8月4日，这位替代人，也就是罗贝尔·阿来希或让·阿古安来到胡塞大夫的寓所。按约定，他放下文件和胶卷，但他立即回巴黎了，并没等弗吉妮亚到来，后者本该把钱交给

---

① 1942年5月18日伦敦给玛丽的电文。见Kew（英国国家档案馆）的SOE档案。

② 见Kew（英国国家档案馆）的MI－5（安全局）档案皮卡维亚卷。

他的。[1] 8月25日，他又重新出现了，胡塞大夫并不感到惊讶，他立即去通知他的女友，说穿黑衣的过路信使来了。

罗贝尔·阿来希神甫表示歉意。这一次，他既没带情报，也没带胶卷给他的两位里昂联系人。他说他迟到了，因为他的一个朋友让-雅克·赫利（化名为皮埃尔）被捕了，他的兜里还装着组织成员的名单。神甫希望能多逗留几天，等事态平稳之后再走。弗吉妮亚仔细听完了神甫的叙述，几天后向上司作了汇报：

> 神甫与WOL一起工作，主要是送军事情报，这些情报都是他们招募的年轻人，如童子军、青年营之类的人收集到的。他交给我WOL写的一封信，嘱咐我别忘了我答应给他的胶卷，并且告诉我现在极其危险，要格外小心。我给了神甫一笔钱，祝他好运。他大约在下星期二回去。[2]

罗贝尔·阿来希把二十万法郎放进他的背包里，带上他的黑色贝雷帽，上路了。[3]

弗吉妮亚对这位穿教袍的来访者的感情很复杂。他的日耳曼口音使她有些茫然，激起她对往日的回忆。然而，神甫在她面前表现出强烈的反德情绪，说明他具有坚定的信念。如同他自己所说，他是从SMH-WOL方面来的，而且事实上也交出几次货真价实的“东西”了。他似乎对他的情报站的内部机密也很了解。胡塞大夫对这位神职人员印象不错，他的穿着令人肃然起敬。再说了，伦敦方面似乎对这个情报站送来的军事情报评价不错，即便他们并非打着SOE的旗号。因此，弗吉妮亚没有理由不相信这位神甫。她不再

---

① 见Kew（英国国家档案馆）的SOE档案弗吉妮亚·霍尔卷。

② 1942年9月6日玛丽致SOE的有关罗贝尔·阿来希神甫报告。

③ 源自1943年SMH-Gloria情报网的财务报表。现存Kew（英国国家档案馆）的MI-5（安全局）档案皮卡维亚卷。

犹疑，想为他起一个代号，胡塞大夫说就叫比肖普吧，是英国助理司铎。弗吉妮亚欣然同意。

几天来，弗吉妮亚感到很兴奋，因为 SOE 法国分部的二号人物尼克拉斯·博丁顿在 8 月初到里昂出差，他俩面对面讨论了很长时间。[①] 她一再强调她不感到危险在即，与她的某些上司的看法恰恰相左。博丁顿对这个大胆无畏的女人十分信任，自 1941 年 1 月的某天晚上他俩第一次会面之后，他就对她赞赏有加了。

她不是想留在里昂吗？行！1942 年 8 月 5 日，尼克拉斯·博丁顿向伦敦方面建议，取消一个月前打算让弗吉妮亚撤离的计划，因为这里“一切都好”。SOE 采纳了这个建议。他们只是向《纽约邮报》请求再次确认她在法国的记者身份，并且希望该报继续让她写文章，使她有理由继续在法国逗留。[②] 此外，博丁顿平息了在里昂特工们之间矛盾，这是弗吉妮亚几个月来一直希望解决的。发报员爱德华·塞夫太劳累了，博丁顿答应给他配备副手；他还同意陷入困境的斯普鲁士网站的头头乔治·杜博丁扩大他的行动范围。他支持 6 月份刚来法国的罗贝尔·布尔戴特（又名：尼可拉或瘸腿罗贝尔或瘸腿尼可拉或瘸腿）的工作。由于与杜博丁的配合不十分默契，尼克拉斯·博丁顿决定在里昂北面建立自己的下属情报站，手下有勇敢的化妆品制造商约瑟夫·马尔尚和已经参与抵抗运动的他的伙伴让·雷尼埃。

经过几个星期的调整，弗吉妮亚得到很大宽慰，精神为之一振。她在等待由美国驻维希大使馆军事专员转来的一笔七十五万法郎的活动经费。他们还答应尽快给她送来伪造的饭票，此时她已经捉襟见肘了。伦敦方面告诉她，敌对方间谍已经盯上美国领事馆

---

① 尼克拉斯·博丁顿于 1942 年 7 月 20 日带着几个人在法国巡视，赞扬了几个特工站的工作。见《法国抵抗运动史》等书。另见 Kew（英国国家档案馆）的 SOE 档案尼克拉斯·博丁顿卷。

② 上述电文往来均见 Kew（英国国家档案馆）的 SOE 档案。

了，她与他们联系有太多危险，但她跟本不放在心上。[①]

9 月 2 日是星期三，罗贝尔·阿来希，即比肖普，又回到里昂。这次，弗吉妮亚向他提出一些急迫的问题。后来她追忆说："我与这个神甫在一起很不舒服。"在这期间，她得知 WOL 特工站的四个人于8 月中旬在巴黎被捕。然而，在8 月 25 日她遇见阿来希时，他居然只字未提。弗吉妮亚感到不解，问他是否知道这件事情，第一次来见她时为什么不提。

神甫面有难色，说了一通话为自己辩解：

"说真的，8 月中旬之后，我也没有得到 WOL 的消息了。我也很不安哪。我最近才知道有一个名叫热尔曼娜的女人，与她的母亲一起被捕了，她们是这个特工站的成员。我把从里昂带回的钱交给了一个叫雅尼娜的女人，现在也与她失去了联系。"[②]

神甫又说，他感到很孤独，这些坏消息使他很沮丧，上次见面他不想提起此事是不想让弗吉妮亚伤心云云。他又明确地重申，WOL 在 7 月 21 日已经任命他为巴黎东南部地区情报站负责人。他认为，伦敦总部不会不知道此事。他又动情地请求弗吉妮亚给予他帮助。美国女人后来又回忆道：

> 他请求我对他提出要求和建议，并且坚持要我不辞而别时指定另一个人与他联系，他现在就想接触这个人。总之，他的表现就像一个好学求知的孩子。我希望他回巴黎去，去寻找他的特工站伙伴，想办法把这个特工站重新组织起来，然后再回到这里，应该在 9 月 20 日左右吧，等他介绍情况后再领受指示。[③]

---

① 1942 年 8 月 17 日，伦敦致弗吉妮亚的电文。见 Kew（英国国家档案馆）的 SOE 档案。

② 事实上，雅尼娜，即加布里埃勒·皮卡维亚（又名：葛洛丽亚），从未收到过所说的二十万法郎。见 Kew（英国国家档案馆）的 MI－5（安全局）档案皮卡维亚卷。

③ 1942 年9 月6 日，关于阿来希神甫，玛丽致伦敦的电文。现存 Kew（英国国家档案馆）的 SOE 档案。

9月6日，弗吉妮亚把这个神甫的情况起草了一份详尽的报告给伦敦方面。经过慎重考虑之后，她认定："我不能肯定他就是一个骗子，因为我与他最近一次见面时，他交给我的信中的内容只有WOL和我本人知道。"同时，她又发送了一份电文，确认WOL网站的的几个成员被捕了。她在这份电文中又问是否有一个名叫罗贝尔·阿来希或化名为让·阿古安的人被伦敦方面收编了。SOE的头头们不明就里，不知她在影射什么。

头头再次说道："阿来希或阿古安，我们都不认识。别与WOL周旋了。"[①]

弗吉妮亚太忙了，或是太自信了，根本没把这个指令放在心上。10月初，神甫又重返里昂。[②] 这一次，他肯定又与巴黎地区的其他抵抗者接上头，他们给了他资料要他转交给伦敦，里面有微缩胶卷、纸张和地图等。这真是上帝带来的礼物。于是弗吉妮亚又给了他十万法郎，支持这些抵抗人士。她还询问SOE总部支付这笔钱是否得当。

1942年10月中旬，伦敦发出明确的指令：再次允许弗吉妮亚支付这笔巨款。[③] 在此鼓舞下，弗吉妮亚甚至把胶片和一部电台给了罗贝尔·阿来希神甫。[④]

---

① 9月8日玛丽致伦敦的电文，以及1942年9月10日伦敦的回电。现存Kew（英国国家档案馆）的SOE档案。

② 罗贝尔·阿来希神甫在1942年春的几次来访，时间难以确定。1943年3月24日伦敦方面询问弗吉妮亚，她却向安全部官员认定1942年9月底神甫没去，并且在11月他走之前再没见过他。但这与她发的几次电文不符，她在电文中说：1942年10月10日，她给了神甫十万法郎，10月18日，她又给了他钱、胶卷和指令。见Kew（英国国家档案馆）的MI－5（安全局）档案。

③ 1942年10月10日，菲洛曼娜（弗吉妮亚电台使用的新化名）致伦敦的电文，说明她把十万法郎交给了罗贝尔·阿来希神甫。1942年10月13日，伦敦同意支付这笔款项。现存Kew（英国国家档案馆）的SOE档案。

④ 源自华盛顿NARA的OSS档案。总之，罗贝尔·阿来希神甫的装备齐全了。他还得到伦敦总参谋部精心收集到的军事情报。

然而，这种后勤方面的大力支持是很脆弱的。关于这位神秘的通风报信者，伦敦方面对他也是将信将疑。他们一面命令弗吉妮亚与他一起工作，一面对她继续给他提供情报很不高兴。弗吉妮亚对这模棱两可的态度很不理解，说她是严格按照下达的指令行事的，希望 SOE 能给出明确的答复。1942 年 10 月 9 日，SOE 的答复并没消除误会：英国情报机构对继续与这个“神甫小组”合作表示出他们的“不安”，同时又指出，此人直到现在工作的“成果还是令人满意的”。[①] 他送来的情报质量就其所冒的风险来看似乎也是可以肯定的。红灯和绿灯同时亮起：这种似是而非的态度延续了几个星期，使弗吉妮亚和她在里昂的情报站处于一种愈来愈陷于暴露的境地。

美国女人虽然有一种预感，但她一时还梳理不清。她的上司们要“钓鱼”，又投鼠忌器。他们在本能上要求他们要更加提高警惕，因为他们想象不出他们所冒的风险会给他们带来多大的损失。事实上，罗贝尔·阿来希神甫是双重间谍，他不顾危险渗透进英国情报机构，又为德军的反间谍机构 Abwehr 效力。在德军的命令下，他来到里昂，发现了“霍尔小姐”的关系网，现在他几乎已洞悉内情。

这个陷阱是由两名德国反间谍专家精心布置的，一名是卡尔·夏菲上尉，另一名是他的上司奥斯卡·雷耶上校，他领导 Abwehr 下属的 III－F 小组，在巴黎成立了办公室。这两个经验老到的军人的主要任务是收集盟军行动计划的情报供总参谋部参考。

他们是这方面的专家，专事追捕破坏者、抵抗运动成员、来法国的英国特工，其目的是对他们策反，利用缴获的电台扰乱英国的

① 以上电文均见 Kew（英国国家档案馆）的 SOE 档案。

视听，介入他们的通讯系统，而不一定非得立即消灭他们。[①] 战后，罗贝尔·阿来希神甫是这样叙述的："奥斯卡·雷耶上校认为，最好把他们置于监控之下，甚至让他们发展，这样也比较容易控制，而不是让英国人去自行发展，否则，Abwehr 还得花好大力量把他们挖出来。"[②] 就这样，雷耶上校的一名特工雨果·布莱谢（又名：让）指示马蒂尔特·加来（又名：维克多或雌猫）渗透进皮埃尔·德·弗梅古尔的情报站，甚至在1942年2月的一天，他还协助皮埃尔·德·弗梅古尔的手下在普列塔尼的一个海滩登陆去了英国。

Abwehr 由镇守柏林的威廉·卡纳里斯海军上将领导，此人便是1944年刺杀希特勒失败的一次阴谋的策划者。不过，Abwehr 与以消灭政权的反对者为宗旨的德国警方的目标不一样，他们与盖世太保是竞争关系，甚至有冲突。盖世太保的灭绝人性的手段并不合所有头头脑脑的胃口。不管怎么说，军队的反间谍系统远不是慈善机构，他们的人在逮捕、威胁、处决对手方面也毫不手软，也会不择手段地利用可以争取的非正规军人，他们称之为 V - Männer，即"可信任的人"。

接近弗吉妮亚·霍尔的 V - Männer 都是一些极为可怕的人。罗贝尔·阿来希生于1906年3月6日，是卢森堡的望族子弟，他在瑞士钻研神学，于1933年被任命为神甫。他起初是达佛的助理司铎，1935年在巴黎定居，其时他的一个兄弟流亡至柏林。他本性多疑，年轻时就梦想在巴黎主持一个大教堂，但他的卢森堡国籍给他带来了麻烦。他在巴黎西南部的一个教堂里担任助理司铎的谦卑的职位，工作不过是向虔诚的教徒教授德文和英文、修修经书罢了。

1940年6月，希特勒的军队占领巴黎之后，一切都发生了变

① 见奥斯卡·雷耶的《在法国的德国反间谍战：1935～1945》一书。

② 1945年8月6日，美国 OSS 情报部门对罗贝尔·阿来希的庭审记录。现存巴黎法国国家档案馆。

化。从未有过的投机思想在这个寡廉鲜耻的年轻的神甫心里萌生了。他开始过新的双重生活。一方面，他发誓自己坚定地站在反法西斯这一边，声称自己的父亲被德国人枪毙了（其实他一直活着），有时甚至散发传单，为戴高乐将军做事，造成忠诚的抵抗分子的假象，可以出入戴高乐分子的秘密基地；另一方面，助理司铎又接近VDB，即卢森堡的纳粹党。他希望他的头头能够支持他成为巴黎第四区的一个教堂里的主教。那个教堂的主持被捕了，其位置正好空缺。罗贝尔·阿来希是这样陈说的："我希望能得到主持的位置，但必须经过德国人的同意。"他的野心让他迷失了方向，他随时准备"给德国人的事业奉献贡品"。[①]

罗贝尔·阿来希神甫为了更有可能得到他所觊觎的那个职位，于1941年6月加入了德国籍。他试图通过科隆大主教及德国在国外布道首领支持他的晋升，但未果。于是他又请巴黎天主教军人教区的神甫弗朗茨·施托赫帮忙，也没有成功，后者曾在法国多个部门和地区帮助抵抗分子。[②]

罗贝尔·阿来希作为第三帝国的公民，特别担心自己将作为随军神甫被派往俄国前线，于是就在这个时期，他丧尽天良地把他的教民及盟军空降的情报透露给德军的反间谍机构Abwehr的一个军官卡尔·夫希。后者答应以源源不断的可靠的情报作为交换，支持他就任。罗贝尔·阿来希通过卢森堡商界的一个朋友埃米尔·迪戴西从中斡旋办这件事情，而埃米尔·迪戴西是黑市交易的投机倒把者，又是德国情报部门的线人。

1942年初，助理司铎阿来希变成了Alel的一名特工，代码是GV7162，代号为385.42gZ。[③] Abwehr每月支付给阿来希五千法郎，

---

① 1945年9月9日，罗贝尔·阿来希的供词。见巴黎法国国家档案馆对罗贝尔·阿来希的庭审记录。

② 见热内《地狱的随军神甫》一书。

③ 参见巴黎法国国家档案馆对罗贝尔·阿来希的庭审记录等材料。

后来增加到一万至一万二千法郎，于是他就表面上若无其事似的继续做他的神甫，标榜自己是戴高乐派。一直住在一个小套间里，教袍是他的最理想的假象，用来搜寻目标、套取情报、陷害想与他一起参与抵抗的年轻人，或是争取女教民对他的盲目崇拜，她们很快变成了他的情妇，对他的善良与人格赞不绝口……

1942 年 4 月，罗贝尔·阿来希直接受命于两位反间谍专家卡尔·夏菲和奥斯卡·雷耶。他穿着平民服装定期去他们的总部领受命令。Abwehr 的头头对他赞赏有加，称他是“最优秀的特工”、“可靠而经受了考验”、“很强很机灵”，尽管有时他们觉得他太唠叨了。

几个月后，罗贝尔·阿来希成功地打入由雅克·勒格兰、加布里埃勒·皮卡维亚领导的抵抗运动组织 Gloria - SMH。人种学家热曼纳·迪里翁也是这个组织的人。[①] 1942 年 7 月初，在一个邻居的引荐下，神甫拜访了她。阿来希介绍自己是洛林人，反法西斯的，坚定的戴高乐派，很希望能帮助抵抗组织。他还说：“他曾经组织过一帮年轻人，以前都是童子军，他完全能掌控他们，可以建立一个情报网。”[②] 于是这位女人种学家对这位日尔曼口音很重的神甫展开了细致的调查，她并不怎么喜欢他的做派。

神甫看起来是可信任的。再说，他建议组织营救 SOE 的特工皮埃尔·德·弗梅古尔，后者自 4 月底之后一直被关在弗雷斯纳监狱。罗贝尔·阿来希设想可以通过一位他认识的翻译腐蚀监狱的德国军官。雅克·勒格兰经过成熟思考之后，交给神甫三十万法郎打点。他认为这次越狱行动很危险，但又很关键。[③] 后来阿来希又解释说，这次行动比设想的要复杂得多，因为皮埃尔·德·弗梅古尔

---

① 热曼纳·迪里翁生于 1907 年，自 1940 年起参加抵抗运动。见让·勒贡特尔的《热曼纳·迪里翁传》等书。

② 见巴黎法国国家档案馆对罗贝尔·阿来希的庭审记录。

③ 同上。

的一个叫让的兄弟也被关押了。他需要更多的钱。于是他又得到了十万法郎。这笔巨款最终不知去向，而弗梅古尔兄弟也没能离开牢房。

在筹划越狱的过程中，雅克·勒格兰对罗贝尔·阿来希十分信任，Abwehr 的军官卡尔·夏菲因而非常兴奋，他说道：

“我给他下达命令，要他作为联络特工打入地下组织，尽可能认识这个组织更多成员。由于他穿着一身教服，这个组织的头头认为他有可能确保巴黎地下组织与里昂组织之间的联系，里昂的负责人是一个名叫霍尔小姐的英国女人，以及一个名叫胡塞的法国医生。”[①]

他们的计划开展顺利。1942 年 7 月末，雅克·勒格兰需要一名替换的信使，把文件和胶卷尽快送达里昂，神甫自告奋勇。他说，他该先去自由区会见他的一个兄弟。8 月初，雅克·勒格兰和热曼纳·迪里翁已经对他很信任了，就把他们弥足珍贵的手提箱交给了他。

罗贝尔·阿来希在上火车去里昂之前，先让卡尔·夏菲和奥斯卡·雷耶上校检查了箱子里的东西。Abwehr 的这两名反间谍专家非常惊讶：里面全是德军调动的详尽情报，以及“大西洋防线”的海岸工事布局。1942 年春，希特勒命令在法国海防线建筑巨大的军事堡垒以防止英国人在“西线”突破，其实他们正集中兵力准备进攻苏联。1942 年 3 月底，英国突击小分队在圣纳宅尔发动的进攻已经给了他们第一次警告。Gloria – SMH 抵抗组织成员收集的情报极其重要。不过，奥斯卡·雷耶上校更想知道这些情报是如何送往伦敦的里昂情报网的。他全权授予他的特工罗贝尔·阿来希把信件

---

① 根据 1946 年 11 月 13 日卡尔·夏菲的审讯记录。现存巴黎法国国家档案馆罗贝尔·阿来希的庭审档案。

送达。

1942年8月4日，神甫首次旅行却没见到化名为玛丽的霍尔小姐，只是见到了胡塞大夫。他回去后向他的抵抗运动的“朋友们”及向他的Abwehr上司作了汇报。8月12日，雅克·勒格兰和热曼纳·迪里翁给了他新的邮包，要他交给玛丽。神甫自然先让卡尔·夏菲和奥斯卡·雷耶上校过目。这个包裹里面藏着一个火柴盒，里面有拍摄迪埃普海防线的全景微缩胶卷，以及其他军事情报和抵抗分子向伦敦要钱的清单。

德军驻巴黎总部得知这个情况，深深懂得这份情报重要的战略意义，得知英国军队准备在8月19日企图秘密登陆迪埃普。这一次，卡尔·夏菲就没让这些情报送往里昂了，原因很简单，因为情报“极为准确，因此传出去极为危险”。[①] Abwehr甚至决定让这个给盟军送情报的抵抗组织“瘫痪”，在罗贝尔·阿来希的协助下，由秘密警察Sipo－SD（其第四分部被公认是盖世太保）负责悄悄把他们干掉，而又不让对方怀疑神甫已经叛变。

卡尔·夏菲后来是这样供述的：

“我们的机构要求SD逮捕巴黎抵抗小组的知名特工。罗贝尔·阿来希去里昂之前，要与巴黎小组的头头吉尔伯特·托马森、他的副手及一个名叫热曼纳·迪里翁的女人在里昂火车站附近的一家咖啡馆碰头。到了那里，阿来希把这些人交给SD，自己假装离开他们去赶火车。”[②]

围捕行动大获成功。1942年8月13日星期四晚上，巴黎的工程师吉尔伯特·托马森和热曼纳·迪里翁在巴士底附近的天穹咖啡馆找到阿来希之后，陪同他们的“信使”到里昂火车站，最后一次

---

① 根据1946年11月13日卡尔·夏菲的审讯记录。现存巴黎法国国家档案馆罗贝尔·阿来希的庭审档案。

② 同上。

叮嘱他如何把珍贵的微缩胶卷交给玛丽，神甫显得很亲和，指了指他已经放在上衣口袋里的火柴盒，握了握热曼纳·迪里翁的手，一直把她送至站台，上了车厢。隔了一会儿，他又神不知鬼不觉地下来了。微缩胶卷始终没送到该送的地方。

几秒钟后，穿着便服的德国警察质询了热曼纳·迪里翁，把她带到香肠街，对她进行审讯。

"我非常惊讶，怎么阿来希知道的任何细节，盖世太保居然都知道……我立即便明白了，我被捕与阿来希有关。"热曼纳·迪里翁后来回忆道。[①]

化妆品女商人在弗雷斯纳被关押了好几个月，又与母亲一起被转到另一处，始终没办法把她的疑虑透露给她的朋友听。因此他们也对阿来希没有起疑心。神甫的两面派手法使德国警方几乎很快就把他们一网打尽了。吉尔伯特·托马森、雅克·勒格兰及六十多名抵抗分子在热曼纳·迪里翁被捕后也先后被捕。其中很多人再也没有从被送去的集中营回来。[②] Gloria – SMH 站被摧毁了，伦敦方面一片惊慌。英国人想尽一切办法想弄明白其原因何在。他们格外怀疑又名为葛洛丽亚的加布里埃勒·皮卡维亚是双重间谍。弗吉妮亚的这位女友得知同伙被捕后，在德国警察搜捕行动中成功逃脱，于1943 年 3 月回到伦敦，受到了长时间的审讯。[③]

眼下，罗贝尔·阿来希神甫还没受到怀疑。他的第一个任务完成后，继续钻进抵抗组织内部，于 8 月 25 日去了里昂首次会见了弗吉妮亚·霍尔。他带走了从弗吉妮亚那里得到的二十万法郎，9 月初再次见到她之后，对她说，他失去了与巴黎的任何联系。他装

---

① 见巴黎法国国家档案馆罗贝尔·阿来希的庭审记录。

② 吉尔伯特·托马森、雅克·勒格兰和热曼纳·迪里翁的母亲埃米尔·迪里翁后来都死于德国。热曼纳·迪里翁于 1945 年 8 月 23 日从集中营被解救，之后回到法国。

③ 加布里埃勒·皮卡维亚战后加入自由法国力量的组织（FFL），又先后为戴高乐保密局（BCRA）、法国保密局（DGER）工作。见 Kew（英国国家档案馆）的 MI –5（安全局）档案皮卡维亚卷。

着一副忠心耿耿的样子，说自己准备继续为其他抵抗运动小组当“信使”，声称与他们很熟。弗吉妮亚和她的上司们对获取情报的其他来源也都深信不疑。弗吉妮亚征求了伦敦方面的意见之后，于10月在SOE的同意下，资助了“比肖普小组”。如同先前的款项一样，这十万法郎的附加款似乎也进了神甫的腰包。这个人的胃口愈来愈大了。他换身便服，与他慷慨包养的“女信徒”频频出入蒙马特酒吧。

阴谋并未就此停息。奥斯卡·雷耶上校看见巴黎网被摧毁而他的手下特工阿克塞勒又没暴露，私下十分得意。既然神甫一直受到里昂的玛丽信任，而玛丽又与伦敦保持直接的联系，因此卡尔·夏菲和奥斯卡·雷耶又想利用他获取其他情报。

一万名加拿大士兵和英国的几个小分队将于8月19日登陆迪埃普的计划令德国参谋部十分震惊。不言而喻，登陆者受到了德军坚固工事、坦克、大炮、机枪和榴弹炮的猛烈还击。这次行动本来就准备得不够充分，以盟军彻底失败而告终。然而还有一个问题困惑着德军参谋部：下一次将在何时何地登陆呢？反间谍机构的负责人虽不相信近期就会进行，然而开展这方面的情报工作才能有备无患。

在德军参谋部，奥斯卡·雷耶上校把罗贝尔·阿来希招去了。他要神甫从霍尔小姐那里取得有关迪埃普的行动计划，以及英国未来登陆的计划方面的情报。战后，罗贝尔·阿来希这样吹嘘道：“我的里昂之行完成了这个任务。我能从霍尔小姐那里套出所有奥斯卡·雷耶上校命令我澄清的所有答案。”[①]

按照神甫的看法，倘若迪埃普登陆行动成功，将是大手笔。然

---

① 见Kew（英国国家档案馆）的SOE档案弗吉妮亚·霍尔卷。

而，由于是试探性质，从技术上说花费的成本是很小的。倘若登陆失败，将影响“霍尔小姐的特工们”对英国的感情。另一方面，罗贝尔·阿来希向 Abwehr 汇报说，“最终的登陆行动还早着呢。”最后，他综合了弗吉尼亚提供的情报对奥斯卡·雷耶说，零散的登陆行动将在多个地方实施，如英吉利海峡沿岸、北部沿岸、加尔瓦多、拉罗谢尔、圣－纳宅尔沿岸等地。为了能见到德国人，罗贝尔·阿来希居然甘冒风险虚构情节！他所取得的情报的真实性很难估计，但不管怎么说，这些情报被传送到德军参谋部了。神甫很可能得到 Abwehr 的公开赞扬。

阿来希说道：“奥斯卡·雷耶很赏识我，那肯定是经过事实证明之后。有些人说我是一个非常能干又极其危险的特工，他才产生这个印象的。”①

为了得到源源不断的消息来源，阿来希不惜一切要保持弗吉妮亚对他的信任。他的 Abwehr 的上司们协助他，把过时但又准确的军事资料交给他，让他带到里昂。卡尔·夏菲直言不讳地说道：

“伦敦要求里昂提供德军海岸地区军队调动和大西洋工事布局的情报。每隔半个月，我把西线提供的报告交给阿来希，内容真真假假。然后，阿来希本人一次次送过去，再由一个金黄头发、灰色眼睛的女士送走，她的丈夫战争中在德国被俘。她公开的名字叫克洛德。”②

神甫在火车上往返奔波也很疲劳，他委托他的一位教会女友替代他。所以胡塞大夫一直不断收到信件。霍尔小姐又把这些东西发往伦敦，再由伦敦方面仔细甄别，因为无人知道其中的真伪程度。在德国情报机构与他们的敌人展开歹毒的情报战中，弗吉妮亚无意间竟充当了核心的角色。

---

① 1945 年 9 月 29 日罗贝尔·阿来希的供词。

② 1945 年 11 月 13 日卡尔·夏菲的供词。

在这一局棋中，Abwehr 靠了像雨果·布莱谢（又名：让）、马蒂尔特·加来（又名：维克多或雌猫）、罗贝尔·阿来希这样的特工，开始得分了。就这样，SOE 的其他情报站在 1943 年间先后被敌对间谍渗透，造成了重大损失。不过，英国人渐渐识别了阿来希双重间谍的身份。他们甚至能在 1944 年 6 月的登陆行动中蒙骗了德国专家，使他们错误地判断登陆的真正地点。

整个 1942 年的秋天，弗吉妮亚·霍尔作为 SOE 在法国自由区的骨干，实际上却在 Abwehr 操纵之下，德国人想方设法尽可能利用她，然而一旦他们认为她失去了利用价值，就会对她下手。

第十五章

翻越比利牛斯山

弗吉妮亚很会保持精神平衡。她轻易不出她在里昂的小窝，她在悬崖边上“跳舞”已经有好几个月了。她时刻都在狡猾的神甫监视之下，但尽力克服自己的恐惧心理，临危不惧。Abwehr 不是唯一一个对她布下陷阱的德国机构。她的好几个亲信已经落入法国警方或盖世太保的圈套。

她的自由只有几根线牵着。

一根线是德国反间谍机构的精心策划，他们控制她却不让她落网；

一根线是德国警方内部争论不休，他们为得到在她身上集中的点滴情报而迟迟没有下手；

一根线是她的同伙受到酷刑有可能不把她招出来，也有可能为了减刑而把她交出来；

还有一根线是发生偶然情况。

弗吉妮亚的第六感官告诉她危险在即。譬如说 10 月的一天，她刚要迈进住在里昂的约瑟夫·马尔尚的家门——亨利·保尔·勒谢纳就是在他家发报的——底层卖香烟的店主就告诉她盖世太保来了，她才得以即时撤离。

她在法国警方内部有关系、她的美国护照、记者的身份、时不时地出入美国驻里昂领事馆，凡此种种像无形的护身符，仍在苍白地保护着她，但又能坚持多久呢？

她的朋友们纷纷落难，她不得不更多地伸出救援之手。8 月中旬，丹尼斯·瑞克（又名：儒斯丹）与她身边工作的另两个特工在一起时在理莫热被传唤，她又得展开救援行动。她到当地的警察局提出质问。幸好关键的文件被及时销毁，警方对英国特工缺乏有力的物证。这些人在里昂待了很短一段时间之后就被送进监狱，弗吉妮亚试图劫狱。押送儒斯丹一路去监狱的安全部警察对英国人有好感，答应帮助弗吉妮亚。① 嫌疑犯在里昂被审讯之前他们就想办法让电台消失了，并且在一家诊所为以后的越狱者准备了藏身之地。7 月中旬，在弗吉妮亚的支持下，十二名犯人从木扎克集中营逃跑事件发生之后，对方大大增强了对羁押地的看守监管。丹尼斯·瑞克很快便与他的两个同伙隔离了，被送进离图卢兹不远的另一个集中营，事态变得愈来愈复杂。

8 月间，一个名叫迈尔古尔的"信使"在瑞士边境被捕，他身上带着关于西西里岛海防线的珍贵微缩胶卷，还有格勒诺布尔附近即将空降的着陆点的资料。警方在里昂审讯了迈尔古尔，很容易便找到他的上线弗兰西·巴桑（又名：奥利弗），即法国东南部乌尔幸网的负责人。8 月 18 日，安全部警察传讯了他。

弗吉妮亚和奥利弗已经工作了一年，非常担忧。弗兰西·巴桑在出发去法国之前，SOE 的头头们对他的看法不一，但他于 1941 年 9 月到达法国后表现出作为组织者应具有的种种优秀品质。分布在象牙海岸沿线的三十多个抵抗小组的成立是他一手策划的，他们成功地袭击意大利军车队、烧毁汽油站及战略物资。他向伦敦方面

---

① 见 Kew（英国国家档案馆）的 SOE 档案弗吉妮亚·霍尔卷。

传送了关于德国工厂的极其重要的军事情报。此外，在地中海通过舰艇或是小舢板登陆的特工也是由他接应的。最后，他还资助抵抗组织的头头们，包括自由组织头头阿斯迪埃，并且成功地把他送往英国。[①] 因此他被捕对 SOE 的打击实在是太大了。

尼克拉斯·博丁顿刚刚结束对自由区的巡视，他是在戛纳获悉这个坏消息的。他迅速找到乌尔幸的成员，以及加尔特的负责人，加尔特是以安迪普为基地的另一个抵抗组织的名字。按照他们的说法，弗兰西·巴桑很快就会被释放。[②] 即便做最坏的打算，加尔特组织的人肯定会想办法让他出狱。在此期间，伦敦方面考虑再次让彼得·莫兰德·丘吉尔.（又名：米切尔）返回法国替代弗兰西·巴桑，因为他对乌尔幸和加尔特的情况已经了然于心了。8 月底，这位英国军官重回法国，他在 1942 年 1 月曾在弗吉妮亚陪同下，巡视过法国各特工站。[③] 9 月 4 日，弗兰西·巴桑被押送上火车去蒙卢克监狱，抵抗分子试图劫人，但宣告失败，加尔特的特工未能按计划展开行动。他们答应在维希政府警察局局长勒内·鲍斯盖面前说情，争取让弗兰西·巴桑暂时获释。[④] 又是徒劳。这次还是弗吉妮亚被召来救援，此后，她将不遗余力地让她的被关押在监狱的同伴们早日重获自由。

抵抗分子相继被捕使里昂的局势愈来愈紧张了。种种危险迫在眉睫，美国女人不得不破例大胆行事，先前她从未料到事情会演变成这样。1942 年 9 月 1 日，罗贝尔·阿来希一次来访的前夕，一个

---

① 见 Kew（英国国家档案馆）的 SOE 档案弗兰西·巴桑卷，以及《法国抵抗运动史》等书。

② 1942 年 8 月 23 日伦敦的电文。见 Kew（英国国家档案馆）的 SOE 档案。

③ 他的使命从 1942 年 8 月 27 日开始，至 1943 年 3 月 17 日结束。他领导着乌尔幸站，同时与里昂的弗吉妮亚保持联系，并且协调与加尔特站共同行动。应该说，他对加尔特站不是十分信任。见 Kew（英国国家档案馆）的 SOE 档案彼得·莫兰德·丘吉尔卷；另见彼得·莫兰德·丘吉尔的《在法国的秘密使命》一书。

④ 1942 年 9 月 9 日，彼得·莫兰德·丘吉尔致伦敦的电文。见 Kew（英国国家档案馆）的 SOE 档案。

名叫布拉德利·戴维（又名：珀迪·让或布朗谢或皮埃尔·布朗谢）的英国SIS特工来到胡塞大夫的家。他说是神甫介绍他来的，神甫曾借给他七万五千法郎才能疏通环节，得以通过西班牙出逃。伦敦方面立即通知弗吉妮亚不要与这个人接触。SIS也认为他后来是为德国人效力的。SOE的电文十分明确，上面写道："在任何情况下，您都不应与这个异常危险的人接触或是帮助他。倘若他一直纠缠您，您被授全权以最有效的办法解决问题。"也就是说，弗吉妮亚有全权处置这个双重间谍。倘若条件允许，她可以除掉他。

弗吉妮亚不为所动，回答说她从没直接见过布朗谢，这就限制了叛变带来的风险。她又问，她是否该给他钱。提到有可能对这个人下毒时，她问哪儿能搞到毒药？对方请她耐心等待，别再去管那个布朗谢了。但此人总是反复出现，纠缠胡塞大夫不放，闹得弗吉妮亚认为他是真正的"灾难"。1942年10月13日，伦敦安慰她道："我们已得到保证，有些朋友将会管住他。"[①] 几天后，马赛的抵抗分子抓住他，并在一个别墅里处决了他。[②]

9月初，弗吉妮亚从一个线人口中得知，乔治·杜博丁的一个情妇要把特工、空降地点和武器库等情报交给警方，因为乔治·杜博丁处处带着她，无意中透露给她这一切。真实的情况是，这个少妇在监狱待了六星期出狱后，看见乔治·杜博丁爱上了里昂一个坚定的抵抗分子的表妹，一气之下，威胁说德国人如能保护她，她会把情报出卖给他们。[③]

弗吉妮亚对这种敲诈行为义愤填膺，她琢磨如何处置杜博丁的这个情妇。她说："理论上，解决的方法并不令人愉快，但我该立

---

① 见Kew（英国国家档案馆）的SOE档案。

② 布拉德利·戴维于1941年空降至法国，次年被捕。变节后做了双重间谍，交出了许多抵抗分子。他被揭发后，承认自己的变节行为，并被处决。但他的结局还是存有疑点的。参见密阿奈的《抵抗运动中双重间谍词典》一书。

③ 见Kew（英国国家档案馆）的SOE档案乔治·杜博丁卷。

即行动。”她的上司回答道，应该试着花钱封她的口，至少等杜博丁离开后再说，伦敦方面将会着手办这件事。“倘若不可能，您完全有权解决。”SOE 明确交待道。这样，弗吉妮亚再次接到了秘杀令。

弗吉妮亚见毒品迟迟未送来，有些着急了。9 月 18 日，她又问：“哪儿能找到毒药?”并且坚持要尽快解决这件事情。SOE 却反复说“在第一时间”把东西送到。[①]

情况尚不明朗，弗吉尼亚迟迟没对这个少妇下手，而她却在人间蒸发了。此外，《鸡鸣报》的抵抗分子屡遭逮捕，乔治·杜博丁自认为是该报的领导人之一。弗吉妮亚感叹道：“我不知道这一切如何收场。”显然，这一系列事件使她焦躁不安。譬如说，她希望伦敦方面发出指令，如何给地下抵抗者配送武器，因为她担心，各抵抗运动组织之间的不和会引起“残酷的无政府状态”。[②] 1942 年 10 月 26 日，乔治·杜博丁由于拒绝放弃他众多的情妇，被他的左右手罗贝尔·布尔戴特（又名：尼可拉或瘸腿罗贝尔或瘸腿尼可拉或瘸腿）强行送上飞机回伦敦，几个月来，他俩的关系一直很紧张。以前，SOE 的领导层对这位年轻银行家的领袖才能赞赏有加，现在对他的看法发生了变化，认为他虽勇敢，但鲁莽，很难相处，“夸夸其谈、虚荣、太自信”。[③] SOE 的官员这样写道，“他回来后，贪天之功，其实许多事情是斯普鲁士成员做的。”他们在隐喻罗贝尔·布尔戴特。

1942 年 6 月，罗贝尔·布尔戴特空降到法国之后，逐渐取代了

---

① 1942 年 9 月 8 日玛丽的电文；9 月 9 日伦敦回复；9 月 18 日玛丽再次发电，9 月 19 日伦敦再次回复。见 Kew（英国国家档案馆）的 SOE 档案。

② 1942 年 9 月 30 日弗吉妮亚致 SOE 的报告。见 Kew（英国国家档案馆）的 SOE 档案弗吉妮亚·霍尔卷。

③ 这些评价见 SOE 档案乔治·杜博丁卷。尽管如此，他于 1943 年 3 月仍然再次被派往法国，目的是组织格勒诺布尔的 SOE 组织。几天后他就被捕了，1945 年 3 月 22 日死于饥馑和疾病。见 Kew（英国国家档案馆）的 SOE 档案乔治·杜博丁卷。

乔治·杜博丁，几个月后，他在弗吉妮亚身边工作，被认为是里昂斯普鲁士站和海克勒站的核心人物。9 月末，弗吉妮亚庆幸说道："尼可拉的工作似乎非常出色，极为镇定。"罗贝尔·布尔戴特以前是理发师，他与抵抗运动组织都建立了良好的关系，自由小组、战斗小组、《鸡鸣报》小组、自由射手小组，无一例外，他知道他们各自的力量和短处。从理论上说，尼可拉可以动员分布在各地的抵抗小组，总共一千五百人左右，实施破坏、运输武器弹药。他曾试图劫持一个特工出狱，但未能成功。他也曾在监狱旁被传讯时，在宪兵队的枪林弹雨下逃生。尼可拉还监控着秘密空降点，接应 SOE 的特工。也正因为如此，他才有底气说服乔治·杜博丁爬上一架飞机，把他送走……

1942 年的整个秋天，出于安全考虑，弗吉妮亚必须在电文中使用一个新代号，于是玛丽差点变成了伊莎贝尔，9 月中旬，她最终选定了菲洛曼娜这个代号。[①] 在最近的一系列抓捕行动中，丹尼斯·瑞克（又名：贾斯汀）、弗兰西·巴桑（又名：奥利弗）、菲利普·德·弗梅古尔（又名：戈迪埃或安托瓦纳）和皮埃尔·德·弗梅古尔（又名：吕卡斯或希勒万）兄弟纷纷落网，她不得不尽可能减少活动。她第一次认真考虑离开里昂了。1942 年 9 月 21 日，她请求伦敦在 10 月底安排她启程。[②] 她感慨道："我想，我的时候到了。"

菲洛曼娜希望能作为《纽约邮报》的战地记者，通过西班牙和葡萄牙大大方方地离开法国。自 1941 年 8 月她来到维希之后，这个身份掩护得很好。她完全可以在离开时再用上一回。几天后，即

---

① 伦敦建议用伊莎贝尔，但弗吉妮亚与当地联系时已经用过这个代号，她想用菲洛曼娜，伦敦同意了，并于 9 月 18、19 日传至 SOE 的各处特工。见 Kew（英国国家档案馆）的 SOE 档案。

② 1942 年 9 月 21 日，玛丽通过爱德华·塞夫的电台发文，1942 年 9 月 22 日，伦敦回复准备用船送她走。见 Kew（英国国家档案馆）的 SOE 档案弗吉妮亚·霍尔卷。

9月30日，她觉得有必要延长她的行期至11月份，因为她需要几个星期完成她的准备工作。她说："我希望一切都做得有条不紊，在我认为有必要时可随时离开。"①

在这期间，弗吉妮亚决定换住所。奥利埃广场的套间太显眼了。她打交道的大部分电台设备、过往特工、抵抗分子都到她家去过，不是拿经费、饭票、假证件，就是换衣服、取送情报。她的住所成了名副其实的交通枢纽。她说道："有些莫名其妙的人说是抵抗组织的人派来的，想到英国去。"可她从未见过这些人，他们却有她的通讯地址。她的住所已经成了公开的广告，这使她提高了警惕。

9月底，她写道："我在维希的住址有很多人知道，虽然他们不知道我的名字，但也不难猜……在这段时间里，我不打算在住所见任何人。"②

1942年10月12日，她把住所搬到靠近加里巴尔迪街一幢建筑的第七层，那是她的女友、妓院的女老板热尔曼娜·盖兰借她住的，而看门人也是同情抵抗运动的。

时间紧迫，这个住所也是临时的。命悬一线，危险来自往返行驶的灰绿色的小型货车上。用莫尔斯电码发报已经被德国反间谍机构监控，他们于9月底在里昂高地俯瞰本地区的大教堂旁边设置了监控点，让十来辆小型货车改装成无线电测向室，备有测定电波的天线。在三十秒钟之内，德国技术人员便能确定电波发射的地点。

六个月前，发报员爱德华·塞夫在发报时已经感到自己受到里昂地区的盖世太保愈来愈严密的监控了。他的一名副手已经被找去

---

① 1942年9月30日菲洛曼娜的报告。见Kew（英国国家档案馆）的SOE档案弗吉妮亚·霍尔卷。

② 1943年8月，爱德华·塞夫被审讯时，德国人问他是否知道尼可拉和弗吉妮亚·霍尔的情况。此时，这两个特工已经离开法国。见Kew（英国国家档案馆）的SOE档案爱德华·塞夫卷。

谈话。他本人的住所也被搜查过了。塞夫不得不躲起来，而后去阿维尼翁和图卢兹以便继续开展工作。他知道自己已被监控，只能再过几个月瞅准机会离开法国。他很不走运，在穿越比利牛斯山时他的向导抛弃了他，他与另一名特工帕特里克·谢泼德于 1943 年 2 月同时被德国巡逻队捕获。塞夫被送到盖世太保的手上，遭到残暴的拷问，然后被送进监狱，回来时已衰弱不堪。①

SOE 在里昂的其他电台操作员，如皮埃尔·勒谢纳、布赖恩·斯通豪斯（又名：塞莱斯廷）和安德烈·古尔乌瓦西埃则更加警惕，继续发报。古尔乌瓦西埃是这样描述的：

“我们限制了波段的长度，极其谨慎地经常转移，任何人都不知道我的活动，即便最好的朋友也不知道……我在白天经常去开信箱，以此节奏安排生活。

“倘若我发现一张字条，上面有代号和时间，我就会按时待在某条有轨电车的起点站，一个英国人，更经常的是一个‘信使’在等我，约定下一次会面时间。届时，我会走到对面马路上跟上一两个人，或者我会向他们事前给我指定的路线走去。”②

另一方面，盖世太保的手伸得更长了。德国警方的大老板卡尔·奥伯格将军只接受希姆莱的指挥，愈来愈脱离军方的管辖单独行事，而由卡尔·波梅尔伯格和他的副手罗尔夫·穆勒领导的盖世太保对法国警方也加强了控制。1942 年 5 月，盖世太保与皮埃尔·拉瓦尔的政府及他的警察总监勒内·鲍斯盖达成协议，允许盖世太保自行追捕英国特工，在非占领区监听地下电台。

1942 年 8 月，盖世太保等机构总部发动了一次名为“Donar”的行动，那是日耳曼语“雷神”的意思。有将近三百名专家，配备

---

① 1942 年 9 月 30 日弗吉妮亚致 SOE 的汇报电文。见 Kew（英国国家档案馆）的 SOE 档案弗吉妮亚·霍尔卷。

② 见安德烈·古尔乌瓦西埃的《海克勒情报网》一书。

小型卡车和监听设备，被秘密派往自由区的马赛等几个大城市。其中人数最多的一行人于 1942 年 9 月开始驻扎在里昂夏尔波尼尔游乐场那绿草如茵的高墙之内。[①] 他们的人负责追捕发报员、清理犹太人和搜集情报。理论上，他们做这些事情时必须有法国警察在场，但盖世太保的特工很快就越过了这个界限，直接进行逮捕和审讯。

在"Donar"行动中，1942 年 10 月 24 日首先落网的收发报员是布赖恩·斯通豪斯（又名：塞莱斯廷），他是 SOE 的特工，亦是弗吉妮亚的亲信。他于 6 月 30 日空降到法国。这个时尚的艺术家才二十四岁，长着一张棱角分明的脸，披着长发，在空降后费尽周折才找到他的发报机，是菲利普·德·弗梅古尔（又名：戈迪埃或安托瓦纳）把他带到里昂的。他在里昂暂住在弗吉妮亚家中，并开始向伦敦发报。他主要为罗贝尔·布尔戴特（又名：尼可拉或瘸腿罗贝尔或瘸腿尼可拉或瘸腿）和约瑟夫·马尔尚领导的斯普鲁士情报站工作。

塞莱斯廷得了痢疾，不得不暂时休息几天。痊愈后，他于 9 月初开始"弹琴"，主要为阿尔弗雷德·牛顿和亨利·牛顿为骨干的名叫"Greenheart"的情报站工作。后两位是英国人，在法国接受教育，战前是杂技演员和踢踏舞舞蹈家。他们俩形影不离，大家都说他们俩是双胞胎，尽管阿尔弗雷德比亨利大五岁。他们的父亲、法籍妻子和孩子所乘的船于 1941 年底被德国潜艇发射的鱼雷击中后沉入大海，都不幸遇难。

牛顿兄弟渴望战斗，他们差点被派往巴黎附近去摧毁德军的一个无线电导航系统。其时，德国潜艇正在大西洋肆虐，这个系统正是为他们导航的。这个危险的任务被取消后，兄弟俩于 1942 年 6 月初空降至法国，与发报员塞莱斯廷同时到达。他们俩不能按预定计

---

① 见马塞尔·鲁比的《里昂的反抵抗运动浪潮》等书。

划的那样与菲利普·德·弗梅古尔开展工作，等待了数星期之后，便与在戛纳的弗兰西·巴桑和在里昂的弗吉妮亚取得了联系。弗吉妮亚在让他们去上洛瓦尔省之前，在她的奥利埃广场的寓所里接待了他们。她不无调侃地说道："在我们这个行当中，就是永远在等待，等待联系人，等待信使，等待……警察。"①

塞莱斯廷负责转送牛顿的信息，但为找一个隐身之所却颇费了一番周折。后来，他在路易·朱尔丹的家里安身。路易·朱尔丹是一位抵抗主义者，在里昂南部郊区拥有一座古堡。

弗吉妮亚是这样描述塞莱斯廷的困境的：

> 可怜的塞莱斯廷不停地在找容身之地，没有人能为他办成这件事……我能找的地方都找了，以便他开展工作。不过，他得到不许见我的指令，我也不便多为此事插手。能发报是他的工作关键所在，我让他自己去解决问题。再者，我也不得不遗憾地说，我本人及我的住所很可能都受到了监视，我也管不了了。不过，我希望他很快就会找到一个安身立命之地。②

布赖恩·斯通豪斯（又名：塞莱斯廷）被捕时正在古堡工作，连续四十八小时他都在发报。快到中午时，一小队法国警察包围了古堡。如早先约定的那样，主人切断了电源，警告塞莱斯廷危险在即。发报员和他的女助手布朗西·夏尔莱（又名：克里斯蒂阿娜）没时间逃跑了。他与女助手及路易·朱尔丹被带到里昂的一个小仓

---

① 见 Kew（英国国家档案馆）的 SOE 档案，以及《法国抵抗运动史》等书。

② 1942 年 9 月 21 日弗吉妮亚·霍尔致 SOE 的电文。

库里，他本人被法国警察和盖世太保审讯了数次。[①] 他承认自己是电台的主人，但拒绝回答其它问题。他认定他在战前就认识朱尔丹夫妇，他来他们家仅仅为了请他们介绍一个时尚艺术家的工作。

弗吉妮亚得知他们被捕后，马上制定了一个大胆的计划——拯救塞莱斯廷和他的伙伴。三人小分队将伪装成德国冲锋队和宪兵模样，揣着官方的假证明，驾驶着挂上德军牌照的汽车，径直去监狱，试着取得囚犯的“出狱证”。那几个人是牛顿兄弟的朋友招来的，德军的制服并不适合他们。于是牛顿兄弟建议与真正管这件事的宪兵打交道。如此折腾一番耽搁了时机，计划最终取消，弗吉妮亚也消失了。[②] 塞莱斯廷于11月13日被送进卡斯特尔监狱，后来蹲进弗雷斯勒监狱，再转入集中营。

塞莱斯廷的沉默保护了弗吉妮亚几天时间，这可是一刻值千金啊。10月中旬，她打听地中海上秘密船只最近的登陆时间，得知时间定于11月13日。一个星期后，她在法国军方的一个内线告诉她，德军总参谋部准备完全占领法国领土。这样，危险迫近了。

1942年10月26日，也就是塞莱斯廷被捕后的两天，弗吉妮亚收听电台得知没有任何船票的信息，她想以公开身份离开此地。伦敦方面解释说，购买船票需要先办签证手续。11月4日，她把签证的手续办妥寄去了。在贝克街的SOE总部，她的保护人尼克拉斯·博丁顿也在加紧办这件事情。11月5日，他告诉他的下属，弗吉妮亚的护照号是2019，让他们“尽快”拿到签证放行，由纽约的办公室定船票传到里斯本。他明确指出，弗吉妮亚是被《纽约邮报》的老板乔治·贝克尔公开召回的。[③] 乔治·贝克尔应该把弗吉妮亚启

---

① 1943年1月，盖世太保让他与另一名在里昂被捕的SOE发报员对质。他仅仅承认与他的同伙在伦敦接受过培训。德国人又泛泛地问他关于朱尔丹夫妇和弗吉妮亚的情况。他先后被送进好几个集中营，1945年5月被美国人解救。见Kew（英国国家档案馆）的SOE档案布赖恩·斯通豪斯卷。

② 关于这次行动计划，请见琼·O. 托马斯的《没有旗帜》一书。

③ 以上电文往来均见Kew（英国国家档案馆）的SOE档案。

程的时间直接通知他，或是通过美国驻里昂领事馆把消息告诉他。

盟军参谋部取消了这个计划。英美部队正准备以十万兵力在北非登陆。这次被命名为“火炬”的行动从10月30日推迟到11月8日，由艾森豪威尔将军全权指挥，引起德军强烈反应，他们打算占领法国整个南部以阻止来自地中海的任何攻击。自1940年6月起，维希政府一直管理着“自由区”，眼下将完全处于希特勒的控制之下。里昂早就布满了盖世太保的警察，联军一旦发起进攻，这个城市将首当其冲，成为德军第一个占领的大城市。美国驻维希大使馆意识到北非登陆对弗吉妮亚这样一个没有外交护照的美国公民将会冒多大的风险，因此悄悄通知她立即走人。

11月7日星期六，即在法属摩洛哥和阿尔及尼亚的“火炬”行动开始前的二十四小时，弗吉妮亚得到美国驻维希领事馆的消息说，进攻北非刻不容缓。弗吉妮亚明白这不是简单的嘱咐，而是装箱打包的时候到了，不能再有片刻的犹豫。她写道：“倘若我不想被长时间地软禁在家的话，我觉得还是早走为妙。”[①]

对方也在加紧收网。她只有几个小时可以“清理自己的事务了”。

她立即着手自己的工作。她刚从利姆热回来，便马上处理被囚禁在卡斯特尔监狱的发报员丹尼斯·瑞克越狱一事。弗吉妮亚一直希望11月12日去这个城市帮助完成这项任务。但很遗憾，她没能去。[②]

---

① 1942年12月4日，弗吉妮亚从巴塞罗那发出的关于她离开法国的报告。见Kew（英国国家档案馆）的SOE档案弗吉妮亚·霍尔卷。

② 1942年12月4日，弗吉妮亚汇报说：“我对没能插手卡斯特尔一事感到万分难过。我曾给我在利姆热的同伴们交待了一切，给了他们制服和信息以便他们与宪兵取得联系。我也给了他们三万法郎和相关建议，让他们穿越比利牛斯山。”在德军侵占南方地区前夕，监狱长释放了理查德·海斯洛普、内斯特·威尔欧金森、丹尼斯·瑞克。丹尼斯·瑞克在里昂没能找到弗吉妮亚，他通过比利牛斯山回到伦敦。见M. R. D. 福特的《SOE在法国》一书。

11 月 7 日下午，她与她也称之为“双胞胎”的阿尔弗雷德·牛顿与亨利·牛顿（又名：双胞胎或双胞胎兄弟或阿尔图斯和奥古斯特）作了最后一次安排。之前在 10 月份，她已经资助他们的情报网十万法郎左右，两天前，她又给了他们一万六千法郎。兄弟俩在组织方面困难重重，打算回到英国去。为了帮助他们，弗吉妮亚让他们与罗贝尔·布尔戴特（又名：尼可拉或瘸腿罗贝尔或瘸腿尼可拉或瘸腿）取得联系，他是斯普鲁士特工站的头头，她认为他是她在里昂最理想的接班人，她同时也委托布尔戴特照管爱德华·塞夫和一个名叫维克多的人的无线电台。她在电文中这样写道：

> 我毁掉了家中和办公室里所有的文件资料，我把所有的印章公文纸和钱款交给了尼可拉，嘱咐他为爱德华·塞夫、两兄弟和维克多理财，时间愈长愈好。我对尼可拉和两兄弟说，一旦被占领，我得马上就走；我如突然失踪，他们不必见怪。

在给伦敦发出的最后一份电文中，她提到了她在出逃中差点误事的假肢：“我的古特贝（假肢）大概累了，但我能处理好。”伦敦方面的回答不免令人莞尔：“倘若古特贝累了，就消灭它。”[①] SOE 的发报员显然不知道弗吉妮亚为自己的假肢所取的绰号。

这天夜间，弗吉妮亚只身待在自己的寓所里，百感交集，难以入眠。再过几个小时，她将离开她在里昂的基地。她花了几个月的心血挖掘她的巢穴，她热爱这个既庄严又富有、充满小资情调的城市：罗纳河在桥下静静地流淌，老城神秘的小巷，小山坡上曲径通幽，都令人流连忘返。她不愿意丢下她的朋友们，担心落下什么东

---

① 这份电文的日期不能确定。

西，留下什么痕迹牵连了他们，她总是希望能给予他们帮助。

1942年11月8日是个星期天，弗吉妮亚早早就起身了。英国BBC电台宣布联军在北非登陆，反法西斯战争翻开了新的一页。之前的几场大战役已经大大削减了德国的实力，乾坤开始倒转。

她下楼在里昂荒凉的小街喝了一杯咖啡，遇见了法军情报部第二办公室的一位朋友，他告诉她里昂军界已经开始动摇，那个军官说道："我们得到了撤离的通知，您也尽快离开吧。"

弗吉妮亚希望能得到阿尔弗雷德·牛顿的消息。他已去了里昂附近的一个村庄会见一个宪兵，此人能在星期三组织一次越狱行动。在这期间，她去了一趟女修道院，那里住着一个名叫莉莉阿斯的信使。这个女人四十岁左右，照看着瑞士红十字会属下国家救援所的战犯，是里昂与利姆热之间的联络员。弗吉妮亚给了她七千法郎，请她把文件转交给菲利普·德·弗梅古尔（又名：戈迪埃或安托瓦纳）。

阿尔弗雷德·牛顿没有按时在傍晚六点出现在弗吉妮亚的寓所。罗贝尔·布尔戴特也没去。于是她回到早上喝咖啡的那个店，在晚上九点光景遇上了第二办公室的那个人。这一次，他说得更明确了：夜间，德军将进驻里昂。

情报是错误的，但她不能不提防。她得尽快溜走。弗吉妮亚一瘸一拐地匆匆回到住所，胡乱地把衣物塞进手提箱，关上门，飞快地去了火车站。

最后一班开往贝尔比尼安的火车晚上十一点开车，她毫不犹豫地钻进了车厢。

车厢里折腾了一夜之后，弗吉妮亚于1942年11月9日星期一清晨到达贝尔比尼安。她对这个离地中海近在咫尺，离西班牙边境线才三十来公里的城市非常熟悉。她来过这里数次，尤其在年初那次，陪同彼得·莫兰德·丘吉尔（特工米切尔）来过这里，后者受SOE之托巡视了一番之后，正在找一个穿越比利牛斯山脉的向导。

哈伊姆·维克多·吉尔森（又名：勒内或维克）是撤退线路的负责人，曾对她费了好多口舌，介绍越过重重大山抵达巴塞罗那的种种途径。到了那里，他的特工站的人会负责把逃亡者送到里斯本，他们与名叫佩珀的西班牙共和党老将军有联系。维克与弗吉妮亚在去年夏天不是成功地把木扎克等集中营的逃犯送出去了吗?

美国女人在大钟饭店订了一个房间，饭店老板的政治倾向是同情英国人的。她休息了几个小时，向老城的一个广场走去，秋风瑟瑟，枯叶遍地。她的一个名叫吉尔贝的联络人仅知道她叫热尔曼娜，每天午后两三点钟要经过这里。当他在梧桐树间闲逛时，弗吉妮亚一眼就认出了他。她使了一个眼神，那人迅速走近她，加大步伐，示意她跟他走。他俩在迷宫似的大街小巷走了几分钟，谁也没张口说话。接着，吉尔贝停下脚步，眼睛向四周扫了一下，确信没人跟踪，轻声说道：

“您需要一个向导吗，热尔曼娜?”

弗吉妮亚不需要作更多的解释，迅速回答道：

“要，马上就要。这个季节什么价格?”

“很贵。”吉尔贝答道，“风险愈来愈大。根据北非发生的情况，宪兵们疯狂了。穿过山口，每人要两万法郎。”

“没问题。会给您的。”弗吉妮亚肯定说道，“告诉我什么时候，怎么走?”

“我的一个向导愿意去。但他带路要六万法郎。分两次交付吧。我还有两个人要走，他们没有钱，要等……”

弗吉妮亚打断他的话说道：

“别等了。如需要我可以支付三个人的钱。我付五万五千法郎如何?”

吉尔贝对这个开价很感意外：

“您好像很着急。我想您的价格是可以接受的，那两个人会很高兴。”

“告诉我何时动身?”

“我会去饭店通知您。您住在大钟饭店吧。”

“是的。”

“等我的消息吧，我会告诉您出发的时间、地点。在这期间，要谨慎啊。”

吉尔贝走开了。弗吉妮亚继续在贝尔比尼安的街道上溜达了很长时间。她感到累了，回到饭店，静静地用了一顿晚餐，上床睡下。她只有耐心等待。11 月 10 日星期二整整一天就这样度过了，没有吉尔贝的任何消息。

北非的形势愈来愈紧张：贝当元帅的政府命令驻守在阿尔及利亚和摩洛哥的法国军队阻止联军登陆，结果失败了。“火炬”行动借助阿尔及利亚抵抗者的帮助，取得了军事上的胜利。

弗朗索瓦·达尔朗在阿尔及尼亚遭到失败，他命令停火并与英美签订了协议，于是贝当与他的前继承人断绝了关系。[①] 维希政府中断了与美国的外交关系，弗吉妮亚作为一个美国公民，也没有理由在法国领土上到处活动了。

次日，也就是 11 月 11 日，她收到一张字条，告诉她黄昏前去接她。来得正是时候。清晨，德军已经迅速占领了南部地区。

在约定的时间，弗吉妮亚已经作好了一切准备。吉尔贝派来的向导在天黑前来了。她坐在他身边的小卡车前座，交给他说定的一半钱，另一半要等过山后再给。后座上另有两人，蜷缩在厚厚的大衣里。这两个同行者神经不再紧张了，其中一个是澳大利亚人，名叫莱翁·古特曼；另一个是英籍法国人，名叫让·阿尔贝。[②] 弗吉妮亚与这两个旅伴相处甚融洽，他们对她感谢不迭。

---

① 弗朗索瓦·达尔朗海军上将于 1942 年 12 月 24 日被一名爱国者暗杀，他的接班人是联军支持的吉罗将军，后被戴高乐将军排除了。

② 见 Kew（英国国家档案馆）的 SOE 档案弗吉妮亚·霍尔卷。

车子上山路时减速了，在曲曲折折的弯道上低声轰鸣着，慢慢开上一条颠簸的山路，最后停在一个阴暗的谷仓前。应该在高山下这偏僻的地方睡上几个小时，恢复体力，然后再慢慢爬山才对，还得时刻注意避开巡逻队的搜查，因为从理论上说，没有官方通行证，任何人不得通过边境地区的，而特工们和向导都没有。

1942 年 11 月 12 日星期四，晨雾弥漫在重重山谷之中。他们在麦秸上度过了暂短的一夜之后，又沿着罗佳河出发了。山顶上大雪笼罩着林立的碉堡，瀑布自上而下，河水翻腾。他们在林中小道步行了几个小时，弗吉妮亚感到装假肢的左腿麻木了，她右手拿着手提箱，另一边微微有点瘸。她别无选择，只有跟在那两个倒霉的同行后面，由向导带队蹒跚前行。

劳累的一天就这样过去了。在海拔一千七百米之上的一个山凹处有牧羊人的一个窝棚，他们暂且在那里过夜。他们从背包里拿出一点口粮充饥，补充消耗过度的体力。

次日一大早，他们就出发了。云雾还是在山峰间袅绕。座座山峰组成一道屏障近在眼前，小路愈来愈难走，怪石嶙峋，满目荒凉。弗吉妮亚每走一步都要打一个趔趄。起风了。狂风横扫着这鱼贯而行的几个人。山顶在海拔两千米之上，再往上便是多纳尖峰，爬高至两千七百米，他们于中午时分到达了。这一行人庆幸自己已经越过第一道关卡，进入西班牙领地，没有任何人发现他们，除了几只寻食的秃鹫。向导完成任务后，口袋装满了钞票，离开了他们。

眼下该下山，越过村庄，找到最近的城市。按照两个同伴莱翁·古特曼和让·阿尔贝的说法，整个行程长达三十五公里。弗吉妮亚在这没完没了的长途跋涉中备受煎熬。他们三人在中午休息了一会儿，以免被农民发现，午后又赶路了，整个夜间都在走。他们终于走到一个小镇，那是西班牙东北部通向巴塞罗那的铁路线终端站。黎明前还有一段时间，逃亡者只能在车站边的铁路沿线藏身。

去巴塞罗那的火车要到五点四十五分才发车。他们明白，一旦进入车厢，他们就得救了，因为车厢很少被检查。

佛朗哥的民兵巡逻队在四点三十分左右发现了这几个人，那是1942年11月14日，星期六。两个男人拼命解释他们为何在夜间行走。弗吉妮亚说西班牙语顺当些，她让西班牙民兵明白她是美国公民，经过比利牛斯山而已。但这几个外国旅游者的衣服太破烂了，神情疲惫，口音又重，实在不讨人喜欢。他们很快被送进当地警署，之后又被送进菲戈拉监狱。莱翁·古特曼和让·阿尔贝被从那里转到可怕的米兰达集中营，那里聚集着成千犯人和逃亡者。

弗吉妮亚和其他女人还是被关在菲戈拉监狱，不得不忍受牢房的潮湿、杂处的集体生活和极为糟糕的卫生条件。她耐心地等待着。警方问起她的身份时，她首先说她是美国公民、职业是记者，希望借此能改善牢房过于恶劣的待遇。与她同房间的一个女犯是巴塞罗那的一个妓女，将被释放了。弗吉妮亚委托她出狱后向本城的美国领事馆转交她的一封信，这件事产生了效果。美国外交家们得知他们的一名编外记者因没带许可证穿越边境线被囚禁在菲戈拉监狱，便迅速作出了反应。

1942年12月2日晚上，弗吉妮亚·霍尔多亏美国驻巴塞罗那领事馆的努力，刚刚被转入另一座监狱就立即被宣布释放。她在里昂急匆匆准备出逃，万般艰辛地穿越比利牛斯山，这下又在佛朗哥的牢房里受了两星期罪，她的体力大大下降了，瘦削的脸庞更加棱角鲜明。

在西班牙东北地区的首府，她足足休息了几天，等着飞往里斯本，然后再去伦敦。1942年12月4日，在她的请求下，美国领事馆向《纽约邮报》发了一封电报，希望报社能给她寄去五百美元，并且迅速为她办理去英国的签证。同一天，她起草了一份长长的报告，汇报了她逃离前在里昂的工作。上面还附上了一句让人颇感意外的话："倘若你们能略微改变我的外表，我希望能尽快返回。"她的上司在两星期之后才收到这封信，但对她的请求没有立即表态，他们觉得这不太现实。[①] 弗吉妮亚还请求对她的两个一起越境的同伴提供帮助，使他们随同她一起前往伦敦，此刻那两个人仍被关押在米兰达监狱。

12月5日，她被释放的消息传到了伦敦。在SOE总部，人们正在为她失踪了几个星期担心，这时兴奋极了。

她的上司在电报中这样说道："我们很想知道您的近况。您返回一事正在办理。致以最崇高的敬意。"[②]

回伦敦的行程拖得很长。弗吉妮亚一直等到1943年1月8日才去了里斯本。四天后，她离开葡萄牙首都，于1月19日的严冬季节又再次回到大雾弥漫的伦敦。

人们在专门接待返回特工的大厅里热烈欢迎她胜利凯旋。SOE法国分部头头毛里斯·巴克马斯特（又名：巴克）和他的副手尼克拉斯·博丁顿（又名：尼克）仔细倾听弗吉妮亚讲述她的种种遭遇，感叹之余无不洋洋得意。这个美国女人虽然有时显得大大咧咧的，但她已经圆满地完成了组织交待给她的任务，这就证明了一个女人即便身患残疾也是完全可以担当起联络特工的使命的。她在敌占区执行任务的时间比所有特工时间都长。她的记者身份一直掩护到她离开前的一刻，这让为她精心炮制这个特殊角色的尼克拉斯·博丁顿感到非常宽慰。她居然用她的一只假肢避开了所有天罗地网，并且成功地穿越了比利牛斯山脉。

薇拉·阿特金斯（薇拉·罗森伯格）如今已经成为毛里斯·巴克马斯特的左右手，也来欢迎她的女友归来。她告诉她说，10月19日，他们已经向军方发了一封公函，建议为"美国公民弗吉妮

---

① 见Kew（英国国家档案馆）的SOE档案。

② 见Kew（英国国家档案馆）的SOE档案。

亚·霍尔小姐”颁发英国皇家勋章。上面是这样写的：

> 自1941年8月起，这个女人就被我们派往特定地区，完全表现出对我们事业的忠诚，完全不顾及维希政权一旦发现她的活动可能带来的危险。
>
> 她不知疲倦地经常性地支持帮助我们的特工，她的组织能力极强，十分了解我们的需要。她是我们与当地各行动小组之间的生命纽带。她为我们的战斗所作出的贡献怎么赞扬都不会过分。[①]

然而，这些赞誉都不足已消除弗吉妮亚心头的不安。她折腾了两个月是活着回到伦敦了，但她一直没有得到里昂朋友们的消息。她担心情况会变得更糟。

---

① 见SOE于1942年10月19日对“弗吉妮亚·霍尔小姐”的评价备忘录。见Kew（英国国家档案馆）的SOE档案弗吉妮亚·霍尔卷。

第十六章

在巴比的掌心中

她的担忧不是没有根据的。在里昂，对所有帮助过她的人的包围圈无情地缩小了。尽管上面有明确的指令，她的联络网确实处处小心行事，但她作为牵线人突然离去、Abwehr 的双重特工罗贝尔·阿来希神甫的叛变、盖世太保人员的渗透，都使他们遇到极为严峻的生存困难。

弗吉妮亚是在 1942 年 11 月 8 日离开这座城市的。次日，她的发报员皮埃尔·勒谢纳在给斯普鲁士情报站的头目罗贝尔·布尔戴特发报时被捕。几个星期来，他的工作条件十分困难。弗吉妮亚希望皮埃尔·勒谢纳去她的寓所躲一段时间，好在还有她的女友热尔曼娜·盖兰作掩护。但德国反间谍机构自 9 月底以来对本地区地下电台的监控变本加厉，在拘捕了他的同事布赖恩·斯通豪斯（又名：塞莱斯廷）之后的几天，就给他设下了埋伏。皮埃尔·勒谢纳发报时，他的一个同伙在大门外放哨，见警察来了，竟然溜了。皮埃尔·勒谢纳起先被关在里昂的圣保罗监狱，他拒绝交待他的电台密电码。后来他被送进弗雷斯勒监狱，然后又到莫罗森集中营，至

1945年5月回来时已经病入膏肓。[①]

1942年11月11日，德军发动“阿迪拉”行动，入侵“自由区”。盖世太保驻里昂的新头目，可怕的罗尔夫·穆勒的助手是两个党卫军分子——维尔默·克纳布博士和克劳斯·巴比，后者自6月起就已经在第戎滥施淫威，镇压“国家的敌人”。[②] 他们把总部设在离车站不远的终点饭店。克劳斯·巴比以大规模逮捕和残酷审讯而闻名，他很快成为盖世太保在本地区真正的头目。于是他把他的办公室设在这个饭店的一个特殊的套间里。他的手下的任务就是镇压，打手的办公室设在军事卫校里，离罗纳河码头和奥利埃广场的弗吉妮亚旧居很近。卫校的地下室变成了对被捕抵抗分子严刑拷打的地狱。

克劳斯·巴比初来乍到，便吩咐他手下的军官“要不惜一切抓住这个可恶的加拿大女人”，有人早就告诉他，是她在指挥里昂的行动。[③] 弗吉妮亚·霍尔尽管国籍不明，但操着北美口音，早就被“盯上了”。她本人不知道，她已经被列入抵抗分子头目的名单之中，是盖世太保插手里昂事务后第一个要寻找的人。[④] 命令很可能是这样下达的：“瘸腿女人是盟军在法国最危险的特工之一。必须找到她，并消灭之。”11月8日晚，弗吉妮亚仓促出逃使她摆脱了“里昂屠夫”的魔爪，神奇地避过一劫。而她的大部分朋友就没那么幸运了。[⑤]

---

① 见《海克勒情报网》一书。另见Kew（英国国家档案馆）的SOE档案皮埃尔·勒谢纳卷。

② 见马塞尔·鲁比的《里昂的反间谍战》等书。

③ 阿尔弗雷德·牛顿的个人档案里有这句话。摘自M. R. D. 福特的《SOE在法国》一书。2007年7月6日，M. R. D. 福特向作者确认了这句话。

④ 克劳斯·巴比先后逮捕过好几位抵抗运动的杰出领导人，如1942年成立的秘密军领导人查理·戴莱斯特兰、被戴高乐委任联合所有法国抵抗运动力量并领导民族抵抗运动委员会的让·姆兰等。

⑤ 有一点小小的安慰：在她出逃前，她已得到法国军方的保证，她的朋友弗兰西·巴桑（又名：奥利弗）将获释。1942年11月29日弗兰西·巴桑出狱后继续在法国从事组织工作，1943年8月19日返回英国。见Kew（英国国家档案馆）的SOE档案弗兰西·巴桑卷。

五天后，也就是11月13日星期五的清晨五点，警察敲响了安东尼·本赛广场七号让·胡塞大夫家的大门，他是弗吉妮亚·霍尔忠实的帮手，被怀疑参与地下活动。他被送到巴黎后遭到严刑拷打，他矢口否认与英国人有任何联系，没交待任何地址和姓名。当问到他是否认识弗吉妮亚·霍尔小姐时，他承认了，但说她只是一个病人而已，到他的诊所来过几次。之后他被送到其他地方，他都坚持这样说，并且医护生病的犯人。盖世太保从他的口中没得到更多的东西。其实，他们只是从德国反间谍机构Abwehr那里知道有关让·胡塞大夫一星半点的情况，因为罗贝尔·阿来希神甫一直在为这个机构工作。

罗贝尔·阿来希在11月14日，即让·胡塞大夫被捕的第二天，穿着教袍又去了大夫的家。阿来希装作从巴黎的抵抗运动成员那里得到了情报，他送这些材料来了，以便让·胡塞转往伦敦。大夫的女管家小名叫欧也妮，见过他的主人叫他为比肖普的人。她信任他，告诉他胡塞大夫被捕了，阿来希似乎不知情。Abwehr要他的特工继续监控霍尔小姐在里昂的情报网，看来盖世太保似乎走在他们的前面了。在相互竞争的情报机构之间，合作的可能性极小，嫉妒心理却是残酷的。克劳斯·巴比的打击力度既快又猛，使Abwehr专家们玩弄的小把戏相形见绌，他们也许打算再晚些时候逮捕胡塞大夫。

这意外情况并没有让罗贝尔·阿来希神甫放弃双重特工的工作。他向欧也妮打听“英国女人”的去向，他只知道她叫玛丽，其实她就是弗吉妮亚。女管家回答说她失踪了。阿来希很不高兴，似乎因失去这位霍尔小姐的踪迹而生气了，他本打算一旦她不再具有情报价值之后就悄悄地逮捕她。在他看来，“霍尔小姐没有被捕，里昂的行动就不能算是完成。”[①] 当然，他眼下什么也没流露。女管

---

① 见阿来希的审讯记录。现存巴黎法国国家档案馆。

家给了他弗吉妮亚的女友热尔曼娜·盖兰的地址，她是海克勒情报网的骨干，也是弗吉妮亚的熟人——工业家欧也纳·热内的朋友。

几天后，神甫去了热尔曼娜·盖兰在里昂其中的一个家。在妓院女老板的家中，有一大堆奢侈的小玩意儿和一个华丽的衣柜，里面挂着不少为潜逃英国特工准备的男人的衣服。11 月 13 日，也就是胡塞大夫被捕的那天，热尔曼娜·盖兰去阿维尼翁执行任务，到了一个名叫阿黛勒·米歇尔的家中，后者总是以“比肖普小组”的名义负责把情报发往伦敦。热尔曼娜·盖兰返回后，得知这一系列的坏消息，她顿时觉得自己孤独无援了。不一刻工夫，她接连失去了抵抗运动中的两个精神支柱：弗吉妮亚·霍尔和胡塞大夫。在大夫的女管家指点下上门来的比肖普使她感到十分欣慰。她后来说道：

“在工作中，他的神色坚定。他自我介绍说，自己在巴黎组建了一个抵抗运动小组。他要钱，后来经常来里昂，我为他提供住所。”①

在热尔曼娜·盖兰家中，罗贝尔·阿来希神甫始终被 Abwehr 的奥斯卡·雷耶遥控着，与盖兰的几个朋友取得了联系，他们都是地下活动的积极分子，其中有朱利安和贝松夫妇。他见面最多的还是罗贝尔·布尔戴特，弗吉妮亚真正的接班人，他的公开名字叫尼可拉。德国人认为这是代号，他的真正名字叫什么布劳恩少校。

后来，阿来希这样说道：

“自弗吉妮亚·霍尔小姐走后，我认识了她的接班人布劳恩少校，他告诉我说，弗吉妮亚被召回伦敦去了，不过他收到她从西班牙发来的一封信。我回巴黎后，当然把霍尔小姐离去及她在西班牙出现的情况告诉了奥斯卡·雷耶。”②

---

① 1946 年 5 月 1 日，热尔曼娜·盖兰的证词。见阿来希的审讯记录。现存于巴黎法国国家档案馆。

② 1945 年 10 月 16 日，罗贝尔·阿来希的供词。见阿来希的审讯记录。现存于巴黎法国国家档案馆。

Abwehr 的人希望通过弗吉妮亚得到更多有关英军未来的计划，突然失去了她的踪迹，少了一个猎物，当然心有不甘。他们要求他们的特工罗贝尔·阿来希搞清楚在里昂地区布劳恩少校周围的英国间谍究竟是哪些人。于是神甫自 1942 年 11 月底之后又在巴黎和里昂之间来回穿梭。他总是纠缠着罗贝尔·布尔戴特，不断向他要更多的钱，答应为他提供大量的情报。SOE 总部见他又申请二十七万五千法郎作为“比肖普小组”的活动经费，开始不相信这个贪得无厌的神职人员。1942 年 12 月 21 日，他的请求被拒绝了。[1] 伦敦要求对比肖普作进一步的了解才同意支付这笔钱。罗贝尔·布尔戴特只能把这个消息转告罗贝尔·阿来希神甫，后者总是叽叽咕咕的。

延期支付巨款并未能抑制布尔戴特开展地下活动的狂热劲儿，他在工业家约瑟夫·马尔尚和让·雷尼埃的协助下，负责协调斯普鲁士特工站和其他特工站的工作。罗贝尔生性就喜欢冒险，他对地下活动具有一种罕见的才能。

他后来是这样陈述的：

> 每天，我至少要上四五堂课教授爆炸知识；每次十天左右的满月期间，我还要接应四五次空降行动，有时还不止……我的生活一直很紧张。我的身体像是铁打的，每天仅需睡上几个小时就完全恢复体力了。随着日子一天一天过去，我培养的人就愈多，我组织的破坏就愈多。在德国人的眼中，我们是一群十足的坏蛋。因此他们实行严格的宵禁令，有时从下午四点就开始了。这样大大影响了我们的工作，然而，我们仍然能完成任务。[2]

---

① 见 Kew（英国国家档案馆）的 SOE 档案。

② 见《SOE 在法国》和《海克勒情报网》等书。

于是盖世太保命令搜索里昂所有的公寓房，想找到禁用的武器和器材。法国警察在深夜闯入罗贝尔·布尔戴特的家，幸而他们也没发现什么，他们没有看见藏在天花板里的无线电台和爆炸物。1942年的一天夜里，尼可拉成功地摆脱了警察的追捕。他刚打开一个仓库的门，一个人就向他扑去。他原先练过拳击，一下便制服了那个人，另一个人却向他开枪，他飞快下楼逃掉了。盖世太保在他的寓所发现了手枪、炸弹、雷管和金钱。克劳斯·巴比发誓要他的脑袋，就如他要那个他继续寻找的"加拿大女人"的脑袋一样。

里昂的盖世太保许诺能帮助捕获那个叫尼可拉或瘸腿罗贝尔或瘸腿尼可拉的人，就能得到六百万法郎的奖金——一笔不小的数目。罗贝尔·布尔戴特很谨慎，时不时地离开这个城市，他返回时作了伪装，并且换了身份。他太机灵了，即便罗贝尔·阿来希神甫也难以找到他。Abwehr的军官们对手下的特工说，倘若他们能把霍尔小姐的接班人带到巴黎，会得到一大笔奖金。但他们还是办不到。布尔戴特于1943年中旬潇洒地回到伦敦。后来，罗贝尔·阿来希承认："布劳恩少校太难抓了。"[①]

盖世太保并未放弃努力。克劳斯·巴比决心要当里昂"反德国敌人"斗争中的主宰，首当其冲的就是犹太人、抵抗分子和英国特工。

1943年1月8日，清晨六点三十分，警察搜查了罗贝尔·布尔戴特的左右手——化妆品生产商约瑟夫·马尔尚的家。[②] 他们怀疑一个名叫吕西安的人是间谍。马尔尚夫人说不认识，不过有一个自

---

① 罗贝尔·阿来希的供词。见阿来希的审讯记录。现存于巴黎法国国家档案馆。

② 1943年9月8日SOE对约瑟夫·马尔尚的询问记录，有关1943年1月他家被搜一事。见Kew（英国国家档案馆）的SOE档案约瑟夫·马尔尚卷。

称是他家亲戚的人在他家睡过。搜查没有结果。约瑟夫·马尔尚立即通知他的朋友罗贝尔·布尔戴特和让·雷尼埃别再去他家了，同时也告诉吕西安，盖世太保正在找他。同一天，盖世太保设埋伏想在尼可拉经常光顾的第一饭店抓住他，但这名特工及早得到通知，又一次避开了伏击。

1月8日晚上十点光景，盖世太保冲进了里昂六区的一幢楼，他们敲打二楼的门，吼叫道：

“德国警察！快开门！”

“是谁？深夜要干什么？”屋主人热尔曼娜·盖兰问道，没开门。

妓院女老板向绿色心脏网的“一对双胞胎”阿尔弗雷德·牛顿和亨利·牛顿转过身去，他们俩正暂居在她家。

“快从后门走，”她说道，“我不跟你们去。我是法国人，留在这里。我来应付这些人。”

SOE的两名特工利用这几秒钟的时间从开向院子的窗口跳下，消失在小巷里。热尔曼娜·盖兰这才笑眯眯地给德国警察打开门。盖世太保问她是否知道有两个名叫什么阿尔图斯和奥古斯特的兄弟住在这里。她后来回忆道：

“我对他们说，我没有记小名的习惯，确实有两兄弟住在这里，但现在不在。他们问我是否知道他们是英国人，我感到很奇怪，但我明白，他们是得到了可靠的情报。”[①]

穿着雅致、化妆得体的热尔曼娜·盖兰在深夜被带走了。第三天，她被押上卡车送到巴黎，受到长时间的审讯。她装作完全不知情，一口咬定不认识胡塞医生，于是一直被关在弗雷斯勒监狱。阿来希神甫早就知道热尔曼娜·盖兰的情况，得知她被捕后，装成很难过的样子。他不想让其他特工怀疑他才是这次警察行动的始作

---

① 1946年5月1日热尔曼娜·盖兰的书面证词。

俑者。

于是神甫去看望热尔曼娜·盖兰在里昂的一位朋友——欧也纳·热内。后者并不知情，告诉神甫说，热尔曼娜·盖兰在家中藏有巨额钱款，约几千万法郎，都是金条美元。阿来希担保说，他在盖世太保那边有人，只要花钱就能把热尔曼娜·盖兰从弗雷斯勒监狱放出来。为此，欧也纳·热内给了他几万法郎，当然打了水漂。热尔曼娜·盖兰被送往另一坐监狱；欧也纳·热内本人也受到神甫的揭发被捕了。他遭到严刑拷打，大概把热尔曼娜·盖兰的钱都给了里昂的盖世太保，自己却在被火车送往另一个集中营的途中窒息而死。①

热尔曼娜·盖兰的另一位好友皮埃尔·戴克里前去求情，恳请神甫照看他朋友的家当。罗贝尔·阿来希借口保管热尔曼娜·盖兰的东西，把她在里昂的家洗劫一空。他把皮草、花瓶、银器和珠宝装了几个箱子，全部运到自己在巴黎的家里。②

事实上，Abwehr 的这个特工已经把弗吉妮亚提供给他的巨款转移到自己的手上，现在开始对奢侈品发生兴趣了。他不再作为助理司铎为本堂布道，早提出单干了。这个神甫并没有属于他自己的教区，因此他把主要精力花在为 Abwehr 效力的有报酬的工作上，时而穿教袍，时而穿平民服装。1943 年初，他离开了寒酸的住所，带着他的父亲和姐姐搬进了巴黎十六区中心地带的一套八居室的公寓。他在 1943 年 1 月 16 日给他的恩人卡尔·夏菲军官的一封表忠信上答应“为我们的事业做出最大的成绩”，尽可能抓住“其他领

---

① 1946 年 5 月 1 日热尔曼娜·盖兰和 1947 年 6 月 24 日胡塞大夫的书面证词。见阿来希的审讯记录。现存于巴黎法国国家档案馆。

② 源自 1946 年 5 月 1 日热尔曼娜·盖兰的书面证词，以及 1944 年 11 月 24 日和 1945 年 5 月 20 日伊尔玛·阿来希（罗贝尔·阿来希的姐姐）的证词等。见阿来希的审讯记录。现存于巴黎法国国家档案馆。

导人”。[1] 信的末尾以“希特勒万岁”结束。

罗贝尔·阿来希和盖世太保收集的情报果然“成绩斐然”。在清除了胡塞大夫和热尔曼娜·盖兰之后，对弗吉妮亚在里昂特工站的大搜捕仍在继续。1943 年 2 月 28 日星期日，由大夫招募的发报员安德烈·古尔乌瓦西埃在地中海街的家中被捕，幸而之前的几个小时，他已把无线电发报机藏匿妥当了。他被带到盖世太保的巢穴终点饭店，受到严刑拷打。刽子手们一定要找到这台无线电发报机。他们还想知道英国间谍的活动，特别是他们称之为瘸腿尼可拉和“双胞胎”的踪迹。安德烈·古尔乌瓦西埃矢口否认认识他们。

傍晚前，犯人看见克劳斯·巴比穿着短裤长靴，手上拿着马鞭走进来。

“你与英国人混在一起，我们一定要知道电台的下落。”盖世太保的头头站在满身是血的抵抗者面前咆哮道。

古尔乌瓦西埃一口咬定他只是逃跑的战犯，根本不知道电台一事。

“逃犯的故事我不感兴趣，”克劳斯·巴比继续说道，“必须说出你与英国人在哪儿接头，与谁在一起，否则死路一条……”[2] 发报员又被一通暴打，但他始终未暴露实情。他在监狱待了很长时间之后被送往德国。

盖世太保和 Abwehr 同时在围捕“双胞胎”，网收得愈来愈紧了。1942 年 11 月的一天晚上，罗贝尔·阿来希在热尔曼娜·盖兰家中终于见到了阿尔弗雷德·牛顿与亨利·牛顿两兄弟。这两个人在里昂与布城之间来回躲藏，不断改变身份。他们凭借弗吉妮亚给

---

① 见阿来希的审讯记录。现存于巴黎法国国家档案馆。

② 见安德烈·古尔乌瓦西埃的《海克勒情报网》一书。

他们的假证件，阿尔弗雷德假装成一名摄影师和保险经纪人，而亨利则恢复他的老本行，是水果经营商和建筑师。[①]

神甫认定自己是弗吉妮亚信任的人，建议把大西洋边境线的照片卖给牛顿兄弟俩，其中有详细的坦克和沿岸的工事布局。兄弟俩犹豫再三，对这个自称是阿尔萨斯人、贪财、过于热情、又有点神经兮兮的比肖普不大放心。他们甚至有过念头要当场干掉他，无奈其他抵抗分子陆续来到热尔曼娜·盖兰的家，没有动手。有一个来访者名叫马塞尔·莱恰（又名：路易），是职业警察，对两兄弟说，玛丽留给他们一封信。比肖普什么都听见了，在开溜之前记住了两兄弟的代号——阿尔图斯和奥古斯特。1 月 8 日，警察突袭了热尔曼娜·盖兰的寓所，兄弟俩在最后关头逃脱，同时也确信比肖普是双重间谍。

从此，德国人记住了牛顿兄弟的特征，一直想抓到他们。几个星期后，阿尔弗雷德化装打扮了一番，又遇见了比肖普，他身边还有一个人，自认是热尔曼娜·盖兰的朋友，专给她提供情报的，以前一直被关在弗雷斯勒监狱。神甫认出了英国人之后，借口有约会匆匆离开了。当天晚上，阿尔弗雷德在里昂一条偏僻小巷被一个穿着长呢大衣的男人跟踪。阿尔弗雷德利用夜色，打倒了跟踪者并把他当成了比肖普而杀了他。又过了不久，阿尔弗雷德和他的弟弟在电车上成功地逃脱了盖世太保的追捕。[②] 但他俩的处境愈发困难了。

1943 年 4 月初，伦敦方面终于对“双胞胎”开绿灯，让他们离开法国。他们躲在里昂等待最后的指令。这时，罗贝尔·阿来希神甫突然出现在他们俩的家门口，带来一封签署着热尔曼娜·盖兰名字的莫名其妙的信件：“把这两只母鸡送出国去。”[③] 阿尔弗雷

---

① 他们俩建立的“绿色心脏”抵抗小组拥有近两百人，作出了很大贡献。见 Kew（英国国家档案馆）的 SOE 档案。

② 引自约翰·O. 托马斯的《没有旗帜》一书。

③ 摘自维特克 1945 年 5 月 29 日关于牛顿两兄弟的汇报。

德·牛顿与亨利·牛顿再次诅咒那个又找到他们藏匿地的比肖普。

情况糟糕透了。克劳斯·巴比根据罗贝尔·阿来希提供的情报及他自己的调查材料，愈来愈接近“双胞胎”了。这个里昂的盖世太保头目对他们俩的英勇无畏感到十分头疼。他没得到弗吉妮亚企图组织武器空降地点的情报，然而两兄弟却成功地摧毁了德军安排在运河附近测定地下电台方位的两辆装有无线电测向仪的卡车。

1943年4月4日，牛顿兄弟正准备次日离开里昂前去西班牙，在他们的朋友莫尼克·海哈迪（又名：费尔南特）的家中被捕。当晚九点，克劳斯·巴比的手下人已经包围了这幢房子。他们讯问了两兄弟，以及他们情报站的另两名骨干阿尔封斯和玛丽·贝松。牛顿兄弟在离开住所前，为乔治六世国王陛下的健康干了最后一杯酒，公开蔑视愤怒到极点的克劳斯·巴比。

“双胞胎”被带到盖世太保的总部终点饭店，他们知道这次输定了。阿尔弗雷德戴着手铐从四楼的窗户跳下，肩膀和手指都骨折了。他在逃跑中又被抓住，被带到蒙吕克监狱，受尽虐待。他的弟弟亨利在终点饭店的另一间房间受到克劳斯·巴比和他的手下人的毒打，犯人被送进牢房时已经失去知觉。两兄弟被泡在冰水里，受到电击，手脚遭鞭笞，被折磨了整整几个星期，但始终没向亲自审讯的克劳斯·巴比透露一个字。一个名叫拉尔桑的审讯者是一个四十来岁体面的中年人，说得一口标准的英语，向他们亮出被德国人截获的电文。显然，他们电台的密码已经被破译。1943年7月，他们俩被送往弗雷斯勒监狱，后又被送进集中营，但他们竟从地狱般的集中营神奇地逃脱了。[①]

由弗吉妮亚·霍尔参与组建的情报系统也受到德国人的一次次的打击。1943年4月4日，盖世太保逮捕了欧也尼·卡丹，她是里

① 见安德烈·古尔乌瓦西埃的《海克勒情报网》及约翰·O. 托马斯的《没有旗帜》等书。

昂人，有时也安排两兄弟住下，并从夏天开始就为他们送信。她被送进弗雷斯勒监狱后，又被送往集中营，德国人清洗了她的寓所。第三天，也就是4月6日，朱利安夫妇被捕，他们也是弗吉妮亚的朋友，同样受到毒打。德国人以为朱利安夫人快要死了，两个月后把她释放，而朱利安先生被送进了德国人在奥地利开的一家工厂。①

另一方面，双重间谍罗贝尔·阿来希继续在破坏特工站。他在里昂有时住在罗贝尔·布尔戴特的左右手约瑟夫·马尔尚的养女克拉里斯·贝尔特兰的家中。少妇为她的养父充当“信箱”，对这个穿教袍的比肖普不大信任，因为他自称是抵抗者，却不停地向罗贝尔·布尔戴特要钱。她的怀疑有根据：1943年5月3日她在揭发神甫后在家中被捕，也被送进了集中营。②

同一天，盖世太保企图逮捕她的养父约瑟夫·马尔尚，幸而后者得知危险在即，从人间蒸发了。1943年8月，他成功抵达伦敦。这个年过五旬的慈善老者后来又被SOE派往法国的上洛瓦尔省，在极具危险的任务中功勋卓著，并一直坚持到1944年9月。③

阿维尼翁人阿黛勒·米歇尔就没他那么走运了。她也是弗吉妮亚·霍尔特工们的“信箱”，于1943年5月3日被盖世太保捕获。无独有偶，罗贝尔·阿来希神甫在之前的几个月中以里昂朋友们的名义去看过她几次。

阿黛勒·米歇尔后来是这样叙述的：“他说他是从热尔曼娜·盖兰那里得到我的地址的，由于没找到弗吉妮亚·霍尔小姐，他才来这里，目的是让我把一份情报转交伦敦。”④

---

① 见弗吉妮亚·霍尔1945年7月10日关于朱利安夫妇的报告，以及1945年7月11日欧也尼·卡丹的报告。

② 克拉里斯·贝尔特兰1945年10月10日的证词。见阿来希的审讯记录。现存于巴黎法国国家档案馆。

③ 约瑟夫·马尔尚于1943年8月19日到达伦敦，同年10月20日又返回法国，着手重新组建被德国人破坏的特工站。他领导了许多破坏行动，摧毁铁路线、武器库，攻击德军车辆，以及武装游击队，1944年9月回到英国。见Kew（英国国家档案馆）的SOE档案约瑟夫·马尔尚卷。

④ 阿黛勒·米歇尔的证词。见阿来希的审讯记录。现存于巴黎法国国家档案馆。

在她看来，有一些特工对这个举止轻浮的神甫评价不高，他声称巴黎至里昂线的铁路职工都在为他工作。她打发他走，但他又来了，坚持想知道发报机放置的地方。阿黛勒·米歇尔什么也没对他说，但她还是被捕了。

罗贝尔·阿来希虔诚地履行他在里昂卑鄙的使命。他像克劳斯·巴比一样，仅仅遗憾没能抓住霍尔小姐以及她的瘸腿接班人，这两人最后还是回到了英国。Abwehr 的军官们很满意神甫的工作，不过他们认为一系列的逮捕行动已经牵连到他，于是命令他别再去里昂了。

1943 年 4 月间，比肖普一夜之间在城里消失了。在巴黎和诺曼底有其他任务在等待着这个双重间谍，不过他改了化名，叫富兰克林，仍然穿着那身教袍。

第十七章

从伦敦到马德里，苦苦等待

记下，把一切都记下。事无巨细地回答问题，别遗忘任何细节。什么也别作解释。自从弗吉妮亚·霍尔于1943年1月来到伦敦之后，她成天在回忆过去的一切，哪怕最微小的细节也不能放过。SOE所有特工返回后都得接受同样的审查。她也不能违反规定。她的上司长时间地盘问她。研究报告的官员们提出的问题更多。负责反间谍活动和负责安全的MI-6和MI-5官员更是交叉评估情报的真实性，研究在法国发生的事情，以及德国情报人员试图渗透他们情报网的情况。

美国女人的判断是这些官员重要的参考依据。她于1941年8月至1942年11月一直在法国活动，逗留的时间太长了。她遇见过难以计数的英国特工和其他人员。她学会了评价一些人，鉴别另一些人。她的想法、建议非常珍贵，她的记忆也非常准确。

首先，她对与其工作过的人提供了许多情况，对伦敦可以信任与必须避免的人也作了详尽介绍。弗吉妮亚自离开里昂后，并不知道让·胡塞大夫（又名：贝班或贝）已经被捕，她自然而然会介绍到他。根据她的说法，可以去他在里昂的家与他联系，暗号是“菲洛曼娜介绍的”，或是“幸福高于一切”。她说道：

"他像信箱一样值得信任，而更重要的是，他在我们的孩子遇到困难时会关心他们。他有一个诊所，有救护车，有医生、护士和麻醉师，我们只要为他提供食品券，这些设施和人员就会为我们服务。倘若我们的人需要紧急避难或是需要躲起来，他可以把他们安排住在他的诊所，这其实就是一个藏匿地。"①

弗吉妮亚又说道："贝班认识其他有关的人，特别是一个法国血统的英国人，此人可以把特工藏起来；还认识里昂圣约瑟夫监狱的一个护士，她随时可以帮助犯人。"她同时列出了一批认为是有用的"关系人"的名单，主要集中在里昂、巴黎、马赛、阿维尼翁和阿尔比。

谈到她的女友热尔曼娜·盖兰，她的语气发生了变化。她认为她"很有用"，可以提供食物、住所、衣服，特别对在押的人有用，但她提醒SOE，眼下，不必与她多打交道，认为她有时"不那么可靠"。美国女人一针见血地说："应该理解她。"她本人倒是一直提防自己别对热尔曼娜·盖兰说得太多。现在是1943年1月中旬，弗吉妮亚怎么也没想到那个妓院女老板在几天前已经被盖世太保抓进去了。

第二类信息与特工的装备有关。弗吉妮亚把在法国的电台安置点列出一个清单，因为有的电台丢失了，有的被警方缴获了，SOE也闹不清究竟还有多少在自己手上。

弗吉妮亚日常生活的方方面面也得交待清楚。按她的说法，在法国，几个月以来，他们对食品券的控制愈来愈严格了。当局对享有者的住址、职业盘问得更多了，他们甚至要求出示身份证。弗吉妮亚还说，化名为阿尔图斯和奥古斯特的牛顿兄弟一开始没有这个问题，但现在成了他们的"主要麻烦"。她还说道：自从南部地区

---

① 1943年1月16日至18日，弗吉妮亚回伦敦后的多次汇报。见Kew（英国国家档案馆）的SOE档案弗吉妮亚·霍尔卷。

被占领之后，对火车的检查放松了，但对边境城市的检查严格了，进出都要说明理由。

SOE 提问的第三个方面是由罗贝尔·布尔戴特和牛顿兄弟具体实施的破坏行动计划。自 1943 年初，英国秘密机构对这个方面似乎很敏感：他们希望加大准军事组织行动的力度，但又要完全在自己的掌控之中，避免无秩序的骚乱。然而，他们缺少由他们提供武器的法国国内抵抗者的支持是难以实施破坏行动的。由于地区分散、不易控制，弗吉妮亚·霍尔对这些问题也说不清楚。

照她的看法，布尔戴特并未动手，然而“他把大量的爆炸物给了地下组织，他们用这些东西展开行动，但目的不明确”。[①] 弗吉妮亚举出了一个她认为“可笑”的例子：战斗组织的一个分支打算在贝当元帅乘坐的列车经过的沿线实施爆炸，其目的不是伤害他，而是“吓吓他”。弗吉妮亚曾经劝阻了他们。

更为严重的是，给抵抗者提供的爆炸物存放不妥，常常放在露天潮湿的地方，可能已无法使用了。弗吉尼亚的结论很不客气：“必须把爆炸物交到接受过爆炸训练的人手中，而不是交到随便哪个想要或是可以存放的人的手中。”幸而在尼可拉的命令下，情况似乎有所改观，他手下的人“已经懂得存放这些东西，并知道如何使用了”。她又明确地说道：尽管有些人陆续被捕并损失了两个仓库，但尼可拉仍有足够的炸弹可以完成交给他的使命，“现在，他已作好了准备，目标已被研究过了，并且已经指定专人负责。”

至于牛顿兄弟，弗吉妮亚一口认定，在她离开法国时，他们的处境很糟糕。他们俩来到布城时，发现他们将摧毁的目标已经被很多抵抗者知道，这些人很不谨慎，已经先期在地道里作了测试。其结果是德国人很快就监控这个地点了。计划在工厂的破坏活动同样

---

① 1943 年 1 月 16 日至 18 日，弗吉妮亚回伦敦后的多次汇报。见 Kew（英国国家档案馆）的 SOE 档案弗吉妮亚·霍尔卷。

乱糟糟的。弗吉妮亚汇报说："有许多人希望能参与行动，干什么都行，只是需要工具。但我们指示他们避免分散的活动，因此不准备帮助他们。"[①] SOE希望自己能控制局面，而抵抗者要单干，所以双方并不十分融洽。

弗吉妮亚向她的上司汇报的最后一个内容涉及罗贝尔·阿来希（又名：让·阿古安或阿古安或阿克塞勒或勒内·马尔丹或比肖普或富兰克林）在英国情报机构的角色问题。这个特工莫名其妙的举止开始让英国有关部门感到困惑了，因为一方面，他提供的关于德军武器装备的情报和微缩胶卷的内容都是正确的；另一方面，他向弗吉妮亚和她的接班人尼可拉没完没了地要钱，说是用来支持他在巴黎地区的抵抗小组一事。开始还能满足他，后来引起了某些不良反应，特别是在巴黎和里昂掀起一系列逮捕浪潮几乎摧毁了整个情报系统，又都与这个人有关联。总之对他愈来愈怀疑了。

弗吉妮亚在1943年2月24日回伦敦后的几个星期，接受了SOE的竞争机构——负责国外反间谍活动的SIS下属机构MI-6的官员们的盘问。这些人特别对1942年8月巴黎的SMH-葛洛丽亚情报网被摧毁一事感兴趣。SIS的调查官员们都认为弗吉妮亚是"聪明而有判断力"的，并且问到了阿来希神甫当"信使"的角色，以及许多人被捕后神甫在做什么。[②] 谈话到此结束。

加布里埃勒·皮卡维亚（又名：葛洛丽亚）1943年3月12日到达英国后，调查又重新启动了。葛洛丽亚第一次证词语焉不详，以致她本人被怀疑处事不慎，甚至有叛变情节，因此就需要进一步澄清了。这个少妇与许许多多间谍打过交道，而具体日期又说不清楚，因此她的所有活动都成了SIS和安全部门MI-5的调查目标。

---

① 同上。有关地道测试一事，在约翰·O. 托马斯的《没有旗帜》一书中也有提及。

② 1943年2月24日SIS与弗吉妮亚关于SMH-葛洛丽亚的谈话记录。见Kew（英国国家档案馆）的MI-5（安全局）档案皮卡维亚卷。

1943年3月底，弗吉妮亚又被SIS的专家们询问过一次。这些人意图把神甫自1942年7月出现在情报网之后发生的一系列事件细致认真地拼接出来。弗吉妮亚得回忆六个月之前的事情，与她在1942年9月6日起草的报告有些许差别，那时，罗贝尔·阿来希神甫才在里昂与她最初见了几次面。

但主要的问题在这里：MI-6的官员们在分析了事情的来龙去脉之后，非常认真地作了一个假设："神甫是一个为德国人服务的危险的特工。"[①] 在他们看来，有许多迹象支持这样的论断。

第一，阿来希在1942年8月底向弗吉妮亚隐瞒了情报网的头目雅克·勒格兰（又名：SMH或WOL）在巴黎被捕的消息，而他本人自称是这个情报网的"信使"。

第二，神甫不能具体说出情报网的另一个头目加布里埃勒·皮卡维亚（又名：葛洛丽亚）的模样。

第三，在弗吉妮亚匆匆离开时，他企图从她的嘴中套出她在里昂接班人的姓名。

最后，他与为德国人效力的并在伦敦已广为人知的双重间谍珀迪·让（或布朗谢或皮埃尔·布朗谢）过从甚密。

这次调查因雅克·勒格兰主要为SIS服务而显得更为重要。他们把揭露那个"交出"雅克·勒格兰和他的朋友们的叛徒的真实面目看成是一大功绩。1943年3月底，询问在里昂见过比肖普几次面的弗吉妮亚成了推定神甫是否叛变的关键。MI-5头头们得出了同样的结论。1943年4月20日关于这个事件的完整报告中所附的备忘录中，MI-5的头头哈姆为加布里埃勒·皮卡维亚彻底恢复了名誉，不过他认为罗贝尔·阿来希神甫疑点重重，"根据一系列发生

① 1943年3月23日，弗吉妮亚接受SOE的MI-6官员们的提问，见1943年3月24日的报告。副本见Kew（英国国家档案馆）的SOE档案弗吉妮亚·霍尔卷和Kew（英国国家档案馆）的MI-5（安全局）档案皮卡维亚卷。

的事件，他很可能在一开始就是德国间谍，或组织被破坏之后反水了。”[①]

自那时起，所有英国情报部门都认为阿来希是危险分子，应该离他远些。伦敦方面的突然醒悟似乎迟了些，比肖普悄然失踪了。他对英国情报系统造成的伤害尚未完全查清。在之后的几个星期里，事情逐渐明朗，问题愈来愈严重。弗吉妮亚也因此陷入深深的自责之中。她本能上对神甫有所保留没错，但她对他的信任无疑成了她在里昂的朋友们被捕的一个因素。

她在伦敦得知胡塞大夫和热尔曼娜·盖兰又被捕了，更加加重了她内心的自责。她发誓能有一天报仇雪耻：找到这个披着教袍外衣骗人的神甫。因此，她希望再次前往英吉利海峡彼岸，执行新的使命。然而当她看到自己又无能为力时，沮丧万分。罗贝尔·阿来希一案的结论既明确又无情：在法国当地“解决”。

再干什么？往哪儿去？1943 年的这个春天，弗吉妮亚有些急不可耐了。她写信给在马里兰州家庭农庄里生活的母亲，最近这几个月，她没怎么得到女儿的消息了。她仅收到的一封信让她吓了一跳：女儿说起了盖世太保对被捕的抵抗分子上的刑罚，以及他们被吊在屠夫木桩上的情景。[②] 这一次，弗吉妮亚让她宽心了，她说自己的身体很好，甚至请她为她的假肢定制一副雪橇。[③] 可眼下，冬季运动尚未提到日程上呢。

法国分部的领导毛里斯·巴克马斯特和第二把手尼克拉斯·博丁顿对这个美国女人赞赏有加，说她具有无与伦比的经验。话虽这么说，他们还是不愿意再把她送往英吉利海峡的对岸。她是法国分

---

① 1943 年 4 月 20 日哈姆的备忘录。见 Kew（英国国家档案馆）的 MI－5（安全局）档案皮卡维亚卷。

② 洛娜·凯特林与作者的谈话记录。

③ 见 Kew（英国国家档案馆）的 SOE 档案弗吉妮亚·霍尔卷。

部的老骨干了，这样做太危险，她完全可以在伦敦担负很重要的协调工作，特别是在她的女友薇拉·阿特金斯身边工作，后者负责把特工送往法国。但弗吉妮亚好动惯了，办公室里闭门不出的工作她实在受不了。在贝克街六十四号SOE总部，她像个困兽似的走来走去。

SOE的头头们为她想出了另外一个解决办法：在马德里给她安排一个工作。其时，许多特工从法国来要途径西班牙首都马德里中转。弗吉妮亚可以由负责运送特工的D/F分部领导，安排特工的住宿，并在马德里和比堡之间传达信件，她也可以在这个国家为SOE寻找可靠的联络人；他们提醒她不要在佛朗哥分子而要在共和党人中招募，以避免与佛朗哥政府发生“外交方面的麻烦”。[①]

弗吉妮亚会说西班牙语，对这次调动并不反感。她不是刚刚越过比利牛斯山，穿越西班牙，直至葡萄牙吗？她只需改变一个身份说明来马德里的理由就行了。SOE有一个现存的解决办法，而且被证明在法国是行之有效的：弗吉妮亚将作为一个美国特派记者进驻西班牙。

这一次，《纽约邮报》可不大乐意了。他们的老领导乔治·贝克尔有病在身，已经不在领导岗位。反之，《芝加哥时报》却愿意帮英国人这个忙。欧文·普福姆是美国新闻社驻马德里的新闻记者，见证了整个西班牙国内战争，自1940年起居住在巴黎，他刚刚被任命为《芝加哥时报》驻外办事处的总编辑。他给弗吉妮亚一个“通讯记者”的头衔，外加一些薪酬什么的。为了在西班牙当局面前更好地掩护她作为SOE特工的真实身份，他们希望她在最初的两个月在现场完完全全为《芝加哥时报》尽心尽力。在见习期，她以通讯记者的公开身份，只能通过新闻界人士与SOE在英国驻马德里大使馆的负责人HX有偶尔的接触。

---

① 见Kew（英国国家档案馆）的SOE档案弗吉妮亚·霍尔卷。

对这些忠告，弗吉妮亚表示完全理解。但她不能确信自己是否满足于在SOE下属D/F分部的后方基地马德里做隔靴搔痒的工作，因为在她看来，真正的战斗是在被占领区展开的。她希望能使她的工作多样化，因此在出发去西班牙之前，她询问有无可能在SOE的一个技术中心接受无线电收发报的培训。她在法国的经历让她深深懂得掌握这门技术在地下情报站是极其重要的。

不幸她得到的回答是否定的。SOE在西班牙无需再增加电台操作员了。弗吉妮亚的一个上司对她说："这类工作在半岛当前已经饱和"，希望她"注意以后是否有机会进入这个领域"。[①]

她的另一次失望接踵而来。弗吉妮亚确实得到命令，在马德里，她将完全受命于HX的指挥，绝不能违抗。SOE的D/F分部的负责人在1943年5月5日给弗吉妮亚在马德里未来的上司明确无误地这样写道：

"不事先告知您，或未征得您的同意，她自作主张都是不可原谅的。我不认为您与她会有什么麻烦，因为我们已经多次向她交待了安全条例。她完全明白我们不希望她与美国人有任何接触。此外，我们对西班牙当局的严格立场也已经向她说明白了。很清楚，造成我们与西班牙当局对立的事情不应该发生。"[②]

地盘有限，言论受到限制。佛朗哥将军的西班牙是轴心国，绝非法国。弗吉妮亚被派往那里不是去创造发明的，而是去服从的。不过，发给HX电文的末尾对这位即将登陆半岛的特工的品质还是大颂赞歌的：

"我想，您会觉得她聪明而有效率，您与她一起工作会很愉快。她完全有能力推进工作，譬如说，她能在两小时之内没有得到我们的任何帮助，就办好了签证。过一段时间，倘若您认为她真的能领

---

① SOE的D/F分部备忘录。见Kew（英国国家档案馆）的SOE档案弗吉妮亚·霍尔卷。

② 1943年5月5日D/F分部致HX的电文。见Kew（英国国家档案馆）的SOE档案弗吉妮亚·霍尔卷。

导一个情报站的话，完全可以对她委以重任，不过无论如何请事先给我们打声招呼。”

在SOE的某些部门，派出一个女性，即便她再有经验，似乎也备受关注，必须谨慎有加，如派出一名女性特工，他们就更加如临深渊了……

在这样的背景下，弗吉妮亚感到很不痛快。她一贯我行我素，不能忍受这样一个束手束脚的使命。在敌占区十五个月她只身一人打天下，翅膀更坚硬了，独立的意志更坚强了。1943年5月17日，她来到西班牙后，住进马德里市中心一条小街上的一个套间，离外交部和国王广场不远。如同事先约定的那样，英国大使馆的上级指示她花时间先建立一般人际关系，在特定的时间会派上用场。她以真实的姓名，作为《芝加哥时报》的记者在国家新闻使团登记入册。她的记者身份证是于1943年5月31日颁发的，号码是324，这样，她就有可能在“西班牙自由穿行”了。[①]

在几个星期之内，弗吉妮亚介入政治和外交圈中，不得不扮演泛泛其谈的角色。人们在时尚的酒会上谈论最近发生的政治事件，与马德里夏天闷热的气候一样让她难受得喘不过气来。再说了，她的记者工作也不能确保她领到一份体面的薪酬。那个SOE驻英使馆的特工犯愁了，他在7月初写道：倘若弗吉妮亚再待下去，“就应该有钱给她，因为从西班牙发出的文章，她的美国主编开的稿费少得可怜。”[②] SOE不得不在英镑、美元和比塞塔[③]之间进行精确兑换，并且通过纽约的银行谨慎汇出，以应付这位非常特殊的特派员的日常开支。[④]

---

① 见洛娜·凯特林私人档案。

② 1943年7月8日，HX致D/F的电文。见Kew（英国国家档案馆）的SOE档案弗吉妮亚·霍尔卷。

③ 西班牙货币单位。——译者注

④ 见1943年5月14日、20日、28日电文。自1943年10月起，SOE支付她每月250美元。见Kew（英国国家档案馆）的SOE档案弗吉妮亚·霍尔卷。

1943 年 7 月 18 日，弗吉妮亚·霍尔在马德里突然得知，乔治六世国王刚刚授予她英国皇家勋章，以表彰她在完成 SOE 在法国的使命中所作出的杰出贡献。[①] 法国分部头头毛里斯·巴克马斯特和尼克拉斯·博丁顿原本就请求为她授勋，首先发来了贺电，接着便是 SOE 的大老板查尔斯·汉布罗阁下对她表示祝贺。[②]

然而，弗吉妮亚在她的新岗位上感到十分郁闷，授勋的自豪感不足以填补她感到自己无用的失落感。她在寻找改变现状的借口，又熬了几个星期。1943 年 9 月，她在里昂和里姆热认识的两个抵抗分子马塞尔·莱恰（又名：路易）和埃利塞·阿尔贝·阿拉尔在集中营待了一段时间之后来到马德里。[③] 她们告诉她在法国的近况。弗吉妮亚急于尽快回到那里。1943 年 9 月底，她给 SOE 法国分部头目毛里斯·巴克马斯特写了一封信，明确地表达了她焦虑不安的心情：

亲爱的 F，

在这里纯粹是浪费时间、消耗光阴。我在得出这个结论之前已经体验了四个月。在任何情况下，我都愿意重返法国。我在这里有幸遇见我的两位老朋友，他们将在近期来到伦敦。他们希望我能随他们一起回到法国是因为我们已经在一起做出了不俗的成绩，在那里有良好的关系，以后会与您细说。我想我能作为收发报员或是助手在他们身边工作。我会尽快学会收发报的，请别怀疑这一点……

我来到这里时，曾想能发挥作用帮助法国分部的人工

---

① 见 Kew（英国国家档案馆）的 SOE 档案弗吉妮亚·霍尔卷。

② 1943 年 7 月 8 日，HX 致 D/F 的电文。见 Kew（英国国家档案馆）的 SOE 档案弗吉妮亚·霍尔卷。

③ 她们俩的名字源自皮埃尔·法约尔的《占领时期的上里尼翁河－尚朋》一书。

作，但这是不可能了。我在这里没有真正的工作。我可以牺牲我的时间在这里过得舒舒服服，但不值得。总而言之，倘若我在战争中死了，这是我自己的选择……总之，我这里再次向您请求。我想，我能与这两个伙计为您做好工作。他们认为我有能力，有良好的前景，请您让我们试试，因为我们三个人有决心在这场血腥的战争中投入战斗。[①]

随着这封信，弗吉妮亚还附上了法国和德国报刊上经过细心剪裁的几份简报。她把这些材料放进装西班牙柠檬的小盒子里，委托她的两个朋友莱恰和阿拉尔交给巴克马斯特作为她送给其夫人的礼物……

几天后，法国分部的头目收到这份信件时，并不感到十分惊讶。信上的口气热情而冲动，正是弗吉妮亚个性的真实反映。巴克马斯特了解这个本部女先锋桀骜不驯的性格，她从不隐瞒自己的观点。她的能力在马德里没有得到发挥，自然会感到不适应。但他也知道，弗吉妮亚在法国已经成了“众矢之的”，德国有关部门已经盯上她了，因此他才不让她重返法国。于是，在 1943 年 10 月 6 日，他给她回了一封长长的信，字斟句酌，充满了感情。信是这样开头的：

我最亲爱的女同事：

您是多么可爱啊！我明白，您能很快学会操纵无线发报机。我也相信伙伴们看见您与他们在那里会很高兴。我也清楚，您什么都能干。然而，仅仅由于我确信盖世太保

---

① 这封信没有具体日期，也许写在 1943 年 9 月底。见 Kew（英国国家档案馆）的 SOE 档案弗吉妮亚·霍尔卷。

> 也很快便知道您的出现，所以我说：不，我最亲爱的女同事。您在当地实在是太有名了，您在出现后的几天之内就会被捕，您以为您能逃脱，那简直是天方夜谭。一次简单的郊外野餐将会变成真正的战争，盖世太保会无所不用其极，您想过没有？我知道，您会表示反对，因为这是您自己的事情。这点我同意。但我们大家都知道，这不仅仅是您自己的事情，还涉及到与您有联系的所有人的命运。德国人擅长耐心地跟踪他们的猎物的行踪，一旦有机会，他们迟早会扑上去。我们不愿意把一个像您那样如此容易被发现的目标送过去给他们有机可乘……

口气是亲切的，本意又是不可动摇的。巴克马斯特上校不愿冒任何风险，他又补充道："我相信，您最终会觉得我言之有理。"

事实上，SOE 的各系统由于敌人特工的渗透和盖世太保的镇压行动已经受到重创。几个星期来，贝克街总部人心惶惶。9 月，查尔斯·汉布罗阁下与他的上司塞尔伯恩勋爵发生冲突，调离了岗位，让他的副手科林·麦克维恩·古宾斯得益了，他晋升为将军。这个四十七岁粗暴的苏格兰军人重新掌权。巴克马斯特的副手尼克拉斯·博丁顿原本是法国分部的支柱，付出了惨重的代价。他在 7 月份被派往法国了解由弗兰西·苏迪勒组建、也许被原法国飞行员亨利·戴里古尔出卖的希望特工站被敌人破坏的原因，这个站很重要。在他返回后不久，又被控告是双重间谍，是特工站被破坏的肇事者之一，这样，整个法国分部的根基动摇了。[①] 在进一步调查澄清事实之前，他被调到另一个部门挂起来了。[②]

---

① 关于当时 SOE 在法国最重要的希望特工站一事，请见安东尼·凯夫·布罗恩的《秘密战》一书。

② 1943 年 10 月，尼克拉斯·博丁顿被调到培养军官学习法国文化的部门。他在洗去不白之冤之后，又于 1944 年 7 月被派往法国执行一项危险的使命。见 Kew（英国国家档案馆）的 SOE 档案尼克拉斯·博丁顿卷。

毛里斯·巴克马斯特不能允许自己有丝毫疏忽，但他也不愿意别人把他最优秀的特工从自己身边调走，这时登陆的准备工作正在加紧进行。他没让弗吉妮亚上前线，倒是希望她在自己身边工作。他拒绝把她送往法国，于是在信中又提出一个“创造性”的建议：

> 我知道您的心留在这里，在法国分部，而这个部门也十分需要您。倘若您觉得那儿不是您待的地方，为什么不回到伦敦，作为我们伙伴的后勤军官呢？

法国分部的头目随后具体安排了弗吉妮亚将要从事的工作：接见执行任务回来的特工、配备他们的装备和服装，根据她在当地的经验及返回特工的叙述，检查将要出发的特工是否配备了该有的一切。巴克马斯特写道：

> 我知道这与在办公室工作没多大区别，与您现在所做的事情差不多。但有一个最大的好处：当我们的人在总攻时被派往前线，您将很有可能前往。显然现在我不能打包票，但有可能。

弗吉妮亚在马德里苦恼极了，巴克马斯特想方设法安慰她。他在向她介绍后勤岗位的同时，给了她总攻时重返法国的希望。法国分部的头目向美国女人进一步明确说道，他的建议得到 SOE 的同事们的大力支持。他最后写道：“何去何从，您自己决定吧。”

在巴克马斯特的建议下，弗吉妮亚自然接受回到自己的老窝，何况巴克马斯特还同意她接受无线电收发报的培训。D/F 分部领导对这个法国分部下属的调动开了绿灯，认为她在分部将会“更愉快些”，事实上她在马德里的工作确实不怎么紧迫。他是这样写的：

"我在西班牙有其他军官可以担当我以前分配给她的工作。"[①]

1943年11月底，她又回到伦敦。她作为法国分部的后勤官来到贝克街的总部办公室，在薇拉·阿特金斯身边工作了一段时间。薇拉·阿特金斯是准备空降至法国或从法国回来的特工们的真正"奶妈"。SOE这部机器运转正常，再过几个月登陆行动就开始了，各参谋部都忙着做准备工作。

在一片忙碌之中，弗吉妮亚感到不像在马德里那样无所事事了。但她还是兴奋不起来。尼克拉斯·博丁顿不能再激励她了。说到底，她还是丢不下法国。她再也得不到她在里昂的老朋友们的信息了。她担心巴克马斯特的许诺到时候不能兑现，就像沙漠中的海市蜃楼。于是，如同约定的那样，弗吉妮亚要求学习无线电收发报技术，她早就梦想这一天了。她相信，这是她重返法国的敲门砖。

1944年1月间，这个美国女人又去学校上课了，说的更确切些，是去伦敦西部SOE一个专门教授无线电技术的中心之一，名叫第52特殊训练学校。弗吉妮亚在那里学习莫尔斯电码、收发报技术、使用和破解密码信件、使用频率，以及如何发电等等。她学会使用不同类型的W/T，最新的发报机名叫Type3Mark2型或是B2，SOE的技术部门在1942年开始使用，比以前的器材使用时简单多了，而且性能更加可靠。[②] 装有发报机的手提箱只有14.5公斤，比原先的19公斤轻多了。弗吉妮亚尽管残疾，一手就能把它提起来，没任何困难。

见习期间，她每个周末可以去伦敦，而不是永远被关在那个见习大楼里。从理论上说，见习生在六到八周的见习期是不能离开大

---

① 以上来往电文见Kew（英国国家档案馆）的SOE档案弗吉妮亚·霍尔卷。

② 有关这方面资料，请见弗雷德里克·伯伊斯和道格拉斯·恩凡莱特的《SOE的科学秘密》一书。

楼的。她好动的天性着实让中心的保卫部门感到头疼。[①] 他们担心其他见习生会嫉妒她的特权，并且也不明白她每个周末在伦敦究竟干什么。

他们毫不怀疑，弗吉妮亚一定是另有想法。

① 1944年1月13日训练中心关于弗吉妮亚小姐的备忘录。见Kew（英国国家档案馆）的SOE档案弗吉妮亚·霍尔卷。

第十八章
戴安娜，总攻时 OSS 的特工

美国人会把她送往法国吗？1944 年 1 月，弗吉妮亚渐渐萌生了一个新的想法。无线电操作员的培训期结束后，她担心自己再次被关进 SOE 在伦敦的总部做行政工作。毛里斯·巴克马斯特尽管对她很热情，但对派她去被占领区一事始终摇摆不定。他的口头禅是：这样做对她和对 SOE 都太危险了。她将近三十八岁了，自认为有能力在刀山火海再折腾一番。她在巴克马斯特身边诉说道，仅需改变一下她的外表就可以了。在登陆前只有几个月的时间了，她不愿意放弃这次能与她的朋友们重逢的机会。

SOE 的封杀没有让她泄气。这是她的性格使然。她的固执的天性从未打过折扣。她心想，她可以绕过前进中的障碍达到目的。她在打猎发生意外后，在国务院当公务员的可能性没有了，只能辞职，另找出路证明自己。1939 年冬天，英国军队拒绝征用她之后，她自愿在法军的救护机构服务，而 1940 年末，美国人不允许她回国，她又进英国情报系统效力了。如今，英国人不赞成她渡过英吉利海峡，她完全可以再选择一个雇主。她为 SOE 紧张工作了三年，现在又为何不向她的美国同行 OSS 展示她的能力呢？她只需敲开他们在伦敦办公室的大门就行了。1944 年 1 月的一天，她利用两次培训的间隙，周末进城的机会，真的这样做了。

OSS是在美国参战后于1942年6月由罗斯福总统亲自创建的一个组织。威廉·多诺万（又名：怀尔德·比尔）是美国一位德高望重的律师，时年五十八岁，他自1940年7月起就劝说美国总统成立情报机构，如今，OSS在他的领导之下，在各条战线开展工作，搜集有用的情报，在“敌人的后方”组织地下活动。欧洲大反攻的准备工作如火如荼地展开，从华盛顿到伯尔尼，从阿尔吉尼亚到伦敦，都行动起来了。OSS在英国首都的办公室于1942年7月开始工作，由戴维·布鲁斯领导。此人是百万富翁、民主党人、多诺万的亲信，在英国当局和BCRA（戴高乐秘密机构）中很有人缘。[①]

弗吉妮亚·霍尔恰巧与戴维·布鲁斯的老友威廉·格雷尔认识，这难道是天赐良机吗？威廉·格雷尔原来是纽约一家饭店的经理，眼下正在英国首都为OSS工作。[②] 有他从中斡旋，弗吉妮亚终于获得招聘谈话的机会。弗吉妮亚很谨慎，没有立即把当前在SOE工作的现状告诉美国招聘者。测试他们的反应能力几乎有一种讽刺的意味。1944年1月底，他们开始对这个举止灵敏、说得一口口音颇重的法语、自称是记者的巴尔的摩年轻女性展开调查。OSS征询了英国安全机构MI－5的意见，得出的结论是“没有任何理由怀疑弗吉妮亚·霍尔的忠诚”。[③] 他们还没说到这个美国女人已经作为特工为SOE工作了三年，代号是3844……

一团迷雾没有持续多久。OSS的官员们很快就明白了这个目光坚定、生性幽默的申请者在情报战线不是新手。她的不同寻常的外表、她对法国的了解、她的经历以及对收发报的技能，无疑使她成

---

① 关于OSS的发展史，请看约翰·O. 托马斯的《没有旗帜》等书。

② 请看《抵抗运动中的女性》等书。

③ 1944年1月28日MI－5致OSS的信。见Kew（英国国家档案馆）的SOE档案弗吉妮亚·霍尔卷。

了一个高水准的候选人。更为可喜的是，这个有着SOE经历的美国公民希望为她自己国家的情报机构服务，再次被派往敌占区去执行任务。弗吉妮亚成了这个领域不可多得的女性，真是上天赐予的礼物！

他们接受了她的档案材料。经过认真思考之后，英国人同意这次调动，这种情况颇为少见，他们之所以开绿灯是因为他们仍然能注视弗吉妮亚的行动。1944年1月间，OSS在伦敦的办公室同意SOE法国分部的建议，双方在法国协调作战，成立一个特别力量总部（SFHQ）。

威廉·格雷尔和毛里斯·巴克马斯特负责协调他们各自的特工。美国部门的小分队被命名为"流动"[①]，自1944年1月始开始有序地渗透法国，依照SOE法国分部的部署行事：也就是组建一个个特工小组，每组配备一个头儿和一个收发报员，由他们与国内抵抗分子联系。

他们的任务是为登陆作准备，组建游击队，空降武器，加大破坏力度。他们所关心的是能确保对联合总部属下的各情报小组的控制，无需通过中间机构。他们不采取公开合作的姿态，这样更有利于与戴高乐将军属下的机构进行竞争，这时，始建于1943年12月29日的法国国内力量组织（FFI）和它的秘密机构（BCRA）的工作已经愈来愈有效率了。处于地下的OSS和SOE法国分部联合行动的"沟通人员"也接到命令，不能与戴高乐的组织有任何接触，戴高乐分子只与SOE的RF分部发生关系。英美双方另有一个顾虑，那就是要在法国限制共产党抵抗分子的影响，他们也是一支武装力量（FTP）。他们担心这些已经正式加入法国国内力量组织（FFI）的共产党人的影响扩大，将来会进行武装起义，在自由法国掌权。

---

① 以上资料均源自华盛顿美国国务院档案馆OSS档案。

弗吉妮亚正式加入了特别行动部门（SO）的队伍了，它是OSS的一个主要分支，与负责情报工作的部门（SI）和负责反间谍工作的部门（X－2）协调工作。一位美国招募人在调查后这样说道：“我相信，她希望从SOE调入OSS的主要原因是爱国情节。”[①] 照他的说法，报酬不是问题，因为“她在OSS从未讨论过薪金问题，似乎她也没放在心上。”弗吉妮亚只有一个心愿：她请求OSS把她在美国的薪金大部分汇给她住在家庭农庄里的母亲芭芭拉·霍尔。OSS通过巴尔的摩一家银行的弗吉妮亚美国账户每月转账，她的愿望得到满足。[②]

1944年3月10日，弗吉妮亚·霍尔在伦敦与OSS的代表——一位年轻的高级军官签订了聘用合同。[③] 这份保密文件显示，她于1944年4月1日起，作为“特工”被正式聘用一年，她是文职军官，其待遇相当于美国陆军少尉。她每月可以领到三百三十六美元，外加一笔法国法郎，以应付她执行任务时的日常开销。

作为回报，她应该“献出她的全部时间和精力”完成她的任务。她也得保证，作为优秀的特工，她“未经允许，必须永远对这个职位以及相关信息保守秘密。”合同的4－f和4－g条款写明：“与该职务有关的所有风险，她完全自己承担，”在这期间，“她永远不能求得美国政府及它的代表的保护和帮助。”这就清楚地表明：OSS的特工工作时，自愿承担风险和失败。在被俘时，他们该自己解决问题。

弗吉妮亚没有时间思索这些问题了。自从她在1942年11月冬天穿越比利牛斯山逃逸之后，就一心想着回到法国。她与OSS签订

---

① 见1944年3月14日OSS的记录。

② 见华盛顿美国国务院档案馆OSS档案。

③ 合同复印件见华盛顿美国国务院档案馆OSS档案。从1944年4月1日始，她的工资为每月336美元。

合同后的几天，就接到出发的指令。她将化名为戴安娜，为另一名特工阿拉米斯做收发报工作。她所属的小组有一百八十七名特工，其中有三十多个美国人，他们将被 SFHQ（OSS 和 SOE 的联合指挥部）在总攻前派往法国。她的任务被命名为“圣人行动”，是美国 OSS 在法国的第三个特别行动分支。[①] 弗吉妮亚的上司是这样向她介绍这次远征的背景的：

> 随着总攻的临近，我们在法国的活动将迅速开展，紧急派遣组织者和收发报员也许是必须的。再者，德国的镇压行动在升级，在当地的特工遇到情况，肯定急迫需要与他们的小组无关的可靠隐蔽地以便藏身，同时继续与伦敦保持联系。[②]

为此，阿拉米斯和戴安娜将在巴黎地区的南部安顿下来，建立一个无线电通讯站与伦敦保持联系，然后再找三个隐蔽点：第一个设在巴黎，第二个设在能方便抵达首都的小城市，第三个设在乡村。隐蔽地必须有多个出口，其中两个能监视周围的动静。这些地点的作用是接收三至四名特工，将由 BBC 广播电台通过播报暗语通知他们到达的时间。还有，阿拉米斯和戴安娜要负责在这些隐蔽站安放两台无线电发报机，一台大的，一台小的，在发报员住下后可以使用。阿拉米斯将携带一百万法郎，戴安娜带五十万法郎，以备完成这次任务之需。

1944 年 3 月 21 日，这两人小组登船向法国布列塔尼驶去。一路有六个小时的航程，弗吉妮亚有时间打量这个伙伴了。阿拉米斯可以做她的父亲了，她不大高兴。美国女人现年三十八岁，有残

---

① 以上资料源自华盛顿美国国务院档案馆 OSS 档案。

② 源自《每日战报》。

疾，性格刚烈；而这个男人已六十二岁，是OSS外派执行任务的特工中年龄最大的，看上去很腼腆，苍白的脸上蓄着细细的小胡子，戴着一副圆圆的眼镜。让这两个人匹配在一起颇令人感到惊讶。他的身份证上写的名字是亨利·洛朗·拉索，但这个美国公民的真实姓名是亨利·拉索克，是个职业画家。弗吉妮亚不怎么信任他，可她不知道，OSS对他却十分看好，因为一个六十多岁的踉跄老人是不会引人注目的。

天空阴沉，一路平安无事。海岸线出现时，他俩登上一个划子驶向一个海湾。阿拉米斯似乎很笨拙，在跳下轻舟时碰着岩石膝盖受伤了。弗吉妮亚心想，与这个不麻利的老人为伴，任务一开始就不顺利。她毫不困难地踏上了布列塔尼的土地，一只手提着须臾不离的沉重的手提箱，里面装有无线电台。

她的手腕上挎着一个包，不小心落下了她的身份证，上面的姓名是马塞尔·蒙塔尼，巴黎人，维希国家救援所的助理。她记住了临行前交待给她的话：当别人问起她的假肢时，她该回答在1936年旅居土耳其时从马上滚下，做了截肢手术，在伊斯坦布尔的一家医院待了一年。最近，她走路尽量像正常人那样，任何人都看不出来她是残疾人。她穿着长裙，一直盖到她的脚踝，她的外形也稍作变化，以免让盖世太保产生疑心，因为他们已经知道她的特征了。她的头发染上了灰色，让她看上去显老些。她应该装扮成一个上了年纪的旅游者，处事稳重，毫不做作。

戴安娜和阿拉米斯到了布雷斯特火车站准备搭乘火车直抵巴黎。他们俩于1944年3月22日黄昏时分到巴黎的蒙帕纳斯车站，直接去了朗夫人的家，她是弗吉妮亚的老关系，住在离巴黎残老军人院不远的芭比罗纳街。这位妇人在弗吉妮亚上次来巴黎时就接待过她，但从不过问她的事情。她把弗吉妮亚安排在自己的家中，带阿拉米斯去了一个供食宿的家庭小旅馆，那是她的一位同情戴高乐的女友开的。“朗夫人把她的套间完全交给我支配，但与阿拉米斯交谈之后，觉得他太啰唆，不拘小节。她对我说，让他以后别来她家了。”弗吉妮亚后来这样说道，她并不是如此评价她的同伴的唯一一个人。[①]

次日，这两个特工又乘火车去了克勒兹。阿拉米斯膝盖有伤，行动迟缓，戴安娜提着那个沉重的手提箱，担心警察检查，一路带着她的同伴走。在 1941 年至 1942 年间，她数次登上这个地区会见她的朋友菲利普·德·弗梅古尔，他是 SOE 的骨干之一，在理莫热附近的私家古堡周围组织空降。

戴安娜和阿拉米斯跳下火车朝离首都三百公里左右的一个小站走去。到了那里，他们住进了一家小食宿旅店，同情抵抗运动的老板没让他们填写身份登记卡。老板的一个侄子用车把他俩带到一个乡村友人欧也纳·罗比那的家，这个名叫“房子”的小村落俯瞰着克勒兹山谷。

种植园主安排他们在一个小棚里权且住下，既无水又无电。戴安娜将在这里发送电文。她感到在这世外桃源很安全，拿定主意住下，并希望她的同伴回巴黎去找其他隐蔽地，每个星期来这里一次把要发往伦敦的消息带来。

弗吉妮亚本在乡间长大，生活在家禽牲口之间，住在这个无舒适可言的乡间一隅并没有离乡背井的感觉。她很适应克勒兹农民节俭的生活方式。她后来这样写道：“没有火炉，我生木柴为庄稼人欧也纳·罗比那、他的老母亲和他的雇农烧饭；我放牛牧草。”[②] 1944 年 4 月 4 日，她发送了第一批电文给伦敦，意思是她已经暂时安顿下来了，阿拉米斯回到巴黎。

阿拉米斯根据指令，在巴黎找到了一个可供栖息的套间，住在一个名叫拉布的太太家中，她是一个寡妇，让出她的住所供从伦敦

---

① 1944 年 9 月 30 日，弗吉妮亚的工作汇报。见华盛顿美国国务院档案馆 OSS 档案。

② 1944 年 9 月 30 日弗吉妮亚·霍尔的工作汇报。

来的特工使用。她的小儿子主动帮助他们。阿拉米斯在黎希留街建立了一个信箱。每星期，他去克勒兹与他的发报员保持联系，后者通过电台告知藏身地的地址。[①] 但阿拉米斯在巴黎的活动似乎没有展开，他的活动也受到体力的考验。弗吉妮亚不高兴了，她写道：

> 他似乎不理解通讯联络的重要性，哪怕再小的建议都会让他生气。一路走来，阿拉米斯太疲劳了。他外表健壮，事实上很不结实，手腕没力量，不能拎重的东西。再有，他每次旅途劳顿之后，就要生几天病。[②]

这个装假肢的美国女人平时是不大生气的，但她对这个病歪歪的老人的评价可不高。她作为SOE的特工长期在里昂度过了艰难的时刻，对在她身边工作的人要求苛严，而她再次回法国也实在不易，这也许使她的性格变得更加坚定。其实她在等待阿拉米斯到来期间自己也没闲着。

戴安娜与周围的农民在一起，测定勘察有可能空降的地形，注意考察有意帮助抵抗运动的志愿者。当地政府的书记和乡村邮务员都在帮她的忙。消息传开了。她的出现不会不引起注意。

1944年4月8日，她接待了SOE的一名特工，他是两天前在附近登陆的。她早就认识这个名叫埃利塞·阿尔贝·阿拉尔（又名：查理·蒙塔尼）的二十七岁的年轻人，他是一名法国军官，她在1942年在里姆热与他初次相见，又于1943年9月在马德里接待过他，其时，她正准备与她的女友马塞尔·莱恰（又名：路易）同返伦敦。弗吉妮亚曾经向SOE的上司表明她想与另两名特工重回法国执行任务的意愿，她对这两个人的品质评价甚高。她并没有如愿以

---

① 亨利·拉索克（阿拉米斯）的工作汇报。见华盛顿美国国务院档案馆OSS档案。

② 1944年9月30日弗吉妮亚的工作汇报。

偿，然而，一次偶然的机会却使他们俩在克勒兹边境不期而遇。

埃利塞·阿尔贝·阿拉尔空降来到马塞尔·莱恰（又名：路易）和比利时军官皮埃尔·吉伦（又名皮埃尔）身边。这三人小组受SOE委派去执行一项战略任务：在总攻前夕摧毁德军参谋部的建筑，破坏在图尔附近的重要铁路枢纽站。埃利塞·阿尔贝·阿拉尔得知弗吉妮亚带着电台就在附近的叫“房子”的据点。戴安娜可以通知伦敦方面这三个人已经安全抵达。[①]

两个星期后，埃利塞·阿尔贝·阿拉尔在皮埃尔·吉伦的陪同下去见弗吉妮亚。他们研究了这些任务，看来困难还真不小。马塞尔·莱恰在她的亲戚约瑟夫·莱恰和劳伦·莱恰的帮助下，找到了藏身之地，但发报员不久前被捕，盖世太保无处不在，他们行动很困难。SOE的这三名特工在巴黎寻找变通的方案，当然要冒很大的困难和生命危险。

5月1日，弗吉妮亚通过电台收听到了一个坏消息：伦敦担心皮埃尔·吉伦已经被捕，而他知道弗吉妮亚在克勒兹的地址，因为他被捕前五天到过这里。德国警方已经掌握弗吉妮亚的许多情况，这样，盖世太保很容易找到她。绝不能落在他们的手中。弗吉妮亚决定离开这个不安全的地方。她说道：“当然啦，我没留下任何地址。”

阿拉米斯头天晚上已与她会合，他们俩一起乘火车去了巴黎。朗夫人又一次安顿了他们俩。弗吉妮亚得一切从头做起。她的第一个据点已不可靠，得另找一个。她想到了里艾福尔，那是马塞尔·莱恰推荐的地方，说在那里有莱恰的家人和地方反抗组织。

1944年5月4日，她在朗夫人的陪同下乘火车去了。到了那里，这两个女人与韦瑟罗上校会面，他是当地警署的一个负责人。

---

① 1944年9月30日弗吉妮亚的工作报告。

此人以前是艾杜阿尔·达拉第[1]手下的一个幕僚。这个共和党军官在里艾福尔秘密招募游击队员准备组织武装起义。他听到他的小名叫咪咪的儿媳的哥哥马塞尔·莱恰说起过这个名叫戴安娜的女人，她有一部电台可以与伦敦方面保持联系。韦瑟罗上校和夫人很高兴这个意外的收获，建议戴安娜住下。他家有一个谷仓，可以供她用电台发报。弗吉妮亚觉得这里很合适。自她从克勒兹逃出之后，变得十分谨慎，请求朗夫人别向任何人透露她的住处，甚至别告诉特工阿拉米斯，他仍然留在首都，不会来见她的。

这些措施显然还不够。这不，弗吉妮亚刚刚安顿下来，就看见上校的儿子费尔南德·韦瑟罗和他的夫人咪咪带着她的女友索菲来看她，他们从巴黎来，神色慌张。他们告诉弗吉妮亚，马塞尔·莱恰和他身边的两个人埃利塞·阿尔贝·阿拉尔和皮埃尔·吉伦于4月27日在图尔被捕。SOE的这三名特工是被一个名叫莉莉阿斯的人出卖的，她通过一名英国特工介绍认识他们，并答应为他们在本地区找一个藏身之地。盖世太保把他们关进巴黎附近的一个监狱，他们趁机带出一个信息，告知他们被捕了。

可以肯定地说，弗吉妮亚的使命一开始就不像想象的那么顺利。她原本可以躲在克勒兹专为阿拉米斯发报，而不必顾及其他。如今她来到里艾福尔，与阿拉米斯切断了联系，帮助SOE的其他特工，而他们又都落入盖世太保的魔爪。由此，弗吉妮亚进一步体会到伦敦告诉她危机四伏的真正含义了。她迅速离开克勒兹是正确的选择，然而那三个她亲切地称之为“侄子”的特工却命在旦夕。她不愿意让他们在巴黎的牢房里受罪。他们亲近的人正在策划一个劫狱计划，弗吉妮亚坚决阻止他们这样做。她说道：

“不可能。你们只有自讨苦吃，这样做会引起更多的麻烦。头

---

① 艾杜阿尔·达拉第（1884～1970），法国政治家。曾任议会议长，1938年签署了《慕尼黑协定》。——译者注

脑要冷静！”

坏消息接踵而来：韦瑟罗也险遭不测。他是军校的年轻军官，在上校的办公室里成功地复印了德军保卫巴黎的计划。他自以为做得天衣无缝，与所谓的英国特工莉莉阿斯取得联系，想把这份极端机密的情报送交盟军。两名穿制服的军官在他与莉莉阿斯约会时，前来拿计划副本，小韦瑟罗以为自己被出卖了，一跑了之，后来又去找他的父亲。弗吉妮亚认为这个年轻人太天真，而他的两个女伴又太欠谨慎。

现在只能由她站出来做些事情了。她认为所有人都应该在本地区暂时躲一阵子，而她本人不得不离开韦瑟罗的家了。1944 年 5 月中旬，她在附近农庄找到了一个住处。只有韦瑟罗一家人知道这个地方。她住在儒尔・朱特里的家里。他是一个八十四岁高龄的老人，话很少，他以为这个女人是德国人，对她不信任。戴安娜甚至送了他一大桶葡萄酒讨好他。反之，儒尔老爹的儿媳，在战争中失去丈夫的艾斯戴尔・贝尔特兰，却不遗余力地帮助戴安娜。

美国女人又一次证明了自己的适应能力。她重新过起了庄稼人的生活以掩护自己的真实身份。她的穿着像个农妇，在路边放羊，看着一辆辆德军军用车急速驶过。她把母牛赶到田间，把牛奶送到其他乡村，以便找到有用的线索。到了晚上，弗吉妮亚待在儒尔老爹家的谷仓里往伦敦发报。譬如说，在 1944 年 5 月 19 日，她向伦敦请求运送充电设备、电池、钱、衣服、肥皂、包扎用品等。有时，在夜色的掩护下，艾斯戴尔・贝尔特兰陪同她坐上一辆小板车，由驴拉着，去收集周围空降的物资。韦瑟罗上校的儿媳也定期骑自行车来为她传递消息。①

弗吉妮亚住下来之后，忘不了仍被关在监狱的她的三个“侄子”。1944 年 6 月底之前，她每星期都要坐火车去巴黎，准备实施

---

① 1944 年 9 月 30 日弗吉妮亚・霍尔的活动报告。

越狱计划。她的一个朋友终于接近了监狱的一个德国卫兵，通过他给那几个犯人送递消息，同样也通过他得到他们的回应："我们不是三个，而是八个。"

组织八个人越狱简直难以想象。而 SOE 的那三名在押特工又坚决不同意放弃其他同伴自行逃跑，他们的同伴中包括约瑟夫·莱恰和劳伦·莱恰。此路不通。弗吉妮亚无能为力，陷于绝望之中。其中一个犯人埃利塞·阿尔贝·阿拉尔被送往弗雷斯勒监狱，两个星期后，皮埃尔·吉伦和马塞尔·莱恰也被关进这所监狱。后来，这三个人又被押往德国，弗吉妮亚在她的一份报告中追忆道："我不知道他们到了德国后的情况。"他们被关进集中营，于 1944 年 9 月 10 日在焚烧炉旁被吊死。马塞尔·莱恰的几个侄子最后也被送进集中营，于 1945 年获得自由。[①]

在整个 5 月份，弗吉妮亚失去与执行 OSS"圣人行动"计划的正式伙伴阿拉米斯的任何联系，后者一直待在巴黎地区。弗吉妮亚这样叙述道："似乎他的工作没有任何进展，我心想，我得在这里单独行动了。"总之，弗吉妮亚一直对阿拉米斯不抱信心。照她的说法，他太"粗心大意。而他的能力更适合做情报工作（SI）而不是从事特别行动（SO）。"[②]

从此以后，OSS 的这两名特工就分道扬镳了。阿拉米斯继续在巴黎地区寻找隐身之地。6 月底，他终于买了一栋小房子，在巴黎北面建立了第三个据点。后来，他受命去找另外五处隐蔽地，并于 8 月 24 日加入巴黎自由组织，9 月回到伦敦。[③]

弗吉妮亚则在洛瓦河地区愈来愈发挥作用。5 月底，她还是担

---

① 战后，人们为马塞尔·莱恰、埃利塞·阿尔贝·阿拉尔和皮埃尔·吉伦竖起了一个纪念碑，地点就在他们于 1944 年 4 月 6 日空降点附近。这些资料源自作者于 2007 年 7 月与莱恰的晚辈的谈话记录。

② 1944 年 9 月 30 日，弗吉妮亚的活动报告。

③ 亨利·拉索克（阿拉米斯）活动报告。

心农民的废话太多，又担心德国人在监听电台，再次搬家，把她的电台安放在布瓦迪埃夫人的农庄里，离她原来的住处二十公里左右。布瓦迪埃夫人的儿子皮埃尔·布瓦迪埃给她当“信使”和机械修理工。布朗德夫人和她的女儿特蕾西·布朗德主动提供她们的住所做藏身之地和情报交换地。“接待工作有一些非常谨慎的人帮助，还有三四处房子可用。”戴安娜认为完全可以应付工作需要了。

与此同时，几乎八年没见到自己女儿的芭芭拉·霍尔于1944年4月12日写信给OSS驻伦敦的官员威廉·格雷尔。1944年6月2日，在威廉·格雷尔的请求下，由他在纽约的一个代表夏洛特·诺里斯给老夫人回了一封信。后者抱歉说，出于安全，关于弗吉妮亚的使命，自己不能回答得十分准确。信上写道：

> 但我能告诉您：您的女儿已经被派往美军有经验的团队之中。她在执行一项很重要又很有挑战性的任务，需要她离开伦敦，尽可能少地通信。您如愿意可以写信给我，霍尔夫人。我们与您的女儿保持经常联系，她一有情况，我们立刻就知道了。我将会很高兴把我掌握的任何有关她的信息转告您。[①]

1944年6月6日，弗吉妮亚正在乡间忙碌，皮埃尔·布瓦迪埃告诉她盟军登陆诺曼底的消息。[②] 弗吉妮亚一阵惊喜，受到了极大的鼓舞。起义的号角吹响了。在戴高乐将军的支持下，三十万至四十万抵抗者在FFI的旗帜下被动员起来。从3月底开始，FFI便统

---

① 夏洛特·诺里斯的这封信现存华盛顿美国国务院档案馆OSS档案。

② 1987年8月12日艾斯戴尔·贝尔特兰之子让·贝尔特兰致皮埃尔·法约尔的信的内容。

一由皮埃尔·科宁将军[1]指挥了。这个组织集中了统一抵抗运动（MUR）、秘密军成员，理论上还有共产主义分子FTP组织。这些组织的比重按地区不同很不平衡，因而在戴高乐分子、社会主义分子和共产主义分子之间不可避免会争权夺利。但抵抗总参谋部的命令是明确的：最大程度消耗敌人，用一切手段破坏他们的运输线。所有行动计划都是在这个背景下制定的。

登陆几天后的战事进展出乎人们的意料。FFI在大规模空降兵的帮助下，控制了整个地区，打乱了德军的行动计划。他们的进攻“大大牵制了德军的行动”，阻止他们重新集结在诺尔曼地区向盟军反攻。[2] 然而，这支游击队伍由于缺乏武器和弹药，损失也很惨重。

在里艾福尔地区，与戴安娜保持经常联系的韦瑟罗一家人成功地说服了当地的警察。费尔南德上校和他的儿子领导着上百人的FFI志愿兵，分成四组，每组二十五人，也参加了游击队。6月1日，在戴安娜的帮助下，他们在一次空降中获得了武器和金钱。在登陆的次日，FFI就加紧了对车辆的攻击。德军作为报复，也用炮火摧毁了许多小镇。7月6日，弗吉妮亚接收到新的集装箱，接待了前来协助韦瑟罗的电台操作员保尔·杜普雷（又名：莱翁），他具有欧亚血统，原先是法国军官。[3] 几天后，弗吉妮亚离开了这个地区去执行其他任务了。空降的成功使游击队的力量一天比一天壮大。德军为了保证撤退回德国的道路安全，7月底，他们向FFI的多处基地发动进攻。费尔南德·韦瑟罗是一支游击队的头头，重创了德军。[4]

---

① 皮埃尔·科宁将军于1944年3月23日被任命为FFI的总参谋长，在总攻开始后，他命令所有抵抗分子作为“FFI成员接受他的指挥”。这就涉及到SOE的法国分部及RF的特工，以及OSS的SO分支。他们以前一直与伦敦方面联系，这样，他们将丧失自主权了。详见《每日战报》及其他有关书籍。

② 详见《每日战报》及其他有关书籍。

③ 以上资料源自华盛顿美国国务院档案馆OSS档案。

④ 关于1944年8月17日的这场战斗，请看1948年6月韦瑟罗将军在《军队年鉴》杂志上发表的文章。

在洛瓦河的彼岸，谢尔地区的抵抗者也没有袖手旁观。阿尔诺·德·福格（又名：科龙布或科龙布上校）以前是英军的联络官，执掌了该地区 FFI 的领导权。他的化名是科龙布上校，也是古老的科龙布贵族世家的继承人，拥有多处古堡，他正在拼命寻找武器装备他手下的人。登陆后的几天，阿尔诺·德·福格终于在奥尔良的丛林里会见了他战前的老朋友、SOE 的特工菲利普·德·弗梅古尔，他化名为安托瓦纳被派往法国。古堡的主人对他说需要尽快得到空降援助，顺便提到本地区有一个名叫戴安娜的女人，是一个英国电台年轻的发报员，说得一口口音很重的法语。菲利普·德·弗梅古尔想到他说的可能是那个美国女人，他于 1942 年曾在里昂和里姆热与他的兄弟一起同她会过几次面，但之后，要找到这个来去无踪的戴安娜真是难上加难。

菲利普·德·弗梅古尔终于能给弗吉妮亚传递一个信息了，后者同意 1944 年 6 月中的一个下午与他在一个森林里见面。她非常高兴与她的 SOE 老搭档重逢，与他一起回忆了往事。弗梅古尔后来是这样说的："她还是那个我以前认识的杰出女性，走路大步流星，看不出装了假肢，旁人不可能看出她是残疾人。"[①]

在这次森林会见中，菲利普·德·弗梅古尔请戴安娜向伦敦方面转发他的信息，因为他自己的发报员去世了。他还向她介绍了阿尔诺·德·福格（又名：科龙布）。她后来追忆道："他告诉我，科龙布是他的一个好友，问我是否能帮助他。"[②] FFI 的头头提到他缺少武器。弗吉妮亚理解他的难处。6 月 18 日，她向伦敦发报，要求得到武器、弹药、医疗器械，甚至极难找到的备换轮胎……

科龙布接下来是这样叙述的：

"在弗梅古尔的请求下，戴安娜在五六天后为我送来了第一批

---

① 见菲利普·德·弗梅古尔的工作汇报。

② 1944 年 9 月 30 日弗吉妮亚的活动报告。

空降物资，第二个星期，在附近地区又来了一次空降，还带来了一名美国发报员，多亏他，我们才能与英国的一个基地联系上，因此在以后的几个星期里，在谢尔的北部地区，我们得到了十数次的空降支援。这样，我们就能武装将近八百名 FFI，在 8 月初，我们在谢尔的东西部地区的整个公路网向撤退的德军发起攻击。”[①]

在两次空降行动中，弗吉妮亚都在监控着夜间飞机把集装箱空降至本地区的整个过程。她给发报员保尔・马提诺（又名：费利克斯）发出指令，后者空降后在包中带来了五十万法郎援助科龙布上校手下的 FFI。

几天后，即 1944 年 7 月 10 日前不久，弗吉妮亚突然消失了。里艾福尔和谢尔地区的游击队都接受过她的帮助，现在少了她，只能自行战斗了。她在临行前给阿拉米斯转送了最后一个信息，说她将去“一个未知的地方”，但没与他见面。[②]

“这是命令。”她说道。

在 OSS 的命令下，弗吉妮亚在 6 月中旬已经去更南部的地区勘察地形了，那里其他游击队正需要她的帮助。

这项任务有一个新的代号，叫“海克勒”。

---

① 源自 1987 年 1 月 26 日，阿尔诺・德・福格致皮埃尔・法约尔的信。

② 源自亨利・拉索克（阿拉米斯）的活动报告。

第十九章

正义之乡的女发报员

1944年6月14日星期三的午后，里尼翁地区尚朋的小巷里有两个身影在移动。这两个女人在村庄上方的一个名叫“悬崖”的石头建筑前站定。在进口处旁边，飘扬着一面红十字会旗和一面三色方矩旗。弗吉妮亚敲响了这座儿童救济中心的大门。一个身材高大的年轻人开了门。弗吉妮亚对他说道：

“是伯尼先生吗?”

“是我，奥古斯特·伯尼……我能为您做什么呢?”

“我与我的朋友到这里来……我是比利时记者，正在调查法国儿童生存状况。有人对我说您在这里的工作很出色，我希望能向您提几个问题。”

中心主任对这位英国口音很重的比利时记者的不期而至非常惊讶。由于法国被占领区的交通极其困难，来访者极少，来到这八百米之内不见人影的高原地带的客人就更少了。但奥古斯特·伯尼并没什么不安，他终于可以说说自己在这里做什么了。[①]

在一个小时之中，他热情地与这位“记者”聊起了家常，他

---

① 2007年5月22日奥古斯特·伯尼与作者的谈话记录。

怀疑她来这里恐怕不是为了作一次简单的交谈。伯尼说他以前是小学教师，1941 年夏天代表法国的慈善事业组织来到这里，隶属于瑞士儿童救援联盟，专门接收战争中受难的儿童，其倡导人是安德烈·特洛克美，他是地方新教主要教会的牧师，他为此开放了三所房子，其中一所就叫“悬崖”。这三所救助中心都是红十字会资助的，接待数十名来自全法国营养不良的孩子。

大家称之为瑞士救助中心的代表并不满足于这个身份，在被照料的孩子们中间，他还藏匿着许多持有假证件的犹太人。在这个高原地区他不是唯一一个保护他们的人。战争之初，这个高原就成了成千受迫害或逃亡的犹太孩子的福地。这里牧师、慈善团体、学校和供食宿的家庭女教师、医生、庄稼人和许多无名人士密集，他们都很关心这些来这里避难的人们，以至战后，这里的居民统统都被称之为“正义之人”。[①]

他们俩交谈了一阵子，问题也问完了，弗吉妮亚才对对方透露她是“英国人”，正在与游击队取得联系，特别想寻找他们的一个头头，她说出了他的名字。奥古斯特·伯尼回答道，他所说的那个人被盖世太保追捕，已经到瑞士去了。这两个女人似乎很失望。瑞士救助中心的代表又说道，由于他的身份缘故，他不能安排她们俩与游击队员会面，劝告这两个旅行者在乡村旅店住上一晚。弗吉妮亚和她的女伴眼看天色不早了，长时间坐在火车上也够疲劳的，又没找到想找的人，于是决定在当地过一夜第二天再动身。

原来，弗吉妮亚·霍尔是接到了 OSS 的指令与她的女友布瓦迪埃夫人特地去上里尼翁河 – 尚朋会见抵抗分子的。6 月 8 日，她收到伦敦的电文要她去那里，说在这个高地上“有一些经过训练的可

---

① 在这片博爱的土地上，参与慈善活动的人不计其数。请看皮埃尔·波尔的《接待和抵抗：1939 ~ 1945》等书。

信任的人，随时听从军方的命令”。[①] 这个信息是由这些人传至OSS驻伯尔尼的代表，上面提到了一个联系人的名字，即瑞士救助中心的奥古斯特·伯尼。于是弗吉尼亚离开了谢尔的FFI，执行这项任务。可来到这里，她首先是失望。

直到她们俩刚刚要离开“悬崖”时，奥古斯特·伯尼才激动起来。他庇护的一个名叫呼贝尔·布迪埃（又名：小个子）的人，已经知道内情了。他是拒绝去德国服劳役的法国人，带着假证件逃亡到这里，参与了抵抗运动。

天黑时，呼贝尔·布迪埃潜入莫里斯·莱布拉的家中，后者的职业是教师，亦是当地游击队的核心人物之一。这两个人认为弗吉妮亚和她的女伴来访事关重大，就去通知他们的头头皮埃尔·法约尔，此刻他正与他的妻子住在附近一个远离公路的小村庄里。1943年底，让·伯尼索勒被捕后，他就被任命为FFI某个分支的负责人。他原先是马赛的预备役军官，如今他经常变换住处以防不测。

这天深夜，他身边放着自动步枪和一颗手榴弹正准备就寝，看见他的两个同伴进来了。他们告诉他说，一个“陌生的英国人”在奥古斯特·伯尼的引荐下，希望能见到抵抗分子。

这三个人也不想知道得更多了，很快就倾向于见面，因为游击队员们非常缺乏武器，也与盟军无法取得联系。伦敦的这位突如其来的特使也许很有用，至少可以对本地区的FFI有所帮助，他们自6月初，在多个地区向数以千计的德军展开了战斗。

再说，皮埃尔·法约尔正在等待前方的消息，想知道他是否需要带领其他人到另一个山头去。他下结论道：“我们没有时间验证什么了，应该尽快见到她。”

深夜，这三个FFI转回村庄。将近凌晨三点，他们在弗吉妮亚住的灯光昏暗的小房间里见面了。她介绍自己名叫戴安娜。她的修

---

① 请见《法国分部史》等书。

长的身材、浓重的英国口音和直截了当的语气，立即给皮埃尔·法约尔和他的两个同事留下了深刻的印象。[①] 彼此做简单介绍之后，戴安娜也不等对话者发问，便抢先问道：

“你们有空降着陆地吗？你们能支配四十个左右的人吗？你们能按指令投入行动吗？”

皮埃尔·法约尔对她过于直截了当的提问颇感吃惊，但也明白了，这个女人并非等闲之辈。他后来说道：“她的到来是出乎意料的。”

法约尔的回答也很明确。是的，他掌握有一支勘察队伍，代号为 YP，他们已经列出一张空降地点的名单。上次空降武器行动失败后，盖世太保到处在巡逻。是的，他能召集四十来个训练有素的人，需要的话甚至更多，但他们得有武器。至于将要开展的行动，法约尔将军想知道是什么样的行动。

“破坏。”戴安娜说道。

“行，只要不违背我的上司的指令就行。”FFI 留有余地地说道。

FFI 的领导层首要的目标是攻击德军的正规部队。戴安娜没有明说是谁发出命令。皮埃尔·法约尔想知道伦敦的总参谋部之间是否经过认真讨论。他希望首先把武器运送过来，为此，他已经筹措了几个星期。

“您缺少什么？”戴安娜问道。

法约尔毫不迟疑地答道：“行动所需的武器和爆炸物，后勤所需的钱。”

“英国女人”对这些要求并不感到惊讶。相反，她很理解，并以这样一句话结束了这次夜间谈话：

“明早八点来找我，我们一起去看看空降着陆地。”

---

① 源自皮埃尔·法约尔的《占领时期的上里尼翁河－尚朋》一书。

6月15日星期四，弗吉妮亚登上了一辆FFI征调来的雪铁龙拉力车。法约尔在他的左右手德西雷·祖尔巴赫（又名：德德）和呼贝尔·布迪埃（又名：小个子）的陪同下前往。祖尔巴赫是逃往尚朋的阿尔萨斯籍年轻小学教师，现在负责招募游击队员。他们一起去考察空降的地点。这些地点每个都有一个代号、一条专为BBC电台联络的信号和一个标记性字母，可以借助一盏灯，让飞机驾驶员识别。戴安娜建议称易欣茹着陆地为谢克，首字母是L，暗语是"鲨鱼的鼻子很温柔"；威尔隆着陆地为布里姆，首字母是R，暗语是"星空下半明半阴"。有些句子是从当兵的淫秽小调中摘取的。[①]

戴安娜似乎对这次勘察很满意，不过，她首先该把这次勘察结果上报伦敦：

"我个人无法作最后决定。我要走了，一旦我再来，我会把任务交待给你们。"

为了鼓励她的同伴，她决定把她藏在衣服里的钱给他们一些。这一行人去了萨姆埃勒·莱布拉家，他是莫里斯·莱布拉的父亲。萨姆埃勒·莱布拉是老社会党人，第一次世界大战军功章获得者，如今是游击队的组织者，与他的朋友莱翁·埃罗保持经常联系。在萨姆埃勒的妻子开的杂货店的后间，戴安娜掏出一叠钞票，共计十五万法郎交给莫里斯·莱布拉。后者数了两遍，算出是十五万两千法郎。他把余钱递给戴安娜。戴安娜笑了，那是她故意这样做以考验抵抗分子的忠诚的。[②] 弗吉妮亚在出发之前，把她在临时住地的邮箱地址留给了他们。

弗吉妮亚回到她的里艾福尔领地，便给伦敦发了几封鼓舞人心

① 取自1985年5月3日德西雷·祖尔巴赫致法约尔的信。

② 这次会见的情况请见皮埃尔·法约尔的《占领时期的上里尼翁河－尚朋》一书，以及2005年12月21日及2006年11月17日，作者与让·莱布拉的谈话内容。至于15万法郎一事，源自1944年9月30日她的工作汇报。华盛顿美国国务院档案馆OSS档案。

的电文。1944 年 7 月 17 日，她保证在上里尼翁河－尚朋地区有不下于二百号人的队伍，而且“很优秀，领导有方”，可以很快发展到五百人。向这股游击队派去两名指挥官、一名发报员及武器是很必要的。两天后，SO－OSS 总部感谢戴安娜“在尚朋出色的工作”。他们建议她本人可以在上洛瓦尔河地区被任命为“海克勒”的任务中担任发报员。[①]

6 月份过去了，弗吉妮亚仍然没有离开这里。她放心不下首批空降行动和即将到来的发报员，这些都已答应谢尔地区和里艾福尔地区的 FFI 了。在上里尼翁河－尚朋地区，皮埃尔·法约尔的人有点坐不住了。从伦敦来的这个女人不期而至让他们看到了迅速把武器输送过来的希望。她给他们的钱很起作用，尤其是法约尔已经有几个星期与他的头头失去了联系，他们都被调去参加军事行动了。

FFI 的成员们如得不到必要的装备，将会被德国人牵着鼻子走。再说，有共产党人领导的 FTP 眼下还在自治，似乎在有意识地扩大他们的影响，总之，在抵抗运动派别之间，他们在竞相争速度，争取尽早解放国土。皮埃尔·法约尔没看见戴安娜返回，于 1944 年 7 月的最初几天，决定派出两名特使去找戴安娜。

亚克丽娜·戴古尔德芒西是中学教师，她的丈夫被德国人枪杀了；埃里克·巴伯扎是尚朋的一家书店老板，积极的社会党人，他俩都同意担当这个任务。他们把自行车放在车站之后，便搭夜间火车，一路顺利，于次日清晨到达戴安娜的驻地。亚克丽娜·戴古尔德芒西根据她提供的地址，终于找到了她。

弗吉妮亚肯定往尚朋寄过一封信，说她马上就到，显然该信遗失了。没关系，她正准备出发。她提了无线电台手提箱，这两个女人就向车站走与埃里克·巴伯扎会合。亚克丽娜第一次见到戴安

---

① 见《法国分部史》等书。

娜，说她的脸庞像文艺复兴时期的圣母玛利亚。这个神圣的称呼一直在上洛瓦河地区的老抵抗分子之间流传。女教师还说道："简直想象不出她还装了一个假肢。她很美，异常冷静，还不断把手提箱转移来转移去。"[①]

返程回上里尼翁河－尚朋地区可不怎么顺利。这三个人已事先知道，德国人将在车站巡逻，便躲在一个货厢里等待火车开动。远处有空袭警报，列车停驶，乘客被要求疏散出去。戴安娜在危险面前泰然自若，告诉她的朋友在车厢里休息。

"是英国人的轰炸，"她说道，"我早接到通知了。他们知道我在车厢里。我们不会有危险。"

"要是铁路大桥在夜里不被毁掉就好了。"埃里克·巴伯扎说道，他对接下来的旅程深感不安。

"哦，它将被摧毁，"戴安娜说道，"但在明早，等我们的列车通过之后。"

弗吉妮亚·霍尔用电台与伦敦保持经常联系，她完全知道英国飞机在本地区的轰炸计划。她一早与她的伙伴到达圣埃蒂安那，在火车站，原本接他们去尚朋的车没有出现。车主大概匆匆逃离了，否则将被逮捕。这三人挤上了一辆公交车去了一个地方，弗吉妮亚辨认出她经常发电文的那个旅馆的房间。

次日，埃里克·巴伯扎去了他曾经工作过的一家工厂，请求厂长给予帮助。厂长同意用救护车把他们送走。这两个男人回来了，把戴安娜从旅馆房间里用担架抬上车，然后向南开往上里尼翁河－尚朋。[②]

1944年7月10日，弗吉妮亚终于到达周围地区。[③] 但与她的愿

---

① 源自皮埃尔·法约尔的《占领时期的上里尼翁河－尚朋》一书。

② 源自皮埃尔·法约尔的《占领时期的上里尼翁河－尚朋》一书。

③ 1944年9月30日，弗吉妮亚在工作汇报中说她于1944年7月14日到达尚朋，根据事件的对接，显然记忆有误。

望相反，没有任何人组织欢迎她。“海克勒”行动计划开始就不顺利。弗吉妮亚只能暂且住在皮埃尔·法约尔和他的妻子玛丽安娜·法约尔生活的小农庄里。玛丽安娜对戴安娜的印象深刻，她说道：“她是个身材高大的女孩子，头发栗色带红，几乎在正中开了一条发缝，肤色白皙，像个普通的英国人。她无意间透露出一种威严，具有一种无形的震慑力。”①

然而，她们俩的接触很有限：弗吉妮亚成天在厨房的小桌子上收发电文、编码或解码。每完成一次发送或接收后，她就把写满文字和数字的纸张烧掉。“她对生活从不提什么要求，成天睡在木板上，从不抱怨。”② 玛丽安娜·法约尔这样说道。有一次，她建议戴安娜去附近的小溪洗澡，美国女人亮出她的假肢，回答说：“我不会让您害怕吧。”这两个女人都太忙了，到头来也没时间一起去河里洗一次澡玩玩。

戴安娜对皮埃尔·法约尔说，她得不断转移电台，因为德国飞机上的雷达定期会在天上监控，探测地下电台的位置。她在皮埃尔·法约尔家待了几天过后，起初住进由作家阿尔贝·加缪的婶婶开的一个家庭旅馆，后又搬到瓦拉家面包房的谷仓里，那里已被改建成游击队的总部了。不远处就有一个农庄，那里居住着二十来个负责接收物资的 YP 组织的小伙子，因此也认识了他们的头头拉乌尔·勒布利科（又名：鲍布），一个二十四岁的海员，接受过收发报训练，参加过抵抗运动，从里昂的一家医院逃出来，会说英语。弗吉妮亚与他及由这个年轻志愿者组成的小团体相处得很融洽。③

她说道：“我知道他有点滑稽，但非常坚定且有效，他的小伙

---

① 源自皮埃尔·法约尔的《占领时期的上里尼翁河－尚朋》一书。

② 见负责评估弗吉妮亚执行“海克勒”行动计划的军官乔治·施里弗的报告。该报告为 1944 年 12 月 6 日弗吉妮亚授勋提供依据。华盛顿美国国务院档案馆 OSS 档案。

③ 这个村庄住着二十来个 YP 组织的小伙子，另有七八个人住在另一处。

伴都喜欢他。我把鲍布以及他手下的三十来个人都管起来，他们似乎很高兴归我管辖，成为我的队伍中的一员，成为我的接收小组的成员。”①

由弗吉妮亚组织的首次空降于 1944 年 7 月 12 日实施。FFI 手臂上套着带有“FFI”和洛林十字标志的袖章，分成五人一组赶来，用燃烧的木材明确空投点并收集物资。皮埃尔·法约尔站在他的妻子身边，玛丽安娜因期盼太久，激动得微微颤抖。他俩早已听见 BBC 电台的暗号，预先知道三架飞机到来的时间。

戴安娜穿着黄色上衣和裤子，早已作好了准备。她的脖子上带着接收器、话筒和听筒，使她能在飞机下降到离着陆地二百五十公里处与飞机保持联系。戴安娜用英语与飞行员通话。② 从伦敦来的飞机的轰鸣声在星空中鸣响。机身终于出现了，向高原俯倾，离地面挨近了，扔下如雨般的金属集装箱和包裹，然后消失在夜空中。游击队员们分散到四面八方，搜寻撒落在田野里的物资。他们收起降落伞，运送集装箱，把物资分类。其中有一个箱子上写有戴安娜的名字，里面装有一个大信封，一百万法郎捆成一扎一扎的。由她把这笔巨款分发给游击队员们。

这天夜里，三架飞机中的一架没有到达指定地点，它把物资扔到偏北方向，扔在一片其他游击队员照得更亮的地面上。当飞行员告诉弗吉妮亚看错了地点之后，后者用一连串英语咒骂他。鲍布带领几个人坐两辆卡车急急赶到那里回收扔错地点的物资，然后把这些东西藏在临近的一个村庄里。

整个行动完成后，曙光初现。在那里，后来又有二十余次类似的空投，7 月中旬和 8 月中旬各有一次，都是在附近实施的。这是

---

① 1944 年 9 月 30 日弗吉妮亚的工作报告。

② 7 月 11 日在弗吉妮亚的财务报告中有记录。YP 成员让·纳莱参加了这次夜间行动，在 2004 年 12 月 2 日与作者的谈话中也提及。2006 年 11 月 17 日，在作者与其它 YP 成员谈话中得到核实。另见皮埃尔·法约尔的《占领时期的上里尼翁河－尚朋》一书。

真正的夜间空中芭蕾。数百支自动步枪、各种类型的机枪、手枪、成箱子弹、手榴弹、炸弹、匕首统统从天而降。还有食品、香烟、药物、汽油桶什么的。以戴安娜名字命名的盒子里装着袋装茶、维生素以及一双特制的符合弗吉妮亚假肢要求的短筒袜，那是她的朋友薇拉·阿特金斯（薇拉·罗森伯格）为她专门准备的。[①] YP 组织的小伙子都已熟悉了地形，每次，他们都带着手电筒把物资送上手推车或是一辆老式柴油卡车，然后再分配给游击队员们。

在弗吉妮亚·霍尔的沟通下，武器弹药和金钱是他们最欢迎的了。这些东西可以武装 FFI 的三个营，约一千五百人。

“多亏戴安娜，一切都很顺利，我们对她感激不尽，”皮埃尔·法约尔说道，“倘若我们能接收到我们所要求的重型武器，我们将会打得更狠，而这些东西只是在全国解放后才送来。”[②]

伦敦方面没有送来 FFI 所要求的迫击炮和反坦克火箭筒，他们原想利用这些重型武器，抵御敌人的炮火攻击。盟军总部在运送这些武器上有所保留，是担心它们会落入已被解放国土上的 FTP 的手中，而这些人是不易被控制的，所以不惜削弱了游击队员的力量。在某种程度上说，有好几个地方战斗失利与他们缺乏重型武器有关。战斗打响后，OSS 在一份绝密报告中，肯定了抵抗分子为解放国土所作出的卓越贡献，承认 FFI 遭受的“惨重的损失”。他们说道：“倘若 FFI 充分武装起来，战果将会更大。”[③]

弗吉妮亚作为在上里尼翁河 – 尚朋地区的空投接收小组的指挥，用她的电台拼命工作。“海克勒”行动计划上路了。空投及收发报的频率加快了，非常累人。弗吉妮亚有时整天在等飞机到来，但常常失望而归。她气愤到极点。在战争的数年间，她变得愈来愈

---

① 源自《抵抗运动中的女性》一书。书中引用了作者于 1976 年 10 月与薇拉·阿特金斯的谈话内容。

② 源自皮埃尔·法约尔的《占领时期的上里尼翁河 – 尚朋》一书。

③ 源自 1944 年 7、8、9 月《每日战报》。

强硬。她全身心地投入战事，愈来愈容不得疏忽大意，愈来愈忍受不了低下的效率。她发脾气，往地上吐唾沫，谩骂那些找不到空投点的飞行员。“戴安娜的脸庞透露出力量、勇气和魅力。但她有时也很粗暴，让人难以忍受。”陪伴她去空投点的YP组织的一个成员安德烈·胡这样说道。[①] 为了顶住压力，她服用苯丙胺药丸，并且分配给她手下的人。

1944年夏这些忙碌的日子里，弗吉妮亚还数次变换驻地。7月中旬，她搬进莫里斯·莱布拉和萨姆埃勒·莱布拉的一个亲戚莱阿·莱布拉的农庄上住。莱阿的丈夫被关在德国，她又是两个九岁和五岁孩子的母亲，常常接待逃亡过来的抵抗者。她不怕被抓起来。每当有人问她是否能接受戴安娜和她的电台时，她直截了当地答道：“一架电台可以，但我不希望家里有武器。”农庄女主人供所有人吃喝，从不要求回报，也不提出任何问题。

从7月12日开始，皮埃尔·法约尔为了帮助戴安娜，派遣了一个名叫德西雷·祖尔巴赫（又名：德德）的小头头来到她的身边。他原本是阿尔萨斯的小学教师，二十二岁，如今成了弗吉妮亚的助手，这可不是一件轻松的活儿。他是这样回忆往事的：“每当我不能容忍她的任性时，我们就会莫名其妙地争吵。在两个多月的时间里，我当她的仆人什么都干。我买自行车、蓄电池、香水和发电机。她教我学会在空投时使用密码、解码、操纵无线电台。戴安娜生活不易，她在我的印象中是一位杰出的女性。”[②]

还有一个游击队员也在戴安娜最初在村庄发报时帮助过她。他名叫爱德蒙·莱布拉，是莱阿·莱布拉的亲戚。这个小伙子身体健壮，眉毛浓密，是块当警察的料，往往一连几个小时借助自行车上

---

① 2006年2月13日与作者的谈话。

② 1985年8月27日，德西雷·祖尔巴赫写信给皮埃尔·法约尔这样说道。1944年9月30日，弗吉妮亚·霍尔的工作汇报中这样说道：“德德成了我的信使和‘礼拜五’，这可不是一件轻松活儿。”

的轮子连接发电机，为无线电台手动发电。[①]

在塞里艾待了两个星期之后，弗吉妮亚被迫又一次挪地方了。皮埃尔·法约尔在附近找了一个被救济军弃用的房子，有三间房间，一个相连的谷仓，离空投点三公里远，很合适戴安娜的活动。莱阿·莱布拉继续每天为她做饭。弗吉妮亚尽管是个残疾人，仍然骑着自行车到处跑——勘察地形，收发电文。她为她的身边人又买了五辆自行车，其中有德西雷·祖尔巴赫、爱德蒙·莱布拉及 YP 组织的头头拉乌尔·勒布利科（又名：鲍布）。这样，他们就可以与 FFI 保持经常的联系了。

弗吉妮亚向她的 OSS 上司汇报时是这样说的："法约尔和他的队伍是可信任的，负责游击队的工作，我与他们一起工作，放手让他们干，就像我来之前一样。我必须资助他们、武装他们，他们也得听从由我传达的你们的命令。"

然而，这番言论语焉不详，日后将成为矛盾的根源。弗吉妮亚认为她与伦敦的关系要求她指挥游击队，至少负责接收空投物资的那支队伍。OSS 的这名女特工在实施"海克勒"行动计划时接到过命令，"在他们的组织内部帮助 FFI 和抵抗分子，这些都在她的掌控之下。"并且要"汇报抵抗分子的潜在力量。"[②] 这些指令反映英国控制游击队的决心。英美参谋总部希望以后能对解放的国土行使盟军的军事管制（代号为 AMGOT），以避免戴高乐一权专政及共产主义分子统治法国。

然而法国的现状与这些想法相左。FFI 坚持他们的自主权。他们服从皮埃尔·法约尔的命令，而后者又服从由职业兽医塞尔日·扎帕尔斯基（又名：格弗尔德）在上洛瓦河地区首府布城领导的该

---

① 2005 年 12 月 21 日，让·莱布拉与作者的谈话内容。另见皮埃尔·法约尔的《占领时期的上里尼翁河－尚朋》一书。画家杰夫·巴斯记录了他们俩合作时的场面。2006 年 12 月 26 日，在法国驻华盛顿大使馆举行的授勋仪式上，这件作品披露于世，并为 CIA 博物馆收藏。

② 源自皮埃尔·法约尔的《占领时期的上里尼翁河－尚朋》一书。

地区参谋部的命令。FFI的目标是用他们自己的双手解放自己的国土，使法国在戴高乐将军的统治下完全恢复主权，不接受任何外来势力的干涉。

这个没有明说的战略上的分歧部分解释了戴安娜与皮埃尔·法约尔之间的权力之争。戴安娜希望取得当地的指挥权，基本听从她的英国上司；皮埃尔·法约尔希望有行动的指挥权，同时又能得到美国人物质上的支持。譬如说，他反对派英国军官来，于是戴安娜采取折中态度请求派英国教官来。他们姗姗来迟让她的地位很不稳定。她后来说道："我没有接到承诺的军官和物资，因此我处于一种很困难的处境。"除了观点不一致造成某种关系紧张而外，也许FFI对接受一个女人的领导还持保留态度，尽管她也够客气的了。说到底，戴安娜只是电台操作员，还是个平民百姓，也就是说没有军衔，没有资格指挥行动……

后来，皮埃尔·法约尔遗憾地说道：

"很遗憾，在我们经常交谈的这段日子里，戴安娜从未与我谈过她所担负的使命，是谁给她发出指令的。另一方面，她也从不问我我们组织的构成及计划等等。倘若我们双方多一点信任，也许可以避免许多分歧……"①

戴安娜呢，她也没少批评FFI的地方头头们，他们拒绝接受她的领导。她说"他们太强调他们的权利和威信"，他们希望"得到一切而什么都不给"。不过，他们之间的关系并不仅仅是暗自埋怨。在戴安娜的眼中，重要的是帮助在山里的这两千号FFI，他们可以对仍然驻扎在上洛瓦河地区首府布城的德军施加很大的压力。戴安娜后来这样说道：

"在以皮埃尔·法约尔为首的游击队员们试图从事破坏行动和进行游击战时，我也不太在意，因为他们不大重视我的存在。YP

---

① 源自皮埃尔·法约尔的《占领时期的上里尼翁河－尚朋》一书。

分子倒是很照顾我，关心我的电台、我的安全及我的接收任务。”[①]

戴安娜强调应该加强破坏活动以延缓德军的调动。1944 年 7 月 19 日，伦敦通过电台要求她破坏布城周围的铁路线和电线。这些目标与 FFI 接到他们的总部制定的彻底摧毁铁路运输的“绿色计划”一时有冲突。大部分铁路枢纽被击中，三十余座桥被摧毁了。

8 月 4 日，戴安娜汇报了前三天的战果：一条地下隧道被毁，铁路线被切断成四截，两座桥坍塌了，三列货车出轨。[②]

1944 年 8 月 2 日的一次行动最为传奇。戴安娜要求切断连接布城和圣埃迪艾那之间战略要冲的铁路运输。皮埃尔·法约尔与他手下的人执行这项危险的任务。这条铁路线横跨洛瓦河，桥面很窄，最易下手。桥面已经被一个小组破坏，于清晨六点爆炸。在十五公里之外，一辆列车也被 FFI 挡住。脱节的火车头冒着蒸汽，一头闯进崩塌的桥身，因而整个铁路运输瘫痪了。

在 7 月和 8 月中旬，戴安娜用三十七份电报汇报了这些行动的战果，在电文中，她继续要求运送武器。她还汇报说，FFI 已经控制了本地区大部分，正在不断打击德军的运兵车。一次交火致使一百三十五名德国士兵遭到袭击，其中十四名死亡，而游击队员无一伤亡。女发报员向伦敦的上司汇报说，德军的一个参谋部从里昂转至布城，以保证安全。“这个女人极其勇敢，工作出色。”OSS 如此评价道。[③]

1944 年 8 月 16 日至 17 日夜间，英国特工小组三名特工从阿尔及尔的布利达空降至上里尼翁河 - 尚朋协助戴安娜和游击队工作。这三人小组的名称为“杰尔米”，是英美秘密机构（OSS 和 SOE）

① 1944 年 9 月 30 日弗吉妮亚·霍尔的活动报告。

② 1944 年 8 月 4 日电文。另见 1944 年 7、8、9 月《每日战报》。

③ 华盛顿美国国务院档案馆 OSS 档案。另见 1944 年 7、8、9 月《每日战报》。

于1944年9月派往全法国的九十个左右小分队的一个组成部分，他们分散在各地，帮助抵抗分子骚扰敌人。杰尔米小组的组长是夏尔·亨利·吉斯（又名：封克罗瓦斯），他是北非裔的法国军官；杰弗里·哈洛斯军官，苏格兰人，空降时还穿着苏格兰方格短裙；最后一个是英国发报员罗杰·A. 莱内。刚刚落地，“戴安娜就给我们每人一杯从德国人那里夺来的德国烧酒。”罗杰·A. 莱内后来说道。[①] 他把电台安置在弗吉妮亚下榻的村庄里。

两名军官把随身带来的两百万法郎交给戴安娜，她将把这笔钱转给本地区的FFI。[②] 几个星期以来，弗吉尼亚一直要求增强本地区的实力，现在来了，但太迟了点儿。她说道：

“他们到来后，我希望他们跟我、为我一起工作。我向他们介绍了当地游击队领导人，告诉他们我要他们做什么，而这些我本人又做不了的事情……”[③]

封克罗瓦斯和哈洛斯去见FFI的头头们，提出可以帮助他们。他们之间的关系很不和谐，因为游击队员们并非等待他们到来才发动进攻。

事实上，上洛瓦河地区的FFI已经把他们的总部设立在伏区的古堡中，而且已经占领了整个省份。布城由德军、苏联和波兰的志愿兵和法国民兵守卫，已经陷入愈来愈孤立的境地。8月18日，一个纵队从营房出发去圣埃迪艾那，兵车被从整个地区赶来的FFI和FTP的成员堵截包围，五百多名士兵和民兵成了俘虏。

战士们在拉法叶特小组的带领下逐渐包围了城市，袭击德国守军，于8月19日迫使他们投降。[④] FFI迅速以临时政府的名义成立

---

① 2006年11月17日与2007年7月4日作者两次与罗杰·A. 莱内的谈话记录。

② 弗吉妮亚·霍尔的财务报告。现存华盛顿美国国务院档案馆OSS档案。

③ 1944年9月30日弗吉妮亚的报告。另见皮埃尔·法约尔的《占领时期的上里尼翁河－尚朋》一书。

④ 见皮埃尔·法约尔的《占领时期的上里尼翁河－尚朋》等书。

新的省府，受命于戴高乐将军。“杰尔米”小组的三名成员参与了整个活动。弗吉妮亚后来说道：“他们在布城组织工作做得很好，组成三个营共一千五百人，我尽可能继续资助他们，为他们提供武器。”①

三天后，即1944年8月22日，德军在洛瓦河地区投降，标志着该地区的战斗结束了。两天后，盟军进入巴黎，并且于8月15日在普罗旺斯省登陆，游击队员们在此之前已经自行重击了德军的实力。

戴安娜没有直接参加战斗，这显然不是她扮演的角色，也超出了她的能力范围，然而，她通过电台的帮助所作出的贡献是不可抹杀的。她认为，空降行动“大大帮助”了游击队执行破坏任务，强迫德国人在布城投降。8月20日，她就发报至伦敦说，整个省“从德国人手中被解放”，并请求新的指令。②皮埃尔·法约尔虽说与她有些抵触，但对她也赞赏有加：“有戴安娜的参与，我们的队伍才能得到所需的武器，因而能迅速解放全省。”③

OSS的军官夏洛特·诺里斯鉴于法国正在战火纷飞之中，还不能道出芭芭拉·霍尔的女儿此刻在这个国家的心脏部位——上洛瓦河高原地区所做的一切，在1944年8月23日给老夫人的一封信中，他只能这样写道：

> 您不必担忧，霍尔夫人。弗吉妮亚正力所能及地在从事一项非凡的工作，她的进步很快，这是肯定的。您有一切理由为她自豪。④

① 1944年9月30日弗吉妮亚的活动汇报。

② 1944年9月30日弗吉妮亚的活动汇报。另见1944年7、8、9月《每日战报》。

③ 见皮埃尔·法约尔的《占领时期的上里尼翁河－尚朋》一书。

④ 该信现存于华盛顿美国国务院档案馆OSS档案。

第二十章

保尔，从天而降的朋友

飞机在黑压压的云层中已经飞行了几个小时。西风劲吹，摇晃着阿尔代什山脉上方的飞行器，改变了它的航向。1944 年 9 月 4 日至 5 日间的凌晨两点左右，驾驶员向地面下降，并不确切知道飞机在什么方位。机舱门打开，两个穿着便服的男人起飞前在伦敦附近的一个军事基地已经装备停当，跳入天空，身后扎着五个大气球。跳伞者在微风吹动下，在空中飘散开。

着陆时受到猛烈的撞击。美军中尉亨利·莱利（又名：拉斐尔）和他的伙伴——效力 OSS 的法军中尉保尔·戈阿罗（又名：海门或亨利），掉进一座林子里。他俩在树上挂了几分钟，然后完好无损地解开了降落伞的绳索。晨曦之前，他俩一直在寻找落在他们身边的五个包裹，周折了一番之后终于找到其中的三个。

这两个人的麻烦还没结束。事实上，这对搭档降落在离弗吉妮亚等待他们的维勒龙着陆地南面三十公里的另一个山区。亨利·莱利气得要骂娘："机组人员的工作不认真！"由于着陆地有误，他们不得不进行长距离跋涉才能到达上里尼翁河－尚朋高原。[①]

---

① 美军中尉亨利·莱利和法军中尉保尔·戈阿罗的活动报告。现存于华盛顿美国国务院档案馆 OSS 档案。

拉斐尔和海门在起飞前受命时才知道，他们必须在上洛瓦河地区找到戴安娜和“海克勒”情报网。他们的任务很简单：作为组织者和教官，不惜一切手段继续骚扰德国人。几天前，弗吉妮亚曾电告伦敦，上洛瓦河省已经完全被解放，但这两个特工的上司们并没有把这个重要的信息转达给他们。因此，他们担心德国兵随时会突然出现，一路走来提心吊胆。拉斐尔这样说道：

“我们以为一些村庄里住着德国士兵，于是花了两个小时制定计划，慢慢走近，想打听具体在何处，敌人部队的集结情况。最后我们才发现我们是在友人的地盘上，于是这才上了大路，一直来到上洛瓦河地区的会面地点。”①

9月5日下午，这两个人到来之后，径直去了一家自行车商行，那是戴安娜的左右手德西雷·祖尔巴赫（又名：德德）事前通知他们的。戴安娜正在巡视，要晚些时候到。祖尔巴赫带领两个特工到自己的村庄，把YP和另一个游击队组织FTP的头头鲍布军官介绍给他们。戴安娜在转发电文，到傍晚时才到。拉斐尔和海门把由伦敦委托的两百万法郎交给她。晚饭后，她详尽向他们介绍了在上洛瓦河省的战事、武器空运和8月19日布城的解放。拉斐尔用简要的几句话做了结论：

> 一切都结束了。我说结束意味着在本地区已经没有德国人。三个营已经完全由戴安娜武装起来，领导班子也已经搭起来，显然，海门和我，我们来晚了。但我俩立即决定，将尽可能地继续帮助戴安娜工作。②

这两个特工没休息多久。次日，他们会见了游击队的三位领导

---

① 美军中尉亨利·莱利的活动报告。

② 同上。

人封克罗瓦斯、杰弗里·哈洛斯、罗杰·A. 莱内，他们是在8月中旬空降本地区加强控制整个局面的。拉斐尔和海门告诉他们在出发前没有被告知本地区的局势，他们俩表示十分遗憾，不愿意插手对三个营的监管工作，此时，他们正准备出发去北方。他们也对封克罗瓦斯和哈洛斯的军衔比他们高不以为然。在伦敦，上司明确对他们说，杰尔米小组是接受他们俩的命令的。事实上，拉斐尔和海门无法指挥军衔比他们高的军官，也无法与他们用任何方式共事。海门总结道："总而言之，局势完全不像伦敦说的那样。"①

OSS 的这两名特工去布城会见上洛瓦河地区的参谋部是为了做点事情的，然而，他们发现参谋部的领导似乎对指挥突击小分队方面毫无经验。另一个方面，他们在政治方面也不得心应手，因此他们俩决定再去9月3日那天被解放的里昂，为上洛瓦地区的三个营寻找些燃油，然而没有成功。里昂地区抵抗力量的一个领导人对他们说，FFI 和 FTP 成员在本城的大街小巷一夜的巡逻就要消耗六千升燃油。拉斐尔和海门回到上里尼翁河－尚朋一无所获……

弗吉妮亚看见他们俩的这副狼狈相，对她的伦敦上司气不打一处来，认为他们在这件事情上错上加错。在她看来，这时组织空降特工是"不可原谅的"，他们确实来得太迟了，而她要求他们来是很久以前的事了。再说，他们的军阶也不够高，难以指挥得动他人。

面对 FFI 或是杰尔米小组，她本人也遇到了类似的问题。自8月15日登陆行动完成后，FFI 的三个营前去与拉特尔·德·塔西尼将军领导的法国军队会合，弗吉妮亚发表了自己的意见，杰尔米小组的组长是夏尔·亨利·吉斯（又名：封克罗瓦斯）说道："活见鬼了，您是什么人敢于下命令?"尽管戴安娜作出不少努力想把 FTP 与夏尔·亨利·吉斯的队伍联合成一体，他也拒绝了。其实，

---

① 保尔·戈阿罗（又名：海门或亨利）的活动报告。

造成他们不和的根源是他们此时已与共产党套近乎了。弗吉妮亚很厌恶政治上的争斗，她认为是“无理取闹”，决心不再插手。[①]

此外，封克罗瓦斯不顾美国女人的反对，独自决定动用基金资助由 FFI 地区领导人塞尔日·扎帕尔斯基（又名：格弗尔德）领导的几百号人的一路上所需。戴安娜在一份向她的 OSS 的上司们的报告中这样埋怨道：“你们派人来与我工作，而且为我工作，但又不给我所需的权力。”[②]

弗吉妮亚无法阻止杰尔米小组与 FFI 的三个师团出发。这些人离开了上洛瓦地区，来到阿里埃，攻击了德国撤退中的一辆军车。他们与拉特尔·德·塔西尼将军领导的法国军队会合，1944 年 9 月 12 日，拉特尔·德·塔西尼将军的军队又与在诺曼底登陆的莱克勒克的师团合并了。[③]

弗吉妮亚与 YP 分子和拉斐尔、海门中尉待在上里尼翁河 – 尚朋，她心里明白，她本人在这个地区的使命结束了。她通过电台多次请求伦敦允许她去阿尔萨斯继续战斗。得到的回答是等待。这些指令都是无所谓的。她总是凭自己的判断走自己的路。她的打算是招募爱国者中一部分核心力量在其他地区帮助抵抗组织，特别在法国东部，那里仍然被德军占领着。上里尼翁河 – 尚朋的十八名游击队员，其中主要是 YP 分子，同意跟随“英国女人”，组成了一个突击队，他们称之为戴安娜独立团。[④] 在出发前，多亏拉斐尔和海

---

① 1944 年 9 月 30 日弗吉妮亚·霍尔的活动报告。

② 同上。

③ 志愿兵归并的速度很快：1944 年 9 月 23 日，13.7 万人加入法国正规部队；9 月底，又是 9 万人，10 月份，1.5 万人，拉特尔·德·塔西尼将军实力大增，接连攻下几个重要城市。见斯戴法纳·希姆耐的《法国解放图册：1944 年 6 月 6 日 ~1945 年 5 月 8 日》一书。

④ 戴安娜独立团除了亨利·莱利（又名：拉斐尔）、保尔·戈阿罗（又名：海门或亨利）、艾玛特（中尉）和弗吉妮亚·霍尔外，还有拉乌尔·勒布利科（又名：鲍布）、路易·布鲁奈尔、阿道尔夫·卡利代等 14 人。

门的指导，他们学会了使用武器。弗吉妮亚说道："这些人很尊重他们的领导，很快就信任他们了。"

拉斐尔后来也说道："他们对武器一窍不通，但他们很聪明，又都是自愿而来的，随时准备投入战斗。他们很快就学会了使用武器，组成了一个团结的战斗小分队。功劳主要得归于海门，多亏他的教导和耐心，在很短的时间内这些人便完成了培训任务。"①

同时空降的另一名法军军官——艾玛特中尉也参加这支队伍出发了。卡车上架着一挺机枪，小型卡车里装满了备用品，大家都穿着制服，裤子是美国货，意大利上装是四处收集来的。海门说道："我们出发时装备优良，武器、弹药、炸弹均不缺，还带走了足够用一个多星期的口粮。"

戴安娜独立团的五辆车于1944年9月13日离开了上里尼翁河－尚朋向克莱蒙－费朗进发。在这个奥凡涅省的首府，FFI的地方军事代表洛朗兹·维维埃（又名：伊索戴尔姆）建议戴安娜别像她设想的那样往北方去，而是把队伍带到另一个方向，在那里，她可以与从地中海来的美军第七师会合，看看在叙拉和夫热山脉能做些什么。

于是车队改道向东面进发。到了某些地方，他们倍加小心。独立团最优秀的射手之一阿尔封斯·斯瓦特布洛克说道："在森林里我们得知有对方民兵，我靠在开道车的减震器上，拿着武器随时准备射击。"② 队伍在第埃作短暂停留，配备了刀剪铺生产的德国匕首，最后越过了索纳河。

1944年9月15日，经过三天的行程，独立团的成员驻扎在城里的一个修道院，戴安娜和另两名军官去了美军第七师的总参谋部。然后他们又步行了十几公里来到加尔莱特上校身边。他们提出

---

① 见亨利·莱利（又名：拉斐尔）的活动报告。

② 2006年11月17日与作者的谈话。另见亨利·莱利（又名：拉斐尔）的活动报告。

在夫热山脉展开游击战或做情报工作。两天后，他们得到上校的否定回答，他说：在夫热山脉已经有部队在执行任务，而他们抵达那里的可能性只有一半。[①]

在此期间，这些人在二十五公里开外找到了一座废弃的古堡。古堡主是一个公证人，已不知去向，里面已被打扫过了。帷幔挂毯正好做垫被用。大家照旧进行军训。戴安娜带回了坏消息，所有人都默不作声地听着。她曾设想大家去苏格兰进行培训，然后再空降本土，后又放弃了这个想法。伦敦方面指示她回到巴黎。戴安娜独立团就此解散。当年仅十九岁的让·纳莱追忆道："她对我们说，我们可以自行其便了，可以回家或是加入法军第九殖民师。"每个人都找戴安娜谈话表达自己的意愿。戴安娜建议会讲德语的阿尔萨斯人德西雷·祖尔巴赫（又名：德德）跟随她执行接下来的任务。德德希望回去找法国军队。她给每人分发了一小笔钱，并签署了证明，表示他们对 YP 已经履行了义务，签署的时间是 1944 年 9 月 20 日。

解散前，独立团的所有人在古堡度过了最后一夜。一阵失望之后，气氛缓和了。泽格·内尔肯弹钢琴，戴安娜指挥大家唱歌。他们倚着平台的栏杆拍了一张照片。弗吉妮亚穿着军裤，站在游击队员中间容光焕发，他们中大部分才二十多岁，都穿着军服，但还不是正规军人。

弗吉尼亚待在这座废弃古堡中的这几天，也许真的感觉到天终于亮了，战争似乎已经远去。一切又都变得有可能了。在这几个月间，她还没想过自己的前程。她不允许自己有片刻的停顿、软弱，也不能保持长时间的人际关系。她的使命压倒一切。战争就是法则。周围的气氛是考验人的，人际关系有时很紧张。她必须在山区

① 见亨利·莱利（又名：拉斐尔）的活动报告，以及 1944 年 9 月 30 日弗吉妮亚·霍尔的活动报告。

这个都是男性的原始环境里挣扎。她一直隐瞒她的真实国籍，她的尚朋的朋友们都叫她“英国女人”。她几乎从不说她的过去、经历及自己的残疾。她的真正的身份在代名戴安娜前面消失了，她的神话成了游击队员玛丹娜的故事。她仍然是一个谜。她已经过了三十八岁，即便她的假肢妨碍她的天性充分发挥，也许她终究还是该露出冰山的一角吧？

海门经常引她发笑。随着时间的推移，弗吉妮亚开始喜欢与这个身材细长、面部轮廓分明、嬉皮笑脸的年轻军官交谈了。他名叫保尔·戈阿罗，1914 年 7 月 10 日生于巴黎。在他的母亲玛丽－路易斯·戈阿罗于 1925 年底去世后不久，他就与他的父亲朱尔·戈阿罗和妹妹雅克琳娜·戈阿罗移民至美国，那里住着他的一个婶婶。1933 年，朱尔·戈阿罗决定带着雅克琳娜回到法国。那时保尔十九岁，宁愿留在纽约，在朋友们的帮助下做些小生意。他远离父亲自立门户，成熟得很快，而母亲的早逝又培育了他坚强的性格。这个年轻人酷爱足球运动，在战争初期，便凭着他的法国护照加入了美军。他自愿进入 OSS，在阿拉巴马州和华盛顿接受了严酷的训练，然后被派往英国等待接受任务。① 之后，他便空降到上洛瓦河地区协助戴安娜工作了。尽管到来之后感到失望，他还是不失幽默的本性，在训练志愿兵时表现出相当的能力。

在弗吉妮亚看来，拉斐尔和海门完全能掌握独立团。她说道：“这两名军官特有能力，能把事情处理得井井有条。从一开始，我就喜欢这样的军官在我身边工作……我去执行任务时，就喜欢有他们在我身边，而不是其他人。”② 她对化名为海门的保尔情有独钟，尽管她比他高，而且大八岁。海门棕色的头发，接受过法国和美国

---

① 关于戈阿罗的家庭，都是作者于 2007 年 1 月 26 日、5 月 22 日、6 月 2 日与雅克琳娜·戈阿罗的一个女儿杰基·德鲁里电话交谈中的内容。

② 1944 年 9 月 30 日弗吉妮亚的活动报告。

的双重教育，头脑灵活，都让弗吉妮亚着迷。保尔已经成了她的旅伴。尽管他们俩的差异很大，但他很快成了她的朋友，继而成了她的丈夫。

1944年9月21日，独立团离开了古堡。一部分成员加入了殖民师，其他人走上了返回故乡上里尼翁河－尚朋的路。

弗吉妮亚在保尔·戈阿罗、亨利·莱利、艾玛特中尉及欲与英国人重新建立关系的拉乌尔·勒布利科（又名：鲍布）的陪同下去了巴黎。[①] 9月22日夜间，他们来到巴黎。一个月来，首都发生了很大的变化。许多人家的阳台上挂着三色旗，人们的脸上洋溢着笑容。盟军的士兵在街上巡逻。

OSS在靠近香榭丽舍附近的巴黎饭店建立了总部。弗吉妮亚去那里通报她的任务结束，希望能返回伦敦。她与保罗·凡·德尔·斯特里希特中校不期而遇，就是这位年轻的高级军官于1944年3月让她签署了加入OSS的合同的。战争期间随时会发生变化，弗吉妮亚在路上耽搁了，已经有好几天没有用电台与总部保持联系，她似乎感到很不安。OSS的一名军官看见她到来，开玩笑似的说道："她好像误了一班火车似的不断抱歉，对那些等她的人连声说对不起。"一份宽慰的电报立即发送到马里兰州弗吉妮亚的母亲那里："弗吉妮亚的身体仍然很棒，精神也很好，她的工作进展顺利。"1944年9月23日军官夏洛特·诺里斯这样写道："对大家来说，有关战争的消息充满了希望，并且令人鼓舞，完全有理由相信，弗吉妮亚不久将回到母亲的身边。"[②] 这个假设似乎太自以为是了……

保尔重新回到了他在十二岁时离开的出生地。他睁大眼睛看这

---

① 见1944年9月29日拉乌尔·勒布利科的工作报告。他于1946年2月21日死于一场车祸，年仅25岁。

② 1944年9月23日夏洛特·诺里斯致弗吉妮亚·芭芭拉的信。现存于华盛顿美国国务院档案馆OSS档案。

个城市，到处走走，与他的两个伙伴拉斐尔和鲍布在咖啡馆的平台上逗留良久。他刚到就去他的父亲和妹妹的住地，自他们回去后，他还没去看过他们。他摁响巴黎十六区乔治大街上的一个寓所的门铃时，难以掩饰内心的激动。

他的二十一岁的妹妹雅克琳娜·戈阿罗看见这位穿着美军制服、年约三十岁的军官简直不相信自己的眼睛了。他俩长时间地拥抱在一起。雅克琳娜·戈阿罗向他介绍了自己的丈夫和两个女儿，小的才出生一个月。妹妹告诉保尔，父亲在几个月前因患癌症已去世，没能有幸再见到他，他惊呆了。[①] 保尔自少年失去母亲之后就感到自己断了根，成了孤儿，如今，他听了这个不幸的消息，需要很长时间才能愈合他心中新的伤口。

次日，雅克琳娜·戈阿罗设晚宴宴请了保尔和他的朋友们。在座的有拉斐尔、鲍布，特别是弗吉妮亚，她的到来让大家精神为之一振。欢迎很隆重，有丰盛菜肴和美味的葡萄酒。保尔和弗吉妮亚频频举酒杯庆贺。特工们很少谈及战争期间所执行的任务。重要的是经过多年的阔别和相思之苦之后，一起来分享重逢时刻的幸福。

弗吉妮亚于 1944 年 9 月 25 日回到伦敦后，很快就向她的 OSS 上司们着手起草“海克勒”行动的工作汇报。这份打印资料长达十五页，被列为“机密”等级，详尽地叙述了弗吉妮亚在法国从 3 月 21 日至 9 月 25 日的这六个月中，她作为发报员在克勒兹、里艾福尔和上洛瓦河地区的各个阶段的工作情况。她谈了所遇到的问题，如空降着陆点不准确、前来支援他们的军官官衔不对称所造成的矛盾。她列出了游击队员破坏地点的清单，列数了帮助过她的人的名字。至于推荐哪些人可以获得美国勋章时，弗吉妮亚毫不犹豫地给

---

① 1987 年 8 月 3 日雅克琳娜·勒格凡尔致皮埃尔·法约尔的信的内容。源自雅克琳娜·勒格凡尔的一个女儿，即保尔·戈阿罗的外甥女杰基·德鲁里于 2007 年 5 月 22 日与作者的电话交谈。

出了否定的回答："在我看来，没有人选。"她不热衷于回报和荣誉，对别人对自己都如此。她说道："不，我在当地没有得到嘉奖，因为没有理由得到。"[①]

几天后，在一次伦敦军官俱乐部举行的午餐会上，弗吉妮亚、10 月 1 日刚从巴黎返回的保尔·戈阿罗、随弗吉妮亚之后刚在里艾福尔完成任务的 OSS 特工勒内·戴夫尔诺都参加了。当这两位来宾谈到可能授勋时，弗吉妮亚显得很不高兴。戴夫尔诺是这样讲述的："她花了将近半个小时对我们谈到了美国和爱国主义，说我们所做的不足以得到一枚勋章、一个荣誉或是一份官方的回报，我们只是为国家做了一点事情。"[②] 他对弗吉妮亚善于打扮的能力印象很深。他说：在午餐会上她穿着一件雅致的黑色长裙，戴着一顶时尚的宽边帽，看上去像个六十岁的英国贵妇，其实那时她只有四十岁！

弗吉妮亚刚到伦敦不久又想走了。纳粹德国并未战败。弗吉妮亚由于没能在阿尔萨斯和夫热山脉继续参加战斗，因而希望能去另一处效力。她更希望能与保尔同行。幸好一项新的使命有待完成。[③] 这项任务的原始代号为"藏红花"。OSS 尚未制定出行动的全部细节，其日的是在奥地利的蒂龙帮助反纳粹的抵抗组织，也就是在希特勒在贝希特斯加登老巢附近的山脉战斗。盟军进攻德国时，德国很可能在那里建筑一个坚强的堡垒。德国人已经在那里建造了地下武器工厂，特别是飞机工厂，数百名外国犯人在极为艰苦的工作环境下工作。在整个地区，人们纷纷传说正在兴建的工事，巨大的武器库，以及部队的调防等消息。

---

① 1944 年 9 月 30 日，弗吉妮亚的活动汇报。

② 勒内·戴夫尔诺经过间谍技术培训，与保尔·戈阿罗分在同一小组。

③ 我们请求 CIA 提供有关 OSS 工作的全部信息。美国方面转交给我们一百多页有关材料。另见皮埃尔·法约尔的《占领时期的上里尼翁河－尚朋》一书。

谁也不清楚这“最后的堡垒”何时建成，是否会真正建成。这很可能将是一个巨大的威胁，是德国人将要展开的亡命之举。[①] OSS认为事关重大，想把有经验的特工分成小组渗透到当地，先发制人，旨在进行破坏、获取情报，并且负责规范准备投入战斗的地方游击队。由远近闻名的艾伦·杜勒斯领导的OSS驻伯尔尼办公室已经接到了他们的特工K-28特别情报。K-28的真实姓名叫弗里茨·莫尔登，是奥地利临时民族委员会（POEN）的领导人之一，他自1944年9月起就组织了多次抵抗运动。[②] OSS很信任这个在奥地利的情报网。于是弗里茨·莫尔登成了多项使命的关键人物，这些任务都很危险，因为这涉及渗透进奥地利的三分之二美国特工的生命安全。

奥地利的蒂龙是敌人的心脏地区，它很可能变成敌人的最后堡垒，因此在这个地区行动需要镇定冷静、经受考验的人选。弗吉妮亚·霍尔的经历，她的收发报能力，并且精通德文，这些都自然而然使她成为热门的候选人之一。

1944年10月13日，艾伦·杜勒斯在市中心的一座老建筑，即他的驻伯尔尼办公室，收到一份有关“奥地利行动小组候选人”的名单。上面提到两个名字，即：弗吉妮亚·霍尔和保尔·戈阿罗。介绍前者的文字如下：

> 在维也纳待过两年，应对奥地利的形势有较深刻的认识。圆满完成任务后加入西欧特别行动组织。她与游击队、犯人和流亡者的关系广泛，应是出色的组织者，对渗透奥地利的行动可以作出很大的贡献。保罗·凡·德尔·

---

① 见威廉·凯赛的《反希特勒的秘密战争》等书。

② 关于OSS在奥地利的行动、弗里茨·莫尔登和奥地利临时民族委员会的情况，请看斯埃弗雷德·比尔等作者的文章。

斯特里希特认为她是最合适人选。她具有完美的人格魅力。[①]

1944年10月底，美国女人首先被送往巴黎与保罗·凡·德尔·斯特里希特做一次交谈。这位高级军官似乎对她评价极高。保罗·凡·德尔·斯特里希特自巴黎解放后把OSS的办公室设在香榭丽舍大街七十九号，他负责监控西欧的行动。[②] 他简要地向弗吉妮亚交待了尚在假想中的任务，她将与保尔·戈阿罗一起去完成。代号为“藏红花”的行动是否进行将取决于军事形势的变化。盟军尚未决定进攻德国。也许根本就没有“阿尔卑斯堡垒”去攻克。不过弗吉妮亚回到伦敦之后就开始着手准备了。她与保尔一起花了几星期的时间钻研德国文化，研究安全方面的问题。保尔是法国籍，由于他加入了OSS，又有在美国生活的意愿，几乎在同时他获得了他申请的美国国籍。

美国秘密机构各分支在奥地利的问题上的分歧日益显现。OSS的地中海总部（MEDTO）设在那不勒斯北面加塞尔特附近的一座旧王宫里，监管着中欧的行动。1944年圣诞节过后，弗吉妮亚·霍尔和保尔·戈阿罗接到通知去OSS的地中海总部，即第2677兵团报到。[③] 他俩在1945年1月中旬到了，并且在OSS训练中心接受了强化训练，为“藏红花”的行动计划作准备，这时，这个计划已改名为“费尔蒙特”。[④]

保尔举重若轻，因为他在空降到上洛瓦河地区之前已经接受过几个月的军事训练。弗吉妮亚装有假肢，必须进行多方面的长时间

---

① 1944年10月13日斯图尔特·W. 凯尔门致艾伦·杜勒斯的备忘录。

② 以上资料源自现存于华盛顿美国国务院档案1944年10月13日斯图尔特·W. 凯尔门致艾伦·杜勒斯的备忘录。

③ 源自斯埃弗雷德·比尔《目标中欧》一书。

④ 源自CIA提供的OSS档案。

训练直至2月底，内容包括格斗、射击、破坏和拆除等技术，这些她就不大适应了。她又被送往意大利那不勒斯和巴里完善收发报的技术。经过日常的具体操作，“霍尔可以每天进行电台联系，但最初她发报还欠准确，应该迅速改进。”1月底，巴里的一个教官这样说道。[①]

弗吉妮亚像个小学生似的窝在OSS的军训学校，她又着急了。战争在如火如荼地进行着，她却在意大利的南部继续学习操作电台，而“费尔蒙特”行动计划正在实施，盟军也已经开始强渡莱茵河。她周围不确定的因素太多，进攻德国的计划老在变，而伯尔尼OSS的头子艾伦·杜勒斯在3月18日开始与党卫军的卡尔·沃尔夫将军做地下交易，想让德国在意大利增补军队。照杜勒斯的想法，与卡尔·沃尔夫达成协议，可以减少纳粹在阿尔卑斯山脉建造难以攻破的最后堡垒的风险。他说道：“这将是缩短战争时间的唯一机遇，可以在相对有利的条件下占领意大利北部地区，进入奥地利，也许还能打消德国建立游击队的计划。”

在随后的几个星期，“费尔蒙特”行动计划还发生了多个变数。保尔不能流利地说德语，将在晚些时候空降。弗吉妮亚应该第一批走，与保尔暂短的分离让她有些伤感，她必须带着她的电台先到瑞士，然后再进入奥地利。OSS驻加塞尔特的一个军官热利这样说道：“戴安娜（她的上司都这样称呼她）得步行穿越海拔三千米的比利牛斯山，她似乎并不胆怯。”

1945年3月28日，在与奥地利抵抗组织的一个头头弗里茨·莫尔登（又名：K－28）研究之后，弗吉妮亚又接到新的指令，她首先得去巴黎会见这个头头。她没意见，但最后出现了问题。她希望绕道日内瓦，去会会她认为有用的朋友，但加塞尔特的官员觉得这个想法有私心，“太自由”了。加塞尔特的军官热利是这样评价

① 源自CIA提供的OSS档案。

她的："戴安娜在这里的态度，到目前为止是不明智的，不过我仍抱着希望，她会变得听话。"[①] 可以肯定地说，弗吉妮亚不是那么容易驯服的。

事情最终还是得以解决了。重新回到加塞尔特之后，弗吉妮亚愿意接受一切按指令办事的要求。"费尔蒙特"行动计划似乎安排就绪了。从此，弗吉妮亚将化名为卡米伊，她将作为小分队领导和发报员进入因斯布鲁克地区。她的身份证上的姓名是安娜·穆勒，出生在土耳其的德国公民，在巴黎的军事专员身边工作过，后又到过斯图加特，最后来到奥地利，在警局工作。

在当地，她会见了先她而来的特工霍内克（又名约瑟夫）。奥地利临时民族委员会（POEN）下属分支的抵抗组织在弗里茨·莫尔登的领导下，安排了他们食宿并把他们隐蔽了起来。1945 年 4 月 8 日，OSS 是这样对弗吉妮亚交待的："显然，您是我们驻当地的代表，而不是服从 POEN 指挥的发报员。您是独立的特工，可以自由招聘，不仅仅是 POEN 的人，也可以招聘其他人，只要他们愿意攻击德军的运输车队，摧毁德军的设施。"[②] 卡米伊还得找一个合适的空降点以便亨利（保尔·戈阿罗）与她汇合。

弗吉妮亚和保尔总共带走了两万马克的活动经费，用于个人开支和三个月内他们的情报网的开支。保尔应该被隐藏在最可靠的地点。保尔每次出门时身上带的钱不应该超过两百马克，这相当于一个本地区外来打工仔每月最高的工资，以避免"别人怀疑他在从事黑市交易"。[③] 倘若其他特工没有钱币了，可以先借给他们，免得以后如许诺的那样，再用美元结算支付。

"费尔蒙特"行动计划需要再次审定，因为盟军在德国进展迅

---

① 见 1945 年 3 月 25 日和 4 月 4 日热利的电文。源自 CIA 提供的 OSS 档案。

② 1945 年 4 月 8 日化名为卡米伊和安娜·穆勒的弗吉妮亚执行"费尔蒙特"计划的工作汇报。源自 CIA 提供的 OSS 档案。

③ 源自 CIA 提供的 OSS 档案。

速，空军参谋部认为不必要再大规模地武装奥地利抵抗者了。[①] 他们将用游击战的方式打击固定目标作为空袭轰炸的补充，如破坏铁路线和桥梁，摧毁飞机和油库，不时袭击运输车辆。弗吉妮亚的任务就是选择信得过的人“杀纳粹分子、服从命令、保持沉默”。她带走了由法国情报机构提供的附近一些工厂和集中营的平面图，这些地方有四百多个德国劳动者和超过八百人的外国犯人，其中有一百五十名左右法国人，据说，他们都准备站在抵抗分子一边。

特工卡米伊的主要任务是收集可能存在的“纳粹堡垒”的情报，OSS 尽管有意见相反的军方报告和本地区特工送来的令人宽慰的消息，他们还是对这个潜在的威胁忧心忡忡。他们过于担心了，以致想说服美军参谋部把一部分在德国向巴伐利亚和奥地利进军的军力调回来，但这时红军正猛攻柏林，这样做很可能会削弱美军的力量。

不管怎么说，弗吉妮亚应该就地确定可能建立的德国参谋部、政府部门、纳粹党领导办公地、武器库和食品仓库等地形。她还要收集“盟军占领后，纳粹行动计划的所有情报，如他们的党如何活动、游击战在哪里开展、确定地下仓库的位置、纳粹主要头头的化名、纳粹的藏身地等等。”情报的收集范围非常广泛，显然，OSS 对弗吉妮亚十分信任，才让她专注于假想中的“纳粹堡垒”，侦察第三帝国末日的狂热分子有可能建立的未来组织。

过于消极被动了吧？过于追求完美了吧？可以肯定地说，“费尔蒙特”行动计划交了霉运。1945 年 4 月 10 日，保尔·戈阿罗和弗吉妮亚·霍尔从那不勒斯飞往里昂。然后他们被带到安娜马斯。弗吉妮亚准备第二天夜间单身穿越瑞士边境。但到最后时刻，加塞尔特发出了相反的指令，她没走成。4 月 15 日，那是预定她进入奥地利的日子，弗吉妮亚仍然被困在安娜马斯而不得动弹。同一天，

---

① 源自 CIA 提供的 OSS 档案。

伯尔尼的OSS头头宣布维也纳被攻克：红军已于两天前进入奥地利首都，临时政府在头天晚上宣布奥地利独立。一切都变了，伯尔尼方面很“遗憾”，但如没有向导，弗吉妮亚至少在两个星期之内是进不了奥地利的。

日子一天天过去，没有消息。弗吉妮亚和保尔在安娜马斯附近等待着新的命令，百无聊赖。特工贝克安慰他们说，形势不可能永远不变。1945年4月21日，他命令他们离开这里去伯尔尼。军官热利显然对行动迟缓感到尴尬，这样说道：“我们该为这个女人做点什么，她应该得到比她现在更好的待遇。”[①] 这两名特工于4月24日到达伯尔尼，受到了OSS官员们的欢迎，他们似乎压根儿不知道自己肩负的使命。事实上，与此同时，上级的上级艾伦·杜勒斯已经完成了德国投降的谈判事宜，将于4月29日执行。他们看见弗吉妮亚和保尔专注于自己的任务，只能答应尽快让他们进入奥地利，说只是时间问题……[②]

军事形势最终取消了这一系列计划。4月13日，维也纳落入红军之手，他们还包围了柏林。4月25日，苏联军队和美国军队在易北河会师。4月13日，希特勒在他的老巢自杀身亡。第三帝国的丧钟敲响了。当天，法国第一军团进入奥地利，而美国第七军的几支部队向因斯布鲁克等地进军，他们总是担心会遇到德军的顽强抵抗。1945年5月1日，OSS向它在伯尔尼的办公室发了这样一份电报：

> 由于事态迅速发展，军事形势变得很诡异，危及戴安娜、海门和他们的小组成员的生命安全。计划取消，让戴

---

① 1945年4月21日，热利给贝克的回电。现存于CIA提供的OSS档案。

② 1945年4月28日，伯尔尼致热利的电文。现存于CIA提供的OSS档案。

安娜和海门等待热利新的指令。[①]

几天后，一封署名为热利的电文转达到弗吉妮亚的手上，证实“费尔蒙特”行动计划提前结束，因再无存在的必要。事实上，根本就没有“纳粹堡垒”可攻。这个威胁纯属子虚乌有，被 OSS 大大夸张了。热利的电文这样写道：

1. 最近的消息表明第七军已经在目标地区的十三英里处，似乎不存在“纳粹最后堡垒”。

2. 因而你们的行动计划已经取消。

3. 希望能在这里见到你们，倘若你们选择去巴黎或是伦敦请告知，我们将提供你们所需的一切，并将办理相关手续。

4. 无论你们作出什么决定，我们想说，你们的合作得到各层各级所有有关人士的高度评价。[②]

德国在兰斯签署的投降协议于 1945 年 5 月 8 日午夜后生效。战争终于结束了。噩梦做完了。整整一天，巴黎的烟火在天空绽放。这天，弗吉妮亚和保尔离开伯尔尼去了里昂。他们在那里作短暂停留后将坐火车直达首都。

这些年来，危险始终陪伴她的左右，这几个月的等待期间，她始终在相互矛盾的指令之间摇摆不定，心力交瘁，她想到过去的一切感到很不是滋味。她终于能得到片刻的安宁了，想想自己吧。与她的伙伴——总是让她开怀大笑、身材瘦小的老烟枪——保尔生活在一起吗？有谁知道呢？他是个彻头彻尾的单身汉，而她是一个生

① 1945 年 5 月 1 日夏班致伯尔尼电文。现存于 CIA 提供的 OSS 档案。

② 1945 年 5 月 1 日，热利致伯尔尼转戴安娜的电文。现存于 CIA 提供的 OSS 档案。

活检点的残疾人。早在1944年9月他空降到上洛瓦河地区以后，他们俩就相濡以沫了。这八个月以来，从尚朋到诺拉山脉，从巴黎到伦敦，从加塞尔特到伯尔尼，他们俩几乎分享着一切：命令、相反的命令、失望和希望。

这些能否认吗？他们的命运从此连结在一起了。

第二十一章

围捕叛徒

天下又太平了。弗吉妮亚在巴黎收到了来自华盛顿的一份电报，告诉她一个惊人的消息：美国最高当局将要给予她嘉奖。这大大出乎她的意料。OSS的头目威廉·多诺万（又名：怀尔德·比尔）建议美国新总统哈里·S. 杜鲁门在白宫椭圆形办公室亲自接见她，为她授予杰出贡献奖。他是1945年4月12日接替去世的富兰克林·罗斯福登上总统宝座的。按威廉·多诺万的话说，美国将这个特殊的荣誉授予她是因为“她在对抗敌人的军事行动中表现出罕见的英雄精神”。

她是美国历史上得到如此高规格荣誉的第一位女公民。这就再次肯定了1945年5月12日OSS的头目送交总统办公室的备忘录：“由于从未授予如此高规格的勋章，我想也许您会亲自交给她。霍尔小姐眼下正在欧洲的舞台上执行任务。”[①]

弗吉妮亚·霍尔惊得不知所措。她可从未提过这件事。相反，她是个低调的人，一直批评那些在战争中做了一点事情就要得奖的人，总是说自己只是“尽责”而已，不值得有所回报。现在白宫居

---

① 1945年5月12日威廉·多诺万致总统的备忘录。现存华盛顿美国国务院档案馆OSS档案。

然要……

她的OSS上司们用了很长时间准备这次授勋仪式。1944年9月底，戴安娜回到伦敦，起草了一份报告，汇报她作为游击队的发报员和组织者执行“海克勒”任务的情况，西欧行动小组的头头保罗·凡·德尔·斯特里希特命令为这个女人做授勋前的准备工作，因为他知道她太了不起了。胡西·德·萨勒中尉负责对她进行首次考察。1944年10月27日，他起草了首批总结报告，确认她表现出色并罗列了从克勒兹到上洛瓦河地区“海克勒”行动计划各个阶段的成绩：组织空降、发出大量电报、FFI成功的破坏行动……所有接近戴安娜的人，如杰尔米分队的队长杰弗里·哈洛斯，都认为她做了“非常出色的工作”。其他两个伙伴也证实道：

“拉乌尔·勒布利科和空降至上洛瓦河地区辅佐她工作的亨利·莱利非常看重霍尔小姐。她是一位异常勇敢的女子，具有很强的创造能力，总能在所处的环境中作出最好的选择。”[①]

胡西·德·萨勒中尉还询问了英国情报机构SOE有关1941至1942年弗吉妮亚在里昂执行任务的情况，SOE的台柱子热拉尔·亨利·莫莱对她赞不绝口，他还记得1942年初他暂居在她家，几乎救了他一命，还有其他许多在逃的英国特工也得到过她的帮助。他写道：

“她的精力、热情，以及对共同事业的忠诚堪为所有人的楷模。还有，她的勇敢和毅力也是第一流的。尽管她腿有残疾，但在任何情况下，她都没有因此而影响她的工作。”[②]

很难有更好的形容词了。与此同时，OSS的一名军官乔治·施里弗被派往上洛瓦河地区，去核实弗吉妮亚·霍尔执行任务的报告中的内容。军官询问了FFI地方负责人皮埃尔·法约尔和FFI原先

---

① 这段文字记录现存华盛顿美国国务院档案馆OSS档案。

② 同上。

的财务总管戴洪，前者尽管与戴安娜以前闹过不和，但还是肯定，她所组织的多次空降武装了游击队，摧毁了桥梁，袭击了德军车队。没有她的大力帮助，“我们将不可能比盟军提前那么多天解放本地区”。他也强调了戴安娜的“罕见的勇气”。财务总管则说，戴安娜提供的经费可以装备 FFI 的三个营，共计两千人左右。认为她具有“坚定的信心和力量，杰出的组织才能”，他感到很奇怪，她的代号怎么会是男性名字尼克拉斯。①

OSS 的官员们依据这一片赞扬声，可以放心地实施他们的授勋计划了，虽说这位多事的特工时不时地发脾气，不听话，他们也不计较这些了。他们为杰出贡献奖的颁奖一事于 1945 年 2 月 5 日发出正式公文，并且得到了 OSS 的欧洲行动指挥官詹姆斯·福根上校的首肯。几天后，他这样写道：“即便已经作出了这项决定，但由于当事人一直在进行类似的活动，应该在保证她的安全的前提下才能对外宣布这个消息。”②

1945 年 5 月 8 日德国正式投降，授勋一事可以加快进行了。威廉·多诺万立即发了一份备忘录致总统先生。OSS 的领导人支持这个意见，想请总统亲自为弗吉妮亚·霍尔小姐颁发奖章。由于其时 OSS 的前景不妙，这样一个仪式可以强化它的影响。新总统对多诺万的评价不高，请他通过未来的战后情报部门转发这个建议。这就间接表明 OSS 将改换门庭，而它那好心的老板尽管有不少想法，很可能将回去干那律师的老本行了。但威廉·多诺万仍然希望他的部门的功绩得到承认。一位平民女子在白宫被总统接见本身就说明了问题。但他的同僚对一个秘密机构特工在公开场合被授予这个不寻常的勋章的做法仍心存疑虑，譬如国防部在这一点上就明确表示了

---

① 以上文字记录现存华盛顿美国国务院档案馆 OSS 档案。

② 同上。

不安。[①] 这样的微妙关系一直持续到6月底。OSS的官员们似乎一直在犹豫，是否有必要专为此事把在巴黎的弗吉妮亚·霍尔转召回到华盛顿。

还是弗吉妮亚本人解决了这个问题。所有这一切做法都使弗吉妮亚感到为难，她利用OSS对她的安全的顾虑，在巴黎的官员们中间做了工作，于是他们在1945年6月13日向华盛顿方面转发了一份明确无误的电文：

> 霍尔小姐认为，她被授勋一事不应作任何宣扬。她提到，英国政府在嘉奖她时，并未公开此事。还应指出，她仍然在行动，并且希望继续做当前的工作。任何宣扬都会捆住她的手脚。[②]

她婉转而坚定地回绝了去华盛顿参加公开授勋仪式。弗吉妮亚·霍尔以不同寻常的方式谢绝了美国总统的邀请！在华盛顿，威廉·多诺万最后也同意了这个谨慎的做法。1945年7月，哈里·S.杜鲁门总统决定为弗吉妮亚·霍尔授予杰出贡献勋章，并且列举了她的功绩。[③] 在白宫没有举行官方的招待会。OSS的头目于1945年9月27日将在自己的办公室，在少数人的见证下，向弗吉妮亚·霍尔授勋。三天后，在总统的要求下，他的情报机构解散。档案室里将永久保存着授勋场面的照片，弗吉妮亚的母亲芭芭拉·霍尔是唯一被允许参加这个简短仪式，并且陪伴她的。母亲的笑容也将永远定格在这张照片上。[④]

---

① 见OSS发至加塞尔特OSS分部的电文。现存CIA提供的OSS档案。

② 1945年6月13日巴黎OSS发至华盛顿OSS的电文。现存CIA提供的OSS档案。

③ 以上文字记录现存华盛顿美国国务院档案馆OSS档案。

④ 照片的副本现存华盛顿美国国务院档案馆OSS档案弗吉妮亚卷。

事实上，这个美国女人对官方的嘉奖毫不感兴趣，她常说，她还是喜欢“干老本行”。战争虽然结束了，但她打算仍然从事特工生涯，无论用什么方式都行。而她在法国的战斗还没有完全结束。她还有几个挥之不去的念头，成了她的心病。这是因为胜利并不能抹去记忆。在1945年5月至6月间，她在保尔身边品尝到了巴黎生活的乐趣，但仍没有忘却在地下工作漫长的数年间所接触过的一个个人。她亏欠得最多的是那些隐秘战线上的男女战士，她在法国执行任务时，他们从里昂到比利牛斯山脉的每一个阶段都在帮助她，没给她带来任何麻烦，甚至冒着生命的危险！她起草的工作报告中，往往有他们的签名，但眼下，她已与他们之中的大多数人失去了联系。她知道，其中某些人已在纳粹的集中营里消失；其中极少数人虽然回来了，已是形销骨立，变得痴痴呆呆的了。她该为他们讨回公道。还有，渗透到她的里昂特工站的双料特工罗贝尔·阿来希——他那张红扑扑的脸，就像一个幻影似的一直萦绕在她的心头。这个她称之为比肖普的人如今怎样了？自从她发现神甫无疑是她的朋友们被捕的罪魁祸首时，她又如何能平息无时无刻不在折磨她的悔恨之情呢？

6月初，她重返里昂想再见见那些她化名为玛丽、热尔曼娜、布里吉特、勒贡特尔于1941至1942年间认识的人们。[①] 她重新找到了欧也尼·卡丹，她是在1942年间被阿尔弗雷德·牛顿与亨利·牛顿兄弟俩招募做“信使”的，于1943年4月被捕，被送进布拉格附近的集中营，与其他犯人一起生产炮弹。欧也尼·卡丹于1945年5月从捷克斯洛伐克回到家乡，发现自己的家已被洗劫一空，家具、衣服、餐具，什么都没有了。弗吉妮亚在她的报告中口气十分

---

① 按照CIA官方历史学家杰拉德·K. 海恩斯的推断，弗吉妮亚在里昂的行踪应该是在1945年6月初，因为在她的汇报中，她于1945年6月11日在里昂先后看望了让·胡塞、欧也尼·卡丹、安德烈·米歇尔，又在6月14日会见了罗贝尔·阿来希神甫和热尔曼娜·盖兰。

激动，请求OSS给予她三万法郎的补助：

> 鉴于欧也尼·卡丹的出色工作，以及她的所有财产都被德国人抢劫一空的事实，我建议在行政管理制度的许可下，除了给她写一封感谢信而外，再给她一笔补助费，以便她重新安家。[①]

弗吉妮亚一一拜访了她的老友，其中有她原先的“信使”安德烈·米歇尔和妓院女老板热尔曼娜·盖兰，这两个人神奇地从集中营里逃生了。盖兰追忆了她被捕时如何腾出时间让牛顿兄弟从寓所的窗口逃脱、她在弗雷斯勒的岁月及集中营可怕的生活。她在那里认识了人种学家热曼纳·迪里翁，她也是被罗贝尔·阿来希神甫出卖，于1942年8月在巴黎被捕的。这两个女人始终对这个她们以前十分信任的神甫表示怀疑。热尔曼娜·盖兰从集中营回来时身体已十分虚弱，她发现家中的一切都被拿走了，而她的一个挚友，工业家欧也纳·热内也被阿来希出卖，受到盖世太保严刑拷打，在去集中营的火车上死了。

在安东尼－本赛广场七号，当让·胡塞大夫为弗吉妮亚开门时，后者几乎认不出他了。英国“海克勒”情报站弗吉妮亚的左右手于4月11日被美军解放，刚从德国魏玛附近的集中营回来不久。他的脸色苍白，身体瘦弱，但仍然那么坚定、那么自尊。他在集中营待了十八个月，被调到集中营的医院当医生，在没有任何医疗设备的情况下，为两个人挤一张床铺的病人治疗，目睹了一个个惨无人道的场面：强迫劳动、流行病、迅速处决、党卫军在犯人身上进行的伪科学实验（强迫绝育、人工受精、接种伤寒病毒以及其他致命病毒等）。还有1945年4月8日纳粹撤离集中营前处决了数以千

---

① 摘自杰拉德·K. 海恩斯的《弗吉妮亚·霍尔的特工生涯》一书。

计的犯人。这是一场难以复述的噩梦，一个经过精心组织的疯狂之举，胡塞大夫在他认真撰写的题名为《在野蛮人那里》的书中见证了这一切。[①] 整个羁押期间，他在废纸上悄悄地记录了这一切，并且带回了一百五十名在押犯逃跑失败后失踪的资料。[②]

弗吉妮亚静静听着他的里昂朋友用镇定的声调讲述人间惨剧。让·胡塞把时光追溯到1942年11月13日他被捕的那一天，即弗吉妮亚匆忙离开的前几日。此刻，他毫不怀疑阿来希神甫，即这个举止高雅的比肖普是一个伪君子。在集中营，他曾在牛顿兄弟身边劳动，他俩是1943年4月在里昂被捕的。他们也相信，自己是被这个叛徒出卖的。[③] OSS的另一名特工、弗吉妮亚的身边人——马塞尔·莱恰在被处决前，神甫也见过他。现在，大夫确信了，因为现有的证据可以相互印证这一切。医生没想到报复，而是要把神甫绳之以法。

弗吉妮亚回到巴黎之后，准备最后一次去上洛瓦河地区，目的是打听她在那里的朋友们的消息，收回没使用过的电台。1945年6月17日至22日，她在保尔·戈阿罗的陪同下，将再次见到拉布里埃夫妇和她在布城的老朋友朱利安夫妇。保尔和弗吉妮亚也将开车去上里尼翁河-尚朋，在那里，他们听说戴安娜独立团的一个成员加入法国军队后被打死了。[④]

在到达上洛瓦河地区之前，弗吉妮亚起草了几份报告，向OSS介绍了她在里昂的朋友们。在1945年6月11日的一份报告中，她写下了有关阿来希神甫的一切情况[⑤]：1942年8月底与他的首次会面；对这个从巴黎来并且带来将送往伦敦的微缩胶卷的古怪神职人

---

① 该书在1946至1948年间由联合印刷行业印刷出版。

② 摘自杰拉德·K. 海恩斯的《弗吉妮亚·霍尔的特工生涯》一书。

③ 源自约翰·O. 托马斯的《没有旗帜》。

④ 源自杰拉德·K. 海恩斯的《弗吉妮亚·霍尔的特工生涯》一书。

⑤ 见1945年6月11日弗吉妮亚·霍尔的《有关阿来希神甫的报告》。

员最初的疑虑；让·胡塞大夫对他信任的口气；SOE交待把钱和胶卷交给这个似乎常来常往的比肖普；最后，在让·胡塞、热尔曼娜·盖兰、欧也纳·热内、牛顿兄弟及其他人被捕一事中，这个神甫很有可能是罪魁祸首。

弗吉妮亚的报告还是有一些不确定的成分。她既然对神甫始终抱有怀疑，怎么就忘了她见过阿来希两面之后于1942年9月6日写的文字呢："我不认为他是一个伪君子。"[①] 仿佛她想把她过去的轻信从记忆中抹去似的。

SOE法国分部的头目毛里斯·巴克马斯特在被问及阿来希神甫时，对这个事件也出具了有利的证词：

"我们没有被神甫迷惑，觉得他是一个伪君子。我们指示与他切断一切联系，并且告知了MI－6。后来伯尔尼方面证实了他的欺诈行为。"[②]

这个简要的陈述与事实不完全相符，因为SOE在弗吉妮亚·霍尔于1942年11月离开里昂之后，仍然指示他的特工们去见罗贝尔·阿来希。英国人发现神甫的双重身份只是在1943年2月至3月间。抵抗组织接到正式通知不要信任他是在1943年的春天。这个警告来得太迟了，以致情报站蒙受了更大的损失。

事态发展到这个地步，再纠缠往事已经不重要了。锅盖已经揭开了。弗吉妮亚·霍尔的报告更加证实了这个神甫的真正面目，他的叛变已确证无疑。

剩下的一个问题是：如何找到他？

事实上，早在欧洲战役结束和弗吉妮亚·霍尔的重要报告之

---

① 1942年9月6日玛丽发至SOE的有关阿来希神甫的报告现存英国国家档案馆（Kew）SOE档案。

② 毛里斯·巴克马斯特上校的这个指示没有注明日期。现存英国国家档案馆（Kew）SOE档案弗吉妮亚·霍尔卷。

前，对神甫的追捕行动就已经开始了，时间是1944年8月。热尔曼娜·盖兰的一个亲信埃尔·戴克里是兰姆的商人，对他的女友被逮捕后她的财产突然失踪非常激动。他曾经请求他所信任的阿来希神甫帮助他把女友的皮草和银器转移到安全地方。然而，什么都不见了。这些东西价值三百万法郎，在战后的法国可是一笔不可小觑的财富。

1944年8月底，巴黎解放后的几天，一纸控诉盗窃和藏匿罪的诉状呈送到塞纳河地区法院。负责这件普通案件的法官委托司法警察调查此案。果然，自1944年秋天起，首批前来听证的人就反映罗贝尔·阿来希的多面性，他被列为主要嫌疑犯。

被Abwehr策应反水的一名电台操作员说起这个神甫时，提到了几件事情：他对女人和金钱的欲望、他的比肖普或富兰克林的化名、他在里昂与一个名叫霍尔小姐的关系、他与许多人特别在诺曼底抵抗组织情报网中许多人被捕一事中所装扮的角色。神甫的姐姐伊尔玛·阿来希一直在其弟弟身边生活，在被询问时她承认说，她弟弟是为德国人效力，主要为军官卡尔·夏菲和一个什么叫让的人工作，此人的真实身份就是Abwehr最恐怖的特工之一——雨果·布莱谢。她交待说："我的弟弟接受卡尔·夏菲的指示，去过里昂两三次参与逮捕行动，回来时几只手提箱里装满了银器和皮草，并且嘱咐我妥善保存。"[①] 警察在巴黎十六区神甫与他的家人住的豪华寓所搜查时，找到了里昂热尔曼娜·盖兰于1942年1月8日被捕后家中被盗窃的财物。事实得到证明，时间亦相吻合。盗窃罪名成立。

神甫的两个教区女信徒吉纳维耶夫·卡恩和勒内·安德烈由于与他的关系密切，被怀疑是同谋。她们说，她们有时使用德文打报告，为阿来希送信，相信他说的话，他是在为英国谍报机关服务。

---

① 见阿来希的司法档案，现存巴黎法国国家档案馆。

照这两名年轻女子的说法，神甫是在1944年8月间在巴黎失踪的。罗伯特·基弗是一个为Abwehr效力的伪抵抗主义者，他对法国警察说，阿来希是一个“深受德国人信任的特工，极端危险……”

收集到的有关神甫的材料相当庞杂，1945年2月5日，塞纳河法院的陪审团决定把这个卷宗与盖世太保的有关材料相互比照，在盖世太保的卷宗里，二十多名亲德国的特工以“危及国家安全和与敌人串通”的罪名被起诉。[①]

案件的性质改变了。负责这个案件的法官弗朗索瓦·多西莫尼立即发出传票，拘捕被控告人罗贝尔·阿来希。调查在多地进行，并且询问了与神甫接触过后便落入盖世太保陷阱的原抵抗分子，这一切都证实了这个案件的性质十分严重。一名坚定的共产党人就在被捕前，刚刚把德军鱼雷的导向图和V1发射装置图交给阿来希，以为他会送往伦敦。其他抵抗分子为他提供的有关铁路网的情报也不了了之。在巴黎的一个地铁出口处，两名年轻的抵抗分子刚刚收回了一个电台，但在前往由阿来希确定的约会地点时被捕。

神甫仍然不见踪影。Abwehr曾布置罗贝尔·阿来希监视抵抗分子，支付他的报酬直至1944年6月。在巴黎起义时，他担心受到镇压，向他的故乡卢森堡流窜，后又隐居在被解放的比利时首都。在布鲁塞尔，这个穿着教袍的年轻神甫拿着伪造的一封巴黎大主教的推荐信登门造访他的一个神甫朋友。信上说他是一个“好神甫”，生病了，遭到德国人的虐待。[②] 卢森堡的天主教徒同情他，让他住进由教会青年会管理的一个犯人和流亡者的收容所。1944年11月，罗贝尔·阿来希被任命为这个收容中心的布道神甫并一直活动至1945年5月，谁也不清楚他的多重身份，也没追究他的过去。

他知道法国司法机关在追究他。6月份，收容所的领导要求他

---

① 见阿来希的司法档案，现存巴黎法国国家档案馆。

② 1945年8月6日的审讯记录。现存巴黎法国国家档案馆阿来希的司法档案。

离开那里，告诉他美军要对他进行询问，因为有关他的起诉材料、英国 MI－6 的指控文书及弗吉妮亚·霍尔于 1945 年 6 月 11 日的报告，引起了美国情报机构的注意。于是罗贝尔·阿来希潜逃到卢森堡，后又回到比利时。他知道自己被追究，主动写了一份报告，交给比利时安全部门。后者迅速通知美国人。1945 年 7 月 6 日，军方反间谍专家小组（CIC）拘捕了神甫。他此时身穿平民服装，持有勒内·马尔丹的假证件，以前他经常使用这个化名的身份证去里昂找弗吉妮亚·霍尔。

美国人希望在他身上得到了解 Abwehr 的突破口。至少，罗贝尔·阿来希想让他们抱有这个希望。总而言之，他宁愿以德国情报机构的的情报为代价，免使自己面对他恨之入骨的法国司法部门。1945 年 8 月 6 日，他被带到巴黎，接受 OSS 反间谍专家的质问，神甫试图扮演一个无辜者的角色。

他是这样讲述他的神话的：他认定自己曾是抵抗组织成员，1942 年夏去过里昂，想把热曼纳·迪里翁委托他带的微型胶卷交给胡塞大夫。后者把他介绍给化名为玛丽的美国女记者弗吉妮亚·霍尔，她是为英国人工作的，“他把自己用比肖普化名得到的信息发至伦敦。”[①] 换句话说，不应该对他的忠诚有所怀疑……

在这个阶段，罗贝尔·阿来希一口咬定什么也没对德国人说。1942 年 9 月，Abwehr 的军官卡尔·夏菲可能召见了他，责备他对抵抗分子的活动监视不力，威胁要对他不客气。OSS 是这样转述神甫后来的说法的：

“夏菲向阿来希建议说，要摆脱眼下尴尬局面的最好办法是继续与里昂保持联系，为 Abwehr 效力。神甫同意了。德国人已经掌握了抵抗小组主要成员的名单，并且知道近期有一个无线电电台将

---

① 1945 年 8 月 6 日的审讯记录。现存巴黎法国国家档案馆阿来希的司法档案。

空降那里。这是他们所感兴趣的。阿来希只是确认了他们关于霍尔小姐的情报，继续去里昂看望她，希望能了解更多空降的情况。谈判正在进行中，1942 年 11 月，霍尔小姐突然离开了，由罗贝尔·布劳恩取代。[①]”

这个说法显然过于简单，而且太笼统了。罗贝尔·阿来希企图让自己被看成是德国人的受害者，隐瞒了他从这件事一开始就已经受他们雇用的事实。他试图转移人们怀疑的视线，毫无根据地认定另一个化名为巴尔戴莱米大概在他之前早已渗透进弗吉妮亚·霍尔的情报站。他说道：“巴尔戴莱米是人员名单及小组活动报告的通风报信者。”他不顾常理，发誓说他提供的人员名单中，没有任何一个抵抗分子和英国特工被捕，与盖世太保相反，Abwehr 原则上反对这样的做法。他甚至说得更离奇，为自己洗刷罪名。最后，他要将功赎罪，建议帮助 OSS，为他们提供德国特工的名单，声称知道他们在德国和瑞士的藏身之地。这些证词谎言的成分多多，骗不了美国秘密机构的审讯人。他们所掌握的文件，包括英国的调查材料和弗吉妮亚的报告，与神甫的说法大相径庭。他的情报似乎不大可信，而他提出的所谓帮助也不是 OSS 战略上真正要关注的，再说，法国司法人员拿着拘捕证正在四处寻找他。

1945 年 8 月 6 日，罪犯罗贝尔·阿来希在与 OSS 的 X－2 谈话的当晚，被美国人送交到巴黎司法警察的手上。从 1945 年 8 月 14 日至 29 日，漫长的听证会便开始了，主持人是乔治·克洛。由此而产生的长达四十多页的笔录让主审法官弗朗索瓦·多西莫尼看得头昏脑涨，神甫在法庭上基本上重复了对美国人说的一番话，模糊是非，混淆黑白。

他的双重身份又怎么解释？神甫一再重申，由于他参与本教区

---

① 1945 年 8 月 6 日的审讯记录。现存巴黎法国国家档案馆阿来希的司法档案。

的抵抗活动，Abwehr 以死威胁他，迫使他就范。他说道："在任何时候，我都没有为德国机关忠诚服务过，一方面我故意破坏任务的执行，另一方面，我继续帮助法国抵抗分子。"[①] 他在里昂与弗吉妮亚·霍尔的关系如何？照他的说法，一切都光明正大："她给了我十万法郎资助我建立瓦雷纳小组。她还答应给我一台无线电发报机，可我从未收到。"[②] 那么 1941 年他加入德国籍又是什么动机呢？他辩解说："我与我们抵抗组织的任何人都没提起过，也没对霍尔小姐说过我已加入德国籍。不过我对这位小姐说过，我与卢森堡的纳粹党有联系，她提醒我发展这个关系收集情报。"[③] 至于一系列的逮捕行动，阿来希神甫自然是一口咬定与自己没有任何关系。最后，他对 OSS 不接受他的帮助表示失望，又向法国秘密机构重新提出，可以协助他们抓捕 Abwehr 的军官奥斯卡·雷耶！他说道："我知道有一个办法能找到他。德国的间谍中心设在法兰克福和康斯坦察。我准备为第二办公室开展这项工作，马到成功。"[④]

种种说法反倒产生了与预期相反的效果。在 1945 年底至 1946 年，在接下的几个月中，主审法官弗朗索瓦·多西莫尼的办公室堆满了证词，否定了阿来希神甫为减轻控告他的"通敌罪状"而提出的证据。弗吉妮亚·霍尔此时已去美国，并且根据秘密机构保密合同上的规定，只能保持沉默。她虽没有参加听证会，但也释然了：由于她在 1945 年 6 月 11 日提供的最后报告，才促使美国人把神甫从布鲁塞尔揪了出来。

有好几位抵抗分子出庭作证。人种学家热曼纳·迪里翁在集中营幸免于难，她认为罗贝尔·阿来希背叛了她所在的 SMH 情报站。她在里昂火车站把一份重要信件和藏着微型胶卷的一个火柴盒交给

---

① 1945 年 8 月 28 日的审讯记录。现存巴黎法国国家档案馆阿来希的司法档案。

② 1945 年 8 月 16 日的审讯记录。现存巴黎法国国家档案馆阿来希的司法档案。

③ 同上。

④ 1945 年 8 月 27 日和 9 月 21 日的审讯记录。现存巴黎法国国家档案馆阿来希的司法档案。

神甫，让他转交给弗吉妮亚·霍尔，然而自己于1942年8月13日在巴黎被捕了。热曼纳·迪里翁在1945年8月同一位与这个美国女人有联系的英国特工核实后这样说道："他没有像约定的那样，把火柴盒交给霍尔小姐。"

SMH情报站的另一位成员加布里埃勒·皮卡维亚现在已经成了法国秘密机构的头，她也肯定了这个说法。事实上，她一直在伦敦关注着由阿来希转交的这包东西的行踪。她说道："我可以肯定地说，所有军事情报、照片资料都消失了。我认定这起变节行为的当事人只能是阿来希神甫。"[①] 神甫把自己当成是她的"信使"，把她该从弗吉妮亚·霍尔那里得到的钱也吞掉了。她确信这一点，因为1943年初，她在英国首都又会见了她的美国女友，她说道："霍尔小姐来到伦敦，我问了她很久，才真相大白。那个名叫阿来希的人早就对她说过，他认识我，从我那边来。"加布里埃勒·皮卡维亚于1943年年中进入戴高乐的秘密机构，她回忆道："自那时起，阿来希的真正面目被认清了。我在伦敦工作期间，1943年8月左右，我有机会看到一份文件，是由有关部门转发至法国反间谍部门的，上面写道：罗贝尔·阿来希神甫是一些情报站许多成员被捕的罪魁祸首，应被看成是非常危险的敌特。"

弗吉妮亚在里昂的朋友们也主持公道，提供了证据。1946年5月1日，热尔曼娜·盖兰写信给法官，列数了神甫在她被捕和财物被窃的事情中所起的作用。几个月后，让·胡塞大夫也道出了自己亲自调查罗贝尔·阿来希之后所得出的结论："我经过耐心细致的调查之后可以明确地说，他至少让敌人逮捕了三名抵抗者（巴黎SMH情报站头头雅克·勒格兰、热尔曼娜·盖兰和欧也纳·热内）。我同样相信，他让人逮捕了两名英国军官，即牛顿兄弟。"[②]

---

① 1945年10月10日加布里埃勒·皮卡维亚的声明。现存巴黎法国国家档案馆阿来希的司法档案。

② 这两封信现存巴黎法国国家档案馆阿来希的司法档案。

这些指控相互印证，再加上 Abwehr 过去的负责人的证词就铁板钉钉了。要知道，这些负责人就是监控他们的特工、化名叫阿克塞勒的罗贝尔·阿来希工作的。雨果·布莱谢回想到神甫在里昂的工作“很出色”。他说道：“阿来希提供的情报对我们的审讯非常有用。”[①] 1946 年 11 月 13 日，过去是巴黎反间谍部门的头，如今成了葡萄酒经销商的卡尔·夏菲军官也被政府特派员勒内·古伊罗招到法庭作证。他列举了许多事实，陈述他如何指派这名特殊特工在 SMH 情报站和弗吉妮亚·霍尔身边工作。[②] 德国人证实了神甫在霍尔小姐身边的人被捕一事中所起的作用。他甚至补充道，神甫曾建议让自己倾听在押抵抗者的忏悔以窃取他们的秘密，他否定了这卑鄙的做法……

面对如此之多的令人信服的证据，被关押在弗雷斯纳监狱的罗贝尔·阿来希仍然一再改口，一会儿部分承认，一会儿又彻底推翻。他的辩护律师，即后来成为总理和议长的埃德加·富尔面对控告他的当事人的有力证据，提出当事人患有家族遗传的精神方面的疾病，请求法庭宽恕。法医的鉴定正式否定了他的请求，强调当事人是“奸诈”、“虚荣”所致。他的第二名辩护律师雅克·勒诺特指出法庭审讯的合法性，认为罗贝尔·阿来希是德国公民，只能由军事法庭审讯。陪审团否定了这个说法，以“通敌罪”仍然把神甫送上了巴黎塞纳河地区法院。[③]

1948 年 5 月 24 日，此案在巴黎法院开庭。在被告席上，四十二岁的神甫的两边分别是他的同谋勒内·安德烈和吉纳维耶夫·卡恩，他们俩也以同样罪名被带上法庭。记者们前挤后拥，纷纷前来

---

① 见政府特派员勒内·古伊罗 1945 年 10 月 15 日的报告，以及特派员乔治·克洛 1945 年 12 月 7 日的报告。均现存巴黎法国国家档案馆阿来希的司法档案。

② 卡尔·夏菲的证词现存巴黎法国国家档案馆阿来希的司法档案。

③ 以上材料现存巴黎法国国家档案馆阿来希的司法档案。

旁听这场非同寻常的宣判。《世界报》的记者这样描述道："罗贝尔·阿来希，叛变的神甫，穿着灰色正装，胡子刮得光光的，脸色发黄，仿佛涂上了一层机灵而虚假的油脂；神情坚定，双唇紧闭，有着一对德国人特有的深蓝色的瞳仁，在仔细倾听着。"[①]

自法庭辩论伊始，被告就显得很激动，气势汹汹且傲慢无礼。他向法庭的大法官开火道：

"我不会回答您的任何问题，大法官先生。上演这起案子不仅败坏了我个人名誉，而且败坏了神甫这个职业。我是德国人，做了我作为战士应做的工作。我只是正常地完成了职责，尽了绵薄之力，我很满意了。此外，我还做了很多好事，做了善事……请原谅我，基督教徒。"[②]

接着，罗贝尔·阿来希沉默不语了，对他的指控置若罔闻。指控书上罗列了他种种犯罪事实，由于他的缘故，由于他在巴黎和里昂的情报站耍两面派手法，有三十名抵抗分子被处决。在三天之中，控诉他的证人轮番出庭作证。热曼纳·迪里翁扶着栏杆，提到了她的在集中营被杀的母亲，还有其他被逮捕的巴黎朋友。她说道："他认识的人，无论是谁，他都会出卖。"

"骗人！我只是出于善意和慈悲才会行动。"阿来希使劲辩解道。

胡塞大大专程从里昂来，详细叙述了神甫如何侵吞了原本资助抵抗运动的财产，以及如何伏击他的朋友们。[③] 德国人卡尔·夏菲补充道，他的 Abwehr 机构每月支付给阿来希一万两千法郎。在听证会结束时，神甫请求向他在"罗马和柏林"的宗教领袖表示忠心。1948 年 5 月 27 日，法官宣布处以罗贝尔·阿来希死刑，阿来

---

① 见 1948 年 5 月 25 日的《世界报》。

② 见 1948 年 5 月 26 日的《世界报》，1948 年 5 月 25 日的《被解放的巴黎人报》，1948 年 5 月 25 日的《法兰西晚报》。

③ 见 1948 年 5 月 26 日的《人道报》。

希大声叫喊道："我是无辜的！我原谅所有控告我的人……"[①] 他的两个朋友受到宽大处理：勒内·安德烈被释放；吉纳维耶夫·卡恩被判处十个月徒刑。

叛徒没有得到任何宽恕。

1949 年 1 月 25 日黎明，罗贝尔·阿来希在弗雷斯勒监狱牧师的参与下，做了最后一次祷告。行刑队把他带到市郊的蒙特鲁热要塞，政府特派员、法官、他的辩护律师、监狱长、布道牧师和法医都在现场，行刑队于八点三十五分整枪毙了他。[②] 三十分钟后，他的遗体被埋葬在迪埃公墓。

---

① 见 1948 年 5 月 29 日《世界报》、1948 年 5 月 28 日《人道报》。

② 政府特派员朗格罗瓦关于罗贝尔·阿来希被处决的笔录现存巴黎法国国家档案馆阿来希的司法档案。

第二十二章
这个女人知道得太多

弗吉妮亚·霍尔原本是可以参加这场审判的。1948 年 5 月当她在法国报刊上读到法庭辩论的报道和对这个背叛她的人进行宣判时，她无疑会想到参加。不管这么说，她凭借《芝加哥时报》发给她的记者证，她作为美国记者钻进记者群出席这场在巴黎法院清洗叛徒的世纪审判是很容易的事情。[①] 也许在法庭上，她会与神甫相对而视？也许她听见神甫提到霍尔小姐，看见她的熟人在听证席上一一走过，会控制不住内心的激动？弗吉妮亚说不清。

法官对那些出卖特工和抵抗分了的人判处死刑，但她宁愿保持沉默。因为一旦她被认出，被拍下，被招去在公共场所作证，风险就太大了，她的几位英国同行在其他几起在巴黎审判的案件中就出现过问题。她的秘密特工的身份将会遭到质疑，这将是一个无可弥补的错误，因为战争结束后，弗吉妮亚已经从事其他战线的地下工作了。阿来希的案子在巴黎审判时，弗吉妮亚正在意大利为 CIA 执行任务，这个情报机构于 1947 年正式成立。她已经开始了新的

① 负责清洗运动的法国司法部门宣判了 2853 名罪犯死刑，其中 767 名在 1944 年至 1949 年间被处决。见皮特·诺维克的《法国的清洗运动：1944～1949》一书。

生活。

三年前她回到故乡时，并没想到会跳槽。OSS 的这名女特工是1945 年 9 月 14 日重返美洲的，一切都对她是那么陌生。自从她在1931 年作为使馆的秘书开始她的职业生涯之后，她主要生活在欧洲，只是在 1934 年回到美国养伤，在 1937 年回去度了几个星期假。她离开时，美国受经济危机的影响，国力虚弱，前途未卜；待她再次回来时，美国已是战争的胜利者，变成了世界第一强国。欧洲成了一片废墟，日本在广岛和长崎遭到原子弹轰炸后，已无条件投降。

弗吉妮亚到了纽约之后，又与她的母亲芭芭拉·霍尔、哥哥约翰和其他家人团圆了，她的家人一直住在马里兰州的农庄里。然而，经过八年的离别之苦，相逢的喜悦并不能填补芭芭拉与弗吉妮亚之间的鸿沟。弗吉妮亚已经三十九岁了，经过了无数次的生死考验，已经不再是一个女孩。可以肯定地说，她也不会有孩子了。她身患残疾，生活漂泊无定，又经历了多年的战争，她不能像她的母亲期望的那样成一个家。

再说，芭芭拉·霍尔对她的女儿向她介绍的男友——OSS 的年轻军官保尔·戈阿罗也不满意，这时，他也从法国返回美国了。她原本希望弗吉妮亚有一个更好的婆家。保尔原本是法国人，后加入美国籍，确实没有显赫的家世、高雅的举止，也没有美国东部精英们的文凭可以在华盛顿或是纽约闯出一片天地。保尔唯一的心愿就是开一家餐馆，烧一手好菜。他长得瘦小，又比弗吉妮亚小八岁，芭芭拉·霍尔对他就更不满意了。弗吉妮亚总是安慰母亲说，保尔很认真、动手能力强、聪明又幽默，但无济于事。双方的关系一直冷冰冰的。芭芭拉·霍尔在许多年间拒绝承认女儿与保尔的这门婚

事。这对夫妇最后直到1957年才登记结婚，而且还是悄悄的……[①]

另外的烦心事是弗吉妮亚又遇到了职业上的难题。1945年9月20日，罗斯福的继承人——美国总统哈里·S. 杜鲁门命令解散由威廉·多诺万将军领导的OSS。[②] 他似乎觉得在和平时期这类机构再无存在的必要了。少数必不可少的任务可以由国务院或是其他部门去做。于是，情报收集工作委托给了一个叫联合战略处（SSU）的小部门。它其实是OSS的前身，归属于国防部领导。[③] 多诺万设想重建一个更大的联邦局的建议被白宫否决了。杜鲁门总统原是密苏里州民主党议长，不大熟悉情报这一行，他支持他的参谋们的意见，不愿意看见一个新的“美国纳粹”产生。事实上，作出这个决定与FBI和军人们有关，他们嫉妒OSS的特权。而杜鲁门对多诺万也心怀芥蒂：一是他对他的部下总是做出好好先生的样子；二是1932年他担任纽约市长期间，站在共和党一面，在政治上有野心。[④] 威廉·多诺万心灰意冷，仅用了几天的工夫，就把他自1941年起苦心经营的机构拆散了。

弗吉妮亚·霍尔刚从欧洲返回，便被迫向OSS递交辞呈，她于1944年3月起就在这个部门工作了。她的正式辞呈署名日期是1945年9月24日，并且指明四天后将离开。她还附上了这么几句话：“我对未来的情报活动很感兴趣，我希望我的申报材料能得到认真研究，倘若新的情报机构成立的话。”[⑤] 她的上司们记住了她的愿望，一旦有可能，她希望能被未来的单位派往国外工作。

弗吉妮亚在离开OSS之前，正好有时间与同事们一一道别，并且填写最后几张表格。9月27日，她从威廉·多诺万将军手中接过

---

① 源自弗吉妮亚·霍尔的侄女洛娜·凯特林和保尔·戈阿罗的外孙女杰基·德鲁里与作者的谈话记录。

② 杜鲁门签署的这个命令的复印件登载在CIA机关刊物上。

③ 以上资料请见理查德·哈里斯·史密斯的《OSS，美国第一情报局秘史》一书。

④ 请见理查德·哈里斯·史密斯的《OSS，美国第一情报局秘史》等书。

⑤ 弗吉妮亚的辞职信现存于华盛顿美国国务院档案馆OSS档案。

了杰出贡献勋章，其时，将军本人正准备给他的下属签发最后的指示。次日，即9月28日的晚上，弗吉妮亚像OSS其他数千名同事一样，离开了办公室，从此变成了退伍人员。她得到了些许安慰：一个月后，OSS给她寄去了二万零六百七十六美元二美分的一张支票，那是自她被聘用之后的岗位津贴。

这笔钱能够维持日后几个月的生活之需。不过弗吉妮亚并不打算成天无所事事混日子。她自问以后的出路何在。参军？她从不是军人，也不想当军人，她有自知之明，不会顺从到盲目服从命令；行政部门呢？她因是残疾人，被禁止当职业外交家之后，早在1939年就辞职了；那么私人单位呢？她的组织才能以及语言能力会有单位对她感兴趣的，但最初的接触并不十分顺当：她那秘密特工的经历让别人另眼相看……报社如何？她在《纽约邮报》和《芝加哥时报》工作过，是个有利条件。她本人也喜欢做记者，这个行业要求有好奇心并头脑灵活。她在这个圈子里也有朋友，如报刊学会的骨干之一查尔斯·福尔茨，战争期间她在马德里认识的，他那时准备到华盛顿的《世界新闻》画报社工作。问题又来了：倘若总是用记者的身份做幌子，这可不是她真正的职业。

弗吉妮亚翻来覆去地思考，把所有想法过了一遍又一遍，只有一个念头看来还可行：当特工。她的政治观念是自由、民主、反对极权主义，这就促使她在欧洲与纳粹主义作斗争。她是爱国的美国人，从此相信新的威胁来自东方。苏联在战前就对波兰和爱沙尼亚虎视眈眈，她已经预感到它的霸权和野心。红军在1945年的进攻，以及斯大林在波兰、匈牙利、罗马尼亚、希腊或许还有土耳其不断施压，使她觉得和平的平衡局面是十分脆弱的。她路过华盛顿时，与她的一个老友，美国驻华沙和布加勒斯特的前任领事埃尔布里奇·多布罗有过长时间的交谈，后者于1944年起主持国务院的东欧事务。这位外交家在1946年至1948年间被任命为美国驻莫斯科大使馆参赞，他相信冷战已经开始。他日后将成为美国反共产主义的鹰派人物。

1946年1月间，在OSS解散后的几个月，杜鲁门总统同意重建一个实体，命名为中央联络小组（CIG），即中央情报局的前身。弗吉妮亚立即被吸纳进去。诚然，当时的CIG只是一个空壳子，没有人员，没有独立的财政编制，权力也很有限。可是在1945年底，苏联情报人员渗透美国，又在欧洲制造紧张气氛，哈里·S. 杜鲁门得到启示，相信建立一个情报系统的必要性。CIG直接受命于白宫，中间隔着一个情报总管，首任总管是西德尼·索尔斯海军准将。[①] 此人与杜鲁门的主要军事高参D. 威廉·莱希上将的关系密切，莱希上将于1940年至1942年曾任美国驻维希的大使，弗吉妮亚为SOE效力时在法国执行任务，见过他几面。

这个美国女人与仍然在活动的OSS少数老同事保持着良好关系，在OSS的个人档案里，上司对她的活动能力和人格评价颇高。1946年12月，弗吉妮亚·霍尔终于如愿以偿。很少有几个穿便服的女子能够进入这个部门。几个月过后，它便改名为CIA了。她希望能派往国外的请求也被批准了。

什么职位呢？弗吉妮亚将作为CIG驻意大利的当地代表收集政治和经济方面的情报。[②] 她在内部的身份是签合同的“情报特工”，每年的薪酬四千多美元。1946年底，她先到罗马，后去了威尼斯，在十八个月之中，那里成了她的活动中心。二十世纪三十年代，她作为领馆的秘书在那里工作过，所以对这个城市十分熟悉。她还是在原来的领馆办公室工作，离圣－马可广场不远。

弗吉妮亚·霍尔去罗马期间，会见了SSU－CIG小组的成员，他们的头是年轻军官詹姆斯·J. 安格尔顿，才二十九岁，抽烟很厉

---

① 1946年1月22日，在总统的授意下，CIG成立，它是美国国务院、财政办公室和参谋长联席会议的意见折衷的产物。请见米歇尔·瓦纳的《拯救和清算》等书。

② 弗吉妮亚在意大利的工作时间是从1946年12月至1948年7月。见CIA的存档。

害。他在OSS起步，是那里的X－2分部内部反间谍的高手，在1944年至1945年间，他参与俘获过上千名德国和意大利特工，还参与捣毁了新法西斯地下活动的组织，其中有在佛罗伦萨被称为“黑王子”的朱尼奥·瓦勒·罗·布尔盖斯的组织。[①] 詹姆斯·J.安格尔顿在宪兵队、意大利秘密机构和军事参谋部都有很密切的关系，在西西里岛黑手党的上层也有朋友，同时，他还密切注意铁托元帅领导下共产主义的南斯拉夫，他们此时正在兴风作浪。

弗吉妮亚在这个岗位上能充分观察1947年间在暗中剧烈较劲的冷战。[②] 1月份，意大利社会党分裂成亲美和反美两派。5月31日，部长会议主席阿尔西德·加斯普利的把共产主义的部长排挤出他的政府，建立了一个民主－基督教内阁。在他实施严厉的政策之后，大规模的罢工席卷全国，法国也罢工频频，紧张的政治局面蔓延。在希腊，政府力量和共产主义的游击队发生内战；在华盛顿，杜鲁门总统授意在任何地方阻止苏联的扩张，他同意成立国家安全小组，继而在1947年7月组建了中央情报局（CIA），替代了规模较小的CIG。

1948年2月，苏联入侵捷克斯洛伐克之后，意大利成为新的情报局重点注意的目标之一。美国人担心共产党通过大选使这个国家进入共产主义阵营。CIA暗下积极行动，支持——包括财政上支持——基督教的民主党，他们在1948年4月的大选中获得了48%的选票。对于美国的情报部门而言，这次政治上的胜利是冷战期间的成果之一。

弗吉妮亚没有地下工作可做，于是在她的威尼斯基地观察事态的发展。她写了一份份报告，反映意大利共产党在国内的影响。她的住地离意大利－南斯拉夫交界的边境不远，因此也注视着铁托元

---

① 源自杰拉尔德·阿尔波依的《詹姆斯·J.安格尔顿：CIA的反间谍高手》等书。

② 请看米歇尔·威诺科的《冷战时期》等书。

帅领导的共产主义分子的活动，直至1948年6月他们与斯大林决裂。[①] 弗吉妮亚仅限于写稿，感到空间太小了。她缺少活动空间，沮丧地说道："工作不令人满意。"[②] 这期间，她的签证和身份证明还是表明她去过法国、瑞士、塞浦路斯及巴勒斯坦，其时，因英国的委任托管期已满，1948年5月14日以色列宣布成立国家，爆发了一场与阿拉伯人的战争。多亏《芝加哥时报》的主编欧文·普福姆的一贯支持，她凭借该报记者的身份，可以不时去外面走走。

1948年7月弗吉妮亚·霍尔回到美国。她相信她在美国情报系统不难得到一个位置，按杜鲁门总统的话说，参与"抵御"共产主义。此时，新成立的CIA总部设在华盛顿市中心老OSS的几幢旧建筑里，被一些头脑灵活的杰出男性控制着。[③] 艾伦·杜勒斯毕业于普林斯顿大学，是以前OSS驻伯尔尼的间谍头子，领导着CIA的国家指导委员会；年轻的詹姆斯·J. 安格尔顿是耶鲁大学的毕业生，于1947年12月被召回；威廉·赫维弗是FBI的老人，逐渐掌控了特别行动办公室（OSO），实际上是中央情报局的间谍分部；CIA的另一个分部，名叫政治协调办公室（OPC），由弗兰克·韦斯纳主持，他是华尔街的资深律师，曾领导OSS驻伊斯坦布尔和布加勒斯特的分支机构。

在泛泛的名称之下，OPC悄悄地受白宫之托，负责展开在国外的间谍活动：宣传、颠覆、心理战、破坏、经济施压等等。帮助被莫斯科控制的国家内部的反对派、资助在西欧的非共产党性质的工会和党派，这些都是在马歇尔计划之外的项目。[④] 运送武器的范围很广，前提是完全保密。

弗吉妮亚尽管有经历上的优势，又有实地工作的经验，但她仍

---

① 源自杰拉德·K. 海恩斯的文章《弗吉妮亚·霍尔·戈阿罗：间谍生涯》。

② 源自CIA的弗吉妮亚档案。

③ 关于这个内容，请看布莱德利·F. 史密斯的《OSS与CIA的前身》等书。

④ 以上内容请看萨利·皮萨尼的《CIA和马歇尔计划》一书。

然不能立即找到工作。CIA 一直在犹疑不决，没有向她打开总部的大门。在弗吉妮亚的履历表中，1948 第二季度以及次年，她始终没有填写任何工作内容。也许在那段时期，她被委派到巴尔干半岛执行秘密使命没人知道吧。[①] 毫无疑问，她在这段时间看望了她的母亲、陪伴她的朋友保尔·戈阿罗，在乡下到处玩玩走走罢了。弗吉妮亚尽管装了假肢，仍然非常喜爱在田野里的运动和生活。不久以后，当她被问及业余喜欢那些活动时，她一一列数出来，仿佛想证明她根本就不是个残疾人似的："帆船、钓鱼、骑马、织补、做奶酪……"[②]

1950 年初，弗吉妮亚与保尔在纽约市中心，离圣巴特里克教堂不远的五十四街的一套公寓里住了下来。CIA 建议她去自由欧洲的国家委员会工作，这是 CIA 的下属机构之一，征得国务院同意，在几个月前成立，专门消除苏联对东欧产生的影响。[③] 这个机构的办公室设在曼哈顿最著名的摩天大楼——帝国大厦四楼。从 1950 年 3 月至 1951 年底，弗吉妮亚作为行政助理正式在那里上班。

她凭着做记者的能力，为自由欧洲电台做节目，也为支持东欧抵抗运动的本部门宣传站做节目。从南斯拉夫、阿尔巴尼亚和三个巴尔干半岛国家爱沙尼亚、拉脱维亚和立陶宛流亡到纽约的人很多，她时常与他们交谈，并向他们提出问题。[④] 尽管铁托元帅在 1948 年与斯大林决裂，他仍然严厉地镇压在南斯拉夫的任何反抗势力，从而激发了难民潮。反对亲斯大林的阿尔巴尼亚领导人恩维尔·霍查的游击队在 CIA 和英国秘密机构的帮助下，于 1950 年推

---

① 这里有些蛛丝马迹可寻，见 CIA 的弗吉妮亚档案。

② 1952 年 12 月 9 日弗吉妮亚为 CIA 填写的个人表格。现存于 CIA 的弗吉妮亚档案。

③ 请看皮特·克罗斯的《间谍先生》等书。

④ 见 CIA 弗吉妮亚档案。

翻政府的计划流产后遭到清算。[1] 至于弗吉妮亚去过多次的巴尔干半岛国家，它们都臣服于斯大林无情的铁腕之下，斯大林在那里驻扎了大量俄国军人，把数十万逃亡者流放到西伯利亚集中营。弗吉妮亚在欢迎成功越过“铁幕”的流亡者同时，也从中收集到有可能使情报局感兴趣的情报。

她很快又厌烦了办公室的这份工作，1951 年又提出申请直接进入 CIA 本部。她虽有过硬的履历表，但仍然要经过烦琐的审查程序。CIA 担心苏联特工渗透，极其严格地审查申请者，因为其时在国内，反共产主义的浪潮正席卷全国。朝鲜战争尚未结束，苏联已经试验第一颗原子弹。埃特尔·罗森伯格和朱利斯·罗森伯格夫妇被指控出卖美国核子绝密情报给苏联，被判处死刑。作为反美活动调查委员会的领导，威斯康星州的共和党议员约瑟夫·R. 麦卡锡在行政部门内部大量清洗可疑分子。任何人哪怕有一个疑点，便被清除出去。

弗吉妮亚已经四十五岁了，她还不得不回答安全部门官员没完没了的提问。她应该详细介绍她的双亲和哥哥，在学校和职业学校所学的课程，历数去过的国家。在曼哈顿的这座大楼里她认识周围的人吗？“没有。”她肯定地说道。她能指出五名对她熟悉的人的名字吗？她照做了，说出了外交家埃尔布里奇·多布罗、记者查尔斯·福尔茨和其他三位女友。她是否仅靠工资生活？“不。”她写道，她还有银行投资的收入。她是否吸食毒品和其他精神依附性的药物呢？弗吉妮亚不得不交待说她经常喝葡萄酒。她是否接受过联邦调查部门的安全调查呢？弗吉妮亚对这个问题感到惊讶，首次回答 CIA 的询问者说，那就是在 1950 年初！[2] 经过几个月的核实，中

---

① 这次行动失败是因为负责与 CIA 联络的 SIS 一名特工事实上是苏联特工，苏联已经及早得知了这个消息。

② 以上内容见 CIA 的弗吉妮亚档案。

央情报局安全部门对她的申请开了绿灯，条件是申请者必须接受最后的测谎检验……弗吉妮亚照做不误。1951 年 12 月 3 日，她终于正式加入 CIA。第一天来到总部，她像所有初上班的人一样，要签署宣誓文件，保证“捍卫美国宪法，与一切内外敌人作斗争”。她也应该确认以下条款：“我既不是共产党人，也不是法西斯分子。我不捍卫任何旨在用力量和暴力手段颠覆美国政府的组织，也不是其成员……此外，我宣誓，在我被联邦政府录用期间，我不会捍卫这样的组织，也不会成为它的成员。”她最后保证不会罢工反对政府，也不会加入鼓动这样行动的组织。[①]

弗吉妮亚的第一个岗位是在 CIA 属下负责秘密行动和宣传的政治协调办公室（OPC）当情报官员，其领导是弗兰克·韦斯纳，顶头上司便是配合沃尔特·B. 史密斯工作的 CIA 第二号人物艾伦·杜勒斯。[②] OPC 的办公室设立在临时性的几间房子里，离华盛顿市中心总部不远。在注视西欧动态的小组内部，弗吉妮亚主要领导法国的“准军事办公室”。[③] 一旦红军入侵这个国家，一个名叫“战后”的已经停止活动的情报组织就将复活，这个任务就落在弗吉妮亚的肩上。[④] 为了更有效地实施这个富有远见的秘密计划，弗兰克·韦斯纳招募了一批过去 OSS 的精英分子，如弗吉妮亚·霍尔和威廉·科尔比，后者于 1944 年空降至法国和挪威，如今负责在斯堪的纳维亚组建这类情报站。他是这样叙述这个行动的动机的：

“OPC 吸取了战争时期的教训，不再用没把握、技术性很强的

---

① 1951 年 12 月 3 日弗吉妮亚进入 CIA 当天签署的文件，现存于 CIA 的弗吉妮亚档案。

② 弗吉妮亚的年薪是 8360 美元。沃尔特·B. 史密斯原先是德怀特·戴维·艾森豪威尔将军的参谋长，1946 年至 1949 年任美国驻苏联大使，1950 年至 1953 年掌管 CIA，后由艾伦·杜勒斯接替，后者领导 CIA 的时间是 1953 年至 1963 年。

③ 以上内容见 CIA 的弗吉妮亚档案，以及杰拉德·K. 海恩斯的文章《弗吉妮亚·霍尔·戈阿罗：间谍生涯》。

④ 红军入侵时，这个组织将展开抵抗活动。这个背景材料直至 1990 年才公开。

空降、人员和物资渗透的办法武装被占领区的爱国者，而是在可能遭到威胁的西欧所有国家直接安插抵抗和破坏的人员，一旦遭到入侵，就投入行动。”[①]

法国的潜在抵抗力量被 CIA 认为是“典范”，必要时，他们将重新建立地下组织。弗吉妮亚在法国的经验可以判定这些机密计划的可行性，它们是北大西洋公约组织（OTAN）的一部分，由美英法秘密机构为核心的一个名叫“地下规划委员会”的机构指导行动。这些计划包括选择有经验的志愿者——如过去的抵抗者或是秘密特工、军人和雇佣兵，其中也有德国戈林元帅身边的纳粹分子，准备电台物资、武器储藏地和逃跑路线等。在法国，这样的地下组织的领导人之一将是弗朗索瓦·格洛苏福尔，他是原军内抵抗组织（ORA）的特工，又是医生和企业家皮埃尔·孟戴斯·法朗斯的朋友，共和国未来总统弗朗索瓦·密特朗的贴身参谋。法国在 1951 年派了一名特使到华盛顿之后，CIA 和法国秘密机构（SDECE）的关系走近了，更有利于部署建立这一类潜在的特工站。

弗吉妮亚·霍尔用了整整一年时间完善这些敏感的计划，1952 年 11 月又作为“行动官员”被派往南欧司工作，范围包括整个巴尔干地区（阿尔巴尼亚、南斯拉夫、希腊、保加利亚、罗马尼亚）。[②] 她是 OPC 内部达到这个级别的第一位女性，此时，OPC 又改名为计划领导小组（DDP），实际上是正在大大扩张的 CIA 的“实施行动”的机构，其领导人还是弗兰克·韦斯纳。

弗吉妮亚在这个男人统治的世界里，因她在 OSS 的功绩而闻名遐迩，很快就引人注意了。本单位新来的一位女同事是在办公室里认识她的，她是这样评价弗吉妮亚的：“她很雅致，深棕色的头发在头上高高盘起，一支铅笔插在发髻上。她被一帮老家伙围着，总

---

① 源自威廉姆·科尔比的《CIA 三十年》一书。

② 见 CIA 的弗吉妮亚档案。

是那么漂亮。她的到来很受欢迎。”不过，她那圣母般的永恒的微笑隐藏着钢铁般的意志。她立马便着手制定针对南欧的政治和心理战的总计划（被称为PP计划）。譬如说，她设想在雅典设立地下电台给邻近共产主义国家播放新闻，从空中散发传单，财政上支持逃亡埃及的阿尔巴尼亚前国王佐伊，支持罗马尼亚和保加利亚的对立派。[①] 弗吉妮亚同时也注意研究从这个地区发来的情报，为南欧司的老板起草计划报告，甚至给CIA总部撰写特别报告。

她的上司们对这位坚强的女子充满信心。1954年1月，她所属的司的领导在一份评估报告中这样说道：“霍尔小姐能很好地完成任务。她有长期在现场的工作经验，其中有五年时间是作为地下特工工作的，这就使她能设身处地地做事情。她对特工们展开的行动和他们的诉求有切身体会，非常理解。”这名军官还说：“她很快乐、直爽，充满活力，对我们工作的重要性有很高的认知。完全有理由相信，依照她的经验和素质，倘若有更重要的工作交给她，她将会给情报局作出更大的贡献。”[②]

弗吉妮亚有可能升迁。在等待期间，她于1954年被调至“准军事办公室”，继续部署在南欧的详细行动计划，后来又参与审视西欧的行动计划。[③] 换句话说，从此，她将负责监管“战后”秘密情报站的实施，并在意大利（代号为Gladio）、希腊（代号为Loc）、西班牙和葡萄牙已经成效初见，虽说各地区的发展不平衡，有时也得与极端右翼分子拉关系。联合所有人与共产主义作斗争似乎是最高原则，哪怕与以往的敌人合作也在所不惜。这个项目只有一条铁律：绝对保密。连美国政府、CIA都不能过问或参与这类行动。弗吉妮亚·霍尔是反法西斯的勇士，情报局在欧洲进行的冷战中，她

---

① 源自霍华德·亨特的《一个美国特工的回忆》一书。他当时负责OPC在南欧当地的地下行动。

② 见1954年2月17日的个人考评。现存于CIA的弗吉妮亚档案。

③ 见CIA的弗吉妮亚档案。

理所当然地处于这个绝密有时甚至是不可告人的规划的核心地位。

次年，即1955年5月，她又去了近东与亚洲司工作，但还是属于规划办公室。[①] 弗吉妮亚·霍尔负责制定秘密行动的建议，被允许可以离开华盛顿总部。她临时到欧洲出差，遇见了几个激烈动荡中的南亚形势分析家。此时，法国军队在奠边府被越南共产主义游击队打败，根据1954年7月的《日内瓦协议》，正在逐步撤出印度支那。老挝和柬埔寨已经独立。北越已让给共产党，南越通过1955年10月的全民公决宣布成立共和国。南越总统吴廷艳得到美国的军事和经济支持。然而，美国外交家和CIA都不大相信这个反共的独裁政府靠得住，北方的敌人正在想着把它吃掉。[②]

从1956年1月起，弗吉妮亚在巴黎小住了几个月。在此期间，她还去了瑞士、德国和英国。[③] 1956年6月，她回到美国之后，起草了一份报告，提议在南亚开展秘密行动，报告内容至今仍没解密。经过五年的勤奋工作，她惊喜地发现自己已进入培养干部的名单，晋升有望。[④] 自1953年，在由原OSS驻伯尔尼领导艾伦·杜勒斯当家的男性一统天下的机构里，她是第一个得到如此宠幸的女性。

不可思议的是，她虽得到认可，仕途却停止不前了。她的关于南亚的报告没有下文。也许这份报告完全打乱了CIA在越南及其邻国开展的行动计划？也许它预言了美国将陷进这个泥潭？无人知晓。总之，弗吉妮亚没有接到任何明确的指令，只能在她的华盛顿

---

① 杰拉德·K. 海恩斯在《弗吉妮亚·霍尔·戈阿罗：间谍生涯》的一书中提到了美国在南亚的政治计划。

② 关于CIA在越南的行动，请看威廉姆·科尔比的《CIA三十年》一书。作者于1959年至1962年曾在驻西贡的美国大使埃尔布里奇·多布罗身边工作，后者又是弗吉妮亚·霍尔的老朋友。

③ 她凭法国颁发的驾照去了这几个国家。源自洛娜·凯特林的私人档案。

④ 见CIA的弗吉妮亚档案。

办公室里无所事事。她不满发牢骚也罢，要求上司明确自己认为是“模糊一团”的任务也罢，都无济于事。1956 年的第二季度，她烦闷至极。也许这个女人太有经验了，从不隐瞒自己的观点，又常常会闹纠纷，因而使她的升迁受到了影响吧。12 月底，她所在部门领导在年度评估报告中严厉批评了她，认为她没做什么事情，也没多少创意。他写道：“对于一个有经验、有能力的工作人员来说，这个结果令人失望。”① 只有一点可以解释：她没有被派往自己喜欢的地方，也许缺乏动力，还要给她时间。

1957 年初，弗吉妮亚看到这份对她造成巨大精神压力的评估报告大动肝火。她逐一反驳，认为她的上司居然会有这样的看法简直“难以想象”。照她的看法，关于她赴欧执行任务的评语是“不公正的”。说到她回美国后的这六个月，她委屈地说，自己夹在头头之间，“我写了报告，提了建议，他们对我说耐心等待结果……结果是五个月过去了，什么任务也没交给我。”对那些怀疑她在秘密工作方面的经验和兴趣时，弗吉妮亚把手一挥，坚决否认：“我以前、现在，仍然对这类工作感兴趣，我早在进入这个机构之前，已经在这个领域积累了丰富的经验。我接受的培训和我的职业生涯都与这些活动分不开。”②

随别人怎么说吧！弗吉妮亚已经五十岁了，她从未被人否定而不作出回应。1957 年 5 月，有一位领导为她说话了，说她在欧洲执行任务时是在他的领导之下，“能力很强”，她打的报告没有下文，责任不在她。“倘若要我来选一名特工做她那样的工作，我仍然选戈阿罗夫人。”③

1957 年 4 月 15 日，弗吉妮亚·霍尔嫁给了保尔·戈阿罗，战

---

① 见 CIA 的弗吉妮亚档案。

② 1956 年 12 月 28 日弗吉妮亚·霍尔的申诉报告。见 CIA 的弗吉妮亚档案。

③ 她的一个原上司 1957 年 5 月 14 日的文字记录。见 CIA 的弗吉妮亚档案。

后，她一直与他一起生活。保尔在华盛顿市中心与一个合伙人开了一家饭店，他兼当“厨师长”。在此之前，她是以个人的名字登记入住的，现在她成了戈阿罗夫人，CIA 就以他们夫妇的名字登记她的住处了：这是一座别墅，在美国首都郊外的别墅区里。[①]

弗吉妮亚的职业生涯停顿了。她想在国外工作的希望落空了。1957 年 1 月，她被调到拉丁美洲司作为“行动干部”，一待将近十年，在这期间，她仅仅升了一点点工资，直至她退休。[②] 她可以基本上坐在办公室上班了。她还是负责在拉丁美洲地区（包括古巴周边地区到阿根廷一带）协调反共产主义的政治行动和“心理战”。

所有人都夸奖她的能力强、思维敏捷。“她在当下的工作中表现出杰出的天赋，因为她在她的领域显得灵活、聪明、能力强。”她的上司在 1958 年 1 月 20 日的一份报告中这样写道。[③] 接着，她被指定在总部和 CIA 负责拉美事务办公室之间做信息沟通、内部联络及秘书监管等工作。“戈阿罗夫人不满足于仅做她分内的事，”1960 年她的上司们这样说道，“她解决问题知识面广，理解力强。她具有个人魅力，很注意与下属的关系。她是许多年轻秘书的贴心人，为解决他们的社会和职业上遇到的问题提供了很多帮助。”[④] 对她的表扬每年都在重复：“她是一位富有经验的人，她的工作成绩反映出她判断准确、富有想象力、做事认真。”1962 年 2 月在一份内部的文件中有这样一句话。[⑤]“她很有热情，也很幽默。”[⑥] 次年，南美办公室的一位负责人又说道，他承认对她有点大材小用……

---

① 弗吉妮亚·霍尔的结婚日期是 1957 年 4 月 15 日。以上信息均见 CIA 的弗吉妮亚档案。

② 1962 年 12 月，按照常规，她的工资升至 14120 美元，达到高级别水平。

③ 见 CIA 的弗吉妮亚档案。

④ 同上。

⑤ 同上。

⑥ 同上。

然而，这些颂词在她看来都有点像隔靴搔痒。她想起她创业之初，在美国大使馆和领事馆作为一个小小的秘书时所听到过的溢美之辞。大家都敷衍她，请她留在原位，别抱有更多的想法。外交家们都这样说："她可以成为一名优秀的秘书。"因为高层的岗位是对女性关上大门的。从这个观点说，CIA 没什么可嫉妒国务院的，唯一的区别在于这里谁也不否认她在第二次世界大战时的战功，以及熟悉总部各部门的工作运转状况。她甚至被认为她在她的上司不在时，完全可以替代他。然而，晋升她没份儿，也不可能让她领导任何一个 CIA 驻外办事处。这些工作岗位，特别是地下行动的岗位，是男性专有的。在 1990 年之前，在 95% 的干部都是男性的机构里，她听到的只能是："您是一个好雇员。"……由中央情报局招聘的一名 OSS 成员伊丽莎白·麦金托什这样说道："这是一个不可多得的人才，她真是大材小用了，因为她完全可以领导侦察分队或是一个分部。"① CIA 的执行官诺拉·斯塔金于 1996 年也承认："在 CIA 或是在其他部门，战后女性担任负责人变得十分困难。在和平时期，我们的社会会想到，浪费女性的才华并没什么，让所有的弗吉妮亚·霍尔们藏入深闺吧。"②

弗吉妮亚的事例给了我们一个启示。她的一个同事，伊弗雷特·霍华德·亨特——他于 1954 年 6 月曾帮助 CIA 推翻危地马拉亲共产主义的总统阿本斯——对弗吉妮亚的仕途不顺感到惊讶："我看见弗吉妮亚在她职业生涯结束之际仍然受到这样的待遇真感到沮丧。谁也不知道如何造就她，她常常一个人待在办公室里，就是那个制定战争计划和准军事行动办公室。与 CIA 那些不怎么熟悉战斗的人，我想说的是与那些官僚相比，她是一个天才。她的经验

---

① 伊丽莎白·麦金托什原先是驻缅甸和中国的 OSS 特工，后进入 CIA，以上是她于 2006 年 3 月 7 日和 9 日与作者的谈话记录。

② 源自 CIA 的执行官诺拉·斯塔金于 1996 年 5 月 15 日在一次讲座上的演讲。她还进一步介绍，1996 年情报部门的干部中，女性仅占 15%，已经是 1990 年的两倍了。

和能力从未被合理使用过。最近一段时间，她完全可以在 CIA 的培训学校培养新手。她被打入冷宫，这不是她的错。我为她没被重用感到难过。”[①]

然而，弗吉妮亚继续自觉地完成交给她的任务，包括参与制定 CIA 的一些最机密、最棘手的计划。譬如说，在 1961 年，她参与制定了被命名为“古巴克”的极端机密的方案。这个代号涉及 CIA 的特工们必读的审讯教材，教材综合了中央情报局的各种知识，将从 1963 年起投入使用，特别用在越南和拉丁美洲。它介绍了种种方法，可以得到“敌方特工”的“主动合作”。[②] 所谓的方法包括制造一般性的心理压力，直至“强制性”的种种手段，如清晨逮捕、禁闭、感官剥夺、威胁、上刑。我们不可能把这本教材的某某部分归功于弗吉妮亚，但她确实积极参与了编写，她的一位上司亲眼见她为这份额外的任务做了“大量的工作”。他说道：“由于她对工作熟悉，以及对‘古巴克’方案诸多内部关系的了解——这些都是她多年积累的经验的成果，以及她得到这个岗位的优先条件——因而，她能在日常工作中举重若轻，而在她执行新的任务时也能卓有成效。”[③]

CIA 的先锋和老臣时代行将结束了。其时，CIA 总部已经搬进弗吉尼亚州的一座崭新的大楼里，这个机构的威信正在急剧下降，成了政界抨击的对象。在古巴问题上，他们想把古巴流亡者送回猪湾，旨在推翻亲苏联的卡斯特罗政权，由于准备不充分，1961 年 4 月 17 日，这个行动计划宣告流产，因而长时间以来，人们对 CIA 诟病不断。约翰·菲茨杰拉德·肯尼迪刚刚接替德怀特·戴维·艾森豪威尔将军当上了总统，他对中央情报局失去了信心，该局掌门

---

① 源自伊丽莎白·麦金托什的《英雄女性》一书。

② 这本教材受到众多批评。CIA 认定暴力、酷刑和非人道待遇在书中是被禁止的。1997 年，这本教材不再在内部使用。请查看非政府组织的国家安全档案网。

③ 见 CIA 的弗吉妮亚档案。

人艾伦·杜勒斯在11月离职。与此同时，美国介入南越的军事行动不断增加，但还是没能控制他们的盟友吴廷艳的独裁政权，他于1963年11月被由CIA支持的叛乱者处决。几天后，肯尼迪总统在达拉斯被暗杀也使中央情报局蒙上了一层阴影，有人怀疑他们想尽快排除翻案的可能。

在这场政治大漩涡中，弗吉妮亚感到很不适应。1960年初，她与保尔·戈阿罗在马里兰州合买了一座乡间别墅。每天，她开车去五十公里外的单位上班。由于距离太远，她在办公室逗留的时间不能太长，结果被她的上司发现了。1965年3月，尽管她在南美司的联络工作成绩斐然，他们还是说："她的不足之处在于她已经有好几年时间没在当地了，因而她的观点倾向于保守。"[①] 而恰恰是该部门把她拴在华盛顿总部的，因此这个指责显得有些可笑！

弗吉妮亚·霍尔·戈阿罗太郁闷了，就在她刚过六十岁生日的几个月后，她毅然决然地离开了工作岗位。她提出由于健康原因提前退休。人生的一页翻过去了。她再也不愿听人讲起CIA、她的老伙计们、他们之间的争吵，以及如今已备受诋毁的地下活动。

她过了十六年的乡间生活，马里兰州的别墅成了她的归宿。别墅占地很大，林木森森，郁郁葱葱，就像她童年时度过的自家的农庄。弗吉妮亚喜欢园艺，静静地观看鸟儿，精心照看着她的六只法国鬈毛狗，接待她的侄儿和侄女，阅读书架上摆得满满当当的书籍，特别是历史书和间谍方面的书，书中对她却一字未提。由于合伙人的行为不当，保尔在华盛顿的餐馆倒闭了，从此，他也开始在自己的家中深居简出。弗吉妮亚很珍惜与保尔在一起的生活。洛娜·凯特林追忆道："保尔在弗吉妮亚退休前就成了宅男，他干零活、烧饭菜、开酒瓶、带她去钓鱼或散步。他什么都做。"[②]

---

① 见CIA的弗吉妮亚档案。

② 与作者的谈话记录。

弗吉妮亚穿着做工精良的裙子，头上永远盘着发髻，变成了一个头发花白的老太太。她和蔼可亲，活得有滋有味，但有时也很刻薄。她的过去、她的冒险经历、她的化名，没有人再提起。她隐姓埋名，这是她保护自己的最佳选择。

她的身体渐渐不支。她的呼吸道和心脏都有问题，备受折磨。1982 年 7 月 8 日，弗吉妮亚·戈阿罗在马里兰州的一家医院去世，享年七十六岁。四天后，她被安葬在特路瑞吉公墓。《巴尔的摩太阳报》为这位“瘸腿太太”发表了悼文，向她致敬。还有几家报纸简要地提到了这位“二战时期的女英雄”以及她在 CIA 的经历，但没介绍过多细节。再后来，她就被人遗忘了。她的丈夫保尔也不愿多说他们的秘密生涯，他比她多活了五年。他抽烟抽得很厉害，于 1987 年 4 月 2 日撒手人寰，没有子嗣。

弗吉妮亚直至生命的最后一刻都回避谈她的过去、她的使命。仿佛这个纯洁而正直的女性是在履行自己的承诺，她将永远生活在黑暗之中，从不会因一时软弱而透露点什么；仿佛这个知情太多的女性感到自己有责任把这么多年来积累的极为沉重的秘密与她一齐带走，其中包括法国抵抗运动时期、做英国特工和 OSS 特工时期、冷战时期，以及 CIA 地下行动的所有秘密；仿佛她懂得争取到的自由之珍贵和打破沉默将付出的代价。无论何人在希望了解她的过去时，她总是严肃地回答道：“我的许多朋友就因为说得太多而被杀害了。”[①]

弗吉妮亚忠于自己的承诺，早就发誓成为一个不透露任何秘密的女人。

---

① 源自 1982 年 7 月 13 日《巴尔的摩太阳报》的悼念文章《法国抵抗英雄弗吉妮亚·戈阿罗去世》。

（京权）图字：01-2010-5715
图书在版编目(CIP)数据

女特工——弗吉妮亚·霍尔：二战中的美国超级女谍／（法）努吉伊著；韩沪麟译，—北京：作家出版社，2012.5
ISBN 978-7-5063-6398-3

Ⅰ.①女… Ⅱ.①努…②韩… Ⅲ.①纪实文学–法国–现代 Ⅳ.①I565.55

中国版本图书馆CIP数据核字（2012）第080094号

策划：猎文文化发展有限公司

女特工——弗吉妮亚·霍尔：二战中的美国超级女谍

作者：（法）樊尚·努吉伊
译者：韩沪麟
责任编辑：冯京丽　邢宝丹
封面设计：视觉共振设计工作室
出版发行：作家出版社
社址：北京农展馆南里10号　　　邮编：100125
电话传真：86-10-65930756（出版发行部）
86-10-65004079（总编室）
86-10-65015116（邮购部）
E-mail: zuojia@zuojia.net.cn
http://www.haozuojia.com（作家在线）
印刷：紫恒印装有限公司
成品尺寸：140×205
字数：250千　　　插页：8
印张：10
版次：2012年5月第1版
印次：2012年5月第1次印刷
ISBN 978-7-5063-6398-3
定价：36.00元